작가와 비평 **8**호

이도흠

김항

정은경

이경수

박유희

윤이형

여태천

2008년 하반기

편집동인 최강민 이경수 고봉준 정은경 김미정
전자우편 writercritic@chol.com
홈페이지 http://user.chol.com/~writercritic

권경우

최강민

고봉준

김미정

허병식

조영일

작가와 비평 08

2008
하반기

{8호를 발간하면서}

　오랜 불임의 시간을 뒤로하고 1년 2개월 만에 여덟 번째 책을 출간한다. 출간의 감회보다 독자와 필자분들에게 죄송스러운 마음이 더 크게 느껴지는 것은 왜일까. 2004년 반년간 비평전문지로 출발한 ≪작가와비평≫은 2007년 하반기를 분기점으로 단행본 체제로의 변화를 결정했었다. 창간 당시 결정했던 반년간이라는 발행주기는 우리의 역량이면서 또한 한계를 가리키는 말이기도 했다. 10~15편의 비평으로 채워지는 잡지의 성격상 계간이나 월간은 엄두도 낼 수 없는 상황이었지만, 그렇다고 반년간이라는 시간의 간격이 동시대 문학의 경향은 물론 비평 담론에 대한 본격적인 개입에 유리한 상황도 결코 아니었다. 기획과 출판, 유통의 여러 가능성들을 따져본 다음 우리는 안정적인 출판의 시스템과 본격적인 비평의 형식을 위한 발상의 전환이 필요하다는 사실에 공감, 단행본 체제로 바꿔서 한층 깊이 있는 목소리를 다양한 영역의 글로 채우자는 데 합의했다.

　그러나 단행본 준비가 본격화되면서 예상치 못한 상황이 발생했다. 그것은 '본격'이라는 의지가 반드시 다양한 영역/전공의 글쓰기를 산술적으로 모으는 것만으로 달성될 수 없으며, 자칫 백화점식의 나열에 그칠 수 있음을 뒤늦게 깨달았다. 이제까지 많은 매체들이 확장이라는 이름으로 다양한 분야의 글을, 대개는 문화연구의 필자들을 추가했지만, 그 실험이 반드시 성공적이었다고 평가하기는 어렵다. 이에 편집동인들은 2008년 상반기 동안 단행본과 잡지, 두 가지 형식을 저울질해야 했고, 결국 잡지 형식을 고수하자는 데로 다시 의견을 모았다. 결국 이 고민과 논의, 그리고 새로운 출발을 위한 준비에 1년 2개월이라는 시간이 소요된 셈이다. 이번에 ≪작가와비평≫은 기존 단행본 형식에서 벗어나 '글로벌콘텐츠'라는 출판사를 통해 정식으로 잡지 등록을 하고 새롭게 출발한다. 독자들은 내년 4월에 나올 9호에서 좀 더 달라진 모습을 확인할 수 있을 것이다. 많은 소장평론가들과 독자들의 적극적 호응을 기대한다.

≪작가와비평≫ 8호는 처음부터 단행본 형식을 염두에 두고 기획되었다. 잡지 형식과 달리 많은 내용을 담지는 못했고, 가급적이면 주제나 기획의 의도에 충실하면서도 깊이 있는 내용을 담으려고 노력했다.

'특집 1'은 '이 시대의 폭력과 예술'이라는 주제로 다섯 편의 글을 실었다. 현대의 철학과 문화에서 '폭력'은 점차 중요한 문제로 대두되고 있다. '폭력'이라는 단어에는 구타의 흔적이 새겨져 있다. 우리는 물리적인 힘을 동원하여 타인에게 위해를 가하는 일체의 행동을 폭력이라고 규정하고, '평화'를 폭력의 반대개념으로 설정하는 데 익숙하다. 그러나 오늘날 '폭력'의 문제는 일상화된 폭력이나 영화에서의 폭력미학 같은 현상에 그치지 않는다.

이도흠의 「폭력을 넘어서」는 폭력의 세 가지 축을 제국, 자본, 국가로 설정한 다음, 그것에 대한 서구적 혹은 동양적 대안담론들을 분석한 글이다. 김항은 「탈관계의 관계, 관계의 정립」에서 칼 슈미트의 주권 이론과 발터 벤야민의 폭력비판, 조르지오 아감벤의 호모 사케르라는 개념에 내재되어 있는 폭력에 대한 사유를 데리다의 타자론적 관점에서 분석했다. 정은경의 「봉인된 폭력의 이데올로기」는 실제적 폭력에 대한 재현, 약육강식의 알레고리로서의 폭력, 구체적 현실을 환기하지 않는 미학적 폭력이라는 관점에서 최근 젊은 작가들의 소설을 분석하고 있고, 이경수의 「두 얼굴의 디오니소스」는 2000년대 젊은 시인들의 시에서 가족, 학교 등이 폭력의 산실로 그려지는 장면들을 분석하는 한편 패권주의와 테러리즘의 악순환 같은 전지구적 폭력이 어떻게 우리 시대의 시에 흘러들고 있는가를 살폈다. 박유희의 「짐승의 시간, 불안한 놀이」는 반사회적 행위로 의미화되는 폭력과 폭력을 재현하는 일련의 영화들을 비판적으로 분석했다. 이상 다섯 편의 글이 폭력에 대한 분석과 해법을 제공하는지 장담할 수는 없지만, 이 글들과 더불어 우리 시대를 이중적인 의미에서 '폭력'의 시대로 기억했으면 하는 바람이다.

'특집 2'는 '2000년대의 문화지형과 키덜트'이다. 이 기획은 2000년대의 첫 10년에 생산된 문학(문화)을 '키덜트'라는 개념으로 통해 진단해보려는 의도에서 출발한다. 필자에 따라 키덜트라는 개념을 사용하는 용법의 차이가 있겠지만, 비성숙 / 반성숙에의 의지를 드러낸다는 점에서 우리는 최근 몇 년 간의 문화현상을 이 개념을 통해서 해명하려고 기획했다. 이번 기획에는 특별히 현장에서 활동하고 있는 소설가와 시인의 목소리를 실었다. 윤이형의 「키덜트 세대의 문학」은 '키덜트'라는 개념이 문학의 일정한 법칙과 가치를 강제하고 있음을 비판하면서 젊은 세대의 문학을 '키덜트 문학'이라고 평가하는 태도에 대해 부정적인 의견을 피력하고 있다. 여태천의 「더 절실한 내적 기율」은 재미와 기발함을 추구하는 최근의 시적 경향에서 본질에의 불안을 느낌을, 나아가 가벼운 감각을 과대평가하지 않으려는 절제의 힘과 자기 반성적 태도, 진정성을 강조한 산문이다. 두 젊은 작가의 산문은 문학에 대한 그들의 내면을 정직하게 보여준다는 점에서 일독할 만한 글이다.

권경우의 「순수의 얼굴에서 폭력의 시대를 읽다」는 '키덜트'를 21세기 문화현상을 이해하는 핵심어로 설정, 그것에서 현실을 탈출하려는 현대인의 욕망을 읽어낸 글이다. 현대적 폭력에 대해 현대인은 동심의 세계를 피난과 은둔의 장소로 설정하려는 경향을 보인다는 그의 분석은 많은 점에서 '왜 키덜트인가'라는 물음에 방향을 제시하고 있다고 판단된다. 반면 최강민의 「키덜트 가면 속의 두 얼굴, 체제 저항과 순응 사이에서」는 반성장소설과 키덜트 문학이 지닌 저항적 가능성을 긍정하면서도 그것이 말초적 재미와 오락에 탐닉함으로써 오히려 후기 자본의 이익을 대변하는 앞잡이로 전락할 수 있음을 경고하고 있다. 고봉준의 「아이, 그 반(反)성숙의 주체성」은 2000년대 젊은 시인들의 시에서 집중적으로 드러나는 '아이'의 형상과 목소리가 갖는 반성숙의 사회성을 분석한 글이다. 근대문학의 출발점으로서의 낭만주의가 조로早老의 문학이었음에 반대 낭만주의적 영향에서 벗어난 최근의 시들은 '아이'의 목소리로 세상을 노래하려는 경향을 띤다는 것, 그 마이너스 성장의 사회적 의미를 집중적으로 다루고 있다.

'비평 대 비평'에는 최근 비평담론에 대한 세 편의 메타비평을 실었다. 최근의 비평적 흐름에 대해 논쟁적으로 개입하자는 ≪작가와비평≫의 취지와 의지가 가장 강하게 묻어 있는 기획이고, 그런 면에서 다른 글에 비해서 가장 치열한 내용을 담고 있는 평문들이기도 하다.

김미정의 「포스트 네이션 공동체와 문학에 대한 단상」은 이른바 세계문학 / 한국문학이라는 구도에 대한 메타비평이다. 근대문학=민족문학이라는 등식에 익숙한 한국문학을 세계문학 / 한국문학이라는 새로운 구도 위에서 사유하고 있는 이 글에서 필자는 구도의 난경難境과 언어문제를 집중적으로 제기하고 있다. 그 문제의식이 세계문학 / 한국문학이라는 구도를 넘어서는 지점에 도달하는 장면은 매우 흥미로운 비평적 모험이다. 허병식의 「역사의 심연, 문학의 윤리」는 이른바 '팩션'이라고 일컬어지는 작품들에 대한 분석이다. 이 글에서 필자는 역사를 사유하는 방식의 핵심에는 기억의 정치가 놓여 있다는 것, 나아가 '팩션'에 대한 평가는 그것이 유행에 따라 이루어지는 역사의 전유인지, 새로운 기억의 정치를 통한 이야기의 창안인지에 달려 있다는 비평적 잣대를 제시한다. 조영일의 「장편소설 대망론에 대하여」는 '조영일답다'라는 말이 무색하지 않을 만큼 길고도 논쟁적인 글이다. 문예지라는 제도적 형식, 그리고 문예지에서 비평이 차지하는 위상을 신랄하게 파헤치면서 필자는 오늘날 문예지는 권력의 상징이 되고 있음을 고발한다. 특히 장편대망론과 관련하여 최원식과 서영채의 대담, 최재봉 기자의 기사와 산문, 김형수를 비롯한 여러 작가들의 태도 등을 비판적으로 분석한 다음, 그는 문제는 장편대망론이 아니라 문예지라는 제도 속에서 어떻

게 자유로운 소설을 쓸 것인가에 있다고 진단한다. 이는 장편대망론의
대부분이 공적자금을 어떻게 쓸 것인가라는 문제에 집착함으로써 '국
가'에 투항하는 문학이 되고 있다는 비판과 무관하지 않다.

≪작가와비평≫ 8호를 준비하는 과정에서 문학평론가 김미정 씨가
새로운 편집동인으로 합류했다. 편집동인의 수가 늘어났으니 잡지의
내용도 앞으로 더욱 풍성해지리라 기대하며, 또 다른 젊은 편집동인들
의 합류를 기다린다. 출발 당시에 약속했던 것처럼 우리는 ≪작가와비
평≫이 몇몇 평론가들만의 사적인 공간이 되기를 원하지 않는다. 오늘
날 '문학잡지=권력'이라는 인식의 확산에는 잡지를 자신들의 사적 전유
물로 만들어버린 비평가들의 잘못이 크다. 타자성과 이질성을 운운하
면서도 정작 자신들이 편집하는 잡지는 지나치게 균질적인 공간으로
만들어온 그들의 '윤리'를 우리는 신뢰하지 않는다. 거기에는 잡音도 없
고, 타자성도 없고, 그러므로 공간의 균질성이 공간을 불가능하게 만드
는 창조적 불가능성도 없다. 그들의 '윤리'와 '정치'는 단지 씌어진 '글'
에 지나지 않는다. 그 어리석음을 반복하지 않기 위해서 ≪작가와비평≫
은 지면을 차이와 주장이 공존하는 광장으로 개방할 것이다.

2008. 10
편집동인 고봉준, 김미정, 이경수, 정은경, 최강민을 대표해서
고봉준 씀

특집 1:

이 시대의 폭력과 예술

폭력을 넘어서

: 차이와 눈부처 – 주체성

이도흠

폭력의 구조화와 구조적 폭력

21세기, 전 세계에 걸쳐 폭력은 더욱 드세게 자행되고 있다. 그 중에서도 국가와 권력이 행하는 폭력은 규모나 질에 있어서 타의 추종을 불허하면서 폭력을 조장하고 선도하고 있다. 부시는 전쟁과 학살의 세기를 21세기까지 연장하였다. 다르푸르에서, 가자지구에서, 코소보에서, 티벳에서 우리와 똑같이 존엄한 사람들이 지금 이 순간에도 국가와 제국, 혹은 이들에게 사주를 받은 사람들, 정치적이거나 경제적인 이해관계를 가진 자들의 폭력으로 죽어가고 있다. 우리로 눈을 돌려도, 이명박 정권은 군사 독재정권에서 민주화를 요구하는 학생들에게 무자비하게 폭력을 가하던 백골단을 부활시켰다. 그는 그리 천박하고 부조리하고 부패한 재벌과 관료와 정치인들을 더 잘 살게 하려는 정책을 펴고 그에 도전하는 자들에 대해서는 단호하게 폭력을 행할 자세다. 국가만이 아니다. 개인의 폭력 또한 더욱 과격해졌다. 아직 젖살이 다 빠지지 않은 청년이 초등학생을 죽이고 시체를 토막내 버렸다. 한 청년은 단지 돈 몇 만 원을 얻고자 하루 밤새 네 명의 선량한 주부를 죽였다.

이런 상황 속에서 폭력은 일상화하고 내면화하였다. 더 강한 권력,

더 많은 자본, 더 깊은 향락, 더 높은 명예를 위해서 나 아닌 다른 인간을 죽이고 이용하는 것은 이제 별스런 일이 아니다. 집에선 아버지가 걷어차고, 학교에 가면 선생들이 매를 들고, 급우들은 이지메를 가한다. 옆에서 조용히 술을 마시던 사람이 갑자기 주먹질을 해대고, 공중전화를 오래 한다고 칼을 휘두르고, 아내가 밥을 늦게 주었다고 재떨이를 집어던진다. 평소에 착하던 사람도 별 것이 아닌 일에 발끈하여 화를 내고 상대방의 가슴에 영원히 상처를 새길 말들을 손쉽게 내뱉는다. 맞지 않는 날은 왠지 불안해 잠이 오지 않는 것은 군대만이 아니다. 남편이나 아버지에게 맞고 나야 편안히 잠들 수 있다는 집들이 차츰 늘고 있다.

내가 오늘 누구에겐가 화를 내었다면, 아주 가까운 사람에게 큰소리를 질렀다면 그것은 무더운 날씨 때문일까, 아니면 급한 성질 때문일까. 그도 영향을 미쳤을 것이다. 하지만, 상자 안에 쥐의 숫자를 두 배로 늘리면, 다시 말하여 쥐의 밀도를 높이면 쥐의 폭력성도 비례하여 증가한다. 아버지가 폭력을 휘두르는 가정에서 아들 또한 대를 이어 폭력 가장이 된다. 5공화국 때 폭력을 통해 집권한 정권이 자신의 폭력을 정당화하는 법을 만들고 이를 제도화하면서 폭력은 구조가 되고 그 안의 사람들, 심지어 그들의 폭력을 반대하는 운동권 학생들조차 폭력을 모방하였다. 분명 그보다 나아지기는 하였지만 폭력은 구조화하여 그 안의 인간 주체들을 폭력으로 내몰고 있다.

폭력은 악한 자가 약한 자에게 행하는 난폭한 힘의 행사가 아니다. 1971년에 필립 짐바도Philip Zimbardo 박사는 '스탠퍼드 교도소 실험Stanford Prison Experiment'이라는 것을 행하였다. 선량한 대학생 지원자 24명을 교도관과 죄수로 나눠 학교 지하실에 설치한 감옥에 2주간 지내게 하는 실험이었다. 그런데 교도관을 맡은 학생은 죄수들에 대해 점점 더 강하고 악랄한 폭력을 행하였다. 반면에 죄수를 맡은 학생들은 신경쇠약에 시달렸다. 결국 실험은 6일 만에 중단되었다. 실험 수행자 필립 짐바도 박사는 35년 만에 이 충격적인 내용의 세세한 전말을 공개하고 이를

'루시퍼이펙트^{Lucifer Effect}'로 명명하였다. '빛을 가져오는 자'라는 의미로
천사였다가 하느님의 권위에 도전하여 타락한 천사와 함께 지옥으로
떨어진 루시퍼를 알레고리로 사용한 것이다. 이것은 2004년 이라크 아
부그라이브 수용소에서 그대로 재현되었다. 악한 것과 그에 의한 폭력
은 개인의 문제가 아니라 구조의 문제이다.[1]

구조적 폭력 또한 문제이다. 한 가장이 굶주려 죽어가는 아이를 두
고 볼 수 없어 싸전에 들려 주인을 때리고 쌀을 훔쳤다면 그 폭력만 폭
력일까. 그를 생존조차 하지 못하게, 가장으로서 자존심과 권위를 송두
리째 앗아간 것 또한 폭력이다. 전라도 사람과 경상도 사람이 서로 멱
살을 쥐고 주먹을 휘두르게 한 것이 폭력이라면, 그들을 서로 분열시킨
정치 또한 폭력이다. 신자유정책으로 졸지에 거리로 내몰린 노동자가
맥도널드 가게를 불태우는 것이 폭력이라면, 세계의 10억에 달하는 인
류가 굶주려 죽어가고 있는데 제3세계의 외채를 20여 년 만에 2조 달
러로 32배나 늘어나게 한 것 또한 정녕 폭력이다.

우리 세대만 하더라도 부잣집이 아니라면, 여자가 아무리 뛰어나도
대학에 보내지 않았다. 누이들이 집안의 남동생이나 오빠보다 머리가
좋고 능력이 출중한데도 그들을 대학에 보내기 위해 공장에 다니는 것
을 당연히 여겼다. 미국의 흑인이 백인보다 열등하거나 게을러서 가난
한 것이 아니다.

그들이 자신의 잠재력을 구현할 교육으로부터 소외시키고 자신의 능
력을 실현할 기회를 봉쇄한 것이 바로 구조적 폭력이다. 구조적 폭력은
눈에 보이지 않게 인간의 권리를 제한하는 것이다. 어떻게든 살아남으
려 하고(생존욕구), 보다 나은 삶을 살려하고(복지에 대한 욕구), 타인에게
자신의 정체성을 드러내려 하고(정체성에 대한 욕구), 모든 구속으로부터
자유롭고자 하는(자유에 대한 욕구) 욕구들에 대해 "피할 수 있는 모독"을
가하는 것이다. 자원을 불평등하게 분배하고 착취하는 것, 피지배층의

---

1) www.lucifereffect.com.

자율성이나 자치권 확보를 저지하는 것, 피지배층을 서로 분열시키고 갈등하게 하는 것, 피지배층을 사회에서 일탈시키고 소외시키는 것, 더 넓게는 강대국이 약소국을 종속의 관계로 놓고 수탈하는 것, 가부장주의로 여성의 사회진출과 활동을 막고 안방에 가두는 것이 모두 구조적 폭력의 양상들이다. 그러기에 노르웨이의 평화학자 갈퉁^{Johan Galtung, 1930~}은 구조적 폭력을 "인간이 지금과 다른 상태로 될 수 있었던 잠재력과 현재 처해 있는 상태와의 차이를 제공하는 요인"으로 정의한다.

폭력의 세 축은 제국, 자본, 국가이다

폭력의 세 축은 제국, 국가와 자본이다. 지배층이 피지배층을 착취하고 억압하는 것은 정당한 것이 아니다. 그러나 지배층은 이를 행하여만 권력을 유지하고 부를 축적할 수 있다. 정당하지 않은 것을 하면서도 저항을 받지 않고 지배를 유지하는 것, 그것이 지배의 요체이다. 피지배층이 정당성을 의심하지 않을 때 지배는 공고하다. 허나 그를 의심할 때 피지배층을 가장 쉽게 통제하는 방법은 폭력이다. 그러나 모든 권력은 총구에서 나온다는 마오쩌뚱의 말은 항상 옳은가? 모든 권력이 총구에서 나온다 하더라도 총구에 의존할수록 권력의 헤게모니는 약해진다. 피지배층은 채찍을 무서워하기도 하지만 채찍을 가로채기도 한다. 심지어는 채찍을 빼앗아 대신 휘두르기도 한다. 이에 21세기의 지배층은 겉으로나마 폭력을 숨긴다. 은폐된 폭력은 제도적 폭력으로 변형되고 제도적 폭력은 구조화한다.

서방 제국은 자본주의의 내적 발전이 한계에 이르자 제국주의적 자본주의 발전을 단행하여 제3세계를 착취하고 이것으로 번영을 누린다. 30년대의 대공황을 거쳐 2차 세계대전 이후 제국은 미국으로 통합되고, 미국과 미국의 우산 아래 있는 아류 제국들은 번영과 발전을 구가하다가 70년대에 와서 위기를 맞았다. 이들은 이전의 시스템으로는 더 이상 확대재생산을 지속시키고 자본을 축적하는 것이 포화상태에 이르렀음을 깨달았다. 자동차처럼 그들이 비교우위에 있는 제품들에 대해 제3세계는 관세 등의 장벽을 내세워 통제하였다. 한국의 반도체처럼 제3세계의 경제가 발전하고 근대화가 진행되면서 비교우위를 갖는 제품이 오히려 제국의 시장을 공략하였다. 노동자의 의식이 성장하고 노조활동을 보장하는 제도가 발전하면서 제국 내부의 노동자를 멋대로 착취하는 일이 원천적으로 불가능해졌다. 그리고 제3세계에서 거의 헐값으로 공급받던 자원과 노동력마저 제3세계의 연대와 제3세계의 민중의 성장으로 마구 착취할 수 없게 되었다. 특히 1970년대에 들어 미국의 국제수지가 수년간 만성적 역조에서 벗어나지 못하자 달러화는 국제 통화를 주도할 만한 힘을 상실하였다. 경제활동이 위축되고 기업이윤이 급격히 줄어들어 제조업이 공동화 현상을 빚기까지 하였으며 재정의 누적된 적자로 공공투자가 위협을 받아 경제위기가 장기간 지속되었다.

그러자 초국적 기업과 초국적 투기자본을 이끌고 있는 엘리트들과 이들의 이데올로그인 경제학자들은 자유로운 시장원리에 입각한 자유주의를 부활시키는 것이, 이에 따라 세계경제의 판을 다시 짜는 것이 돌파구라는 판단에 이른다. 이것이 바로 신자유주의와 세계화 전략이다. 제국은 제3세계를 윽박질러 GATT체제를 해체하고 WTO체제를 받아들일 것을, 노동력과 자원을 싸게 사들이고 상품을 마음대로 파는 데 장애가 되는 온갖 규제를 해제하라고 압력을 넣었다. 그리고 그것을 받아들이지 않는 나라에 대해서는 IMF체제로 몰고 가 한 방에 세계화를 달성하게 하였다. 우리나라의 김영삼처럼 제국의 푸들을 자처하는 자는 물론이거니와 노무현처럼 제국으로부터 독립을 주장하던 자들도 신자유주의식 세계화를 강력하게 추진하였다.

이런 상황 속에서 세계의 거의 모든 힘의 중심은 이미 이들 초국적 기업과 초국적 자본으로 옮겨갔다. 온갖 장애와 규제가 약화되자, 주로 미국의 초국적 기업은 가장 금융비용이 저렴한 나라에서 돈을 빌려 가장 원료가 싼 나라에서 원료를 사서 가장 생산성이 높은 지역, 즉 기술력이 있으면서도 가장 노동력이 저렴한 지역에서 생산을 하고 판매와 수출을 최대화할 수 있는 나라에 생산기지를 두고 제품을 팔아 세금이 가장 낮은 나라로 기업소득을 이전시키고, 자본수익과 환차익이 가장 높은 나라로 자금을 이동시켰다.

신자유주의와 세계화가 모두를 부유하고 행복하게 한다는 주장은 거짓이다. 그 결과는 빈곤과 폭력의 세계화이다. 2006년 10월 유엔식량농업기구FAO가 발표한 바에 따르면, 10살 미만 어린이가 5초에 1명씩 굶어 죽어갔고 비타민A 부족으로 시력을 잃은 사람이 3분에 1명꼴이다. 세계 인구의 7분의 1인 8억 5천만 명, 많게는 65억 인구의 약 20%가 심각한 영양실조 상태다. 기아 희생자는 2000년 이후 1,200만 명이나 더 늘었다. 아프리카는 전체 인구의 36%가 굶주림에 무방비 상태다. 지구라는 행성에서 매일 10만 명이 기아나 영양실조로 인한 질병으로 죽어가고 있다. 동남아시아 인구의 18%, 아프리카는 35%, 중남미와 카브리해 지역은 약 14%가 굶주리고 있고, '심각한 영양실조'상태에 있는 사람의 4분의 3은 농촌지역 사람들이다.[2)

과학은 물론 세계 경제가 비약적으로 발전하여 더 많은 자원과 식량을 생산하고 있는데 왜 굶주리는 자가 늘어나고 가난하고 약한 자에 대한 폭력이 심화하고 있는가. 원인은 식량 생산의 부족 때문이 아니다. 지금도 카길과 같은 미국의 다국적 기업은 가격을 유지하고 이윤을 극대화하기 위해 수백만 명이 먹고도 남을 밀을 바다에 버린다. 다국적 기업들은 할당량 이상의 생산자에겐 벌금을 물리며, 수백만 마리의 육우들을 한꺼번에 도살하기도 한다. 1984년에 식량농업기구FAO는 당시의 농업생산력으로도 지구는 120억의 인구에게, 한 사람당 하루 2,400~2,700칼로리의 먹을거리를 제공할 수 있을 만큼 충분한 생산력을 갖고 있다는 결론을 내렸다.[3)

2) 『한겨레신문』, 2007년 3월 16일자.
3) 『한겨레신문』, 2007년 3월 16일자.

원인은 바로 신자유주의적 세계화 이후 더욱 적은 소수가 더 많은 자원과 자본을 독점하기 때문이다. 빈곤의 대명사, 수백만 명의 어린이가 굶주림으로 죽어 가는 소말리아는 세계화가 진행되기 전 70년대까지만 해도 목축을 하고 전통 농업을 하여 자급자족하던 식량자급국이었다. 이제 그 나라 국민들은 죽음을 통해서 굶주림에서 벗어나고 있다. 60년대에 세계 극빈층 20%의 총소득은 그나마 세계 전체 총소득의 2.3%에 달하였으나 신자유주의식 세계화가 거의 마무리된 96년에는 1.1%로 떨어졌다. 1996년 현재 제3세계가 서방세계에 갚아야 하는 외채는 2조 달러, 2,400조 원에 달하는 천문학적 숫자이다. 이 수치는 1970년에 비하여 32배 증가한 것이다. 인류 가운데 13억이 하루에 1달러도 채 안 되는 돈으로 살아가고 있는 반면에, 세계 10대 갑부들이 소유하고 있는 재산은 1,330억 달러로 최빈국 총수입의 1.5배에 달한다. 아태지역에 9억 5천만 명, 아프리카에 2억 2천만 명, 중남미에 1억 1천만 명, 시장경제로의 전환이 실패한 옛 사회주의권의 인구의 1/3인 1억 2천만 명 등 14억에 달하는 인류가 하루 4달러 이하의 돈으로 연명하고 있다.

〈더 힌두〉는 2007년 한 해에만 농민 1만 7,060명이 자살했다고 2008년 1월 31일 보도했다. 정부의 신자유주의식 농업 개방 정책으로 값싼 면화가 쏟아져 들어오면서 면화값이 폭락하자 각종 대출금을 갚지 못하는 처지에 내몰리자 잇따라 목숨을 끊은 것이라고 한다.[4]

이런 계량적 수치에서 보듯, 자연재해나 종교와 종족 사이의 갈등도 원인이지만, 폭력과 빈곤을 야기하는 가장 최대의 원인 제공자는 자본들이다. 이들은 오로지 더 많은 돈을 벌기 위하여 타자들에 대한 착취와 폭력을 서슴지 않는다. 이들과 이명박 정권처럼 이들의 꼭두각시를 자처하는 세력들은 이윤을 극대화하는 데 방해가 되는 모든 규제의 철폐를 외친다. 물, 철도, 석유 등 공공재산을 손에 넣어 막대한 이익을

---

4) 『한겨레신문』, 2008년 2월 2일자.

얻고자 이들의 민영화를 부르짖는다. 국가의 기능을 축소하여 자본의 권력과 영역을 넓히고 세금을 줄이고 예산을 삭감하여 자신의 재산을 비대하게 늘리고 가난한 자에 대한 복지 혜택을 더욱 축소시킨다. 자신들이 마음대로 약탈할 수 있도록 모든 것을 시장 원리에 맡기자고 주장한다. 자유무역협정을 추진하여 전 세계 차원으로 시장을 늘리고 부자는 더욱 부자가 되고 가난한 자는 더욱 가난하게 되는 구조를 심화한다. 심지어 그들은 자연재해나 쿠데타, 전쟁, 기아마저도 이윤의 재료로 활용한다. 한반도 대운하는 환경을 가공할 수준으로 파괴하고 집중호우시 수만 명을 몰살시킬 수 있을 정도로 위험할 뿐만 아니라, 이를 추진하는 세력들이 내세우는 주장대로, 10킬로 이상의 속도를 낼 수 없기에 경제성 또한 없다. 영악한 자본들은 이명박 정권이 수치마저 조작하며 경제성을 과장하고 있다는 것을 잘 안다. 그럼에도 자본들이 달려드는 것은 땅값을 부풀려 이윤을 확보할 수 있기 때문이다. 이들은 환경문제나 수해로 인해 드는 비용은 안중에도 없다.

이제 더 이상 국가는 갈등의 조정자가 아니다. 국가는 정당성을 상실하였다. 그들은 자본과 동맹을 맺고 그들을 보호하고 제국의 마름이 되어 자본과 제국에 해가 되는 자들을 미리 차단하고 격리시키며 그들에게 폭력을 가해서라도 그 체제를 유지하고자 하는 억압기구다. 우리는 한국의 부안사태나 한미FTA에서 상대적으로 진보성을 띤 정부를 가진 국가조차 제국과 자본의 편에 서서 민중에게 폭력을 가하는 것을 잘 보았다.

중세 시대에 사람의 네 사지를 말에 묶어 달리게 하여 찢어 죽이기도 하였고 사람의 코나 귀를 잘라 젓을 담그기도 하였다. 그러나 그는 특수한 몇몇에나 해당하는 것이었다. 폭력을 직접 목도할 수 있기에 폭력에 대해 혐오할 수 있었고 폭력을 휘두른 세력에 대해 증오심을 품을 수도, 그들에 저항할 수도 있었다. 오늘날 폭력은, 폭력을 행하는 자는 보이지 않는다. 더한 폭력을 당하면서도 분노하거나 저항하는 자는 드물다.

20세기는 폭력을 은폐하였다. 야만적인 폭력은 직접적인 대신 국부적이다. 그러나 문명화한 폭력은 확대재생산되기에 그 피해는 깊고도 넓다. 문명화한 폭력은 법과 질서라는 이름으로 간접적으로 자행되기에 겉으로는 폭력성이 드러나지 않는다. 텔레비전에서 보여준 폭력의 이미지는 대중들의 뇌리에 깊이 각인되어 있다가 그들의 폭력을 부추긴다. 그럼에도 대중문화는 폭력을 아름다움으로 포장하고 문화산업은 이를 상품화하여 팔아먹는다.

서구식 대안들

그럼 대안은 무엇일까? 미봉책은 갈등이 폭력으로 전환하기 전에 이를 조정할 수 있는 방편을 제도화하는 것이다. 예를 들어 미국의 「컨센서스빌딩인스티튜트Consensus Building Institute: 합의도출기구」는 세계적인 갈등 조정 전문기관으로 미국을 비롯해 전 세계에서 발생하는 크고 작은 갈등을 조정하였다. 미국 보스턴에서 대규모의 다리를 건설하려는 문제로 맞서자 컨센서스빌딩인스티튜트는 몇 개월 동안 이해당사자들의 의견을 충실히 들었고 사전 조사도 치밀하게 진행하여 갈등 당사자들의 이견을 조금씩 좁혀갔고, 마침내 양쪽 모두 만족하는 결과를 끌어냈다. 이를 통해 우리는 갈등을 합리적으로 해결하려면, 공정하고 합리적인 민간 중재기구가 있어야 함은 물론이거니와, 갈등에 관한 모든 정보를 공개해야 하며 모든 결정은 갈등 당사자들의 합의를 통해서 하되 결정과정 또한 투명해야 함을 깨달을 수 있다.

하지만, 이 또한 미봉책일 뿐이다. 구조적 폭력에 대해서는 해결책이 아니다. 근본적으로는 구조적 폭력을 자행하고 있는 제국과 국가와 자본에 저항해야 한다. 하지만. 이에 대항하는 것은 쉽지 않다. 제국만 하더라도, 세계 4대 통신사가 세계 정보의 흐름을 80% 이상 장악하는 것에 맞서서 제3세계의 80여 개 나라가 뭉쳐 대안의 통신사 NANAP를 건설하였다. 이때만 해도 전 세계의 뜻있는 사람들은 미국의 정보 독점에서 벗어날 희망에 들떴다. 그러나 결과는 참담했다. 미국의 한 통신사인 AP통신이 10억의 독자를 확보하고 110개국을 대상으로 매일 1,700만 단어를 제공하고 있는 데 반하여 비동맹 80개국이 참여한 NANAP는 겨우 일일 500단어 정도의 메시지를 보내는 정도에 그치고 있다.5) 이를 통하여 미국 한 나라와 제3세계 모두를 합친 힘이 대략 1,700만 대 500이라 유추하면 '성급한 일반화의 오류'를 범하는 것일까? 거의 그 정도로 미국은 강하다. 뒤집어 생각하면 그만큼 당위론적인 반미운동은 무모하다.

그렇다고 대안이 없는 것은 아니다. 우리보다 더 작은 나라인 월남이 미국에게, 아프가니스탄이 소련에게 이길 줄 누가 알았는가? 작지만 리눅스의 성공은 '연대'와 '공유'에 있다. 리눅스는 지금 이 순간에도 전 세계의 수 천만 네티즌에 의하여 진화하고 있다. NANAP는 연대는 하였지만 공유를 통한 발전의 전략은 미처 차용하지 못하였던 것이다.

자본주의 체제가 문제라면 이 체제 자체를 뒤집어엎어야 할 것이다. 국가와 자본이 폭력을 조장하고 일상화, 구조화하고 있다면 시민운동을 더 활성화하여 이들을 견제해야 할 것이다. 21세기는 국가와 자본에 시민이 또 한 축으로 자리하여 삼자의 균형을 정립鼎立하는 시대이다. 더 나아가 사용가치보다 존재가치를 중요시하는 것도 대안일 것이다. 물화를 극복하고 모든 것을 교환가치보다 사용가치로 바라보며 내가 먼저 인간이 되어 다른 이들을 참다운 인간으로 대하는 것도, 그런 이들과의 만남과 연대를 늘리는 것, 연기의 원리에 따라 구체적인 네트워크를 만드는 것도 좋은 방안이다. 이렇게 자본주의 체제 내부에 자본주의 원리와 다른 영역을 야금야금 만들다 보면 자본주의는 안으로부터 해체될 수도 있다.

강한 군대와 정보를 가진 국가와 자본, 제국에 맞서 약하고 선한 자

---

5) 유네스코 편, 김영석 옮김, 『국제정보질서문화론』, 나남, 1996, 342쪽.

들이 선택할 수 있는 전략은 '나무전략', '기생전략', '잉크전략' 등이다. 나무 전략이란 큰 나무 옆에 아무리 조그만 나무라도 다른 나무가 자라 햇빛을 막고 영양분을 빼앗아간다면 큰 나무가 언제인가는 새로운 나무에 자리를 내주어 숲이 침엽수림에서 활엽수림으로 바뀌듯, 구조 밖에 새로운 구조를 만들어 기존의 구조를 교체하는 것이다. 기생전략 이란 나무 안에 들어가 나무를 안으로부터 썩게 하는 것이다. 잉크전략 이란 잉크처럼 스며들어 안으로부터 색깔을 바꾸는 것이다.

학교로 예를 들면 이곳저곳에 대안의 학교를 만들어 기존의 학교들이 창의성과 다양성의 보장과 연기적 사고를 하도록 이끌고 폭력을 넘어선 평화적 가치, 민주주의와 생태적 가치, 인간적 가치들을 지향하는 교육 장으로 변하게 하는 것이 나무 전략이다. 이처럼 우리는 폭력을 구조적 으로 소멸시킨 공동체를 국가 내부에 만들어 언제인가 국가를 전복시킬 수 있다. 진보적 선생들이 교육부와 학교로 들어가 선생들을 변하게 하 고 학생들에게 새로운 가치관과 세계관을 불어넣어 주는 것이 잉크전략 이다. 폭력을 증오하고 평화를 추구하는 자들이 책을 쓰고 대중을 설득 하고 사회집단 곳곳에 들어가 그 집단 자체를 평화적으로 바꾸어놓는다 면 그 집단은 폭력의 때깔을 평화의 고운 빛으로 바꿀 수 있을 것이다. 교과서, 커리큘럼을 바꾸고 나중에는 학교 자체를 변하게 하는 것이 기 생전략이다. 구조적 폭력을 조장하고 유지하는 체제, 구조, 법과 제도들 을 야금야금 공격하여 무력화시키는 것은 기생전력이다.

동양식 대안

폭력은 타자에 대한 배제와 오해와 증오에서 비롯되며, 이런 것들은 근본적으로 동일성의 패러다임에서 비롯된다. 20세기는 배제의 담론이 지배한 역사였다. 20세기가 전쟁과 학살로 점철된 것 또한 동일성의 사유를 보편적인 사유로 가졌기 때문이다.

폴 포트$^{Pol\ Pot}$를 만난 이들은 그가 아주 온화하고 지적이며 상대방을 설득하는 능력이 뛰어나면서도 겸손하고 과묵하며 따스한 성품을 가진 사람이라고 한다. 그런데 그가 어떻게 캄보디아 인구의 1/4에 달하는 170만 명을 킬링필드로 보냈을까? 그의 뜻만큼은 숭고하였다. 캄보디아 농촌을 보고서 그는 캄보디아 전체를 농촌처럼 서로 사랑하고 연대하며 순박한 인심을 가진 공동체로 만들고 싶었다. 그러나 그는 이것을 동일성으로 하여 타자, 곧 '도시적인 것'을 철저히 배제하고서 절대 순수한 농촌공동체를 건설하고자 하였다. 그는 도시와 시장, 학교를 없애버리고 안경을 낀 사람도 '도시스러움'을 갖고 있다고 처형할 정도로 타자에 대해 폭력을 가하여 농촌공동체의 동일성을 유지하고자 하였다.

월남전에 참전한 군인으로부터 들은 이야기다. 베트콩이나 월맹 정규군 시체는 몇 백 구가 널브러져 있어도 무섭지 않지만 그 중 한 구의 시체라도 한국인의 것이 있으면 보초를 서는 내내 두려움에 떤다고. 같은 인간인데 왜?

나치즘의 유대인 대학살과 일본군의 난징 대학살, 스탈린주의와 수용소군도, 미군의 밀라이 대학살, 유고의 인종 청소 모두 "너는 우리편이 아니다"라는 배제의 담론의 소산이다. 임산부의 배를 갈라 태아를 불 속에 던져버린 일본 군인들이 악마의 화신이었을까? 아니다. 그들도 소설을 읽고 엉엉 울어버리고 첫사랑에 온밤을 설렘으로 지새우고 키우던 강아지의 죽음에 눈물을 훔치던 우리와 똑같은 사람이었다. 다만 "저들은 우리편이 아니야. 남이야. 저들이 사라져야 우리가 행복해"라는 식의 배제의 담론이 그들을 그렇게 악마로 바꾸어버렸던 것이다. 이처럼 동일성의 사유는 타자를 배제하거나 폭력을 가하며 자신, 우리의 동일성을 유지하고자 한다.

우리는 원효나 들뢰즈에게서 동일성의 폭력을 극복하는 패러다임의 씨앗을 본다. 원효는 연기緣起와 공空의 철학을 바탕으로 차이의 철학을 논한다.

"같다는 것은 다름에서 같음을 분별한 것이요, 다르다는 것은 같음에서 다름을 밝힌 것이다. 같음에서 다름을 밝힌다 하지만 그것은 같음을 나누어 다름을 만드는 것이 아니요, 다름에서 같음을 분별한다. 하지만 그것은 다름을 녹여 없애고 같음을 만드는 것이 아니다. 이로 말미암아 같음은 다름을 없애버린 것이 아니기 때문에 바로 같음이라고 말할 수도 없고, 다름은 같음을 나눈 것이 아니기에 이를 다른 것이라고 말할 수 없다. 단지 다르다고만 말할 수가 없기 때문에 이것들이 같다고 말할 수 있고 같다고만 말할 수가 없기 때문에 이것들이 다르다고 말할 수 있을 뿐이다. 말하는 것과 말하지 않는 것에는 둘도 없고 別도 없는 것이다."(元曉: 626-상)[6]

외국인들은 뜨거운 국을 먹으면서 시원하다고 말하는 한국인을 이해하지 못한다. 우리나라 학자들도 이에 대해 뭐라 하지 못하는 것은 마찬가지이다. 그러나 이는 변동어이辨同於異의 화쟁和諍의 사유가 우리 민족의 사유구조이자 문화의 구조이기 때문이다.

뜨거움은 홀로 존재하는 것도 홀로 의미를 갖는 것도 아니다. 찬 것이 있기에 그와 차이를 통하여 뜨거움을 분별한 것이다. 차다는 것 또한 홀로 의미를 갖는 것이 아니라 '뜨거운 것이 있기에 차다'라는 의미를 갖는다. 그리고 둘 사이가 대립적인 것이 아니다. 뜨거운 것은 찬 것을 없애고 이루어지는 것이 아니요, 찬 것은 뜨거운 것을 증발시켜버리고 얻어내는 것은 더욱 아니다. 뜨거운 것이 있어서 찬 것이 드러나고 찬 것이 있어서 뜨거운 것을 느끼기에 가장 시원한 맛은 "뜨거운 시원함"이다.

이처럼 동일성이란 것은 타자성에서 동일성을 갖는 것을 분별한 것이요, 타자성이란 것은 동일성에서 다름을 밝힌 것이다. 동일성은 타자를 파괴하고 자신을 세우는 것이 아니기 때문에 바로 동일성이라고 말할 수도 없고, 타자성은 동일성을 해체하여 이룬 것이 아니기에 이를

---

6) 元曉, 『金剛三昧經論』, 東國大學校 佛典刊行委員會 編, 『韓國佛敎全書』 卷1, 동국대학교 출판부, 1979.

타자라고 말할 수 없다. 주主와 객客, 현상과 본질은 세계의 다른 두 측면이 아니라 본래 하나이며 차이와 관계를 통하여 드러난다. 주체에는 이미 타자가 들어와 있고 타자엔 주체가 스며있다. 화쟁은 주와 객, 주체와 타자를 대립시키지도 분별시키지도 않는다. 양자를 융합하되 하나로 만들지도 않는다. 어느 한 편에 치우치지 않으면서 중간도 아니다. 주와 객, 주체와 타자가 서로를 비춰주어 서로를 드러내므로 스스로의 본질은 없고 다른 것을 통하여 자신을 드러낸다. 진리는 진리가 아닌 것과 차이를 갖기에 진리다.

글을 읽고 있는 지금 이 순간 여러분께 한 가지 제안한다. 당장 옆에 있는 사람과 마주 보고 눈을 맞추라. 똑바로 상대방의 눈동자를 바라보면 상대방의 눈동자 안에서 내 모습을 발견할 것이다. 이를 한국어로 '눈부처'라 한다. 내 모습 속에 숨어있는 부처, 곧 타자와 자연, 약자들을 사랑하고 포용하고 희생하면서 그들과 공존하려는 마음이 상대방의 눈동자를 거울로 삼아 비추어진 것이다. 그 눈부처를 바라보는 순간 상대방과 나의 구분이 사라진다. 상대방을 살해하려 간 자라 할지라도 눈부처를 발견하는 순간 상대방에게 폭력을 가하기는 쉽지 않을 것이다.

변동어이의 차이, 곧 역동적이고 생성하는 차이는 개념적인 차이와 다르다. 어떤 사람은 이를 똘레랑스로 이해하는 데 이를 넘어선 개념이다. 한 이스라엘인이 자신과 다른 팔레스타인의 문화를 인정하고 그들을 차별하지 않고 유대인과 똑같이 관용으로 대하는 것은 개념적 차이를 인식한 데서 오는 것이다. 하지만 연극 〈Plonter〉의 배우와 스텝들은 개념적 차이에 바탕을 둔 관용이 얼마나 허술하고 관념적인지 절감하였다. 이 연극은 자살폭탄 테러로 남편을 잃은 이스라엘 여인과 이스라엘 군인의 총에 아들을 잃은 팔레스타인 여인을 중심으로 이스라엘과 팔레스타인의 갈등과 화해를 다룬 것이다. 이 연극에서 5명의 이스라엘인 배우가 팔레스타인 역을, 4명의 팔레스타인 배우가 이스라엘인 역을 연기하였다. 이제까지 상대방을 관용으로 대했던 그들도 서로 역할을 바꾸어 연기를 하면서 처음엔 서로 소리를 지르고 울부짖으며 싸웠다고 한다. 그러다가 그들은 7개월의 공동 작업을 통해 내 안의 타자, 상대방의 눈부처를 발견하고서 서로를 진정 이해하고 포용하게 되었고 결국 연극을 완성하였다. 바로 이들 배우는 감성과 몸을 통해 내적 차이를 깨달은 것이다

이처럼 변동어이의 차이는 두 사상事象이 서로 차이를 긍정하고 상대방을 수용하고 섞이면서 생성된다. 차이를 전적으로 받아들이는 자는 다른 것을 만나서 그것을 통해 자신을 변화시킨다. 나와 타자 사이의 진정한 차이와 내 안의 타자를 발견하고서 자신의 동일성을 버리고 타자 안에서 눈부처를 발견하고서 내가 타자가 되는 것이 변동어이의 차이다. 변동어이의 차이의 사유로 바라보면, 이것과 저것의 구분이 무너지며 그 사이에 내재하는 권력, 타자에 대한 배제와 폭력의 담론은 서서히 힘을 상실한다.7)

이처럼 변동어이의 사유는 양자를 우열로 보지 않는다. 타자에게서 자기를 발견하며 타자와 차이를 통하여 자기를 찾는다. 독일의 문학가 루이제 린저Luise Rinser, 1911~ 는 "가장 진정한 사랑이란 내 방식을 그에게 강요하는 것이 아니라 내가 그의 방식으로 세계를 바라보는 것이다"라고 말하였다. 레비나스는 "사랑하는 자는 상대방에게서 신을 발견한다"라고 하였다. 이처럼 변동어이의 사유는 나는 타자로 인하여 나이고 타자가 곧 나임을 자각하고 타자에게서 신을 발견하는 것, 그리하여 타자를 나처럼 끔찍이 보듬어주고 사랑하는 것, 나와 타자 사이에 평화스러운 공존을 모색하는 것이다.

이와 유사한 개념을 우리는 들뢰즈에게서 발견할 수 있다. 들뢰즈는 어떤 방식으로도 동일성으로 귀환하지 않는 '차이 그 자체'에 주목한다. 그에 따르면, 차이 자체는 절대적이고 궁극적인 차이로 감성과 초월적 경험에 의해서만 도달할 수 있다. 사실 반성적 개념 안에서 매개하고

---

7) 이도흠(Lee, Doheum), "Comparative Study on the Hwajaeng Buddhism and Postmodern Philosophy", *Conference on Process and Han*, Claremont University, The Center for Process, 2007.

매개되는 차이는 지극히 당연하게 개념의 동일성, 술어들의 대립, 판단의 유비, 지각의 유사성에 복종한다. 차이는 파국을 언명하는 상태로까지 진전되어서만 반성적이기를 멈출 수 있으며 효과적으로 실제의 개념을 되찾는다.[8]

변동어이의 차이는 들뢰즈의 차이의 철학과 통한다. 양자 모두 개념적 차이를 넘어서서 차이 그 자체, 정적인 것이 아니라 역동적이고 생성하는 차이를 추구한다는 점에서도 유사하다. 반면에 변동어이의 차이는 이분법을 완전히 넘어서서 일심을 지향하는 대신 차이가 실은 힘과 힘 사이의 관계임을 인식하지 못한다. 때문에 차이를 동일성으로 환원하려는 세력, 특히 오이디푸스화를 통해 인간의 욕망을 억압하고 통제하고 폭력을 조장하는 자본주의를 비판하는 데 유용하지 못하다. 차이가 영원회귀의 반복을 하여 차이를 생성하는 것을 설명하지 못한다. 이에 우리는 원효의 변동어이의 패러다임에 들뢰즈의 차이를 결합할 필요를 느낀다.

진속불이眞俗不二에 따른 눈부처-주체성도 한 대안이다. 우리 미천한 인간들이 속의 세계에서 깨달음의 세계로 끊임없이 수행 정진하여야 완성된 인격[眞]에 이를 수 있고 또 이에 이른 사람은 아직 깨닫지 못한 중생들을 이끌어야 비로소 깨달음이 완성될 수 있다. 높은 깨달음에 이르렀다 할지라도, 열반에 머물지 않고 아직 깨달음을 얻지 못한 중생을 구제해야 비로소 깨달음의 완성에 이른다. 이것이 진속불이다. 그러니, 대중들 속에 부처를 담고 있으니 부처처럼 귀하게 여겨야 함은 물론, 아무리 미천한 사람도 부처가 될 정도로 주체를 형성할 수 있다. 또 내가 깨달았다고 곧 부처가 되는 것은 아니다. 마치 체 게바라가 혁명에 성공하고 다시 민중 속으로 내려간 것처럼 다시 중생으로 환생하여 중생을 구제할 때 진정한 부처가 된다. 내가 주체로 서서 세계를 올바로 이해하고 세계의 모순과 부조리에 대해 저항하고 타자의 실존을 위해

---

8) Gille Deleuze, *Difference and Repetition*, tr. Paul Patton, New York: Columbia University Press, 1994, pp. 34~35.

실천하는 대자적 존재인 동시에 서로의 눈에서 눈부처를 발견하고 서로를 부처처럼 존중하고 서로가 서로 사랑하고 서로에게 본이 되어 서로를 부처로 만드는 존재를 눈부처—존재라 명명한다. 우리는 눈부처—주체성을 통해 타자를 배제하고 주체의 동일성을 확보하는 것이 아니라 나를 버려서 타자를 존재하고 생성하게 하는 주체의 개념을 세울 수 있다.

그렇다 하더라도 대안은 아직 부족하다. 이는 개인적인 차원의 대안일 뿐이다. 우리는 개인을 넘어서 폭력이 전혀 없는 공동체를 꿈꿀 수 있다. 다산 정약용이 제시한 여전제(閭田制)를 응용하여 사회주의의 집단농장과 자본주의의 기업의 장점을 조화시킬 수 있다. 다산은 사회주의 체제와 자본주의 체제의 한계를 내다보고 여전제를 대안으로 내세운다. 그는 촌락의 공동경작과 노력보수제를 조화시킨다. 그가 〈전론(田論)〉 7장에서 밝힌 대로, "노력의 많고 적음에 따라 분배의 후하고 박함이 결정되므로 농부는 힘을 다하고, 전지(田地)는 지리(地利)를 다하게 될 것이요 지리를 잘 이용하면 민산(民山)이 부요하고 민산이 부요하면 풍속이 순후하고 풍속이 순후하면 백성이 효제(孝悌)를 행할 것이다. 그러므로 여전법은 전제의 상책이다".

여전제란 한마디로 한국적 공동체 이론의 토대가 될 수 있다. 고무신을 1만 켤레 생산하는 공장이 1만 켤레를 공동 생산하고 분배하여 소련과 같은 문제를 야기한 것이다. 초기에 구성원 모두가 혁명적 열정에 불타서 나 아닌 다른 인민을 위해 자신을 희생하고자 할 때, 마르크스의 제안대로 한 사람 한 사람이 타자들을 좀 더 자유롭게 하려는 정의를 추구할 때. 그것은 폭력이 전혀 없는 공동체였다. 그러나 그 열정이 사그라지면서 이기심이 솟아났다. 집단농장의 배추는 썩어 가는데 개인 텃밭의 배추는 싱싱하였다. 그러자 소련은 다시 미국의 식량원조 없이는 기아가 발생하는 나라로 전락하였고 집단농장엔 반복과 갈등이 빈번히 발생하였다. 반면에 자본주의는 이기심을 바탕으로 하여 인류 역사 이래 최고의 번영을 누리고 있다. 자본주의란 한 마디로 개인의 능력을 마음껏 신장하도록 보장하고 이의 양과 질에 따라 보상해주는 메커니즘이다. 이 체제 안에서 개인은 그 보상을 바라고 현재의 고통을 감내한다. 대신 자본주의는 가진 자와 가지지 못한 자가 갈등을 하고 자본이 인민을 착취하고 근본적으로 자기실현인 노동이 억압이 되고 타인으로부터, 자신으로부터도 소외되었다.

　그러나 여전제는 그 중 5천 켤레는 공동의 몫으로 하여 공동의 가치를 추구하게 하고 그 중 3천 켤레는 개인의 능력별로 나누어주어 개인의 창의력과 능력에 따른 보상을 하여 그들의 활기찬 참여를 이끈다. 나머지 2천 켤레는 자신의 노동이 타인을 자유롭게 하였다는 것을 구체화할 수 있도록 그 공동체와 연관이 있는 주변의 장애인이나 양로원 등에 보낸다. 물론 구성원 간 상호주체성을 높이기 위하여 노동의 목적과 방법에서부터 분할 비율에 이르기까지 전체 과정을 모든 구성원이 참여하여 자유토론으로 정한다. 외적으로는 불일불이不一不二의 패러다임을 따라 공동체와 다른 집단을 네트워킹하고,[9] 내적으로는 진속불이眞俗不二의 원리에 따라 구성원 간 상호주체성과 상보성을 높이는 것이다. 이와 같은 공동체 안에서 화쟁의 패러다임을 가지고 서로가 서로를 보듬으려 한다면, 깨달은 자와 깨닫지 못한 자 구분 없이 나 아닌 다른 이를 자유롭게 할 때 내가 진정 해방되고 자유로울 수 있다고 생각하고 실천한다면, 세상의 삼라만상과 내가 깊이 연관되어 있다고 보아 생산에서 소비체제에 이르기까지 순환의 원리를 적용한다면, 가진 자 못

---

9) 불일불이는 화쟁의 논법으로 연기론에 화엄철학의 불이론을 결합시킨 것이다. 씨는 스스로는 무엇이라 말할 수 없으나 열매와의 '차이'를 통하여 의미를 갖는다. 씨와 열매는 별개의 사물이므로 하나가 아니다[不一]. 사과 씨에서는 사과를 맺고 배 씨에서는 배가 나오듯, 씨의 유전자가 열매의 거의 모든 성질을 결정하고 열매는 또 자신의 유전자를 씨에 남기니 양자가 둘도 아니다[不二]. 씨는 열매 없이 존재하지 못하므로 空하고 열매 또한 씨 없이 존재하지 못하므로 이 또한 공하다. 그러나 씨가 죽어 싹이 돋고 줄기가 나고 가지가 자라 꽃이 피면 열매를 맺고, 열매는 스스로 존재하지 못하지만 땅에 떨어져 썩으면 씨를 낸다. 씨가 자신의 존재를 유지하고자 하면 씨는 썩어 없어지지만 씨가 자신을 공하다고 하여 자신을 흙에 던지면 그것은 싹과 잎과 열매로 변한다. 공(空)이 생멸변화(生滅變化)의 전제가 되는 것이다. 이처럼 스스로는 의미가 없으나 자신을 희생하여 타자를 의미 있게, 생성하게 만드는 것이 불일불이이다.

가진 자 없이, 폭력 없이, 환경파괴 없이 깊은 연대와 사랑 속에서 새로운 삶을 살 수 있지 않을까?[10] 阛

이도흠
문화평론가. 1960년생. 한양대 교수. 저서로 『화쟁기호학 이론과 실제』가 있음. ahurum@hanyang.ac.kr

10) 이 글은 이도흠, 「사회 갈등과 폭력의 심화에 대한 불교적 대안」(『불교평론』 제19호, 2004년 여름)에서 제기한 문제와 주제가 유사한 관계로 이를 바탕으로 하다 보니 상당 부분(30%)이 비슷하다.

탈관계의 관계, 관계의 탈정립

: 최소 단위의 폭력론을 위하여

김항

1. 폭력과 언어: 데리다의 훗설 비판과 원-폭력archi-violence

"그 어떤 경우에도 폭력은 목적이 될 수 없다." 이 진술은 폭력이 그 어떤 경우에도 정당화될 수 없음을 뜻하는 것이 아니다. 이 진술은 폭력을 사유할 때 출발점이 되는 최소한의 사실로 사유를 이끌 뿐이다. 그것은 그 어떤 경우에라도 폭력은 수단Mittel일 수밖에 없다는 사실이다. 그렇다고 해서 폭력이 언제나 하나의 목적에 종속된다는 생각, 즉 폭력은 그 목적에 따라 정당한 폭력과 정당하지 못한 폭력으로 나뉠 수 있다는 생각, 혹은 폭력은 아무런 목적을 가지지 않는다고 생각하는 것은 다소 성급한 사유라 할 수 있다. 문제는 폭력이라는 수단이 목적과 맺는 관계가 그리 단순하지 않다는 데에 있다. 폭력이라는 수단이 목적과 관계를 맺을 때, 폭력은 항상 목적을 말소하면서 목적과 관계를 맺기 때문이다. 그래서 이 복잡한 관계의 위상학을 따져보기 위해서는 성급한 생각으로 내닫기 전에 잠시 숨을 골라야 한다. 이 때 성급한 사유란 충분히 숙고되지 못한 사유를 뜻할 뿐만 아니라, 더 중요하게는 데리다가 정의한 "형이상학에 종속된 사유"를 뜻한다. 폭력을 논하고자 하는 이 자리에서 데리다의 형이상학 비판을 언급하는 것이 다소 생뚱

맞게 들릴지 모르겠지만, 폭력을 온전히 사유하기 위해서는, 즉 목적을 말소하는 형태로 목적과 관계 맺는 수단을 사유하기 위해서는, 데리다 의 형이상학과 언어론을 거친다고 해서 그리 에둘러 가는 것은 아닐 터이기에, 시작부터 조금 궤도를 벗어나보기로 한다.

데리다는 훗설의 기호론을 해체구성^{deconstruction}하면서 형이상학과 언어 의 관계에 관한 깊은 통찰을 제시한다. 이 때 언어는 형이상학적 진리 가 "타자(다른 것)"의 고유성을 말소하고, 그 말소를 은폐하면서 드러나 는 장이다. 여기서 중요한 사실은 타자의 고유성이 지워졌다는 사실이 라기보다는, 형이상학이 이 지움을 은폐한다는 점이다. 단순히 지워져 있다면 타자의 고유성은 '원래' 있는 무엇이다. 하지만 형이상학은 고유 성이 아니라 지움을 은폐하면서 스스로의 진리를 성립시키기 때문에, 그 진리는 언제나 지움의 흔적을 간직하고 있다. 바꿔 말하면 타자의 고유성은 언제나 지워져 숨겨진 채로만 존재할 수 있으며, 진리 안에 남아 있는 것은 지워진 고유성이 아니라 그 말소의 흔적이라고 할 수 있다. 언어는 이 형이상학적 진리와 타자의 고유성 사이의 오묘한 위상 학을 드러내준다. 데리다의 말을 들어보자.

> 만약 우리가 (훗설을 따라: 인용자) 기호(Zeichen)를 어떤 지향적(intentional) 운동의 구조로 파악한다면, 기호는 사상(事象: Sache) 일반의 범주에는 포함되 지 않으며, 그 존재에 관한 물음을 제기할 수 있는 '존재자'에 포함되지 않을 것 이다—이렇게 생각해볼 수 있지 않을까? 훗설은 아마도 그렇게 생각했을 것이 다. 기호는 존재자와 다른 것이 아닐까? 그것은 사물이 아니기 때문에 '무엇일 까?'라는 물음 속에서 해결될 수 없는 유일한 '것'이 아닐까? 반대로 오히려 기호 야말로, 기회가 주어진다면, 그런 물음을 가능케 하는 것이 아닐까? 그리고 그렇 게 해서 "ti esti(무엇인가? = 본질)"라는 물음의 영역으로서의 "철학"을 가능케 하는 것이 아닐까?¹⁾

....

1) J. Derrida, D. B. Allison trans., *Speech and Phenomena, and Other Essays on Husserl's Theory of Signs*, Northwestern Univ. Press, 1973, p. 14. 이하의 논의에서 훗설과 관련된 부분에 대해

훗설은 『논리학 연구Logische Untersuchungen』1권을 기호와 관련 개념들 사이의 본질적 구분으로부터 시작한다. 그 개념 구분을 여기서 상세하게 소개할 수는 없지만, 훗설의 이런 시도가 기호 개념을 현상학적 이념의 중심에 자리 매김하여, 형이상학이 언어를 다루어왔던 전통에서 벗어나고자 한 것이었다는 사실에는 주목해야 한다. 훗설이 볼 때 형이상학은 기호=언어를 이데아적 진리의 단순한 부속물, 혹은 그 진리를 불충분하게나마 전달하는 매개물이라 정의해왔기 때문이다. 이런 형이상학은 현상학적 이념에 가장 해가 되는 장애였다. 왜냐하면 훗설은 그 무엇으로도 환원 불가능한 앎의 근원을 삶Leben으로부터 기초 지우려 했는데, 형이상학의 이데아보다 삶과 동떨어진 곳에서 앎을 기초 지우는 것은 없었기 때문이다. 훗설은 어디까지나 삶, 즉 경험이나 체험의 가장 깊은 곳으로 내려가, 앎이 더 이상 기댈 곳 없이 불안정한 상태에 빠지는 지점에서 초월론적 계기, 즉 앎이 비로소 그곳에서 출발하는 근원을 발견하고자 했다. 그리고 이 지점이야말로 언어활동이며, 그 계기―근원이야말로 기호에 다름 아니었다.

이런 틀 안에서 훗설은 언어활동에 대한 사유를 전개한다. 그런데 훗설은 언어활동 일반에 관해 어떠한 존재론적 정의도 내리지 않는다. 아니 못한다고 하는 것이 정확할 것이다. 언어는 정의하려는 순간 그 그물망에서 벗어나는 무엇, 즉 "'무엇일까?'라는 물음 속에서 해결될 수 없는 유일한 '것'"이기 때문이다. 그런 의미에서 언어활동 일반은 존재론적으로 정의될 수 없다. 언어는 무언가를 지시하는, 그 자체로는 텅 빈 것이므로, 이미 언제나 그 자체로는 무의미한 것일 수밖에 없다. 그래서 훗설은 언어활동 대신에 기호를 분석의 최소단위로 삼았다. 훗설에 따르면 기호는 표현Ausdruck과 지시Anzeichen라는 두 가지 기능을 갖는데, 기호를 현상학적 분석을 통해 보면, 표현과 달리 지시는 환원(제거 reduction)의 대상이 된다. 지시는 언제나 지시되는 무언가를 전제해야

서는 이 책의 1장을 참조.

만 하기 때문이다. 즉 지시는 다른 어떤 것에 종속되어 있는 기호의 기능인 셈이다.

따라서 기호로 하여금 기호 고유의 존재성을 갖게 만드는 기능은 표현이다. 그것은 지시되는 무언가와 무관한, 그 자체로 의미를 갖는 지향적 움직임이다.[2] 이 지향적 움직임을 초월론적으로 분석해보면, 즉 그 가능성의 조건을 따져보면, 다시 한 번 바꿔 말해 그 한계지점을 확정해보면, 기호-표현은 아무런 것도 전달하지 않는 '순수 전달'을 거쳐, 외부와 내부 없는 순수한 지향성이 된다. 왜냐하면 모든 앎이 그것 없이는 전개 불가능한 기호의 고유성은 '무언가를 전달한다'는 데에 있는 것이 아니라, '전달한다'는 몸짓 혹은 행위 그 자체일 터이기 때문이며, 이 몸짓이나 행위가 여전히 그 어떤 것을 전달하는 지시의 기능을 담고 있는 한에서, 기호는 그런 지시하는 것과 지시되는 것 없는 어떤 순수한 지향이 될 것이기에 그렇다. 이를 통해 훗설은 기호가 모든 경험과 전제된 지식을 환원한 뒤에 남는, 앎의 근저를 이루는 기초라고 정식화하면서 형이상학의 전통과 단절을 이룬다. 즉 이데아적인 진리는 기호가 종속되어 있는 절대 전제가 아니라, 거꾸로 이데아적 진리야말로 이런 순수 지향으로서의 기호에서 비롯된 것이라는 주장이었던 셈이다. "오히려 기호야말로, 기회가 주어진다면, 그런 물음(무엇인가?: 인용자)을 가능케 하는 것이 아닐까? 그리고 그렇게 해서 "ti esti(무엇인가?=본질)"라는 물음의 영역으로서의 '철학'을 가능케 하는 것이 아닐까?"

데리다는 이러한 훗설의 시도를 충분히 인정한 위에서 해체구성을 시도한다. 데리다의 시도는 다양한 측면에서 날카롭고 주도면밀하게 전개된다. 물론 그 전개의 전모는 이 글의 범위를 벗어나는 것이지만, 데리다의 주장은 훗설의 형이상학에 대한 비판이 여전히 형이상학에 종속되어 있다는 것으로 요약될 수 있다. 즉 훗설은 삶의 가장 근저에서 앎을 낳는 최소의 움직임으로 기호에 다다를 수 있었지만, 이 기호

---

2) 물론 이 구분은 현실의 언어활동이 아니라 현상학적 환원을 통한 초월론적 분석을 통해 가능한 것이므로, 현실에서 언어활동의 이 두 가지 기능은 경험적으로 구분될 수는 없다.

가 주관의 지향성과 등치되면서 형이상학에게 덜미를 잡히고 말았다는 것이다. 왜 그럴까? 그 까닭은 훗설이 기호의 순수성으로부터 지웠다고 믿었던 기능, 즉 지시라는 기능이 지향성으로서의 기호를 이미 오염시키고 있기 때문이다.

순수 지향성은 위에서 말했듯이 절대로 아무것도 지시해서는 안 된다. 그것은 그저 초월론적인 '말하기-듣기'의 동시 생성이다. 자아의 자기 표출을 기초 지우는 근원, 즉 자아가 어떤 의도를 갖고 있음을 기초지울 수 있는 초월론적인 자아는 여기서 탄생한다. 그는 그 어떤 외부의 사람이나 사물과도 관계없는, 스스로 말하고 듣는 존재이기 때문에, 경험적으로는 아무것도 말해지거나 들리지 않아도 상관없다(메를로-퐁티는 훗날 이 초월론적인 자아를 그저 움직이는 몸뚱아리로 대체한다). 그래서 이 순수 지향성은 지금 이곳에서 어떤 것인지는 몰라도 아무튼 '지향'했다는 사실, 즉 '표현'했다는 최소 사실에 다름 아니라고 할 수 있다. 그리고 이것은 반복 불가능한, 지금 이곳의 고유한 '현전presence'에 다름 아니고 말이다.

이 현전 없이 앎의 확실성은 불가능해진다. 그래서 지금 이곳, 눈앞의 지금present now이야말로 기호의 다른 이름이다. 그러나 이 지금과 이곳은 이미 언제나 어긋나 있다. 왜냐하면 지금과 이곳이 가능하기 위해서 삶은 언제나 지나와야 하거나 아직 오지 않아야 하기 때문이다. 그 어떤 기호도 지금 이곳과 일치할 수 없다. 헤겔이 정신현상학 머리말에서 자세히 분석하고 있듯이, 지금 이곳에 대한 감각적 확신은 의식이 빠져드는 하나의 착각이다. 왜냐하면 지금과 이곳은 결코 독자적으로 확정될 수 있는 것이 아니라, 과거-미래와 저곳-그곳과의 대비를 통해서만 가능한, 따라서 절대로 결정 불가능한 시간-공간성이기 때문이다. 그래서 훗설의 기호는 근원적으로 과거-미래와 저곳-그곳을 전제-말소하고 있다(데리다는 '겨호'라고 표현한다). 그런 의미에서 훗설이 기호를 현전과 중첩시킨 것은 전형적인 형이상학이라 할 수 있다. 왜냐하면 기호-순수 지향성-현전은 과거-미래와 저곳-그곳이라는 타자에 의해 오염되어 있음에도, 훗설은 그 말소된 타자를 은폐하고 있기 때문이다. 즉 현상학적 환원이라는 말소를 초월론적 자아를 통해 은폐하고 있는 것이다.

천신만고 끝에 빠져나왔다고 믿었던 훗설 조차도 이렇듯 형이상학에게 덜미를 잡히고 말았다. 언어(기호)를 통해 형이상학을 전도하려고 했던 훗설의 시도는 일단 성공한 듯이 보였다. 앎을 인간 삶의 최소단위, 즉 어떤 하나의 움직임(기호)으로까지 내려가 기초 지웠기 때문이다. 하지만 훗설이 보지 못한 것은 이 움직임이 결코 순수할 수 없다는 사실이다. 이 움직임은 언제나 '타자'와의 관계 속에서만 가능하다. 즉 타자 없이는 언어가 불가능한 것이다. 이는 단순히 소통의 상호성 문제가 아니다. 문제는 말을 하는 동물인 인간의 언어행위가 이미 언제나 타자에 의한 오염에 노출되어 있다는 사실이다. 즉 내가 무언가를 의미하고자 하는 몸부림은 나만의 순수한 의도나 의지가 아니라 타자를 말소한 흔적을 간직하고 있는 것이다. 투명한 의미, 불고의 진리, 행위의 목적 등 그 자체로 진리이자 선인 '이데아적인 것'은 이렇듯 타자 없이는 성립 불가능한 불순한 것들인 셈이다. 이를 바꿔 말하면 이 불순한 것들이 성립하기 위해서는 타자의 고유성을 말소하면서 은폐해야 한다고 할 수 있으리라.

데리다의 윤리―정치는 이곳에서 출발한다. 타자가 말소되고 은폐되는 형식으로 존재할 수밖에 없다면, 그것은 자연적이고 순수하게 존재하는 존재자가 아니다. 그것은 진리의 이면에서 언어를 통해 말소의 흔적으로 드러나는, 이름 붙일 수 없는 '비존재의 존재'라 할 수 있다. 이 말소의 흔적, 비존재의 존재로 타자를 구성하는 일을 데리다는 '원―폭력archi-violence'이라 불렀다. 데리다의 윤리―정치는 이 원―폭력 속에서 폭력 비판의 가능성을 탐구하는 일이다. 즉 타자를 경험 가능하고 호명 가능한 어떤 실체로 보는 것이 아니라, 인간이 인간일 수 있는 근원인 언어활동에 이미 말소되어 은폐된 형태로서만 존재할 수 있는 것으로 파악하는 것이다. 그래서 데리다의 윤리―정치는 폭력을 단순히 부정하지 않고, 어떻게 이 폭력 속에서 폭력에 대항할 수 있는가를 모색하는 곤란한 시도이며, '도래할 민주주의'라는 그의 이념은 이렇듯 언어ー타자ー폭력에 대한 고단한 사유를 요청한다.[3]

생각보다 오래 에둘러 온 듯하다. 이제 "폭력은 그 어떤 경우에도 수단일 수밖에 없다"는 출발점으로 되돌아 가보자. 데리다를 따라 '말하는 동물'인 '인간'이 인간이기 위해서는 이미 언제나 원ー폭력 속에서 삶을 영위해야 한다고 생각할 때, 폭력은 그 어떤 전제나 목적에 종속되는 것도 아니고, 인간이 삶의 과정에서 저지르고 마는 행위도 아니라, 인간의 삶이 숙명처럼 짊어져야 하는 부채와도 같은 것이라 할 수 있으리라. 그 누구도 빌리지 않았지만, 모든 이들이 갚아야 하는 부채 말이다. 그러나 이 폭력이 수단이라면, 그것도 목적을 말소하는 형식으로 목적과 관계를 맺는 수단이라면, 이 숙명은 마치 정해진 곳을 계속해서 지워나가며 인간을 이끄는 힘과 같은 것이라 할 수 있다. 즉 인간이 짊어져야 할 저 부채는 누구에게 갚아야 할지 모르는 것인 셈이다. 이 목적 없는 수단, 채권자 없는 부채, 귀착지destination 없는 숙명destiny, 이 무시무시한 폭력. 그런데 사유는 이것을 온전히 전유해낼 수 있을까? 도대체 이 수단을 표현하고 기술해낼 수 있는 언어를 인간은 가질 수 있을까?

----

3) 이상의 논의에 대해서는 J. Derrida, G. C. Spivak trans., *Of Grammatology*, Johns Hopkins Univ. Press, 1976, pp. 101~140 참조. 여기서 데리다는 레비-스트로스의 『슬픈 열대』를 통해 언어-기호-고유명의 원-폭력을 도출하면서, 루소에 대한 해체구성을 준비한다. 또한 『글쓰기와 차이』에 수록된 레비나스론 『폭력과 형이상학』도 참조.

2. 폭력과 생명: 칼 슈미트의 정치, 전쟁, 주권국가

'정말 일어날 가능성reale Möglichkeit'. 이것은 저 유명한 적과 동지Feind und Freund의 구분으로 정치적인 것을 정의한 칼 슈미트의 『정치적인 것의 개념Der Begriff des Politischen』을 지탱하는 아르키메데스의 점이다.[4] 슈미트는 다음과 같이 말한다.

인류 일반은 전쟁을 못한다. 왜냐하면 인류는 적어도 이 혹성 위에 적을 갖지 않기 때문이다. 인류 개념은 적 개념과 양립할 수 없다. 적도 인간이 아닐 수 없기 때문이며, 이 점에서 그 어떤 특별한 구분도 불가능하다. … 이 점에 관해서는 프루동의 발언에 적절한 수정을 가한 다음과 같은 말이 정곡을 찌르고 있다. 즉 "인류를 입에 담는 자는 기만하고자 하는 자(Wer Menschheit sagt, will betrügen)"라는 것이다. '인류'의 이름을 들먹이고 인류를 핑계 삼아, 이 말을 사유화(私有化)하는 일, … 그런 일의 귀결은 적으로부터 인간으로서의 성질을 박탈하여, 적을 법 바깥(hors-la-loi)으로, 인간성 밖으로 내몰아, 결국 전쟁을 비인간적인 것으로까지 만들어 버리려는 무서운 주장을 표명하는 것에 다름 아니다. … 자연법적 그리고 자유주의─개인주의적인 교의에서 본 인류는 보편적인, 즉 지상의 모든 인간을 포괄하는 사회적 이상(Ideale)인 셈이다. 투쟁이 정말 일어날 가능성(reale Möglichkeit)이 배제되어, 더 이상 적/동지의 결속/분할이 불가능해졌을 때, 그 때서야 비로소 현실에 존재할 수 있는 개개인 상호간의 관계 체계가 바로 인류인 것이다. 이 때 이 보편적인 사회 내부에는 정치적 단위로서의 국민(Völker)도, 나아가 투쟁하는 어떤 계급도, 적대하는 어떤 집단도 더 이상 존재할 수 없다.[5]

인류, 전쟁, 적, 법, 정치, 이 개념들의 연쇄가 슈미트의 '문명론'을 조

---

4) 이 개념에 천착하여 슈미트 비판을 전개한 것으로 J. Derrida, G. Collins trans., *The Politics of Friendship*, Verso, 1997, chap. 5 참조.
5) Carl Schmitt, *Der Begriff des Politischen*[1932], Duncker & Humblot, 1965, SS. 55~56.

직한다. 그런데 이 문명론은 서사시 같이 장대한 하나의 레퀴엠^{requiem}이다. 누구보다도 명쾌한 논리로, 그 누구도 범접할 수 없는 박식함으로, 모든 이가 찬탄해 마지않는 수려한 문체로, 독일 학문의 꽃인 법학, 철학, 신학의 전통을 자유자재로 구사하면서 웅장한 언설체계를 주조해냈지만, 불행하게도 슈미트의 통찰과 전망이 역사의 진행방향과 사이좋게 발걸음을 함께 한 일은 없었다. 꺼져 가는 불꽃을 되살리기에는, 쇄락의 길로 접어든 하나의 정신을 되돌리기에는 역부족이었던 셈이다. 그 불꽃, 그 정신은 다름 아닌 '유럽'이다. 발레리에게 그랬던 것처럼, 슈미트에게도 유럽은 하나의 정신이었고, 발레리가 시와 언어 속에 이 정신의 장소를 찾았다면, 슈미트는 법 안에서 그 장소를 찾았다.

그에게 법은 자연이나 신에 의해 주어진 소여所與의 것이 아니라, 인간들이 구체적인 상황 속에서 만들어낸 작위作爲의 산물이다. 슈미트가 유럽 정신이 그 안에서 살아 숨 쉬고 있다고 본 법은 '유럽 공법^{jus publicum} ^{Europae}'이다. 유럽 공법이란 피비린내 나는 종교 내전을 종식시키고, 신대륙 발견으로 등장한 유럽 바깥 세계와 유럽을 구분 지으려는 구체적 상황 속에서 탄생한 것이다. 슈미트는 이 국제법 체제의 핵심을 전쟁의 법제화로 파악한다. 즉 전쟁을 주권국가 고유의 권능으로 한정하고, 그 어떤 다른 집단도 전쟁의 주체가 될 수 없게끔 만들었다는 것이다. 달리 말하면 주권국가란 전쟁을 고유의 권능으로 한정함으로써 비로소 탄생한 정치체제라고 할 수 있다. 이후 전쟁의 권능을 근저에 둔 유럽 공법 체제는 주권국가 간으로 전쟁을 한정한 평화체제를 구축했고, 유럽 내에서 일어난 그 외의 무력행사는 범죄행위로, 유럽 바깥에서 일어난 것은 어떤 제재도 받지 않는 것으로 규정되었다. 슈미트에 따르면, 이러한 질서체계를 지탱하는 요소들, 즉 유럽 공법, 주권국가, 전쟁의 한정은 모두 '일거에' 생겨난 질서 체제의 요소들이다. 그가 장대한 레퀴엠으로 그 사라짐을 애도한 유럽의 정신이란 바로 이 질서 체제였다.[6]

대작 『대지의 노모스^{Der Nomos der Erde}』(1950)에서 장중하게 마지막 연주

를 마치게 되는 그의 레퀴엠에서, 『정치적인 것의 개념』은 격렬한 알레그로 악장 역할을 한다. 이른바 '베르사이유 체제'라 불리는 제1차 세계대전 후의 국제 질서는 패전국 독일에게 씻을 수 없는 치욕을 안겨주었다. 승전국 중 하나인 미국조차도 반대한 프랑스와 영국의 가혹한 보복에 독일은 거액의 보상액과 상처 입은 자존심으로 커다란 위기에 직면했던 것이다. 슈미트의 알레그로 악장은 이런 상황 속에서 주조된 선율이며, 그 비판의 화살은 베르사이유 체제의 상징 '국제연맹League of Nations'을 향했다. 이 책의 곳곳에서 슈미트는 국제연맹에 대해 맹공격을 퍼붓는다. 국제연맹이 '인류'의 이름으로 전쟁을, 따라서 정치를 말살하려 하고 있고, 그 결과 유럽 공법의 정신에 기초한 '문명'이 급격하게 쇠락할 것이라는 전망 때문이었다.

아무리 슈미트 특유의 유려한 문체와 명쾌한 논리로 치장되었다 하더라도, 이 책을 지배하고 있는 그의 격정은 숨길 수 없었다. 하지만 슈미트의 알레그로 악장을 단순히 역사적 정황 속에서 등장한, 그것도 이후의 나치 가담을 예견케 하는 호전적 논리로 환원할 수는 없다. 그의 격앙된 톤은 조국 독일이 처한 위기 상황을 넘어, 400년 넘게 지속되어온 유럽 공법 체계의 급격한 붕괴 속에서 울려 퍼지고 있었기 때문이다. 물론 중요한 것은 슈미트의 말대로 400년 동안 이 국제질서가 유럽에 실효 있는 평화체제를 구축해왔는지, 혹은 국제연맹이 이 공법 체제를 실질적으로 대체했는지 따위가 아니다. 문제는 위에서 말했듯 이 '문명'과 '정신'의 차원, 즉 유럽인의 자기 정의를 가능케 했던 언어와 개념과 질서체계 차원의 문제였다. '인류'란 이 '문명'과 '정신'의 붕괴 및 변환을 특징짓는 핵심 개념이었고 말이다.

"주권자란 예외상태에 관해 결정하는 자"(『정치신학』)라는 슈미트의 유명한 정식화는 17세기에 등장한 고전적인 주권이론에 대한 재승인이

---

6) 이러한 슈미트의 역사-정치관과 현대의 글로벌리제이션 사이의 관계에 대해서는, William Rasch, "Human Rights as Geopolitics: Carl Schmitt and the Legal Form of American Supremacy" in *Cultural Critique*, No. 54, 2003, pp. 120~147 참조.

라고 할 수 있다. 그의 레퀴엠에서 『정치적 낭만주의』와 더불어 1막을 형성하는 이 자리에서 슈미트는 국가와 법의 관계에 대한 합리주의적인 해석에 대한 강한 반박을 시도했다. 그의 주장은 법이 존립하기 위해서는 법 바깥이 존재해야만 하고, 법 바깥을 어떤 식으로라도 법적으로 규정해야 한다는 것이었다. 그런데 베르사이유 체제의 성립으로 결정적인 승리를 거둔 듯 보였던 합리주의적인 국가-법에 대한 관점은 그러한 법 바깥에 대한 법적 논리의 부재를 특징으로 하고 있었다. 합리주의적 관점에 따르면 실정법 체제의 바깥은 법적으로 존재할 수 없다. 왜냐하면 실정법 체제는 규칙의 총체로서, 그 어떠한 예외도 새로운 법의 창출을 통해 규칙 내부로 환원될 수 있는 것이었기 때문이다. 이랬을 때 법을 집행하는 자, 즉 재판관은 극단적으로 말해 존재하지 않아도 된다. 합리주의적 법이해에서처럼 모든 현실의 사건들이 정해진 규칙을 통해 분류-판단될 수 있다면, 법과 현실 사이에는 아무런 간극도 발생하지 않을 것이기 때문이다. 이 때 하나의 법을 정당화할 수 있는 잣대는 상실되고 만다. 왜냐하면 모든 삶이 법을 통해 재단될 수 있을 때, 법이란 그 바깥의 잣대에 의해 정당화되어야 하는 대상이 아니라, 모든 삶의 올바름^{Recht}을 합법성으로 환원하게 될 터이기 때문이다.

슈미트의 주권이론은 이 상황에 대한 반발이었다. 한스 켈젠으로 대표되는 순수법학의 법실증주의에 대한 비판이 『정치신학』의 주된 목적이었던 까닭은, 이러한 합리주의적 법이해가 법 자체의 정당성을 묻는 일을 불가능하게 만들기 때문이었다. 그렇다고 슈미트가 자연법으로 회귀하는 것은 아니었다. 자연법이 법의 정당성을 자연화한다면, 즉 인간의 손을 넘어선 곳에 법의 정당성을 찾는다면, 슈미트는 어디까지나 인간의 손 안에서 법의 정당성을 찾으려 했다. 그것이 바로 '주권'이었다. '주권자'는 법이 타당한 것으로 강제력을 행사할 수 있는 근거였다. 합리주의적 법이해에서는 이러한 강제력의 타당성 물음이 합법성으로 대체된다. 즉 법은 법이기 때문에 옳다는 순환논법에서 벗어날 수 없는 것이다.[7] 달리 말하자면 법의 정당성을 논의의 대상에서 제외하자는 극도로 (반)정치적인 주장이었다고도 할 수 있다. 슈미트는 이런 논의가 정당성 물음이라는 법학자의 임무 방기이자, 역사적으로 근대 유럽 문명을 지탱해왔던 법학자의 직무 유기라고 생각했다. 따라서 슈미트의 과제는 자연에서 법의 정당성을 찾는 일과 그것을 논의에서 제외시키는 일에 반박하는 일이었는데, '주권자'는 이 두 가지 과제를 동시에 수행하기 위한 개념이었다. 법 효력의 근거인 '주권자'는 인격체라는 점에서 자연적 존재와 구별되는 것이었으며, 실정법의 강제력을 가능케 하는 초월적 권력이라는 점에서 합리주의적 법체계에서는 존재할 수 없는 것이었기 때문이다.

그렇다면 이 주권자가 법의 효력을 보증할 수 있는 까닭은 무엇인가? 바로 예외상태에 관해 결정할 수 있는 권능 때문이다. 이 권능을 슈미트는 철저하게 신학적인 것이라 설명한다. 신과 주권자의 아날로지를 통해서 주권자의 권능을 설명하는 것이다. 사태는 이렇다. 세상의 창조주인 신은 자신의 권능을 어떻게 증명할까? 홉스도 언급하고 있듯이 바로 '기적'을 통해서이다. 모세 출애굽기에서 보듯이, 파라오가 모세의 신의 권능을 인정하는 것은 이집트를 뒤덮은 기이한 현상들 때문이었다. 나일강이 붉은 색으로 변한 것도 그 요인 중 하나이다. 이렇듯 신은 스스로가 투명하게 만든 물을 붉은 색으로 바꾸는 일을 통해 스스로의 권능을 설명한다. 즉 스스로가 만들어 놓은 질서를 중지시킴으로써 스스로가 만든 질서의 타당성을 증명하는 셈이다. 주권자가 법 효력을 보증하는 방식도 이와 동일하다. 즉 법이 만들어 놓은 규칙 바깥

---

7) 물론 한스 켈젠으로 대표되는 순수법학의 흐름이 이런 주장을 펼친 것은 매우 정치적인 상황 때문이었다. 역사상 최초로 헌법재판소를 만든 켈젠의 의도는 다양한 정파들의 싸움으로 국가가 분열 상태로 치닫는 것을 막기 위한 것이었다. 헌법재판소를 통해 한 국가의 정치적 분열을 최종적으로 판단할 수 있게끔 하기, 즉 정치적 세력이나 강권이 아니라 실정법에 대한 법해석적 판단을 국가 내의 논란에 대한 최종심급으로 만들기, 이것이 켈젠의 정치적 의도였던 셈이다. 이는 개혁파와 수구파가 극렬하게 대립하고 있었던 제1차 대전 이후의 독일─오스트리아 정세에서 도출된 정치적 해결책이었던 셈이다. 슈미트는 이러한 켈젠의 해결책에 강력하게 반대하면서, 바이마르 공화국 헌법의 수호자를 '대통령'이라는 인격체로 규정했다.

이 무엇인지 결정하는 일을 통해 주권자는 스스로가 제정한 법을 효력을 증명하는 것이다. 주권자의 예외상태에 대한 결정은 바로 이러한 신학과의 아날로지를 통해 도출된 개념인 것이다.

그렇다면 법의 바깥이란 무엇인가? 바로 법이 중지되는 일, 즉 17세기 이후의 역사적 맥락에서 보자면 '전쟁'이다. 전쟁이야말로 주권이 법효력을 보증하는 근거이다. 바꾸어 말하면, 전쟁이야말로 주권자의 질서가 통용되는 정상상태, 즉 국가를 규정한다고 할 수 있다. 그리고 이 주권―국가가 위에서 말했듯이 슈미트에게 하나의 문명인 한에서, 이 문명의 기초에는 전쟁이 존재한다. 즉 전쟁 없이 주권국가, 아니 근대의 인간이 법을 포함한 모든 질서체계를 구축하는 일은 불가능하다. 그리고 전쟁이 본질적으로 적과 동지의 구분에 기초해 있는 한, 또한 이 구분이 '정치적인 것'의 표징인 한, 문명의 기초는 바로 이 전쟁이 '정말 일어날 가능성'으로 이미 전제되어 있어야 한다는 사실이다. 따라서 국제연맹의 이념적 기초였던 '인류'에 '적'이 없다는 슈미트의 지적은 이 전쟁의 '정말 일어날 가능성'을 말살하는 것에 다름 아니었다. 그에게 '인류'라는 이름으로 법이나 질서를 입에 담는 일, 또한 그 이름 하에서 실정적인 규칙들이 제정되는 일은 인간을 인간이게끔 만드는 문명의 근원을 말살하는 일이었던 것이다.

그런데 여기서 주목해야 할 사실은 슈미트의 레퀴엠이 내포하고 있는 철학적 함의이다. 그에게 주권자란 법의 정당성, 그 집행의 효력을 보증하는 하나의 인격체였다. 물론 여기서 인격체라 하는 것은 홉스의 정의와 마찬가지로 한 명의 사람이어도 집단으로 구성된 기관이어도 상관이 없다. 중요한 것은 예외상태를 결정하는 구체적 존재가 있어야만 한다는 점이다. 그런데 이 예외상태, 즉 전쟁은 '국가'가 어떤 목적 달성을 위해 수행하는 것인 한에서, 목적에 종속된 수단이라고 할 수 있다. 그러나 슈미트의 논리에 내포되어 있는 철학적 함의는 이 목적과 수단 사이의 관계가 전도된다는 데에 있다. 왜냐하면 슈미트에게 법―국가는 전쟁을 수단으로 삼지만, 법―국가는 어디까지나 전쟁이 없으면 존재할 수 없는 것이기 때문이다. "국가라는 개념은 정치적인 것의 개념을 전제로 한다."[8] 따라서 국가가 어떤 목적을 위해 수행하는 전쟁이라는 수단은 매우 독특한 것이 된다. 그것이 '정말로 일어날 가능성'이 국가를 존재할 수 있게 하는 전제라면, 그리고 이 때 목적이란 궁극적으로 국가의 생존, 국가의 존재 그 자체라면, 전쟁은 국가라는 목적을 가능케 하는 수단인 셈이다. 그리고 전쟁이 국가state라는 정상적인 상태의 일시적인 정지suspension를 뜻하는 한에서, 전쟁이라는 수단은 국가라는 목적을 말소하면서 목적과 관계를 맺는 그 무엇인 것이다.

전쟁이 폭력의 대표적인 현현 형태 중 하나인 까닭은 그 피비린내 나는 무력행사 때문이 아니라, 아마도 폭력이라는 수단이 목적과 맺는 이 독특한 관계 때문일 것이다. 젊은 날의 레오 슈트라우스는 이러한 슈미트의 문명론이 갖는 근본적 함의를 누구보다도 깊게 이해하고 있었다. 슈트라오스는 슈미트의 이론이 문화생활의 기초에 폭력이 존재한다는 테제를 제출한 것이라 주장하면서, 이는 베르사이유 체제의 이데올로기와 나아가 부르주아적 문명론에 대한 강력한 비판이라 평가했다. 그러나 슈트라우스는 슈미트가 부르주아적 문명론, 즉 자유주의에 대한 근본적인 비판을 제기하는 순간에 그 스스로가 '전도된 자유주의'로 빠지게 된다고 비판한다. 왜냐하면 자유주의가 근본적으로 그 어떤 목적도 상실한 니힐리즘으로 빠지고 마는 것과 마찬가지로, 슈미트의 폭력은 수단을 목적에 대한 근본적 규정력으로 삼는 점에서 반대방향의 니힐리즘으로 빠지고 말기 때문이다. 슈트라우스는 이를 극복하기 위해 슈미트의 폭력론을 도덕적 기초로 삼아야 한다고 주장한다. 즉 '폭력에 의한 죽음'을 두려워하는 '공포'야말로 자유주의로 대변되는 부르주아 문명론을 넘어설 수 있는 가능성이라는 것이다.[9]

하지만 슈트라우스가 아무리 도덕의 이름으로 공포를 기초지우고자

---

8) *Der Begriff des Politischen*, S. 20.
9) Leo Strauss, "Note on Carl Schmitt, The Concept of the political" in Carl Schmitt, G. Schwab trans., *The Concept of the Political*, The Univ. of Chicago Press, 1996, pp. 81~107.

하더라도 목적을 말소하면서 목적과 관계 맺는, 즉 목적의 말소 하에서 목적의 존립 가능성을 기초 지우는 수단이 폭력의 근원성을 비껴갈 수는 없다. 왜냐하면 슈트라우스의 도덕인 공포 또한 마찬가지로 생명의 유지를 목적으로 하는 한에서, 폭력이 이 삶을 가능케 하는 수단이라는 사실에서 벗어날 수는 없기 때문이다. 아무리 슈트라우스가 아리스토텔레스적인 고전적 덕목 속에서 이 아포리아를 해소하려고 노력해도, 폭력이라는 수단과 삶이라는 목적인 맺게 되는 전도된 위상학을 피해갈 수는 없는 것이다. 그런 의미에서 슈미트는 이 전도된 위상학, 인간을 인간일 수 있게끔 하는 '문명'에 내재한 '원−폭력'을 선명하게 드러낸 것이라 할 수 있다. 데리다가 언어를 통해 본 '원−폭력'을 슈미트는 법을 통해 정식화한 셈이다. 그리고 이 때 원−폭력은 타자의 고유성이 아니라, 인간이라는 동물의 생명 그 자체를 말소 하에 두는 것이다. 즉 슈미트의 논의 안에서 인간의 생명은 이미 언제나 '말살'의 가능성 앞에 벌거벗은 채 존재할 수밖에 없다고 할 수 있다. 이 폭력을 어떻게 벗어날 수 있을까? 국가나 법이 이를 가능케 하리라고 기대하는 것은 슈미트의 레퀴엠이 아무리 장대하게 울려퍼진다 하더라도 어리석은 일이다. 왜냐하면 국가나 법이야말로 생명을 죽음 앞에 세우는 저 원−폭력에 이미 오염되어 있는 존재들이기 때문이다. 벤야민의 폭력론은 이러한 원−폭력에 대한 통찰 속에서 섬광처럼 빛나는 사유를 제시해준다.

3. 순수 수단으로서의 폭력: 발터 벤야민의 폭력비판

무력(force)이란 용어와 폭력(violence)이란 용어는 관헌 당국의 행위를 묘사할 때든 폭동행위를 묘사할 때든 두루 사용된다. 하지만 이 두 경우가 전혀 다른 결과를 낳는다는 사실은 명백하다. 나는 어떤 모호함도 없는 용어를 사용하는 것이 좋으며, 폭력이라는 용어는 두 번째 경우에 사용해야 한다고 생각한다. 따라서 우리는 무력의 목적이 소수가 통치하는 어떤 사회질서의 수립을 부과하는 것임에 반해서, 폭력은 이 사회질서의 파괴를 지향하는 것이라고 말할 수 있다. 근대 초 이후 부르주아지는 무력을 사용한 반면, 프롤레타리아는 오늘날 부르주아지와 국가에 폭력으로 맞서고 있다.10)

보통 범죄자는 아무리 범죄조직에 속해 있다 하더라도 스스로의 이익을 위해 행동한다. 그는 다른 이들 모두의 합의사항에도 아랑곳 하지 않으며, 경찰기관의 폭력에만 복종한다. 시민 불복종자는 대부분의 경우 다수파와 의견이 일치하지 않지만, 집단의 이름으로, 그리고 집단을 위해 행동한다. 그는 근본적인 이의제기를 통해 법률이나 기성 권력에 도전하는 것이지, 한 개인으로서 자신만이 예외로 처벌받지 않도록 바라는 것이 아니다.11)

소렐과 아렌트는 어떤 폭력을 가까스로 구출하려 한다. '불법' 혹은 '범죄' 혹은 '질서파괴'라는 온갖 중상과 비방과 협박에도, 근대의 역사 속에서 피억압자의 폭력을 통한 저항은 하나의 역사적 흐름을 만들어 내왔기 때문이다. 소렐에게는 프랑스 혁명 이후의 민중봉기와 사회주의자들의 투쟁이, 아렌트에게는 소로우Henry D. Thoreau가 정식화한 이래 합중국 설립의 진정한 근원이었던 시민 불복종이, 그러한 폭력이 만들어 낸 역사였다. 이들에게 이러한 폭력은 국가권력에 대항하는 것이자, 실정법 체제의 바깥을 만들어내는 것이었다. 소렐에게 프롤레타리아트의 폭력행사는 그들의 존재 증명 자체였으며, 아렌트에게 시민 불복종은 법률을 스스로의 운동으로 대체하려는 움직임이었기 때문이다. 즉 소렐과 아렌트는 국가와 법의 실제적인 폭력행사와 본질적으로 구분되는, 하나의 대항 폭력을 전혀 이질적인 존재론적 기반을 갖는 것으로 구출하려 했던 것이다.

그러나 베르그송의 생의 철학의 영향을 받아 프롤레타리아트의 폭력

---

10) 조르주 소렐 지음, 이용재 옮김, 『폭력에 대한 성찰』, 나남, 2007, 242쪽.
11) Hannah Arendt, "Civil Disobedience", *Crises of the Republic*, Harcourt Brace Jovanovich, 1969.

을 그들 삶의 총체적 표현으로 간주했던 소렐이나, 고대 세계의 행위에 기초한 정치적 원리를 공화국의 이념으로 충실히 실현해낸 합중국 혁명을 시민 불복종 속에서 재발견하려 했던 아렌트나, 국가나 법의 물리적 공권력 행사에 대한 저항이 어떤 식으로 귀결될 것인지에 대해서는 모호한 채로 남겨뒀다. 소렐은 슈미트가 지적하듯이 그 어떠한 합리적인 제도도 거부하는 생시몽적 공상사회에 가까웠지만, 결국은 이 폭력이 생의 충만함을 나타내는 지속으로 보았고,[12] 아렌트는 시민 불복종이야말로 공화국을 공화국으로 존립케 하는 정치적 구성행위라고 보았다. 즉 이들은 폭력이 어떤 구체적인 질서나 제도로 귀결되는 것이 아니라, 영원히 멈추지 않고 반복되어야 하는 삶과 동일시했다. 즉 여기서 폭력은 어떤 목적과 관계를 맺는다기보다는, 어떤 존재자의(소렐에게는 프롤레타리아트, 아렌트에게는 공화국) 존재양식 그 자체와 관계를 맺고 있는 것이다.

그러나 그런 한에서 이 폭력은 슈미트가 도출해낸 국가-법을 가능케 하는 원-폭력과 다른 그 무엇이기도 하면서, 동일한 무엇이기도 하다. 한 편에서 소렐과 아렌트의 폭력은 국가-법을 탈정립Entsetzen한다는 점에서 원-폭력과 구분되지만, 그것 자체가 종속되어야 할 목적, 즉 프롤레타리아트의 삶이나 공화국의 지속이라는 목적 자체가 된다는 점에서 수단으로서의 폭력이 목적과 맺는 독특한 관계를 고스란히 내포하고 있기 때문이다. 따라서 두 가지 방향이 가능하다. 하나는 국가-법을 탈정립하는, 수단으로서의 폭력이 목적과 맺는 관계를 벗어나는 폭력의 존재방식으로 나아가는 방식이고, 다른 하나는 프롤레타리아트의 폭력이나 시민불복종이 또 다른 법이나 국가라는 제도나 질서로 귀결되는 방식이다. 후자에 관해서는 주지하다시피 수많은 역사적 실례가 있다. 소비에트로 대변되는 전체주의 국가의 가공할만한 국가권력이나, 혁명의 수많은 실험적 시도들이 결국 기존 제도의 틀 거리 안에

---

12) 칼 슈미트 지음, 김효전 옮김, 「신화의 정치이론」, 『정치신학』, 법문사, 1988, 69~82쪽 참조.

서 형해화되는 것을 근대의 역사과정은 지겹도록 보여주었기 때문이다. 따라서 중요한 것은 첫 번째 가능성, 즉 폭력이라는 수단이 목적과 맺는 관계를 탈정립하는 가능성을 타진하는 일이 될 것이다. 이는 단순히 국가—법으로부터 벗어나고자 하는 일을 타진할뿐 아니라, 폭력에 대한 근본적인 이해를 위한 개념과 용어를 손에 넣기 위한 작업이기도 하다. 이 작업에 처음으로 착수한 이는 의심의 여지없이 발터 벤야민이다. 그는 「폭력비판을 위하여Zur Kritik der Gewalt」을 통해 이 어렵고 곤란한 과제를 떠안은 것이다.

벤야민은 폭력 비판의 과제를 "폭력이 법과 정의와 맺고 있는 관계들에 대한 서술"이라고 정식화한다.[13] 그리고 벤야민은 이 과제를 수행하기 위해 우선 수단으로서의 폭력의 고유성을 사유해야 한다고 주장한다. 즉 어떤 목적에 의해 수단의 정당성을 생각하는 것은 폭력이 행사되는 다양한 상황에 대한 고찰이지 폭력 그 자체에 대한 고찰은 아니라는 것이다. "수단들이 봉사하는 목적들에 대한 고려 없이 수단들 자체의 영역에서 이루어지는 구분을 위한 좀 더 정교한 척도가 필요하다."(140) 벤야민은 이 척도를 자연법이나 실증법이 아니라, 역사철학에서 찾고자 한다. "이 비판을 위해서는 실증주의적 법철학 외부의, 하지만 또한 자연법주의 외부의 관점을 발견해야 한다. 이런 관점이 어느 정도까지나 역사철학에 의해서만 제공될 수 있는 것인지는 차차 밝혀질 것이다."(142)

벤야민이 이 비판을 위해, 즉 수단으로서의 폭력을 가늠하는 척도를 찾기 위해 역사철학에 기대는 것은 바로 위에서 논의해온 원—폭력의 복잡한 위상학 때문이다. 이를 벤야민은 '법유지적 폭력rechterhaltende Gewalt'와 '법정립적 폭력rechtseztende Gewalt'라는 개념으로 정식화한다. 이 두 가지 개념은 폭력의 두 가지 기능양상이라기보다는, 법의 존립과 집행을 가능케 하는 폭력의 이해하기에 녹록치 않은 단일한 존재양태이다. 이 존

---

13) 발터 벤야민, 「폭력 비판을 위하여」(자크 데리다 지음, 진태원 옮김, 『법의 힘』, 문학과지성사, 2004, 139쪽) 이하에서 이 글로부터의 인용은 본문 괄호 안에 쪽수만 명기한다.

재양태를 벤야민은 경찰 속에서 발견한다.

우선 경찰의 역할은 무엇보다도 법질서를 유지시키는 폭력을 행사하는 일이다. 그런데 경찰이 폭력을 행사할 때마다 법은 유지됨과 동시에 항상 새롭게 정립된다. 왜냐하면 경찰의 폭력 행사 중 가장 본질적인 것은 '임의 동행'인데, 이 임의 동행이란 범법 행위가 일어났는지 어땠는지에 상관없이 사람에게 행사되는 폭력이기 때문이다. 즉 경찰의 폭력은 어떤 법률에 근거해서 행사된다기보다는, 즉 잡아가둠으로써 하나의 법을 창출하는 행위이며, 그와 동시에 잡아가둠을 통해 법을 유지시키는 폭력인 것이다. 이 때 사람은 스스로가 어떤 법을 위반했는지 알지 못하며, 위반했다는 사실을 통해 법의 존재를 알게 된다. 즉 이 사람에게 행사되는 폭력은 법 이전에 법을 정립하지만, 하지만 동시에 법을 유지하는, 그런 폭력인 셈이다. 그러므로 법과 폭력의 관계는 목적과 수단의 관계가 아니다. 법과 폭력은 창출과 유지의 동시 생성이라는 식으로, 폭력이 법을 말소 하에 두면서 효력을 발생시키는 관계를 맺게 된다. 바꿔 말하면, 경찰이 사람에게 폭력을 행사할 때 법이 어떤 내용을 갖는지는 말소되며, 이 말소하에서 폭력이 법의 힘으로 행사되는 것이다.

그렇기 때문에 수단으로서의 폭력은 실증법이나 자연법의 학설 속에서 가늠되어서는 안 된다. 왜냐하면 실증법이든 자연법이든 그것이 인간의 생명이나 몸에 행사되는 폭력을 통해 정립·유지된다면, 법학 학설 속에서 폭력을 다루는 일은 이 관계를 단순한 인과의 사슬로 환원하는 것이기 때문이다. 따라서 문제는 이 법—폭력의 관계설정, 즉 인간의 생명이나 몸에 행사되는 폭력이 바로 법 그 자체가 되는, 따라서 생명이 바로 법이 되는 위상학의 역사를 물어야 한다. 물론 이 역사는 역사학적 고찰이 아니라, 철학의 영역에 속한다. 이 역사는 구체적인 사건들의 나열 속에서가 아니라, 과거에 일어난 일들의 가능성의 조건들을 비판Kritik하는 일, 즉 그 한계지점들을 지시하고 구획하는 일이기 때문이다.

'단순한 생명blosse Leben'이라는 형상은 벤야민이 이 역사철학적 탐구 속에서 도출하는 인간의 형상이다. 이 형상은 태어날 때부터 속죄해야 되는 운명을 짊어진 인간의 모습이다. 다시 말하자면 운명이란 인간에게 이 속죄를 짊어지게 하는 힘이라고 할 수 있다. 법과 폭력의 문제를 사유할 때, 이 운명의 관계양상 속에서 인간의 삶이 처하게 되는 처지를 이해하는 것은 벤야민에게 가장 본질적인 일이었다. 왜냐하면 경찰이 행사하는 폭력은 아무것도 저지르지 않은 사람이 속죄하게끔 하는 폭력이기 때문이며, 법이란 바로 이 속죄의 운명 속으로 인간을 구속하는 것이기 때문이다. 따라서 이 폭력과 속죄의 연관으로 구성된 운명에 대한 고찰이야말로 벤야민의 역사철학적 과제가 된다. '단순한 생명'은 이 과제를 수행하기 위한 가장 중심에 위치해 있는 형상으로, 이 형상에 대한 숙고를 통해 아마도 수단으로서의 폭력에 대한 사유는 새로운 개념과 용어를 얻을 가능성을 열 수 있을 것이다. 벤야민의 말을 들어보자.

　　피는 단순한 생명의 상징이다. 법적 폭력의 작동은 순수하고 단순한 자연적 생명의 유죄성에서 비롯하는데, 이 법적 폭력은 죄가 없지만 불운한 생명체를 속죄로 인도하며, 속죄는 생명체의 유죄성을 속죄해준다. 또한 이것은 죄지은 생명체를 죄로부터가 아니라 법으로부터 구제해주기도 한다. 왜냐하면 순수하고 단순한 생명과 더불어, 생명체에 대한 법의 지배가 그치기 때문이다. 신화적 폭력은 자기 자신을 위해 순수하고 단순한 생명에 가해진, 피를 흘리게 하는 폭력이며, 신의 폭력은 생명체 자신을 위해 모든 생명에 가해진 폭력이다. 첫 번째는 희생을 요구하며, 두 번째는 그것을 받아들이고 떠맡는다. (165)

「폭력비판을 위하여」를 관통하는 이교적 전통과 유태 카발라주의의 대립선은 매우 유혹적인 해석의 길잡이가 될 수 있지만, 즉 신화적 폭력과 신의 폭력의 대립을 종교—신학적 맥락에서 이해하는 것은 매우 유혹적이지만, 여기서는 그 길을 일단 접어두기로 한다. 왜냐하면 이 대립선을 따라 이 논의를 이해하는 일은 벤야민을 기존의 전통 속에 환원하는 일이 될 터이니 말이다. 그러므로 신화적 폭력과 신의 폭력의 대립을 유럽 정신사에 환원하는 일이나, 유태인이라는 하나의 종족적이고 문화적인 에토스의 표출로 이해하는 일은 여기서의 과제가 아니다. 문제는 이 두 폭력이 단순한 생명과 맺는 관계양상에 있다. 벤야민은 여기서 법적 폭력이 피를 흘리게 하는 단순한 생명이 이미 속죄해야 하는 운명 속에 내던져진 것이라 파악한다. 그것이 신화적 폭력의 기능양상인 셈이다. 그러나 이 단순한 생명은 그와 동시에 법으로부터의 구제를 담지하는 것이기도 하다. 즉 단순한 생명은 법적 폭력이 지배하는 세계의 지렛대임과 동시에 그 지배가 종식되는 탈출구이기도 한 것이다. 이 서로 상반된 규정, 즉 피가 흘러나오는 일이 출혈을 멈추는 일이 되는 이 역설을 어떻게 이해해야 할 것인가? 즉 신화적 폭력의 행사가 바로 신의 폭력의 행사가 되는 이 역설을 말이다.

아마도 이 단순한 생명이 담지하는 역설이야말로 데리다가 말한 원―폭력, 슈미트가 말한 전쟁―정치의 근원성, 즉 수단으로서의 폭력이 목적과 맺고 있는 저 복잡한 위상학을 온전히 사유케 하는 유일한 길을 제시해준다고 할 수 있다. 그것은 데리다가 떠맡은 과제, 즉 벗어날 수 없는 원―폭력 속에서 폭력에 대항하는 과제를 전개하는 일과 일맥상통하는 일이다. 다시 말해 폭력 바깥을 단순히 갈망하는 것이 아니라, 폭력 속에서만이 폭력에 대항할 수 있다는 데리다의 윤리―전략과, 국가―법이라는 문명의 붕괴를 묵도하면서 폭력 고유의 위상학을 고수한 슈미트의 레퀴엠 위에서 폭력을 사유할 때, 벤야민의 단순한 생명의 역설은 그 온전한 전유 가능성을 시사해주고 있는 것이다. 그렇다면 이 단순한 생명의 역설, 벤야민이 수수께끼처럼 던져놓은 이 역설이 갖는 가능성이란 무엇인가? 이제 폭력에 대한 최소한의 사유를 어렴풋이나마 정초할 수 있는 문턱이 가까워진 듯하다. 이제 조르조 아감벤^{Giorigio} ^{Agamben}을 길잡이 삼아 이 문턱을 조금이나마 넘어가보기로 하자.

4. 내버려짐의 경험, 탈―관계로서의 관계: 조르조 아감벤의 잠재성^{potentiality}

단순한 생명을 통해 벤야민이 말하고자 한 바는 아마도 법이나 국가권력으로부터 벗어나는 해방의 가능성일 터이다. 하지만 그 가능성은 단순히 법―국가 바깥에 그것과 전혀 다른 양상의 삶이 열릴 수 있음을 뜻하는 것이 아니다. 벤야민의 신의 폭력은 어디까지나 순수한 수단 reine Mittel이기에, 법―국가 바깥에 다른 삶에 대한 구체적인 상을 그려내거나 창출하는 것이 아니기 때문이다. 그 폭력은 단지 법을 탈정립할 뿐이다. 법적 폭력에 의해 피를 흘리는 단순한 생명이 바로 그 폭력으로부터 벗어날 가능성이 되는 것은 그 때문이다. 아감벤은 이 단순한 생명의 역설을 '호모 사케르'라는 형상으로 풀어냄으로써, 이 생명이 갖는 이중적 속성에 대한 통찰을 제시했다. 그리고 이 통찰은 벤야민이 제시한 역사철학의 가르침에 하나의 해답을 제시해준다고 할 수 있다.

아감벤은 서구 정치사상사를 밑바닥에서 규정해온 아리스토텔레스의 정의, 즉 '정치적 동물'로서의 '인간'이라는 규정에서 고찰을 시작한다. 아감벤이 볼 때 인간이 정치적 동물인 한에서 존재론과 정치학은 분리가능한 것이 아니다. 인간존재에 대한 규정이 바로 '정치'이기 때문이며, 정치에 대한 규정이 바로 '인간과 동물의 구분'이기 때문이다. 따라서 아감벤의 논의는 서구 사상사를 정치―존재론^{onto-political thinking} 속에서 재정식화하는 것이며, 따라서 그는 인간이 인간인 까닭, 즉 인간을 동물과 분절시키는 존재론적 규정이야말로 정치적 사유의 근원이라는 전제 위에서 출발한다.

이랬을 때 아감벤이 주목하는 것은 그리스에서 인간의 생명을 지칭하는 두 가지 다른 용어, 즉 '조에^{zoe}'와 '비오스^{bios}'이다. 전자는 그저 살아가는 생명을 뜻하고, 후자는 더 나은 삶을 추구하는 생명을 뜻한다. 아마도 아렌트를 따라, 정치가 그 안에서 전개되는 공공영역인 폴리스에서는 비오스가 인간 생명의 존재방식이며, 조에는 이곳으로부터 철저히 배제되어야 한다고 이해해온 것이 전통적인 사유방식일 것이다. 아감벤도 기본적으로 이러한 사유에 동의하고 있다. 하지만 아감벤은 이 배제의 원리, 인간을 규정하는 정치―존재론의 이 근원적 분할에서 보다 근본적인 무언가를 도출해낸다. 그것은 바로 이 배제가 단순한 배제가 아니라 '포함하는 배제inclusive exclusion'라는 사실이다.

아감벤은 언어에 대한 탐구를 통해 이 개념을 도출한다. 간단히 설명하자면 이렇다. 언어는 목소리를 분절Aufhebung하면서 음소의 차이 체계를 통해 의미를 가질 수 있다. '아~~'라는 단순한 목소리는 의미를 가질 수 없다. 이 목소리가 의미를 가지려면 목소리는 단순한 목소리여서는 안 되는 것이다. 하지만 언어는 어디까지나 목소리에 기반을 두고 있다. 그러므로 언어는 이 단순한 목소리를 말소 · 유기하면서 보존하는 것을 통해 성립한다고 할 수 있다. 목소리의 분절을 뜻하는 독일어 Aufhebung은 버린다는 뜻과 함께 보존한다는 뜻을 갖는다. 즉 언어가 목소리를 분절하면서 비로소 언어가 되는 것은, '아~~'라는 단순한 목소리를 말소 · 유기하면서도 보존하는 역설적 구조에 의해서인 것이다. 인간이 말을 하는 동물, 즉 로고스를 가진 동물이라고 할 때에, 언어는 인간을 동물로부터 '깨끗하게' 구분해낸다기보다는, 오히려 인간이 스스로의 동물적 특질을 말소하는 형태로 보존하는 존재임을 나타내준다고 할 수 있다. 이것이 바로 '포함하는 배제'의 위상학적 구조이다.[14]

조에와 비오스가 분할되는 것도 이것과 똑같은 위상학적 구조 위에서이다. 슈미트를 따라 법이 예외상태와 맺는 관계로부터 주권을 이해하는 아감벤은, 법질서가 성립하기 위해서는 예외상태가 법 체계 안에 포섭되어 있어야 한다고 주장한다. 즉 법 바깥이 법 안에 기입되어 있어야 하는 것이다. 따라서 법 안, 즉 평상시 국가, 즉 비오스로 충만한 폴리스 내부의 생명은 언제나 그 바깥의 생명, 즉 조에를 바깥에 두는 방식으로 포섭해야 한다. 예외란 그러한 주권의 역설을 나타내고 있는

---

14) 이에 관해서는 Giorgio Agaben, K. Pinkus & M. Hardt trans., *Langugae and Death*, Minesota UP 1991 참조.

말이다. 예외를 뜻하는 독일어 Aus-nahme나, 라틴계열 영어의 ex-cept
는 모두 바깥(Aus, ex)을 취한다(nahme-nehmen, cept-capere: take의 뜻)는
뜻으로, 바깥으로 몰아내면서 그것을 차지하는 위상학을 나타내는 말
이기 때문이다. 따라서 조에는 단순히 폴리스 바깥으로 내몰리는 것이
아니다. 조에는 폴리스 바깥에 내몰리는 한에서 폴리스 내부에 기입되
어 있다. 이를 데리다식으로 말하자면, 조에는 항상 말소된 형태로 비
오스를 오염시키고 있다고 할 수 있으리라. 즉 아감벤의 배제하는 포함
은 데리다의 원-폭력, 슈미트의 전재-정치, 벤야민의 단순한 생명과
동일한 궤의 개념인 셈이다.

아감벤의 '호모 사케르'란 바로 이 말소된 형태로 정치, 법, 국가에
포섭되는 조에를 지칭하는 역사철학적 개념이다. 호모 사케르란 인간
이 인간이기 위해 반드시 인간존재 내부에 기입되어야 할 하나의 형상
이지만, 그 형상은 언제나 지워진 채로 존재한다. 그런 한에서 호모 사
케르는 말할 수 없고 행위할 수 없다. 그것은 언제나 언어와 행위의 근
원적 조건을 형성할 뿐이다. 아감벤은 이 호모 사케르를 벤야민의 단순
한 생명에 대한 주해로 이해하고 있다. "벤야민이 신의 폭력을 정의하
는 대신 일견 갑작스럽게 폭력과 법 사이의 연결고리의 담지자, 즉 그
가 '단순한 생명'이라 부른 것으로 논의의 초점을 바꾸어버린 것이 우
연일 수 없다. 그러한 형상에 대한 분석을 통해 단순한 생명과 법적 폭
력 사이의 본질적인 연결고리를 확립할 수 있을 것이다. 생명체에 대한
법의 지배는 단순한 생명과 함께 존재하고 또 존재를 그칠 뿐만 아니
라, 법적 폭력의 해소[를 가능케 한다.] … 우리의 탐구는 바로 그러한
기원을 탐구하는 것으로부터 시작할 것이다."[15] 즉 호모 사케르는 이
단순한 생명과 법적 폭력 사이의 관계에 대한 탐구인 셈이다.

여기서 아감벤이 문헌학, 신학, 철학, 정치사상을 종횡무진으로 휘저
으며 호모 사케르라는 형상의 의미를 도출한 과정을 전부 추적할 수는

---

15) 조르조 아감벤 지음, 박진우 옮김, 『호모 사케르』, 새물결, 2008, 149~150쪽.

없다. 여기서의 과제는 다만 아감벤이 이 말소된 형태로 인간에게 기입되어 있는 단순한 생명을 어떻게 법적 폭력으로부터 벗어나는 가능성의 조건으로 사유하고 있는지를 파악하는 일이다. 그리고 이는 폭력을 생각하기 위한 최소 단위의 사유라고 할 수 있다. 그 가능성은 바로 아감벤이 하이데거를 따라 '내버림Verlassenheit'의 경험이라고 부른 것, 탈—관계의 관계라고 부른 것이다.

　　여기서 우리가 직면한 문제는 하이데거가 『철학에의 기여Beitrage zur Philosophie』의 '존재의 내버림Seinsverlassenheit'이라는 장에서 마주한 문제, 즉 존재에 의한 존재자의 내버림이라는 문제와 동일한데, 그것은 사실 형이상학이 완성되는 시기에 존재와 존재자 간의 동일성과 차이의 문제에 다름 아니다. 이러한 내버림에서 문제가 되는 것은 무언가가 다른 무엇을 내버려두거나 내버리는 것이 아니다. 반대로 존재란 여기서 존재자의 존재 내버림 그리고 존재자 자기 자신에게로의 위탁일 뿐이다. 즉 여기서 존재란 존재자의 추방에 불과하다. … 내버려짐이 모든 법과 운명의 이념에서 벗어날 때에야 비로소 내버려짐을 그 자체로서 경험할 수 있을 것이다. 내버려짐의 관계는 관계의 일종이 아닐 수도 있으며, 존재와 존재자의 함께—있음은 관계의 형식을 갖지 않을 수도 있다는 생각을 받아들일 수 있어야만 하는 것은 바로 이 때문이다. 그것은 존재와 존재자가 이제 각자의 길을 간다는 뜻이라기보다는, 오히려 양자 간에 아무 관계도 없다는 뜻이다. 하지만 그렇게 하려면 다름 아니라 정치적 사회적 사실을 더 이상 관계라는 형식 속에서 사유하지 않으려는 시도가 요구된다.[16)]

　　이 수수께끼 같은 말은 무엇을 뜻하는가? 우선 여기서의 관심이 하이데거 철학의 심연을 드려다 보는 것은 아니기 때문에 존재나 존재자라는 말에 집착하는 일은 접어두자. 여기서 중요한 것은 내버림이라는 말이 갖는 함의이다. 이 때 내버림이라고 하는 것은 주어와 목적어를

16) 위의 책, 139~140쪽.

갖는 타동사적인 관계가 아니다. 이데아와 현상이라는 식으로 진리와 경험세계를 나누었던 형이상학의 성립이 그런 식의 타동사적 관계로 이해될 수는 없다. 문제는 '진리'가 언제나 경험세계 안에서 내버려진 형태로 기입되어 있다는 사실이다. 존재자의 존재 내버림, 그리고 존재의 존재자에 의한 자기 위탁이란, 존재자가 스스로의 존재를 개시하는 언어 안에서 존재가 망각·말소·유기된 채로 드러날 수밖에 없다는 뜻이다. 이를 폭력론의 맥락에서 이해해보자면, 법적 폭력이 대상으로 삼는 단순한 생명은 언제나 말소된 채로, 배제되는 채로 법적 폭력 안에 기입되어 있다는 사실에 다다른다.

문제는 이 내버려짐의 형식을 "관계라는 형식 속에서 사유하지 않으려는 시도"이다. 즉 내버려진 단순한 생명을 그런 형식으로 포함하는 관계를 탈정립하는 일이 필요한 것이다. 그리고 당연한 이치이지만 이 관계의 탈정립은 이 관계가 성립하는 순간, 위의 인용문에서 보자면 형이상학이 성립하는 순간, 벤야민의 폭력론에서는 신화적 폭력이 단순한 생명으로 하여금 피를 흘리게 하는 순간, 이 순간에서 비롯되어야만 한다. 벤야민이 단순한 생명을 신의 폭력, 즉 법과 운명으로부터 인간의 삶을 벗어나게 해주는 계기라 파악한 것은 바로 이 때문이었다. 그렇다면 이 탈정립을, 즉 탈관계로서 내버려짐을 사유하는 것이야말로 폭력을 사유하기 위한 최소한의 출발점이 될 것이다. 왜냐하면 하나의 개념에 대한 정의란 그 한계지점을 지시하는 일$^{de\text{-}finition}$이기 때문이다. 폭력이 그곳에서 그곳에서 해제되는 그곳, 바로 단순한 생명의 위상학적 구조, 즉 호모 사케르의 내버려짐을 사유하는 일이야말로 최소단위의 폭력론인 셈이다. 따라서 이 내버려짐을 내버려짐으로 사유하는 일, 즉 말소된 채로 관계의 망 속에 기입된 생명을 그 어떠한 순수하고 자연적인 원형에 대한 욕망으로 빠지지 않고, 말소 그 자체를 탈관계시키는 일, 이런 과제가 폭력에 대한 사유에 요청된다고 할 수 있으리라.

그래서 법적 폭력에 의해 배제되어 포함되는 단순한 생명은 그 배제를 포함 없이 사유할 수 있느냐 여부에 따라 관계의 망에서 벗어날 수도 있고 없을 수도 있다. 그 어떤 생명도 목소리도 존재도 그것의 투명하고 순수한 고유함을 가질 수 없다. 인간의 언어와 행위가 그것을 이미 배제하고 유기하고 말소하는 형식으로 성립하고 있기 때문이며, 인간은 이 관계 속에서 삶을 영위하고 있기 때문이다. 문제는 이 관계의 망에서 존재자나 법적 폭력으로 현실화^{actualizing}되지 않는 말소·유기·배제의 잠재성^{potentiality}이다. 이 잠재성을 아직 존재하지 않은 것으로, 즉 존재자 이전 단계로 사유하는 일은 아마 전형적인 형이상학이 될 것이다. 문제는 이 잠재성의 고유한 존재양태를 구출하는 일이다. 즉 잠재성의 비존재적 존재양상을 그대로 승인하는 일이 필요한 것이다.

두 달 가까이 거리를 매운 촛불은 바로 이 잠재성에 대한 사유를 열어주는 것이었다. 법적 관계를 만들어낸 근원의 힘으로 스스로를 소환해내면서, '국민'은 그 법적 관계를 탈정립하는 움직임을 만들어냈다. 이 때 이 탈정립은 스스로의 생명을 관계의 망 속에 배제된 채로 포섭당하는 데에 대한 저항이었으며, 이 말소되고 배제된 생명이 법적 폭력의 탈정립으로서만 스스로에게 가해지는 폭력으로부터 벗어날 수 있음을 보여주는 사건이었다. 문제는 이 움직임이 어떤 관계의 양상을 다시 만들어내더라도, 이 잠재성이 여전히 존재함을 승인하는 일이다. 즉 '국민'으로 스스로를 명명한 인간들은 국민이기 위해서 법적 관계에서 정의된 국민임을 거부하며, 국민인 한에서 탈—국민일 수 있는 잠재성을 보유하고 있는 것이다. 이 잠재성이야말로 바로 폭력이 개시되는 그 순간에 그 폭력을 해제하는 힘, 벤야민이 신의 폭력이라고 불렀던 힘이다. 거기에는 그 어떠한 유토피아적 공상도 존재하지 않으며, 그 어떠한 투명한 순수성도 존재하지 않는다. 데리다를 따라 폭력 속에서 폭력에 저항하기 위해서는, 벤야민—슈미트—아감벤이 제시해놓은 이 최소단위의 폭력론을 견뎌내야만 하는 까닭이 여기에 있다. 圖

김항
문학평론가, 새물결출판사 'What's up' 총서 기획편집위원. 역서로 『근대초극론』, 『미시마 유키오 vs. 동경대 전공투』가 있음. 주요 평론으로 「21세기 일본소설의 경계와 탈경계」가 있음. ssanai73@gmail.com

봉인된 폭력의 이데올로기

정은경

> 내 나라에서는 모든 사람이 자신의 방식에 따라 구원받을 수 있다
>
> ―프리드리히

　글을 시작하기 전에 해결되어야 하는, 매우 골치 아픈 몇 가지. 우선 문학 혹은 예술이 다루는 가상의 '폭력'은 실제적인 폭력과 다르다는 것이다. 그렇다는 것은 가상 폭력에 대한 담론이 폭력에 대한 일반적인 담론과는 달라야 한다는 것이다. 그렇다면, 실제적 폭력과 달리 가상의 폭력은 '자율적'인 영역에서 정당화될 수 있는 것인가? 물론 실제적 폭력에 대해서도 숱한 이론異論들이 있지만―대표적으로 정치적 총파업을 통해 폭력의 정당성을 주장한 조르주 소렐의 경우―일반적으로 폭력은 결코 정당화될 수 없는 '악'의 상징으로 부정되고 범죄로 규정되어 왔다. 그러나 미학의 경우, 과거 신화는 물론 최근 영화에서 넘쳐나는 폭력은 사회비판적 메시지라는 계몽적 목적에서 벗어나 그것 자체로 향유되어 왔던 것이 사실이다. 예술에서의 폭력을 정당화하는, 가장 널리 알려진 이론은 아리스토텔레스로 거슬러 올라가는 '카타르시스'의 효용성이다. 대리충족을 통해 인간 내부의 파괴 본능과 공격성을 정화시킨다는 정화이론(혹은 순화이론)은 가상 폭력을 정당화하는 굳건한 입지가

되어 왔다. 그러나 한편에서는, 플레임 안에 갇힌 것이라 할지라도 맹목적인 폭력성과 잔혹성이 관객들을 실제의 폭력성에 둔감하게 함으로써 사회를 더욱 폭력적으로 몰아가게 할 뿐 아니라, 숱한 모방 범죄를 양산하게 한다는 비판이 끊임없이 제기되고 있는 것 또한 사실이다. 이러한 논쟁이 심화되면, 결국 실제적 폭력과 가상의 폭력이 무관하다는 '최초의 전제'가 전복되고 만다.

둘째, 폭력의 범주에 관해서이다. 폭력은 대체로 '타인에게 물리적으로 행하는 강제력'이라고 정의되어 있다. 그러나 최근 테러와 공권력에 관한 숱한 담론에서 볼 수 있듯, 폭력violence은 무력force과 권력power 등의 다양한 힘의 형태들과 어떻게 다른지에 대한 문제는 간과할 수 없는 중대한 사안이다. 가령, 같은 물리력에 바탕하고 있는 살인, 강간 등의 범죄와 국가 간의 전쟁, 혹은 자폭 테러, 침공 등을 모두 폭력이라 부르지 않는다는 것. 쾌락을 위해 상호 합의에 이루어지는 사도매저키즘적인 행위는 또 어떤가? 동물 학대나 도살 등의 행위는? 물리적 힘의 행사를 벗어난 다양한 폭력의 형태들—언어, 시선, 표정, 숱한 제도 뒤에 도사리고 있는 비가시적인 형태의 '힘'들—의 가공할 만한 폭력성은? "폭력의 주체와 대상의 자격, 폭력성의 객관성과 주관성의 착종, 폭력과 쾌감의 연계, 폭력성의 개인성과 사회성, 폭력성과 합법성의 관계, 폭력성과 상황성의 필연적인 연관, 폭력성과 가치관의 결합, 폭력성과 타자의 필연적인 결합, 물리적인 폭력과 정신적인 폭력의 애매함, 폭력과 권력의 애매한 관계, 폭력성과 사회구조"(조광제, 「폭력 속의 폭력」) 등등, 한 철학자가 곤혹스럽게 나열한 대로, 폭력에 관한 논의는 어떤 한 지점도 간명하게 언급할 수 없는 복잡한 문제임에는 틀림없다. 거기에다 가상의 폭력이라는 또 하나의 공간 이동이라니.

본고는 논의의 편의성을 위해 이렇듯 무한히 확산되는 폭력의 문제를 다음과 같이 정리하여 초점화하고자 한다. 첫째 폭력의 범주에 대해. 이 글에서 다루는 폭력은 타인의 의지에 반해 수행되는 타인의 몸에 가해지는 물리적인 강제력으로 제한한다. 그 강제력은 권력의 형태를 띠기도 하지만, 다수의 동의를 얻지 못한 강제력, 즉 '개인' 혹은 소수의 파괴적 힘의 행사로 제한한다. 이는 "개인의 힘이 폭력으로 매도되는 반면, 공동체의 힘은 이 폭력과 맞서는 정의로 여겨진다"[1]라고 했던 프로이트와 폭력의 대립물로서 비폭력이 아닌 권력을 내세운 한나 아렌트의 견해를 따른 것이다. 한나 아렌트는 "권력의 궁극적인 본성은 폭력이다"(라이트 밀즈)의 견해에 맞서 다음과 같이 권력과 폭력을 명백히 구분하고 있다.

1) 권력이 항상 다수를 필요로 하는 상태에 있는 반면에, 폭력은 도구에 의존하기 때문에 다수가 없어도 어느 정도 처리할 수 있다는 점이다. (……) 권력의 극단적인 형태는 한 사람에 반하는 모든 사람이며, 폭력의 극단적인 형태는 모든 사람에 반하는 한 사람이다. 동시에 폭력은 도구 없이 단연 불가능하다.[2]

2) 권력은 결코 정당화justification를 필요로 하지 않으며 정치 공동체의 현존 자체에 내재한다. 권력이 필요로 하는 것은 정당성legitimacy이다. (……) 권력은 언제든지 사람들이 모이고 제휴하여 행동할 때 생겨나지만, 그 정당성은 나중에 뒤따라올 어떤 행동에서가 아니라 오히려 최초의 모임에서 유래한다. 정당성은, 도전받을 경우, 과거에 대한 호소에 기초하지만, 반면에 정당화는 미래에 위치하는 목적과 관련이 있다. 폭력은 정당화될 수 있지만, 결코 정당성을 가질 수 없다.[3]

위 인용문에 따르면 비합법적이고 반사회적인 행위가 모두 폭력이 되는 것은 아니다. 그것이 반사회적인 반란이라 할지라도 대중적 기반을 가졌을 경우 '혁명'이 될 수 있으며, 공권력이라 할지라도 그것이 대중의 의사에 반한 경우, 폭력이 될 수 있음을 의미하기 때문이다. 따라서 폭력은 본질적으로 도구적이며(타인의 동의가 없기 때문에), 정당화되어야 할 무엇이다. 아렌트가 인용문 2)에서 정당성과 정당화를 통해 권력

---

1) 프로이트, 『문명 속의 불만』, 열린책들, 2005, 271쪽.
2) 한나 아렌트 지음, 김정한 옮김, 『폭력의 세기』, 이후, 1999, 71쪽.
3) 위의 책, 85쪽.

과 폭력을 구별하고 있듯, 문학에서의 폭력 또한 그 자체로 '정당성'을 가질 수는 없다. 표현의 자유와 문학의 자율성을 통해 작품의 원천적인 '정당성'을 주장할 수는 있지만, 그것은 앞서의 논란처럼 더욱 폭력적인 사회로 타락하게 만드는 선정성과 상업성의 결과물이기 쉽다. 따라서 둘째, 가상의 폭력 또한 실제적인 폭력과 마찬가지로 그 자체로 '정당성'을 갖지 못하며, 정당화되어야 할 그 무엇이다. 가상의 폭력을 다루는 데 있어 두 번째는 더욱 곤란하고 중요한 문제인데, 그것은 앞서 제기한 첫 번째 카타르시스 이론과 모방 이론의 대립의 또 다른 반복이기 쉽기 때문이고, 최근 영상물의 폭발적인 폭력미학에 발맞춰 새로운 '정당화'의 필요성이 절실히 요구되기 때문이다.

정글의 미메시스와 알레고리

문학 속의 폭력은 일차적으로 실제적 폭력을 재현하는 방식으로 그려진다. 이 경우, 가상 폭력은 그것의 원인으로서의 사회 현실, 바로 그것을 지목하고 있다는 점에서 정당화된다. 과거 한국문학에서의 폭력은 최서해, 손창섭, 이청준, 임철우 등의 작품에서 볼 수 있듯 대개 궁핍한 현실과 전쟁, 분단과 이데올로기, 파행적인 군사권력 등을 고발하기 위한 장치로써 사실적 차원에서 다뤄져 왔다. 이 리얼리즘적인 폭력의 형상화는 90년대 이후 서서히 그 현실의 밑그림을 바꾸고 있다고 볼 수 있는데, 그것이 겨냥하는 것은 이데올로기가 되어버린 물신 숭배와 약육강식의 경쟁사회이다. 물론 이러한 대립과 반목의 폭력적 현실을 전 지구적 자본주의, 주권 권력과 국가 장치, 인권 등과 관련지어 성찰하고 있는 작품들도 있으나(대표적으로 황석영의 『바리데기』), 여기에서는 앞서 언급한 대로 '직접적인 파괴적 행위'를 다루고 있는 두 명의 젊은 작가의 작품에 주목해보자.

여전히 미나는 흔들린다. 쉴새없이 알갱이들이 흐르고 쌓이고 다시 모이고 흩어진다. 수정은 자신이 바라보는 것을 믿을 수가 없다. 수정은 눈을 감았다가 뜬다. 여전히 거기에 있다. 그러나 믿을 수가 없다. 믿기 위해, 수정이 미나를 찌르기 시작한다. 힘껏 밀어넣은 칼끝에서 전해지는 미나의 살과 뼈, 혈관과 근육을, 수정은 눈을 감고, 그것의 소리와 진동을 느낀다. 입이 벌어지고 가느다란 미소가 흘러나온다. 잘린 혈관에서 피가 솟구친다. 수정의 셔츠를 향해, 쐐기모양으로 창에 달라붙는다. 느낌표 모양으로 공작새의 날개를 찌른다. 굵은 선을 그리고 바닥을 향해 기어내린다. 미나가 지르는 비명과 날카로운 금속조각에 찢기는 살의 소음은 너무나도 멀리서 들려와서 수정은 그것을 믿을 수가 없다. 수정은 미나의 벌어진 입을 바라보며 반복하여 찌른다.[4]

위 인용문은 1984년생인 젊은 작가 김사과의 『미나』의 한 대목이다. 수정이라는 한 여고생이 절친한 친구인 미나를 잔혹하게 살해하는 장면이다. 실제 사건에서 영감을 얻어 쓰기 시작했다는 이 글에서의 폭력은 '비유'나 '상징'적 차원이 아니라 사실적 차원에서 제시되고 있다. 이 경우, 폭력이 엽기적 취미와 선정성의 혐의에서 벗어나기 위해서는 그것이 미메시스하는 현실, 즉 재현된 현실이 충분한 '리얼리티'를 지니고 있어야 한다. 그렇다면 과연 김사과가 상상력에 의해 구성한 이 폭력은 어떠한 '현실적'인 매트릭스에서 이루어진 것인가? 과연 수정의 폭력은 충분히 '그럴듯한' 것인가?

『미나』는 P시라는 서울 근교 신도시에서 살아가는 십대들에 관한 이야기이다. 김사과의 첫 장편 『미나』가 문제적인 것은 기성 체제에 반항하는 '신인류'의 전복적 상상력을 보여주고 있기 때문이 아니다. 역설적이게도 『미나』의 참신함과 도발성은 이들 십대들이 보여주는 체제 순응적이며 반혁명적인 태도와 '꼽진한' 언어에서 기인한다. 『미나』에서 그려지는 십대들은 흔히 기성세대가 우려하는 것처럼 '되바라져 있

---

4) 김사과, 『미나』, 창작과비평사, 2008, 306쪽.

으며' '폭력적이며' '불온하며' '냉소적이며' '비인간적이며' '소비지향적'
이다. 『미나』는 기성세대의 노파심이 단지 고리타분한 낡은 가치관에
서 비롯된 것이며 이러한 우려와 달리 이들은 그들 나름대로의 건강성
을 지니고 그들만의 미래를 개척하고 있을 것이라는, 한편의 '불안한
기대'를 일시에 짓뭉개버리는 '욕설'이자 '반란'이다. 수정, 미나, 민호로
대변되는 『미나』의 십대들은 술 담배는 기본이고 멀쩡한 엠피쓰리 플
레이어를 밥 먹듯 갈아치우며, 선생을 우습게 알고, "씨발, 존나" 등의
쌍욕을 함부로 내뱉고, 심지어 고양이와 친구를 살해하는 '무서운 아이
들'이다. 그러나 그들이 그렇게 될 수밖에 없었던 것은 폭력과 섹스로
가득 찬 영화나 인터넷 문화나 게임 때문이 아니다. 김사과가 『미나』
를 통해 보여주는 것은 이 십대들의 끔찍한 형상이 그들을 우려하는,
바로 기성세대에서 비롯되었다는 사실이다. 우선 이들의 형상을 빚어
놓은 거푸집은 이렇다.

　　수정과 미나가 사는 도시 외곽에 있는 뉴타운은 평평한 땅에 격자형으로 선을
그어 만든 계획도시로서 선 안에 네모반듯한 시멘트 건물들이 가득하고 건물 사
이사이로 시원하게 뻗은 도로에서는 힘이 느껴진다. 선과 면으로 이루어진 합리
적인 풍경이다. (……) 몇 분을 주기로 똑같은 간판과 인테리어를 걸친 상점들이
이어진다. 피자 체인점과 베이커리 체인점과 스테이크 체인점의 자리를 또다른
베이커리 체인점과 치즈케이크 체인점과 커피 체인점으로 채우고 다시 그 자리
를 또다른 커피 체인점과 샐러드뷔페 체인점과 베트남음식 체인점으로 대체한다.
이리저리 흔들리며 도착한 곳은 상품들로 가득한 또다른 상점이다. 평생 겪어야
할 데자뷰를 수십분 동안 집약하여 경험하는 수정과 미나의 얼굴은 평온하다.[5]

　　위에서 그려지는 P시는 다분히 허구적이지만 허구가 아니다. 위 인
용문의 도상은 바로 우리가 살아가고 있는 '가공할 만한' 현실적 공간

---

5) 위의 책, 144쪽.

이다. 온갖 체인점의 동어 반복이 즐비하게 늘어서 있는 이 반듯한 도
상에서 우리가 "발걸음을 멈출 순간은 돈을 지불해야 하는 순간뿐이다.
그게 아니라며 그저 앞으로 나아가는 수밖에 없다."

P시라는 곳에서 이뤄지는 이들 십대들의 일상 또한 저 도상과 크게
다르지 않다. "학원. 집. 학교. 시험. 학교. 학원. 숙제. 과외. 학원. 집.
과외. 학원. 집. 학교. 다시 학원. 다시 과외. 다시 시험"으로 채워져 있
는 이들 삶은 선과 면으로 이뤄진 도면을 닮아 있다. 간간히 이들 사이
로 틈입해오는 노래방과 올드 타운으로의 소풍은 단지 피로한 일탈에 불
과하다. 그리하여 그들의 삶은 천편일률적이며 합리적으로 구획된 시공
간과 닮은꼴이 된다. 『미나』의 문제적 인물, 수정은 바로 그러한 시공간
이 낳은 완벽한 '신인류'에 해당한다. 작가가 제시한 P시의 십대들은 세
분류로 나뉜다. 학창시절을 자신의 계급을 유지시키고 확장시키는 과정
으로 받아들여 영리하게 대처하는 최상층, 가망 없는 미래 앞에 서성이
며 '수용소'의 삶을 인내하는 학생들, 이 둘 사이에서 방황하며 우울증과
망상으로 결국 자살에 이르고 마는 학생. 수정은 그 첫 번째에서도 가장
우수한 학생에 속한다. "가장 성공할 것 같은 친구에 삼년 연속 일등"인
수정은 그녀는 학교와 학원에서 요구하는 숱한 질문에 '완벽한 정답'을
적어내고, 수동적인 학습을 마다하지 않으며 "어른들이 제시하는 모든
것을 있는 그대로 복사하여 순발력 있게 흉내 내는" '체제순응적인' 아이
다. 수정에게 세상은 숫자와 직선이며, 행복은 성적순이며, 삶이란 그렇
게 뻗은 직선을 따라 곧장 최정점까지 올라가는 의미한다. 그녀에게 루
소를 안다는 것은 루소의 『고백록』에 대해 완벽한 영어(정확한 시제와 대명
사)로 설명하는 것을 뜻하며, '혁명'이란 아침에 일찍 일어나는 것이다.
남자친구는 있지만 사랑 따위는 덜떨어진 소모적인 감정으로 여기는 쿨
한 태도를 갖추고 입음은 물론이다. 수정은 그런 자신을 '완벽'하고 '순
결'하다고 생각한다. 그런 그녀에게 어느 날 혼란과 균열이 발생한다.

미나와 수정은 둘도 없는 친구이지만 서로를 이해하지 못한다. 그럼에
도 불구하고 이 둘이 어울리는 것은 '똑똑하고 당돌한 수정이 재미있어

서', '미나 집의 샹들리에와 교양 있는 집안이 부러워서', 라고 할 수 있다. 그런데 어느 날 미나의 단짝 친구였던 '박지예'가 투신자살했다는 소식을 듣고 미나는 충격을 받는다. 수정은 그 소식을 접하고 혼란스러움을 느끼지만 곧 깔끔하게 정리한다. 자신과 무관하기 때문에 생각할 가치도 없다는 것. 그러나 문제는 미나의 반응에 있다. 미나는 "친구의 자살 소식을 전해들은 여학생의 완벽한 상징"을 보여준다. 그녀는 시험지 답안지를 백지로 내고 급기야는 불면증에 시달리다가 결국 학교를 그만두고 대안학교로 전학한다. 수정은 그런 미나를 전혀 이해하지 못하면서도 격심한 질투심을 느낀다. 자신이 결코 미나의 '슬픔'을 갖지 못한다는 것을 알기 때문이다. 박지예의 자살 사건을 계기로 이 둘은 결국 갈라지게 된다. 수정은 여전히 완벽하고 무감한 '수용소'의 세계로, 미나는 혼란스럽고 소란스러운 '수용소' 밖으로. '명확한' 곳에 혼자 남은 수정은 미나와의 결별을 직감하고 알 수 없는 혼란과 불안에 휩싸이는데, 왜 그렇게 되어버렸는지 어떻게 그것을 풀어야하는지를 배운 바 없고 경험한 바 없기 때문에 그녀가 알고 있는 유일한 방법, 직선과 숫자와 문법으로 이루어진 그 세계의 방식으로 대처한다. 즉, P시라는 자신의 삶 안에 담을 수 없는 더럽고 낡고 복잡한 것들은 모두 파괴해버리는 것.

나는 사람이 싫다. 멍청하니까. 그래서 화가 난다. 비생산적이고 비실용적이다. 왜 그러고 사는지 모르겠다. 너 같은 인간은 세상에 존재할 이유가 없다고 말해주고 싶다. (……) 나는 좋은 사람이 되지 않는다. 위대한 사람이 될 거다. 위대한 사람들은 사람들을 많이 죽였다. 위대하다는 것은 사람을 죽일 권리를 부여받는 것이다. (……) 도대체 누구부터 죽여야 할지 모르겠다.[6]

"불필요한 것은 단호하게 외면할 줄" 아는 수정은 이제껏 한 번도 맞부딪쳐본 적이 없는 '미나'라는 복잡한 문제에 맞닥뜨린 것이다. 수정은

---

6) 위의 책, 101쪽.

미나에 대한 경멸, 사랑, 그리고 거부당한 것에 대한 수치심과 박탈감 사이에서 발생한 엄청난 리비도를 위 예문에서처럼 모든 타인에 대한 적개심으로 분출시킨다. 그리하여 수정의 분노는 고양이 살해로, 학원 강사에 대한 무례로 표출되다가 급기야 미나를 살해하는 데까지 이르고 만다. 물론, 이러한 폭발 직전에 도움을 청하기도 한다. 수정은 미나를 찾아가 '진심으로 대화'를 요청하고 '민호'에게 자신의 심경을 우회적으로 털어놓는다. 그러나 이미 마음을 닫아버린 미나는 수정을 밀쳐내고, 과묵한 민호는 미나가 고양이를 죽이는 장면을 담은 동영상을 보고도, 또 동생 '미나'를 죽여버린다고 말하는데도 그저 침묵하거나 동의할 뿐이다. 민호는 수정과 근본적으로 같은 인간, 즉 '사람들의 행동을 이해하지 못하며, 아무 말도 하지 않고 아무것도 묻지 않으며 자신 외에 아무도 느끼지 않는' 인간이기 때문이다. "오직 필요한 것만 취한 채 책임도 권리도 회피하는" 이들은 요컨대 타인과 세상에 대해 절대로 질문하지 않고 받아들이기만 하는 "완벽하게 개인적이면서도 완벽하게 집단에 순응하는" 인물들인 것이다. 민호는 수정이 갈팡질팡하며 베란다를 걷어차고 화를 내는 것을 전혀 이해 못하면서 '귀엽다'고만 생각한다. 결국 미나를 살해하고 얼이 빠진 채, 이렇게 중얼거린다.

"너 때문에 너무 머리가 아파왔어. 그동안, 너 때문에 아무 것도 할 수가 없었어. 니가 나를 방해했어. 너, 때문에 뒤돌아봤고 너 때문에 생각했고 너 때문에 궁금했어. (……) 나는 정말로 울고 싶어. 하지만 안 울거야. 울면 지는 거야. 비웃음을 당하는 거야. 복잡해지는 거야. 쓰레기가 되는 거고. 장애물이 되는 거야. 장애물을 제거하고 나는 달려간다. 이수정. 끝까지 달려가서 승리한다. 나는 달려간다. 이수정! 달려간다. 이수정. 성공한다."[7]

작가는 이 끔찍한 장면을 통해 '과연 이 십대들의 자살과 폭력의 누

---

7) 위의 책, 307쪽.

구의 책임인가?'라고 묻는다. 무조건 타인을 '인정하기', '묻지 않기', 개입하지 않기, 그것이 "다양성을 존중하는 것"이라고 가르침으로써 철저히 개인적이면서 순응적인 십대들을 길러낸 것은 누구인가? 학창 시절에는 학생운동과 여성 운동에 열중했으나 지금은 유럽 상품에 몰두하는 트렌디한 미시족, 복권과 부동산 투기에 몰입하는 번역가 겸 소설가인 지식인, 절망스런 십대의 반항 앞에서 '나는 너에게 아무런 도움도 주지 않고 계속해서 우월한 채로 니가 얼마나 더러워지는지 지켜보겠어'라며 방관하는 학원 강사, 어학연수와 스키캠프만이 유일한 자녀 교육이라고 생각하는 부모들로 이루어진 어른들이 아닌가라는 반박. 물론 이렇게 반박하는 작가, 혹은 수정과 미나의 시선 또한 폭력적이다. 이들이 그려놓는 '기성 세대'가 다분히 파편적이고 편향되어 있다는 점에서, 모든 디테일과 이면들이 삭제되어 있다는 점에서 이들의 시선은 어른들에 대한 폭력이다. 그러나 어쨌든, "세상은 가해자와 피해자, 단지 두 종류의 사람들로 이루어져 있다"고 반복하는 정글의 법칙은 십대들에게 하나의 비유가 아니라 실제적 차원이 되어 버린다.

"예를 들어서, 모두가 말하는 것. 예를 들어서, 친구를 짓밟고 올라서라. 숨이 막혀온다. 이런 건 다 비유잖아? 아무런 힘도 없이. 나는 진짜가 필요했어. 예를 들어서. 나는 니 손을 밟아 으스러뜨렸어. 비유가 아니라 진짜로. 그렇게 하면 어떻게 될까? 어떤 일이 일어날까? 진짜 밟는 거랑 비유적으로 밟는 거랑은 어떤 차이가 있을까? 그리고 이제 나는 알았어. 차이가 없어. 이것 봐. 아무 느낌도 없어. 이렇게 니가 죽었는데도 나는 아무 느낌도 안 나."[8]

작가가 이 십대들의 폭력을 통해 겨냥하고 있는 것은 '친구를 짓밟아라'고 가르치고 그러한 십대를 양산시키고 있는 사회 시스템이다. 완벽한 시스템에서 발생한 오류인 미나, 그리고 수정은 이 거대한 정글의

---

8) 위의 책, 308쪽.

희생양일 뿐이다. 미나의 희생에는 어떠한 필연적인 이유도 없다. "이기적이고 무지하며 책임감이 결여된 미성숙한 삶이 이런 식으로 유지되어나가는 동안 그 삶이 어떻게 생겨났으며 어떻게 반복되고 있으며 그것의 죄악이 무엇인지에 대해 모두가 입을 다무는" 무책임한 어른들의 사회는 익명의 권력을 통해 그들을 냉혹한 정글로 몰아내고, 시스템 안에서의 주체적인 '행동능력'을 금지시킨다. 그리하여 유일하게 남는 행동능력이란 '범죄'와 '폭력'. 수정의 광란은 "책임 소재를 밝혀내거나 적을 확인할 수 없도록 만드는 관료주의(rule by nobody)"[9]와 자본주의 시스템이 만들어낸 일종의 부메랑인 것이다.

윤이형의 몇몇 판타지 소설에서 그려지는 폭력은 약육강식의 정글사회와 비인간성에 대한 알레고리로서 제출된다. 가령 다음과 같은 대목들.

1) 고기는 맛이 있었다. 에너지가 한꺼번에 충족되는 느낌이었다. 나는 상쾌한 기쁨에 젖어 일어섰다. 그리고 내리막길을 따라 달리기 시작했다. 머릿속이 희고 정갈했다. 랄랄라, 노래라도 부르고 싶은 심정이었다. 그리고 어서 죽이고 싶었다. 저 아래에서 기다리고 있을 무언가를. 다른 누군가 그것의 뼈를 우두둑 부러뜨리고 탐욕스럽게 씹어 먹기 전에. 7초 후 그 욕망은 충족될 것이었다. (……) 손에서 동그란 불덩어리가 튀어나갔다. 목울대 아래쪽에서 보라색 섬광이 치받혀 올라 정수리 한가운데를 뚫고 나갔다. 불덩어리 맞은 해골이 바로 반격해왔다.[10]

2) 눈이 빨간 소년이 노파의 머리채를 휘어잡고 땅바닥에 내다꽂았다. 둘이 한 덩어리가 되어 구르는 불과 몇십 초 동안 소년의 머리는 노파의 얼굴과 옆구리, 어깨와 정강이로 분주하게 움직였다. 노파가 벽을 향해 돌멩이처럼 굴러왔다. 노파의 목에 고개를 박고 힘차게 턱뼈를 움직이던 소년이 공중으로 고개를 확 쳐들었다. 우박만한 핏덩어리가 메마른 벽에 맞고 으깨져 흘러내렸다. 눈이 빨간 소년의 턱 밑으로는 굵고 검붉은 핏줄 하나가 늘어져 있었다. 노인의 명은

---

9) 한나 아렌트, 앞의 책, 67쪽.
10) 윤이형, 「피의일요일」, 『셋을 위한 왈츠』, 문학과지성사, 2007, 88쪽.

*68*__특집 1__ 봉인된 폭력의 이데올로기

길었다. 소년이 충분히 배를 채울 때가지 노파가 온몸을 쥐어짜듯 소리를 지르
며 팔다리를 휘저었기 때문에 땅바닥에는 복잡한 모양의 피 웅덩이가 생겼다.[11]

　인용문 1)은 온라인 게임 속 캐릭터를 주인공의 프로그래밍 된 삶을 다
룬 이야기의 일부분이고, 인용문 2)는 좀비가 출몰한 서울이라는 가상의
공간에서 벌어지는 일을 다룬 이야기의 한 대목이다. 두 인용문에서 제시
되는 폭력의 양상은 실제적 차원이 아니다. 둘 사이에 어떤 유사성[analogy]이
존재한다 할지라도 위 인용문의 폭력은 지나치게 과장되어 있으며 비현실
적이다. 요컨대 윤이형의 폭력은 바로크적 양식처럼 과장·왜곡되어 있
다. 전체 텍스트에서 이렇듯 과잉되게 부조되는 잔혹한 장면은 그러나, 그
것 자체를 향유하기 위한 것은 아니다. 그것은 파편화된 세계, 교묘하게
은폐된 정글의 폭력성을 '가시적이고 가촉적'인 것으로 만들기 위한 일종
의 알레고리적 장치이다. 즉 위의 '피투성이'의 살육현장은 지금 우리가
살고 있는 자본주의적 삶에 대한 객관적인 우의형상인 것이다.
　「피의일요일」에서 프로그램에 따라 초단위로 퀘스트를 수행해가면
서 더 높은 레벨로 나아가는 언데드, 그의 '자의식 없음' '기억 상실' '파
편화된 경험'은 바로 초단위로 목표를 향해 날마다 죽었다 살아나는 현
대인들이며, 「큰 늑대 파랑」에서의 좀비 또한 정글로 변모한 우리의
일상에 대한 우의라고 할 수 있다. 윤이형의 가상 폭력은 합리적이고
효율적이며 풍요로운 우리의 도시 일상을 일순간 피투성이의 잔혹 현
장으로 변모시킴으로써 내적 삶의 황폐성을 고발한다.

악몽의 계몽성—주체의 밤과 감각의 교란

　사회현실에 대한 명백한 미메시스와 알레고리로서 제출되지 않는 또

---

11) 윤이형, 「큰 늑대 파랑」, 『2008 '작가'가 선정한 오늘의 소설』, 작가, 2008, 10~11쪽.

다른 폭력들이 있다. 구체적인 사회현실을 환기하지 않는 가상 폭력을 통해 미적 쾌감과 새로운 감각 지형도를 그리고자 하는 작품들의 폭력을 우리는 '미학적 폭력'이라 부를 수 있다. 물론 궁극적으로 인간 사회에 대한 메시지로 환원될 수밖에 없지만, 이들 작품의 상상력은 대개 현실과의 직접적인 매개고리를 끊고 문명의 외곽이라는 '게토'에서 마음껏 폭력을 부려놓는다. 예를 들면, 사드의 '소돔'에서 벌어지는 잔혹극, 또는 연쇄살인의 엽기 행각과 폭력 현장을 의도적으로 적나라하게 드러내는 공포 영화, 스프랩터 무비splaptter film 같은 영상물들이 이에 해당될 것이다.

'미학적 폭력' 편에 있는 작품에서 그려지는 폭력은 각 텍스트마다 그 의미와 맥락이 다르겠지만, 예술성을 담지한다고 했을 때, 대개 그것은 '초월성'과 긴밀히 연관된다. 즉, 미학적 폭력의 추동력은 관습과 제도에 얽매인 구체적인 현실 인간의 한계는 물론 류적類的 존재로서의 인간의 한계까지를 넘어서서 원형에 다다르고 하는 초월 혹은 숭고에의 열정이다. 인간의 맨얼굴, 숭고의 영역을 넘본다는 데에서 이 미학적 폭력은 '낭만주의'의 해방적 분출과도 관련이 있지만, 절대 이념이나 인간의 순수한 영혼 등을 상정하지 않는다는 점에서 낭만주의와 갈라선다. 폭력을 통한 위반은 추락을 통해 비상을 꿈꾸는 것이 아니라, 무한성을 겨냥하고 있다는 점에서 진정 '불온한' 위반이라 할 수 있다.

물론 이러한 '위반'은 초자아(문명)에 맞서 죽음충동(공격본능과 파괴본능)을 풀어놓음으로써 디오니소스적 해방감을 만끽하게 한다. 그러나 대개의 경우, 문학 속의 '폭력'은 언어라는 매질이 갖고 있는 특성상, 직접적인 쾌감과는 거리가 있다. 카타르시스는 '폭력적인 장면' 그 자체에서 오는 것이 아니라 서사적인 전개를 통해 '시간'과 함께 유도되는 긴장감과 감정이입의 산물이다. 드라마 없이 선정적인 '행위' 자체에만 초점을 맞춘 포르노 혹은 폭력 장면이 대개의 경우 '외설적'이라는 비난에서 벗어날 수 없는 것도 바로 이러한 이유에서이다. 독자의 경험적 한계를 넘어선 '감수성'을 요구하는 것, 정합성과 리얼리티를 잃은 '과잉'의 폭력은 '외설'이다. (사드의 『소돔 120일』이나 장정일의 『내게 거짓말을 해봐』 등을 연상해 보라.)

초월성과 관련된 과잉의 폭력이 지향하는 것은 대개 직접적인 쾌, 혹은 불쾌라는 감각적 향유가 아니다. 그것은 창작자의 의식 활동을 통해 창조한 언어적 산물이라는 점에서 근본적으로 형이상학적 의도를 보다 많이 내포하고 있다. 따라서 문학의 폭력은 작가의 '필요성'에 의해 치밀하게 배치된 일종의 소도구들이라고 할 수 있다. 이러한 잔혹성의 성격에 대해 아르토는 다음과 같이 말한 바 있다.

> 잔혹성은 무엇보다도 명석성이며, 그것은 일종의 엄격한 지침이고 필요성에 복종하는 것이다. 의식, 이를테면 몰입하는 의식이 없다면 잔혹성도 없다.[12]

과잉의 '미학적 폭력'을 연출하는 작가의 형이상학적 의도는 많은 경우, 앞서 언급한 대로 '인간의 한계'를 넘어서는 것이다. '어떻게 인간적 상황을 벗어날 것인가.' 한계를 넘어선다는 것, 그것은 계속 높아지는 장대높이뛰기처럼 도전 정신과 치밀한 장치가 필요하다. '폭력'은 여기에서 일종의 장대라는 하나의 수단이 될 수 있다. 폭력을 '분출되는 파괴력'이라고 했을 때, 그것은 또한 이를 추동하는 힘을 필요로 한다. 대개의 경우 그것은 〈세계를 움직이는 것은 식욕과 사랑〉이라는 쉴러의 말대로 권력과 성적 충동이 되기 싶다. 우리는 폭력과 식욕, 성욕이라는 직접적인 상관관계를 천운영의 작품에서, 사도매저키즘적인 성적 일탈을 통해 인간을 '넘어서는' 폭력을 사드와 장정일의 예에서 이미 목도한 바 있다.

미학적 폭력이 바라보는 것이 '인간'과 '문명'이라는 거대한 지평선이라고 했을 때, 그것은 사회정치적 현실과는 다소 거리가 있을 수밖에 없다. 구체적인 시공간을 차용하더라고 그것은 산문적 진실과는 무관하다는 점에서 '존재의 시적 초월'(아르토) 편에 있다고 할 수 있다. 폭

---

12) 프랑코 토넬리 지음, 박형섭 옮김, 『잔혹성의 미학』, 동문선, 2001, 48쪽.

력을 통한 무한에로의 도전, 그것은 개체의 욕망을 타고, 개체를 주체이게끔 하는 일체의 시대적 관습과 규범을 위반하고 보편적인 인간까지를 의심하면서 '인간' 자체를 질문에 부친다. 때문에 그것은 항상 지금 여기에서 살아가는 모든 '주체'들을 지워버리고 새로운 '인간'을 건져내기 위해 '주체의 밤'을 향해 질주하는 '비행'이라고 할 수 있다.

우리가 이른바 자유 혹은 주체성이라는 이 변화무쌍하고 변덕스러운 존재를 정의하려는 순간, 그것은 금세 의미작용의 그물을 빠져나가버려 우리 손에는 아무 것도 남지 않는다. 우리가 알 수 있는 인간 주체는 결정적 객체인데, 결정된 것은 이미 주체가 아니다. 눈이 시각의 장에서 스스로를 볼 수 없듯이, 부르조아적 기획은 자신이 만드는 장에서 그것의 기초 원리인 자유로운 주체를 재현할 수 없다. 주체는 그 장이 출현하게 만드는 계산 불가능한 요소 혹은 외부적 요인이다. 인간의 지식은 우리가 그 주체에 접근할 수 없음을 말해준다.[13]

위에서 '고통'을 다루는 비극에 대해 규정하고 있는 테리 이글턴의 말은 미학적 폭력에도 적용될 수 있을 것이다. 즉, '어떤' 작품에서 미학적 폭력은 '필연성'과 '타자성'을 파괴함으로써 도래하지 않는 새로운 '주체'를 기획하려는 도구로써 '정당화' 된다.

백가흠 소설의 살인과 폭력, 광기들은 이러한 맥락에서 이해될 수 있다. 특히 초기 몇몇 작품에서 보여주는 도저한 '위반'에의 열정은 사드적인 광기를 연상시키는데, 가령 다음과 같은 장면을 보자.

사내가 달려와 아버지 등에 업혀 있는 아이를 번쩍 듭니다. 병출씨는 움찔하며 살짝 옆으로 비켜서고, 여자는 멍하니 쳐다봅니다. 과수원댁은 꼼짝도 하지 않고 땅바닥에 뻗어 있습니다. 누군가는 막아야 했지만, 아무도 사내를 막을 사람이 없습니다. 과수원집에서 정상인 사람은 오직 사내뿐이기 때문이다.

---

13) 테리 이글턴 지음, 이현석 옮김, 『우리 시대의 비극론』, 경성대 출판부, 2006.

허공에 번쩍 들린 아이가 발악을 하며 몸부림칩니다. 사내가 아이를 마루 위로 집어던집니다. 아이가 벽에 부딪히더니 마루로 떨어집니다. 순식간에 아이 울음소리가 멈춥니다. 병출씨가 눈을 끔벅이며 마루 위의 아이를 쳐다봅니다. 여자도 멍하니 아이를 쳐다봅니다.

얼매나, 조용햐, 개숭아, 우리 들어가자, 아저씨 약 좀 주라.14)

네 명의 과수원 식구 중에 유일하게 정상인 과수원 주인 사내는 권력을 통해 병출과 개순, 아내에게 뭇매와 강간을 일삼는 폭군이다. 그는 아내와 병출에게 폭력을 가하고, 그들의 노동력을 착취하며, 병출의 아내인 개순을 번연히 성폭행하고 젖먹이 아이 대신 그녀의 젖을 갈취한다. 게다가 세 명의 장애인을 빌미로 국가 지원금을 타서 잇속을 챙기기도 한다. 한 평자의 말대로 이 잔혹극은 남성 판타지에서 기원한 것일 테지만, 백가흠의 시선은 에로스와 타나토스의 파행적 분출 양상에 대한 탐문, 그것에 머물지 않는다. 여기에서 눈여겨봐야할 것은 폭력 속에 들어있는 콤플렉스와 질투, 양가감정 등의 심리적 양상이라기보다는, '폭력'이 파괴하고 해체하여 드러내 놓는 '도착적' 인간관계이다. 「배꽃이 지고」에서 두 쌍의 부부는 과수원 사내와 절름발이 아내, 정신지체자 병출과 개순이로 묶인다. 그리고 병출과 개순 사이에 젖먹이 아이가 있다. 정상적인 사회에서 사내의 성애 대상은 당연히 아내여야 하고, 개순의 젖을 빠는 것은 아이여야 한다. 욕망의 대상과 지향을 규제하고 이를 통해, "인간을 이웃으로, 도움의 수단으로, 성애 대상으로, 가족과 국가의 일원으로 취급하는 사회관계를 만드는 것이 문명의 특징"15)이다. 그러나 과수원 사내의 폭력은 병출의 아내인 개순을 성애 대상으로, 아내를 가족권역 바깥의 '벌거벗은 생명'으로, 피고용인인 병출을 '짐승'으로 뒤바꾸어 놓는다. 뿐만 아니라, 관절염 치료를 핑계로 개순의 젖꼭지를 물고 사는 주인 사내의 형상은 그들을 어머니와

---

14) 백가흠, 「배꽃이 지고」, 『귀뚜라미가 온다』, 문학동네, 2005, 223~224쪽.
15) 프로이트 지음, 김석희 옮김, 『문명 속의 불만』, 열린책들, 2005, 270쪽.

아들의 관계로 변형시켜 놓는다. 개순은 주인 사내뿐 아니라 병출에게
도 젖을 나눠준다. 그리하여 완성되는 기이한 그림. 개순의 양편에서
젖과 음부를 탐하는 두 남자, 또 한 편에는 절름발이자 광신도인 과수
원댁과 피폐한 몰골로 죽은 아이가 있다. 이 기괴한 그림에서 인간은,
주체를 구성하는 어머니, 아버지, 자식, 아내, 남편, 가족, 이웃, 노동자,
사용자 등등의 관계적 정체성을 상실하게 된다.

　백가흠 소설에는 이러한 도착적 관계가 흔히 등장한다. 「귀뚜라미가
온다」에서 달구네 분식의 매맞는 노모와 아들의 관계, 바람횟집의 "전
어 기념으로 함 하까, 엄마야"라며 부르며 섹스를 하는 연상연하 커플,
「웰컴, 베이비!」에서 동성애 관계에 있는 미스터 홍과 재영, 어린 부부
의 갓난아이를 거두어 젖꼭지를 물리는 미스터 홍의 모성, 「루시의 연
인」에서 자위용 쎅스 인형을 연인으로 삼고 있는 준호 등등, 이들의
관계는 성적 본능과 파괴본능에 의해 관습적인 인간관계를 해체해버리
고 '병리적 주체'들을 부려놓는다. 여기에서 폭력은 정상관계를 파괴하
는 일종의 수단이며 그렇게 하여 '근대적 주체'는 알 수 없는 '기호'가
되어버린다. 그렇다면 이 기괴한 그림들에서 인간들은 무엇인가. 백가
흠 소설은 합리적이고 도덕적인 근대 주체를 심문하기 위해 인류 문명
의 초석인 가장 기본적인 관계들을 연쇄적으로 '살해'하고 있다.

　백가흠의 폭력이 인식론적 사유 위에 놓여진다면, 편혜영의 경우 감
각적 층위에 있다고 할 수 있다. 즉, 백가흠의 폭력이 근대적 주체와
인간문명을 심문하기 위한 형이상학적 장치에 해당한다면, 편혜영의
폭력은 우리의 익숙한 감관을 뒤흔들기 위해 활용된다고 할 수 있다.
따라서 편혜영의 폭력은 파괴적 행위, 그 자체보다는 폭력을 둘러싼 공
포와 불쾌, 고통, 적개심, 불안, 섬뜩함 등의 감성들을 체험하게 할 목
적으로 현시presentation된다. 가령, 다음과 같은 장면을 보자.

　　총알이 발사되고 난 후 몸에 전해오던 떨림, 귓바퀴를 찢을 듯한 울림, 몸을 흔
　　들던 진동, 사내는 조심스레 총구를 겨누고 방아쇠를 당기기 위해 숨을 골랐다.

거대한 빌딩이 촘촘히 박힌 도시에 기다란 총성이 울렸다. 크게 숨을 내뱉는
다고 생각한 순간 총알이 발사되어버렸다. 사내의 이성과 달리 몸은 어떤 것도
고민하지 않았다. 늑대를 발견하고 총을 쏘기까지의 시간은 순간에 불과했다.
(……) 왕년의 사격선수가 쓰러진 그림자에게 다가가 한 발 더 쏘았다. 바닥에
쓰러진 그림자가 다시 한번 몸을 쿨럭거리며 비틀었다. 시꺼먼 피가 아스팔트
위로 흘러내렸다. 사내의 맨발에 피가 묻었다. 발이 따뜻하게 젖어왔다. (……)
쓰러져 있는 것은 털가죽옷을 뒤집어쓴 남자였다.[16]

위 인용문은 늑대를 추격하는 주인공의 심리적 긴장감과 공포를 치밀
하게 묘파하고 있다. 독자들은 어느새 점착력 있는 이러한 문장들을 통
해 서서히 인물들이 처해 있는 불안한 정황 속으로 빨려 들어가게 된
다. 독자가 결국 이 작품 끝에서 손에 쥐게 되는 것은, '동물원'과 다를
바 없는 현대 자본주의 사회에 대한 비판적 인식이나 주인공 사내에 대
한 연민이 아니라, 늑대를 추격하는 동안의 불안과 서스펜스, 그리고 늑
대가 '사람'으로 사람이 '늑대'로 변하는 순간의 '섬뜩함'이다. 편혜영은
이렇듯 현대 문명의 폭력성을 '재현'하는 게 아니라, 폭력 그 자체의 '비
가시적 힘'들을 '현시'함으로써 감각을 존재론적 차원으로 돌려놓는다.
폭력을 둘러싼 힘과 감각들 그 자체를 전달하기 위한 편혜영의 전략
은, 대상과 주체의 구별을 모호하게 함으로써 수행된다.[17] 「동물원의
탄생」은 어느 소도시의 동물원에서 늑대가 탈출하면서 시작된다. 누군
가 늑대에 물어뜯어 죽었다는 괴소문이 나돌고 총소리가 울리고 새떼
들이 인간을 공략하고, 사람들은 점점 늑대를 잡기 위해 혈안이 되면서

---

16) 편혜영, 「동물원의 탄생」, 『사육장쪽으로』, 문학동네, 2007, 85쪽.
17) 지각의 대상이 감각을 통해 받아들여진 후 추상적 인식을 위해 곧 사상되어야 할 어떤 현상
    적 질이라면, 감각은 주객의 이분법에 기초한 인식적 활동에 선행하는 어떤 존재론적 사건을
    가리킨다. 감각은 인식(정신)을 위해서가 아니라 그 이전에 욕망(몸)을 위해 존재하는 것이
    다. 지각에서는 지각되는 대상과 지각하는 주체가 서로 분리된다. 하지만 감각에는 아직 대
    상과 주체의 구별이 없다. 감각은 이렇게 주객의 근대적 이분법에 선행하여 그 바탕에서 그
    것을 가능케 해주는 어떤 원초적인 사건이다. (질 들뢰즈 지음, 하태환 옮김, 『감각의 논리』,
    민음사, 1995.)

도시는 점점 공포에 휩싸인다. 보험회사 직원이었던 주인공 사내는 늑대에 집착하게 되면서 점점 더 황폐해지는데, 결국 그는 어느새 야생의 늑대의 몰골을 하게 되고, 도시 전체가 야생의 정글로 바뀌어버린다. 사람이 늑대가 되고, 사람을 늑대로 오인하여 죽이는 늑대 추격전을 통해 주체와 대상 사이의 경계를 지움으로써 공포와 섬뜩함^{uncanny}을 감각적으로 전달하고 있다.

폭력에 따른 공포와 불안의 감성을 농밀하게 잘 형상화하고 있는 또 하나의 작품으로 「사육장 쪽으로」를 들 수 있다. 이 작품은 도심 외곽에 사는 한 가족의 파멸과 심리적 파탄을 그리고 있다. 도심 외곽 전원주택에 살고 있는 이들 가족은 파산 선고장을 받으면서 파국을 예감케 되는데, 인물들의 불안과 공포는 끊임없이 들려오는 개 짖는 소리에 의해 더욱 증폭되고, 사육장에서 뛰쳐나온 개들에 의해 아이가 처참하게 짓이겨지면서 절정에 이른다. 주인공은 미친 듯 방망이를 휘둘러 개를 쫓으려 하지만 자신이 내려치는 게 "개인지 아이인지 분간할 수 없을" 만큼 공포와 광기에 휩싸인다. 이 이야기가 의도하는 것이 그저 한 평범한 가족 몰락의 서사가 아니라는 것은 그 뒤에 이어지는 광란의 질주에 의해서 잘 드러난다. 주인공 '그'는 흉측하게 부풀어 오른 아이를 데리고 병원에 가기 위해 차를 몰지만, '사육장 쪽에' 있다는 병원은 도무지 오리무중이고, 개 짖는 소리를 나침반 삼아 그 '도착적인 구원의 장소'를 향해 미친 듯 헤매인다. 이러한 도정에는 비명 같은 아내의 울음소리와 개 짖는 소리가 배음처럼 깔리고, 사나운 트럭 운전자들의 광폭한 추월과 짐칸 가득 '개들'을 실은 트럭이 있고, 그들을 쫓는 "시커먼 어둠"이 있다. 이 작품이 공포와 불안을 감각적으로 환기시키고 세련되게 전달하고 있다면, 『아오이가든』의 작품에서의 폭력은 기존의 관습적 감각을 뒤흔들기 위한 충격적 장치로, 그리고 새로움을 위한 '미학적 파괴 행위'로 제시된다.

들뢰즈는 베이컨의 그림을 두고 정형도 아닌 비정형도 아닌 기괴한 형상의 창조를 통해 구상성을 파괴하고 있으며 '감각' 그 자체를 현시하고 있다고 분석한 바 있다. 들뢰즈에 따르면, 감각을 '현시'하려는 베이컨에게 있어서 '격리'는 재현과 단절하고 서술을 깨뜨리기 위해 필요한 가장 단순한 방법이다. "재현은 '대상과 이미지 사이의 관계'(닮음)를 내포할 뿐 아니라 또한 '한 이미지가 다른 이미지들과 맺는 관계'(서사적 연관)을 함축한다. 그래서 닮음을 포기하는 것만으로는 재현을 피하기에 충분하지 않다. 재현은 필연적으로 서사(이야기)를 포함하기에 재현을 피하려면 이미지와 이미지 사이의 서사적 연관 역시 파괴해야 한다."[18]

편혜영의 『아오이가든』에 수록된 작품들은 베이컨의 회화와 흡사하다. 『아오이가든』에는 사체 태우는 냄새, 버려진 아이들, 쓰레기, 쥐똥, 구더기, 화농, 악취, 피 범벅, 역병, 개구리, 토막 난 시체들이 난무하고, 하늘에서 느닷없이 개구리가 쏟아지고, 고양이의 자궁을 사람의 뱃속으로 들어가고, 인간이 수십 마리의 붉은 개구리를 낳고, 갓난아이와 여자가 포르말린 담겨 박제되고, 죽은 여자의 혼이 동굴을 배회하고, 개들이 사람을 좇는다. 요컨대 '시체, 똥오줌, 악령'의 세계라고 할 수 있는 편혜영 소설은 그로테스크 미학의 최종판이라 할 수 있을 만큼 가장 역겨운 것들의 세계를 보여주고 있다. 폭력과 죽음의 연쇄고리에 끼인 사물화된 인간과 동물, 그리고 온갖 불쾌한 감성의 박물관이라 할 수 있는 이 기괴한 형상은 베이컨의 회화처럼 '폭력적'으로 우리의 감각을 교란시켜놓는다. 그것은 롤러코스터나 물구나무서기 할 때처럼 퇴화된 '감각'의 역류를 경험케 하고, 안온한 감수성을 뒤흔들어놓는다. 이 미학적 교란은 인간과 개구리 수태, 들쥐를 애완견처럼 기르는 어린 아이, 사람 귓속에서 꼬물거리는 구더기처럼 이미지들의 서사적 연관을 잔혹하게 '단절'시키는 데에서, 이들이 거주하는 일상적 공간과 비일상적 서사들을 결합함으로써 수행된다. 그리하여 편혜영의 작품에서 재현된 폭력은 일상적 감각을 교란시키려는 작가의 미학적 '폭력'이라는 궁극적인 목적을 완수하는 것이다.

---

18) 진중권, 『현대미학 강의』, 아트북스, 2003, 194~210쪽.

이상에서 우리는 문학작품에서의 형상화되는 폭력의 몇 가지 양상에 대해 살펴보았다. 애초에 전제했던 것처럼, 현실에서 그렇듯 가상의 폭력 또한 궁극적으로 정당화되어야할 '수단'이다. 위에서 우리는 이를 '현실 비판', '초월성' '감각적 재배치'라는 세 가지 항목으로 나누어 살펴보았다. 그러나 최근 문학작품은 물론 영상매체에서 넘쳐나는 '폭력'이 모두 이 세 가지 범주에 포함되는 것도 아니며 포함된다고 하더라도 반드시 정당화되는 것도 아니다. '폭력의 미학'이라는 말에서도 짐작할 수 있듯, 이즈음의 넘쳐나는 '가상 폭력'은 미학적 향유를 위한 경우가 많지만, 그러나 많은 경우 정당화될 수 있는 문맥context을 잃고 부유하는 '외설성'이기 쉽다. 이러한 외설적인 폭력은 앞서 언급했듯, 더욱 교묘하게 얼굴을 감추고 있는 폭력적인 전제주의적 지배가 낳은 결과물, 즉 그 억압적인 체제와 닮은꼴이라고 볼 수 있다. "분노와 폭력이 아니라 그것들의 뚜렷한 부재가 비인간화의 가장 분명한 징후"라고 했던 한나 아렌트의 말처럼 다수에 동의할 수 없는 '혼자된 개인들'은 감정적 문맥과 정황을 파괴하며 현대 사회의 제도적 장치들의 비인간화와 관료주의에 반란을 일으키고 있다. 다시 한번 반복하자면, 이러한 파괴력에 대한 열정은 아무리 그것이 비실제적인 가상Schein이라 하더라도, 궁극적으로 인간 구원을 향한 도정에 있을 때에만 정당화될 수 있을 것이다. 團

정은경
문학평론가. 본지 편집동인. 1969년생. 2003년 ≪세계일보≫ 신춘문에 문학평론 당선. 원광대 교수. 평론집으로 『디아스포라 문학』 등이 있음. lenestrase@hanmail.net

두 얼굴의 디오니소스

이경수

1. 회칼을 든 아이

거대한 규모의 수산시장에 무언가 비밀이 숨겨져 있다. 낯선 곳으로 통하는 통로이기도 한 그곳을 진실에 접근하려 드는 한 남자가 찾아간다. 그리고 긴장감 속에 낯선 곳을 향해 다가가는 남자. 당장이라도 끔찍한 적들이 튀어나올 것 같은 긴장된 전율이 감돌지만 맞은편에서 다가오는 것은 앞치마를 두른 열 살 가량의 남자아이뿐이다. 그렇게 생각한 순간 남자 아이는 긴 회칼을 높이 들어 아무런 동요나 표정의 변화 없이 마주 다가오는 남자의 허벅지를 베어버린다. 마치 생선을 토막 치듯이 일말의 망설임도 없는 몸짓이다. 그 아이가 잠깐 웃었던가.

최양일 감독이 하드보일드액션을 표방하고 국내 제작진과 만들었다고 해서 화제가 된 영화 〈수〉는 솔직히 기대에 못 미치는 영화였다. 영상미는 기대만큼 뛰어났지만, 영상만으로는 끝장으로 치닫는 폭력미학을 다 감당하지 못했다. 감정의 폭발을 이끌어내야 하는 마지막 장면에서 들려온 것은 관객들의 어이없어하는 웃음소리였다. 나는 차마 웃을 수는 없었지만, 클라이맥스에서 들려오는 예기치 못한 웃음소리를 들으며 나 역시 이 영화가 소통에 실패한 원인이 어디에 있을까 묻고 있었다. 거장의 영화도 문화와 언어의 차이를 쉽게 극복하지는 못했던 모양이다.

하지만 정작 나를 당혹스럽게 한 것은 영화를 보고 난 후에도 오래도록 남아 지워지지 않았던 영화 속 한 장면의 강렬한 이미지 때문이었다. 수산시장에서 일하며 마약조직의 보스 구양원에 의해 마약 밀매원이자 킬러로 길러진 남자 아이와 쌍둥이 형의 의문의 죽음을 좇아 삼경물산까지 찾아오게 된 주인공 장태수의 마주침, 그리고 아무런 망설임 없이 긴 칼을 내리치는 아이의 단호한 몸짓. 폭력 미학의 거장이라고 불리는 최양일 감독의 영화답게 그 장면은 폭력의 행사가 가져올 수 있는 매혹의 극치를 보여주고 있었다. 그 장면의 섬뜩하고 아름다운 이미지는 그 후로도 오랫동안 내 머릿속에 남아 있었다. 그것은 스탠리 큐브릭의 〈시계태엽오렌지〉에 등장하는 그 수많은 기괴하고 섬뜩한 장면들만큼이나 인상적이었다.

〈수〉가 그리 훌륭한 영화라고 생각하지 않았음에도 영화 속 한 장면에 오래 매혹되어 있었다는 사실은 솔직히 곤혹스러웠는데, 아마도 그것은 폭력의 이중성에 대한 인지에서 오는 곤혹스러움이었는지도 모르겠다. 잔혹한 폭력이 아름다움을 유발하고 매혹적이기도 하다는 사실을 인정할 수밖에 없는 데서 오는 곤혹스러움. 폭력이라는 문제 앞에서 현대인들이 부딪히게 되는 딜레마는 대개 이런 것이 아닐까 싶다. 거기에는 분명 이성과 도덕적 판단을 넘어서는 무언가가 있다. 폭력의 끝이 자기 파괴로 이어진다는 것을 모르지 않으면서도 인류의 역사가 오랫동안 폭력에 매혹되어 왔던 까닭도 그와 무관하지는 않을 것이다.

테리 이글턴의 분석처럼 폭력의 이중적 얼굴은 역사가 오래다. 디오니소스의 찢김의 축제 뒤에는 펜테우스의 억압과 폭력과 박해가 있었으며, 결국 그것은 펜테우스의 찢김으로 귀결된다. 폭력이 폭력을 낳는 악순환은 그리스신화에서부터 그 연원을 찾아볼 수 있다. 디오니소스를 자유의 상징으로만 읽는 것은 일면적인 독해라는 테리 이글턴의 말에 나는 기본적으로 동의한다. 자유의 무한 추구는 대개 파시즘과 만나게 마련이다. 아나키즘과 파시즘은 그 추구의 지점이 전혀 달라 보이지만 동전의 양면처럼 서로 닮아 있기도 하다. 폭력이 유발하는 공포와 아름다움, 잔혹과 매혹도 그렇게 서로 공존해 왔는지도 모른다.

오늘날의 시에서도 폭력은 매혹과 곤혹의 이중성을 항상 끌어안고 있다. 폭력을 논하면서 법과 인권과 인간과 정치의 문제를 벗어나기는 쉽지 않은데, '지금, 여기'에서 쓰이는 한국 시는 현실 정치적인 문제를 넘어선 폭력에 대해 관심을 집중하고 있는 것으로 보인다. 그것은 종종 가족 폭력이나 학교 폭력의 이름으로, 또는 젠더 폭력의 이름으로 모습을 드러낼 뿐 현실 정치의 문제에는 별 관심이 없어 보인다. 이때 폭력은 인간의 욕망이라는 문제와 좀 더 밀접히 관련된 것으로 보인다. 폭력은 종종 자유와 허무와 아나키즘의 이름으로 소환된다. 하지만 그것과 등을 맞댄 것이 파시즘이라는 사실은 종종 망각된다. 르네 지라르의 폭력에 대한 성찰이 종교적 귀결로 이어질 수밖에 없었던 것도 어쩌면 이런 딜레마를 의식했기 때문이었는지도 모르겠다.

현실 정치의 억압이 창궐하고 폭력이 눈앞의 현실이던 1980년대의 한국 사회에서 '폭력'은 집중적인 탐구의 대상이 된다. 김현은 르네 지라르를 연구하면서 자신의 연구가 현실의 폭력성으로부터 촉발된 것임을 밝힌 바 있으며,[1] 홍성원이 비슷한 시기에 폭력에 대해 성찰하는 작품을 써 내려간 것도 당시 한국 사회의 현실에 대한 작가적 탐색에 기인한 것이었음을 짐작하기는 어렵지 않다. 80년 5월의 광주가 서구의 홀로코스트처럼 이 땅의 시인들의 상상력을 오랫동안 옭아매고 있었던 것도 외부로부터의 납득할 수 없는 폭력의 정체에 대한 의문 때문이었을 것이다. 21세기의 한국 현대시에서도 '폭력'은 여전히 중요한 테마이다. 현실 정치에는 별 관심을 보이지 않는 이 시인들이 폭력에 이끌리는 것은 좀 다른 맥락을 가지고 있는데, 그 근저에는 끝이 보이지 않는 절망감이 자리 잡고 있는 것으로 보인다.

---

1) 김현, 「폭력의 구조: 르네 지라르 연구」, 『김현 문학전집 10―폭력의 구조 / 시칠리아의 암소』, 문학과지성사, 1992, 19쪽.

2. '으나'와 '젖소 아줌마'의 비명

2000년대 젊은 시인들의 시에서 폭력과 희생양의 이미지를 찾는 것은 어려운 일이 아니다. 그들의 시에 종종 등장하는 절단의 상상력과 자기모멸감은 종종 폭력과 관련을 맺고 있다. 폭력의 결과에 의해 그들의 시적 주체나 등장인물들은 종종 훼손되거나 절단된다. 그 / 녀들의 시에서 분열적 주체나 다성적 주체가 종종 출현하는 까닭도 훼손되고 절단된 신체를 빌려 말하는 화법과 무관하지 않을 것이다. 황병승의 두 권의 시집과 김민정의 첫 시집에는 폭력의 행위와 그 결과로서의 희생양의 이미지가 자주 등장한다. 그 / 녀의 시에서 폭력이 주로 행사되는 공간은 가족과 학교와 그것이 확대된 일상이다.

> 4
> 그녀의 이름은 으나입니다
> 으나는 인사의 천재
> 달에게 인사합니다 안녕하세요 으나예요
> 별에게도 인사합니다 안녕하세요 으나랍니다
> 오줌을 누면서도 잠을 자면서도
> 으나는 인사합니다 안녕 으나야
> 까마귀에게도 안녕
> 속옷을 벗기는 사내 녀석들에게도 으나예요
> 따귀를 갈기는 아주머니에게도 안녕 안녕
> 으나는 인사의 천재
> 사랑하는 나의 누이동생입니다
>
> 그리고 어느 날, 갑자기,
> 갈래머리 으나는 H의 집 근처 하수처리장에서 숨진 채 발견됩니다

H는 울지 않았습니다
(쓰르륵 쓰르륵 하루치의 목숨을 대패질하는 귀뚜라미 소리)
H는 유에프오가 보내오는 신호에 가만히 귀 기울이고 있었습니다
……결국 빛이 빛을 외면하는 슬픈 시간입니다

나는 앨범을 들고 지하실로 내려가
소년과 함께 찍었던 사진들을 모두 불태웠습니다

그리고 겨울이 막 시작될 즈음 H가 보내온 엽서,

오랜만이군 나는 잘 지내고 있고 자네가 상상도 할 수 없는 아주 먼 곳에 와
있다네 이곳에서 우연히 소년을 만났네 소년은 나의 멱살을 잡지도 비에 젖어
있지도 않았네 우리는 모든 것을 잊기로 했지 그리고 으나도 만났네 으나는 여
전히 밝은 얼굴로 인사하더군 내가 혹시 자네에게 얘기한 적이 있던가 불안해
보일 정도로 조심스러워 보이는 여자에 관한 얘기 나는 그런 여자를 만나면 금
세 불길한 생각이 든다네 아주 조심스러워 보이는 여자는 헤어지기 전에 꼭 한
번쯤 크게 소음을 내거든 단단히 감춰진 마음의 소란스러움은 그러나 재킷 호주
머니 속의 동전으로 와르르 쏟아지든지 계단에서 발을 헛디뎌 놀랄 만큼 커다란
비명으로 터져나오든지 말일세 으나는 소음을 내는 대신 인사를 하는 거라네 안
녕 안녕하세요 으나 으나예요 눈에 보이는 모든 것들을 향해. 나는 으나를 불쌍
히 여긴 적이 단 한 번도 없네 손을 그릴 때 꼭 다섯 손가락을 모두 그려야 할
필요는 없겠지 나는 자네 때문에 새끼손가락이 싫네 자네를 영영 용서하지 못하
더라도 그런 나를 용서하길 바라네

  ps.
  그런데 혹시 자넨, '노 워먼 노 크라이'라는 말을 해석해본 적이 있나 나는 이
렇게 해석한다네 '여자가 없으니 울지도 못하겠네' 잘 있게나 친구 아직도 오늘
밤이군

으나는 인사의 천재

사랑하는 나의 누이동생입니다

나는 H의 엽서를 찢었습니다

창밖으로 소년의 머리통이 날아갑니다

담장을 넘어 곧장—

— 황병승, 「사성장군협주곡(四星將軍協奏曲)」[2] 부분

이 시의 상상력은 군대, 야구, 첫사랑, 오이디푸스 콤플렉스, 살인 등
에 두루 걸쳐 있다. 선언의 천재인 '나'와 빠울의 천재인 소년과 인사의
천재인 '으나'와 그들과 얽혀 있는 H. 황병승의 시에 종종 출현하는 H
(또는 h)는 시적 주체의 분신이라고 할 수 있다. 사성장군은 별 네 개를
단 장군이라는 뜻으로, 죄를 짓고 감옥에 갔다 오는 것을 흔히 별 달았
다고 표현하는 은어와 관련된 비유이다. 사계절을 저질렀다고 다소 은
유적으로 표현되었지만, 선언의 천재인 '나'는 죄를 짓고 교도소에 들어
간 것으로 보인다. "이 겨울 철문을 나서며 날두부를 먹으리라"는 구절
을 통해 이러한 의미를 유추할 수 있다. 그 사이 봄에서 겨울로 사계절
이 지나갔다.

H가 보내온 엽서에 따르면, 지금 H와 소년과 '으나'는 같은 곳에 있
다. '으나'는 이미 오래 전에 "H의 집 근처 하수처리장에서 숨진 채 발
견"되었으니 죽은 것이 틀림없는데, 그곳에서는 여전히 밝은 얼굴로 인
사하고 있다. 그렇다면 그곳은 죽음 이후의 세계, 일종의 사후세계인
셈이다. 누군가에 의해 살해당한 것으로 보이는 '으나', "자네를 영영
용서하지 못"할지도 모른다고 말하는 H, H의 멱살을 쥐고 "우리 아버
지 살려내, 이 빌어먹을 자식아!"라고 울부짖은 적이 있는 소년, "H에
게 피 묻은 야구공을 선물"한 적이 있는 '나', "앨범을 들고 지하실로 내
려가 소년과 함께 찍었던 사진들을 모두 불태"운 '나'의 행동 등으로 미

---

2) 황병승, 「사성장군협주곡(四星將軍協奏曲)」, 『여장남자 시코쿠』, 랜덤하우스중앙, 2005.

루어보면 이들의 죽음에 '나'는 어떤 방식으로든 개입해 있는 것 같다. 그리고 그가 교도소에 갇혀 있는 것도 그 사건과 결코 무관하지 않을 것이다.

이 등장인물들은 서로 애증의 관계로 얽혀 있고, 그 결과는 폭력과 죽음을 낳는다. 특히 '으나'는 대표적인 희생양이다. 으나는 만나는 모든 존재들과 인사를 나누는 인사의 천재다. 심지어 "속옷을 벗기는 사내 녀석들에게도" "따귀를 갈기는 아주머니에게도 안녕 안녕" 인사를 건넨다. 늘 밝게 웃으며 인사하는 으나에게 돌아오는 것은 사내 녀석들의 성추행이나 폭행이거나 아주머니의 부당한 폭력 행사일 뿐이다. 으나의 인사는 으나의 비명과도 같은 것이라고 H는 말한다. 어쩌면 그야말로 으나와 소통할 수 있었던 유일한 존재였는지도 모른다. 결국 으나는 H의 집 근처 하수처리장에서 숨진 채 발견된다. 으나의 죽음은 타살로 보이지만 그녀를 죽음으로 몰아넣은 것이 누구였는지 분명히 알 수 있는 것은 아니다. 다만, 으나를 거쳐간 수많은 남자들의 폭력이 그녀를 죽음으로 몰아넣었으리라는 것만은 짐작할 수 있다.

으나의 이름은 왜 '으나'일까? '으나'라는 이름은 어딘지 되다 만 이름, 나오다 만 비명 같은 것을 연상시킨다. 으나가 인사의 천재였다고는 하지만, 제대로 된 말이 그녀의 입을 통해 흘러나왔을 것 같지는 않다. '으나'라는 되다 만 듯한 질감의 언어가 그런 느낌을 자아낸다. 더구나 그녀는 아무 때나 아무나 보고 웃으며 인사하는, 한없이 맑고 순수한 모습이지만 바로 그렇기 때문에 현실 세계에서는 어딘지 모자라 보이는 소녀이다. 사내 녀석들도 아주머니도 죄책감 없이 으나에게 폭력을 행사하는 까닭은 바로 여기에 있다. 으나는 황병승의 시가 형상화한 무구한 존재, 그렇기 때문에 희생양에 더없이 어울리는 존재이다.

까만 점박이무늬 코트를 머리끝부터 발끝까지 뒤집어쓴 채 아줌마, 느릿느릿 버스 안으로 기어오르고 있었어요. 아무도 모를 거예요 아줌마가 늘 아프다는 걸, 매일매일 멍든 부위만 골라 맞느라 까만 점박이무늬가 하루하루 큼지막해져

가고 있다는 걸, 혹시 아줌마가 원래 북극곰이었던 건 아닐까요.

버스 안이 너무 더워요 아저씨, 제발 스팀 좀 꺼주세요 네? 그랬지만, 운전사 아저씨는 신경질을 부리며 라디오 볼륨을 줄일 뿐이었어요. 삐질삐질 진땀을 쏟고 있는 아줌마의 까만 점박이무늬 코트 아래로 흰 연고 같은 젖이 줄줄 흘러내리고 있었어요. 아줌마가 코트 깃을 굳세게 여며보지만 순식간에 뒷좌석까지 퍼져나가는 고소한 입김을 도로 불러다 껴안을 수는 없었어요.

아빠들은 눈빛을 교환하며 쉽게 공모자로 합쳐졌어요. 얼마나 마음이 잘 맞는지 약속 없이도 지우개로 쓱싹쓱싹 서로의 눈동자 속에서 서로의 얼굴을 지울 줄 알았어요. 젖소 따위가 무슨 구두를 신는다고, 아빠들은 아줌마의 손과 발을 부러뜨리려다가 창 밖으로 냅다 던져버렸어요. 울면서 울면서 아줌마는 십자버티기 자세로 링에 묶인 채 오래오래 매달려 갔어요.

아빠들이 아줌마의 까만 점박이무늬 코트를 홀렁홀렁 벗겼어요. 아줌마의 가슴팍에 조롱조롱 매달려 있는 젖병들이 퉁퉁 부은 젖꼭지로 눈물 같은 젖을 흘리고 있었어요. 아침 안 먹고 오길 잘했지 뭐야, 아빠들은 제각각 젖병을 입에 물고 쭉쭉 빨았어요. 그러자 아줌마의 실루엣이 우그러지고 찌그러지더니 에취 에취 후춧가루처럼 폴폴 날지 뭐예요. 아빠들은 뱀의 허물처럼 그대로 주저앉아 버린 까만 점박이무늬 코트를 인천앞바다에 출렁 띄워보냈어요.

바다 위로 쏟아져 내리는 재치기, 재채기로 고인 실루엣을 따라 까만 까만 점박이무늬 코트가 되살아나고 있는 걸 아빠들은 보았을까요. 파도의 쓰레질을 따라 다시 머리끝부터 발끝까지 까만 점박이무늬 코트를 뒤집어쓴 아줌마가 이번에는 텅 빈 젖병 속에 꿀꺽꿀꺽 바닷물을 통째로 채워나갔어요. 108m 월미산 봉우리가 아줌마의 젖병마다 푸른 젖꼭지로 뾰족하게 솟아오르고 있었어요.

집에 돌아온 아빠들이 새근새근 잠든 아기들을 보러 요람으로 달려갔어요.

요람 위에는 하얀 털옷을 입고 푸른 젖병을 입에 문 아줌마가 잠들어 있었어요. 아줌마가 까꿍, 하며 빨던 젖병을 내밀자 아빠들은 뒷걸음쳐 도망치느라 바빴어요. 아무래도 아빠들은 도리도리밖에 배운 게 없나 봐요.

― 김민정, 「젖소 아줌마가 작아지는 비밀」[3] 전문

김민정의 시는 한층 더 그로테스크하다. 기괴함과 잔혹함을 웃음의 코드로 푼 이 시는 그로테스크 미학의 한 정점을 보여준다. 까만 점박이무늬 코트를 머리끝부터 발끝까지 뒤집어쓴 젖소 아줌마는 가정 폭력의 희생양이다. 늘 맞고 살아서 여기저기 멍들어 있는 아줌마의 모습을 까만 점박이무늬 코트를 입었다고 표현한 부분에서는 소름이 돋는다. 젖소 아줌마라는 명명은, 온 몸이 멍든 그녀의 모습을 희화화한 것이면서 동시에 사람대접을 못 받고 사는 아줌마의 일생이 젖소와 다를게 뭐냐는 풍자적 의미도 담고 있다. 아빠들의 폭력 행사는 아줌마를 구타하는 데서 그치지 않고 젖소 따위가 무슨 구두를 신느냐는 언어 폭력으로까지 이어진다. 아빠들의 집단 폭력은 상상을 초월하며 전개된다.

젖소 아줌마는 여성 젠더에게 가해지는 남성 젠더의 폭력을 상징하는 존재인데, 희생양은 젖소 아줌마로 그치지 않는다. 젖소 아줌마에게 가해지는 남근적 시선의 폭력을 목격한 '나'도 폭력의 희생양이 된다. 폭력이 유발하는 공포와 연민을 경험한 것만으로도 '나'는 위축되고 말 것이다. 이성을 마비시키고 굴복시키는 힘. 폭력의 가장 무서운 점은 바로 여기에 있다.

버스 안에서 만난 아빠들이 까만 점박이무늬 코트를 홀렁홀렁 벗겨 내던지고 부당한 폭력을 행사해도 꼼짝없이 무기력하게 당하는 젖소 아줌마의 모습은, 폭력과 그로 인한 공포가 어떤 것인지를 짐작케 한다. 젖소 아줌마는 비명 한 번 지르지 못한 채 그저 눈물을 흘릴 뿐이

---

3) 김민정, 「젖소 아줌마가 작아지는 비밀」, 『날으는 고슴도치 아가씨』, 열림원, 2005.

다. 저 울음이 젖소 아줌마에겐 비명인 셈이다. 그녀는 아빠들에게 가루가 될 때까지 학대당하고 자신의 전부를 헌납한다. 아빠들의 공모에 의해 젖소 아줌마는 한없이 작아진다. 아줌마가 할 수 있는 유일한 반항은 작아질 대로 작아져 아기로 다시 태어나 폭력의 악순환을 반복하는 것이다. 아빠들로 상징되는 남근의 폭력이 되풀이되듯이, 젖소 아줌마의 피학도 지칠 줄 모르고 다시 태어나기를 반복한다. 결국 아빠들이 뒷걸음쳐 도망치느라 바빠질 때까지.

김민정의 시는 가정 폭력, 학교 폭력 등으로 대표되는 제도의 폭력에 그로테스크한 언어의 향연으로 맞선다. 비속어들을 한껏 노출하고, 사도마조히즘적 상상력을 경계 없이 풀어낸다. 제도의 폭력에 언어의 폭력으로 맞서는 그녀의 시적 전략은, 낯선 충격이 주는 매혹과 지나치게 까발려진 언어가 유발하는 곤혹스러움을 동반한다. 몇 겹으로 무장했던 옷과 단단한 빗장을 단번에 무너뜨리면서 그녀의 시는 각종 제도와 윤리의식을 가차 없이 조롱한다. 그녀의 시는 의도한 바의 무너뜨림에는 성공한다. 다만 무자비한 폭력과 무자비한 대응이라는 점에서 아빠들과 젖소 아줌마는 묘하게 닮은 데가 있다.

3. 저 아나키스트들의 딜레마

1980년대의 망령에 사로잡힌 시인들 중 일부는 아나키즘으로 경도되는 모습을 보인다. 지난 시절에 인간에 대한 희망과 더 나은 미래를 꿈꾸었던 그들은, 달라진 세상 앞에서 절망한다. 신념이 무너지는 좌절과 실패의 경험이 그들을 극단적 방향으로 치닫게 했는지도 모른다. 장석원, 신동옥 등의 시에는 지난 시대의 정서가 묻어나지만, 그들은 자기 자신을 비롯해 모든 제도와 뿌리와 과거를 부정하는 아나키스트를 표방한다. 더 이상 진보도 미래도 희망도 없다고 절망어린 어조로 이들의 시는 말한다. 그것은 어딘지 상처 입은 자의 목소리를 닮았다.

번들번들한 살갗에서 시작된 그것을 나는 모른다

누구의 눈물과 누구의 체액이 나를 슬프게 했는지
알고 싶지 않다

나의 일부였던 것이 사라지고 있다
시원은 어두운 주름이었다

그것이 나를 왜곡시키고 나를 해석한다
나는 노예이므로 굴종에 쾌감을 느낀다
미래에 사랑이 이루어지고 행복엔 날개 돋을까?

개좆 같은 진보, 개좆 같은 진보주의
미래라구?

(confusion will be my epitaph. I'll be crying……)

과거에 묶이는 일이 죄인가
몸 바쳐 사랑할 수 있다면 권력의 노예가 되어도 좋다

  사랑의 노예가 되는 일이 벌 받을 일인가 (사랑이 하룻밤의 꿈이라면 차라리
눈을 감고 뜨지 말 것을) 심봉사라면 눈을 뜨리라 공양미 삼백 석 그것도 자본
이란 말인가
  사랑 앞에서 눈 감는 자 나는 부속품이다 나는 기계의 일부이며 지금 녹슬고
있는 과거의 일부이다

  무릎 꿇는 자의 행복을 거부하지 않겠다
  천천히 부서지겠다

5월의 아카시아처럼

(…중략…)

69년에
아버지의 정자와 어머니의 난자는 나를 만들기 위해 어떤 운명을 결탁했나
나는 모종의 비리 아닌가 나는 음험한 계약 아닌가

너에게 나를 주마 이리로 오라
누워 입을 벌리라
달 뜰 때 내가 보이리라

69년 5월에 암스트롱은 고중력 실험실에서 눈물을 흘렸다
호텔 캘리포니아에는 69년의 핏빛 와인
아버지와 어머니의 이름으로
38구경 권총, 러시안 룰렛
한 발의 총알이 나였다

— 장석원, 「악마를 위하여」[4] 부분

  "나는 노예이므로 굴종에 쾌감을 느낀다". 이렇게 말하는 화자는 자
학적 시선을 유지한다. 그는 스스로를 더러운 피를 받아 태어난 악마라
고 여기며, 미래니 희망이니 진보니 하는 말들을 더 이상 믿지 않는다.
"개좆 같은 진보, 개좆 같은 진보주의"에서 드러나는 것은 지독한 환멸
과 회의이다. "무릎 꿇는 자의 행복을 거부하지 않겠다 / 천천히 부서지
겠다 / 5월의 아카시아처럼"이라고 말할 때 그의 언술은 무릎 꿇는 굴
종의 삶을 죄악시하던 지난 시절의 이데올로기를 겨냥하고 있다. 물론

---

  4) 장석원, 「악마를 위하여」, 『아나키스트』, 문학과지성사, 2005.

이런 태도에서 얼마간의 아이러니가 빚어지기는 한다. '莫 → 膜 → 漠 → 寞'으로 이어지는 일종의 언어유희는 한자의 의미 이전에 음을 통해 막막함을 전하는 역할을 한다. "나를 파괴할 권리"를 선언하겠다는 화자의 언술도 다른 것을 파괴하는 데 실패한 자의 마지막 몸부림 같은 것으로 읽히기도 한다.

"저 푸른 초원의 그림 같은 약속 때문에 / 쓸쓸하게 흔들리는 엄마"는 지난 시절의 "개좆 같은 추억", "진보하는 상처"와 함께 시적 주체의 현재를 간섭해 온다. 마치 알란 파커 감독의 〈핑크 플로이드의 벽〉에 등장하는 핑크처럼, 장석원 시의 시적 주체는 어머니의 그림자에서 자유롭지 못하다. 그가 남성 젠더의 희생양이었다고 생각하는 어머니에 대한 연민과 죄의식은, 속죄의식과 스스로를 작은 악마이거나 희생양으로 규정하는 상상력을 통해 보상받는다. "white male american"과 대비되는, 남자이되 남자가 아닌 '헝그리 코리안'이라는 자의식은 그를 억압한 폭력의 실체이기도 하다.

시대에 버림받고 지독한 환멸에 빠진 한 시인은 자신의 출생을 아버지와 어머니 사이에 이루어진 "모종의 비리", "음험한 계약"이라고까지 모독하기에 이른다. 스스로에게 침을 뱉는 저 지독한 자기모멸과 자기처벌, 세상에 대한 환멸은 희망이나 미래를 믿거나 의지할 수 없다는 깨달음, 그 지독한 절망감에서 연유하는 것이다. 누군들 그의 환멸에 섣불리 돌을 던지거나 그래도 희망을 믿어야 한다는 따위의 뻔한 말을 건넬 수 있겠는가. 다만, 그의 아나키즘이 어디로 향할지에 대해서는 물어볼 수 있을 것이다. 그것은 시인도 스스로에게 물어야 하는 질문임에는 틀림없다. 적어도 자신이 어디로 가고 있는지를 인식할 권리와 의무가 우리에게는 있으니 말이다.

피맛골에서 술 마셔요 TV에는 잘린 손가락 술잔에는 태극기 오늘은 광복절 전쟁은 끝났어요 곰팡이들이 거리로 뛰쳐나와요 쥐떼가 하늘로 날아가요 폭정이 끝났다는 거죠 아직도 저는 조그만 일로 쌈박질을 해요 손가락을 잘라요 이렇게 글씨체가 바뀌는 동안 절망은 제가 생각한 것과는 다른 방식으로 찾아오죠 우울한가요? 고갈비 좀 드세요 빈대떡 신사 양반 미친놈들이나 시를 쓴다지만 시는 사라진 지 오래예요 행복을 믿나요 비눗갑이 된 시를 아나요 비가 그칠 때마다 기온은 5도씩 떨어지고 하늘은 5킬로미터씩 푸르러지고 희망은 광속으로 달아나버려요

면도칼 시로 아침을 시작해봐요 하악골이 가벼워진답니다 술 한 병 더 시켜도 되겠군요 이렇게 시를 쓰는데 술값이 문제인가요 희망에 대해 얘기해달라구요 너무 늦은 거 아녜요 세사르 바예호는 파리에서 굶어 죽었어요 제 시도 언젠가는 굶어 죽겠죠 하수구를 찾아 흘러가겠죠 당신이 즐겁게 읽어주세요 참 집에 들어갈 때 참외 사가는 거 잊지 마세요 아이들은 먹여야죠 시 같은 거 시 같은 거 읽지 말고 인터넷 연재만화는 거르지 마세요 계산하려면 아직 3천 원어치는 더 써야 하는데 어제 쓴 시 중에 이건 어때요

술 취한 달
고통의 꽃으로 피어오르고
나 홀로
삶의 까만 술병 주둥이를 향해 자맥질

이 정도면 되겠군요 2만 3천 원 싸죠 다음은 다음은 어딘가요 제가 시를 쏘죠
— 신동옥, 「계산서」[5] 전문

전쟁과 폭정이 끝났다고 선언된 시대에 신동옥의 시적 주체는 아직도 "조그만 일로 쌈박질을" 하지만, 세상은 무서운 속도로 변하고 더불어 "희망은 광속도로 달아나버"린다. "시는 사라진 지 오래"고 한낱 "비눗갑이" 되었음을 그 역시 모르지 않는다. 시가 더 이상 의미를 가질

---

5) 신동옥, 「계산서」, 『악공, 아나키스트 기타』, 랜덤하우스코리아, 2008.

수 없는 시대, 희망에 대해 말할 수 없는 시대에 시를 쓰는 시인으로서의 자의식이 신동옥을 아나키스트가 되게 한다. "시 같은 거 읽지 말고 인터넷 연재만화는 거르지 마세요"라는 언술이 자조적으로 들리는 까닭은 실제로 시 같은 것보다 인터넷 연재만화가 대중들에게 더 가까이 다가가 소통하는 시대이기 때문일 것이다. 씁쓸하지만 부정할 수 없는 현실이다. 이런 시대에 시를 쓰는 시인이 모든 것에 회의적인 아나키스트가 되는 것은 어쩌면 당연한 일일지도 모르겠다.

하지만 그것이 나를 몰라주는 세상에 대한 엄살이 되어서는 곤란하다. 시보다 인터넷 연재만화를 즐겨 읽는 대중이나 시를 외면하는 시대를 탓할 필요는 없다. 따지고 보면 시는 대중의 폭발적인 사랑 속에 있었던 적이 별로 없었다. 하지만 좋은 시는 눈 밝은 사람들에 의해 발견되고 오래 읽혔던 것도 사실이다. 바깥의 조건이 오늘의 시에 핑계가 될 수는 없다. 폭력에 맞서는 아나키즘이 폭력과 닮은꼴이 되지 않기 위해서는 좀 더 치열한 자기와의 싸움이 필요해 보인다. 디오니소스의 찢김의 축제 뒤에는 펜테우스의 폭정이 있었고, 펜테우스의 폭력은 결국 자신을 찢김의 축제의 희생양, 또 하나의 폭력의 희생양으로 만들고 만다. 현실 세계에서는 미국의 패권주의와 제3세계의 테러리즘을 통해, 문학의 세계에서는 초현실주의와 파시즘의 귀결을 통해, 여전히 반복되는 폭력의 실상을 확인할 수 있다. 모든 시인은 자유로운 영혼을 가지고 있다는 점에서 기본적으로 아나키스트이지만, 이제 우리 시는 아나키스트를 넘어서는 사유에 대해서도 고민할 필요가 있어 보인다. 폭력의 이중성에 대한 인식을 통해 우리가 나아가야 하는 지점은 바로 여기가 아닐까.

4. 탈근대 도시의 자살 테러

'9.11' 테러가 터진 후 서구 지성사회는 '미국식 패권주의'와 자살폭탄 테러로 상징되는 테러리즘을 어떻게 볼 것인가라는 문제에 폭발적인 관심을 보이고 있다. 알 카에다를 중심으로 한 중동 지역의 테러 단체들을 악의 축으로 규정한 것이 미국식 패권주의의 대응 방식이었다면, 미국식 패권주의의 무자비한 폭력을 홀로코스트의 재연으로 바라보거나 자살폭탄테러로 대표되는 테러리즘을 미국식 패권주의가 낳은 폭력의 악순환으로 규정하는 시선 역시 쏟아져 나오고 있다. 그리스신화와 구약성서로까지 거슬러 올라가 폭력성이야말로 인간의 본질임을 보여주는 논의들도 만만치 않다.6) 20세기에 나치즘의 유태인 학살이 인간의 본성에 대해 심각하게 생각해 보게 한 상징적인 사건이었다면, 21세기에는 '9.11 테러'와 그 원인을 제공한 미국식 패권주의가 다시 한 번 인간의 본성과 인류의 미래에 대해 생각해 보게 했다. 20세기의 지식인들이 그랬던 것처럼, 21세기의 서구 지성사도 곳곳에서 출몰하는 테러리즘의 폭력성을 어떻게 바라봐야 할 것인가라는 문제로 곤혹스러움에 직면해 있다.

21세기에 폭력을 논하면서 '지금, 여기'의 현실 곳곳에서 발생하고 있는 폭력의 악순환이라는 문제를 거론하지 않을 수는 없다. 가장 폭력적인 것은 영화도 문학도 아닌 현실이니 말이다. 티베트에 대한 중국의 대학살 역시 미국식 패권주의의 또 다른 재현이라 할 수 있겠다. 어쩌면 그보다 더 무서운 것은 중국의 폭력에 대한 수많은 나라들의 침묵과 외면인지도 모르겠다. 지난 세기에 끔찍한 '홀로코스트'를 경험하고도 그것을 반복하는 우를 언제든 저지를 위험이 있는 존재가 인간일지도 모른다는 생각에 섬뜩해지기도 한다. 일찍이 알랭 레네 감독이 〈밤과 안개〉에서 홀로코스트를 사실적으로 그리면서 이런 끔찍한 역사가 되풀이 되지 않도록 반드시 기억해야 한다고 경고했건만, 끝 간 데를 모르는 인간의 욕망은 멈출 줄 모르고 있다.

---

6) 로제 다둔이 『폭력-'폭력적 인간'에 대하여』에서 '호모 비오랑스', 즉 폭력적 인간에 대해 사유할 필요가 있음을 주장한 이유도 바로 여기에 있을 것이다(로제 다둔 지음, 최윤주 옮김, 『폭력-'폭력적 인간'에 대하여』, 동문선, 2006, 10쪽).

폭력을 기억한다는 것이 의미를 지니는 까닭은 인종 말살을 획책한 끔찍한 기억을 잊지 않음으로써 같은 역사를 반복하지 않겠다는 최소한의 약속 같은 것일 게다. 그것은 인간이 인간됨을 최소한 유지할 수 있는 방법이기도 하다. 하지만 이 땅에서도 지워진 학살의 기억들은 숱하게 많다. 1980년 5월의 광주를 비롯해 '4.3 사건' 등 한 지역의 말살을 꾀한 끔찍한 폭력의 기억이 복원된 지 얼마 되지 않았음에도 우리 사회는 더 많은 학살의 기억을 되살리기보다는 그것을 묻어두고 망각하려는 방향으로 나아가고 있는 것으로 보인다. 과거에 붙들리고 싶지 않은 욕망과 같은 잘못을 되풀이하지 않기 위해 폭력의 역사를 기억하는 일은 다른 차원의 일일 텐데, 우리 사회는 종종 그 차이를 지우고 싶어하는 것 같다.

패권주의와 테러리즘의 악순환, 실제 현실에서의 가공할 폭력이 최근의 시에서 곧이곧대로 드러나지는 않는다. 이영광의 「2001-세렝게티, 카불, 청량리」처럼 일부 그런 시가 쓰이기도 하지만, 폭압적 현실에 대해 냉소적인 태도를 취할 뿐 특정한 해석의 시선이나 태도를 드러내지는 않는다. 하지만 인류의 역사와 함께 한 이런 폭력의 기억들은 21세기에 쓰이는 젊은 시인들의 시에도 간접적인 영향력을 행사하고 있는 것으로 보인다. 현대문명이 일궈낸 폭력적 현실 속에서 황폐해진 인간의 영혼이 마침내 자기파괴에 이르는 모습을 몇몇 시인들의 시에서 찾아볼 수 있다. 김중일과 이승원의 시에서는 자기를 상하게 하는 방식으로 타인이나 세계에 상처를 내는 자살의 폭력성이 드러나 있다. 이들의 시는 '지금, 여기'의 도시를 불모의 공간으로 그리는 데 탁월하다.

2

15 석양이 붉게 떨어지던 저녁, 비닐랩을 뒤집어쓴 냉동육처럼, 창문에 얼어붙은 듯 서 있던 Y. 아직도 그대로 있다.

14 불꺼진 창문. 텅 빈 입속같이 눅눅한

13 창틀에 팔뚝을 걸치고 달빛을 보다가, 하염없이 보다가 피우던 담배를 자신의 눈동자에 비벼 끄는 x.

12 불꺼진 창문. 텅 빈 해골의 눈 속같이 캄캄한

11 백년 전에 전쟁에서 한쪽 눈을 잃고 달을 박아넣은 m이 달을 보며 x 대신 고통스럽게 울부짖고.

10 불꺼진 창문. 텅 빈 귓속같이 먹먹한, 오늘밤의 적막은 너무 시끄러워 귀가 다 먹겠구나.

9 이빨 몽땅 빠진 입처럼 오물거리는 캄캄한 창문. 검은 구름을 게걸스럽게 우적우적 씹어먹고 있는

8 불꺼진 창문. 검은 추처럼 무거워 보이는

7 자웅동체처럼 온종일 붙어 있는 불륜의 a와 b.

6 불꺼진 창문. 방금 또 죄없는 목을 댕강 자른 단두대

5 엄마의 시체가 며칠째 썩어가는 방의 창문, 가장자리에 눈곱처럼 나른하게 눌어붙은 얼굴이 노란 아이 c.

4 어디서 이렇게 좋은 냄새가 나지? 자신이 만든 요리에 감탄하는 조리사 h.

3 유행가를 흥얼거리며 창문에 불어넣은 입김이 사라지기 전에 잽싸게 싸인 연습을 하는 가수지망생 j.

2 회사에서 해고당하고부터 두문불출 이중창 사이에 결재서류를 끼워놓기 시작한 사무원 s.

1 언제부터였는지 두 짝의 창문이 눈을 부릅뜨고 죽은 시체처럼, 자신을 무섭게 노려보고 있다고 믿게 된 불면의 여자 w.

그때였다.

봉인에서 풀려난 좀비처럼 창틀에 무릎을 올려놓는 Y.

15→14→13→12→11→10→9→8→7→6→5→4→3→2→1→窓

Y가 마지막으로 본 것은
열다섯 개의 창문이 소용돌이치며 한순간 겹쳐지는 모습
겹쳐진 창문들은 너무나 밝고 눈부셔
빛들의 집결지로 가는, 숨겨진 비밀통로 같았다
오직 맹렬한 속도만이 그 문을 열어젖힐 수 있으리
기왓장처럼 겹겹이 겹쳐진 창문을 향해
저 멀리 하늘에 몸을 둔 어떤 존재의 주먹처럼
장렬하게 내리꽂히는 Y

순간 w는 거대한 공룡의 눈꺼풀 같은
창문이 기어이 깜박,거리는 것을 목격했다
도대체 넌 정체가 뭐야? 수화기 너머에선 아까부터
애인이 짐승처럼 울부짖고 있었고, 오 이런
이제 정말 잠은 다 잤군!

3

투명한 필터처럼 창문에 달라붙어 있는
K의 몸을 통해 바라본 창문들의 소용돌이
k를 응시하는 K는 언제부턴가 흐느끼듯 울고 있다
가만히 뒤돌아선다, k는 황급히
창문을 열어 붙잡으려 해보지만
오히려 그순간 K는 밤의 허공으로 완전히 녹아버리고
기다렸다는 듯 멀리서,
둥근 달이 빙글빙글 돌며 내는 싸이렌 소리
                         ─ 김중일, 「창문들의 소용돌이」7) 부분

---

7) 김중일, 「창문들의 소용돌이」, 『국경꽃집』, 창비, 2007.

김중일의 시에서 창문은 하나의 세계를 의미한다. 창문은 그의 시에서도 차단과 소통을 동시에 표상한다. 다른 세계와 단절되어 있는 각자의 세계를 의미하는 동시에 다른 세계를 바라볼 수 있는 장치로서도 기능하는 것이다. 김중일의 시에 종종 등장하는 K와 k는 시적 주체의 분신이라고 여겨진다. 그들은 김중일의 시적 주체의 분신들로서 서로 분리되어 있다. 창문 안팎으로 봉인되어 "서로를 알아보지 못한 채 멀뚱히 마주보고" 있다. 그들은 창문에 나란히 붙어 서서 건너편 동을 바라본다.

그리고 이어지는 '2' 부분에서 15층짜리 건너편 아파트 동이 묘사된다. 창문을 통해 보이는 모습이라는 점에서 그것은 K와 k에 의해 보이는 풍경이다. 창문을 통해 비치는 사람들의 모습은, 구구절절한 사연들을 짐작케 하지만 어딘지 하나같이 외로워 보인다. 그리고 거의 한 층을 걸러 "불꺼진 창문"이 보인다. 이렇게 K와 k의 시선이 건너편 아파트 동을 층마다 훑어 내려온 바로 그때, "비닐랩을 뒤집어쓴 냉동육처럼, 창문에 얼어붙은 듯 서 있던 Y"가 "봉인에서 풀려난 좀비처럼 창틀에 무릎을 올려놓는"다. 그리고 "열다섯 개의 창문이 소용돌이치며 한순간 겹쳐지는 모습"이 그려진다. Y는 15층에서 투신한 것이다. 그리고 Y의 투신을 목격한 K도 함께 사라진다. k는 손을 뻗어 K를 잡으려 해봤지만 소용없었다. 이어서 사이렌 소리가 들린다.

같은 시집에 실린 김중일의 다른 두 편의 시 「15층의 Y」와 「인간의 직립과 인사의 기원」을 보면 Y의 죽음에 K가 연루되어 있음을 확인할 수 있다. K와 Y는 연인 사이이며 Y는 K의 아이를 가졌지만, 둘은 헤어지기로 합의한다. 그리고 Y는 혼자 산부인과에 다녀온 후 자살한다. Y의 자살은 일차적으로 자신의 신체를 훼손한 것이지만, 결과적으로 K에게 가한 테러이기도 하다. K는 죽을 때까지 자기 때문에 Y가 죽었다는 죄책감에서 벗어날 수 없을 것이다. Y의 자살은 그런 점에서 자기를 죽임으로써 더 많은 목숨을 죽이고 세상을 향해 시위하는 자살폭탄 테러리스트를 닮았다. 다른 선택의 여지를 생각할 수 없을 만큼 벼랑

끝에 내몰린 사람들은 Y처럼 자살을 선택한다. K를 향한 원망이 자기 살해의 충동으로 나타난 것이다. 자존감을 갖기 어렵게 하는 현대 사회의 삶은 이렇게 많은 사람들을 자살충동으로 내몬다. 자살은 일종의 피학 심리의 극단적 발현이라고 볼 수 있을 것이다.

동맥 절단　뜨거운 물에 담그는 것은 상식 방혈하시오
　　　　　한국은행 앞이나 남산보다 스케일이 큰 피 분수를 만들기
　　　　　피 혈액 생피 붉은 수액
　　　　　사냥개에게 피를 맛보이다 군인을 유혈 행위에 익숙하게 하다 (실행 전 각자 취향에 맞는 외국어로 번역해 유서에 첨부하면 센스 있는 자살자가 된다)

교수　　　희고 부드러운 목 위에 검붉은 경계선을 치는 것이 취지다 동거인 들에게 최초로 발견되기 싫다면 등산 가는 것을 권장한다
　　　　　추천: 관악산 (수도권 거주자에 한한다)

아파트 투신 여자 고등학생들이 유행시켰다
　　　　　적합한 장소: 서빙고동 신동아 신사동 미성 구의동 현대
　　　　　서초동 우성 대현동 럭키

음독　　　노인들의 희망은 수면 중 사망이다
　　　　　양탄자를 당기듯 시간을 압축하라
　　　　　농약은 삼가시오 (촌스럽잖아)
　　　　　다량의 정제를 알코올과 혼합 복용하면 효과는 배가된다

익사　　　심연과의 조우
　　　　　입수 부위는 물과 사망자의 생이 끓는 듯하다
　　　　　티브이에서는 누구나 삼 킬로그램은 더 살쪄 보인다 익사체는 이

십 킬로그램은 불어나 보인다 육체적 자기 확대 부산의 태종대와
서울 한강은 상습적 장소다
실패율 제로가 확실한 한탄강을 강력히 추천한다

분신　　치사율 매우 높음
　　　　너의 불꽃은 지포 라이터 광고 또는 정치적으로 악용될 수 있다 사
　　　　이공 시내에서의 승려 틱 쾅둑의 가부좌와 눈부시게 하얀 휘발유 통

감전　　욕조에 라디오나 드라이기를 넣으시오
　　　　당신의 피부는 인공 일광욕 효과를 낸 미디엄 레어의 호사를 누릴
　　　　것이다

철로　　투신 그대는 분열을 꾀하는가
　　　　집게로 건져지는 고깃덩어리들
　　　　임팩트: 해골 네 개

아사　　금식은 안식을 위해서다 대개의 병사자는 임종 직전 아사자와 흡
　　　　사한 외관을 보인다
　　　　잎을 버린 나뭇가지 당신의 육체는 열반에 이르리라

가스　　유통 경로에 대한 무지가 팽배하니 초심자는 가스레인지를 사용하
　　　　시오 음독 동맥 절단 교수와 혼합 요망

동사　　하얀 눈 위에 구두 발자국 누가 누가 새벽길 얼어갔나
　　　　음주 후 보드라운 카펫 위의 얼음 왕국으로

총　　하계 올림픽의 꽃은: 마라톤
　　　　동계 올림픽의 꽃은: 피겨 스케이팅

자살의 꽃은: 그런 건 없다
하지만 추천 별 다섯 개
최단 시간의 총구 펠라티오

                 — 이승원, 「완전자살 매뉴얼」[8] 전문

『어둠과 설탕』에서 탈근대 도시의 비정한 불모성을 성공적으로 그린 이승원은, 일본에서 출판된 '완전자살 매뉴얼'이라는 책을 이와 같이 패러디한다. 다양한 자살 방법을 소개하고 미수에 그치지 않고 자살에 성공하는 법을 가르쳐주는 매뉴얼이 등장할 만큼 자살은 탈근대 도시의 문화 현상 중 하나가 되었다.

정사라는 낭만적 자살이 유행한 적도 있었지만, 최근에 빈번하게 발생하는 자살은 더 이상 낭만적 색채를 띠지 않는다. 경제적 궁핍이 자살의 중요한 이유가 되고 치열한 경쟁 사회에서 필연적으로 처하게 되는 절망적 상황과 자존감의 상실이 또한 자살의 잦은 이유가 된다. 의지대로 선택하고 결정할 수 있는 일들이 별로 없는 현대인들에게 자살은 인간임을 증명할 수 있는 최후의 방법으로 인식되고 있기도 하다. 살아남은 자들은 눈물 흘리지만, 자살에 성공한 사람들은 그렇게 생을 끝냄으로써 빨리 잊힌다.

'나의 사랑하는 탈근대 도시'라고 반어적으로 말하면서 시종일관 '지금, 여기'에 대한 냉소적이고 비판적인 태도를 유지하고 있는 이승원의 시는, 첫 시집 『어둠과 설탕』에서 랩의 형식을 빌려 탈근대 도시의 불모성을 공격하는 테러를 노골적으로 감행한다. 이승원과 김중일의 시 역시 이 세계의 폭력성에 누구보다도 예민하게 반응한다. 그것은 종종 자학적인 태도를 취하지만 한편으로 자학적 태도를 불러일으킨 너머의 폭력을 환기하기도 한다.

---

8) 이승원, 「완전자살 매뉴얼」, 『어둠과 설탕』, 문학과지성사, 2006.

5. 내가 사라지는 모멸감과 소외감

현대를 살아가는 인간들에게는 물리적 폭력 이외에도 그들의 정신을 황폐하게 하는 각종 폭력이 행사되고 있다. 언어의 폭력, 따돌림의 폭력은 말할 것도 없고, 심지어 아무것도 하지 않고 존재하는 것만으로도 누군가에게는 폭력이 될 수 있다. 복잡하게 얽힌 관계 속에서 내가 직접적인 악을 저지르지 않아도 자신의 존재가 악의 자리에 놓이는 순간을 우리는 종종 경험하게 된다. 김이듬과 최금진의 시는 바로 그런 상황의 폭력이 가져오는 자기모멸감에 주목한다.

눈에 뵈는 게 없나 여기서 볼일 보는 이 남자 날 의식하지 못한다 뜨뜻미지근한 오줌 모처럼 정장에 다 튕기고 발을 헛디뎠다는 듯 내 가슴께로 넘어진다 고마워라 나는 마로니에도 아무것도 아니다 덥수룩한 머리칼 속으로 겨울비 강철 젓가락을 쑤셔대는 밤 손 휘저어도 버스는 그냥 지나가고 초면의 이 남자 토악질하다 내 손수건 내팽개쳐 벌떡 일어난다 사차선 물길 속 비틀거리며 간다 찢어지는 경적 소리 다행이야 나는 고단한 긴 의자도 뒤집어진 우산도 아닌 거다

내 돈은 왜 안 받니 나는 울면서 국수를 먹었다 이복동생의 대기실에서 반갑다 어깨를 두드렸을 때 연미복 위 비듬만 터는 손등들과 모두 나를 지나쳐 악수를 하는 손바닥, 흔들며 이름 부르면 딴 데를 두리번거린다 내가 안 보이는 거다

의자에 앉아 있던 사자가 쓰러졌을 때 나는 싸울 상대가 없어질까 봐 무서웠다 내 살점을 먹으려 해도 밥이 될 수 없었다 그때 책상에 불이 붙기 시작했고 나는 읽었던 행을 다시 읽었다 불 속으로 바싹 다가앉았다 누가 내 눈꺼풀을 걸어 올리고 흰자위에서 무명실을 빼내기 시작했다 그 가닥의 끝에서 소복들 마련하고 리본을 매단 채 새 사업자금을 챙기던 식구, 그때부터 그들에게서 나는 백목의 귀신이 되었다 수저 없는 밥상과 서둘러 끝낸 가족회의, 꺼진 난로와 이사 간 집을 찾아다니는 나는 아마 그들 눈에 보이지 않는 미세한 먼지, 재가 된 의

자, 점점 나를 관통해서 지나는 사람들, 참 이상하지도 않다 나는 하루에 몇 번 느닷없이 사라지는 나를 적응한다 아무 데도 없이

— 김이듬, 「나는 내가 사라지는 것을 보았고」[9] 전문

타인에 의해 없는 존재처럼 취급당하며 존재감이 사라지는 순간, '나'도 사라진다. 김이듬의 시는 바로 그런 사라짐의 순간, 자기모멸감이 극에 달해 자존감이 위협받는 바로 그 순간에 대해 말한다. 공원의 긴 의자에 앉아 있다가 술 취한 남자로 인해 봉변을 당한 상황을 그리고 있는 이 시의 1연은 다소 충격적이다. 자신을 전혀 의식하지 못하고 볼 일 보던 그 남자가 "내 가슴께로 넘어"지자 화자는 돌연 고맙다고 말한다. "나는 마로니에도 아무것도 아니다", "다행이야 나는 고단한 긴 의자도 뒤집어진 우산도 아닌 거다". 이 처절한 화자의 독백은 술꾼 사내로 인해 비로소 자신이 마로니에 나무도 공원의 긴 의자도 우산도 아님을 깨달은 화자의 안도감을 드러내고 있다. 존재감을 잃은 채 조용히 사라져가던 자신을 다시 일으켜 세울 수 있었다는 것만으로도 화자는 고마워한다.

두 번째 연은 이복동생의 결혼식장에서의 체험을 그리고 있다. 부조를 통해서라도 자신의 존재감을 표현하고 싶었던 화자는 자신의 축의금을 받지 않는다고 울면서 국수를 먹는다. 식구들과 친척들에게, 아니 결혼식장에 온 모든 하객들에게 그녀는 안중에도 없다. 그렇다면 그녀는 없는 거다. 이 지독한 자기모멸의 순간을 김이듬의 시는 실감나게 그린다.

세 번째 연에서는 그의 싸울 상대였던 '아버지—사자'가 쓰러졌을 때의 막막함과 무서움을 그리고 있다. 아마도 그녀는 '아버지—사자'와 평생에 걸쳐 풀 것이 많았을 텐데 그는 그 기회조차 주지 않고 먼저 가버렸다. 남아 있는 그녀가 느끼는 무서움과 쓸쓸함은 오로지 그녀의 몫이

9) 김이듬, 「나는 내가 사라지는 것을 보았고」, 『별 모양의 얼룩』, 천년의시작, 2005.

다. 남은 가족들은 소복을 입은 채 사업자금을 챙기기에 바빴을 뿐이
다. '나'는 그들에 의해 "백목의 귀신"이 된다. 그들의 눈에는 더 이상
내가 보이지 않는다. 그러므로 그녀는 "미세한 먼지"나 "재가 된 의자"
와 다를 바 없다. "나는 내가 사라지는 것을 보았고", 하루에도 몇 번씩
"느닷없이 사라지는 나"에 차차 적응해가고 있다. 그녀의 가족들이 그
녀에게 행사하는 폭력은 그 어떤 물리적 폭력보다도 잔혹하다. 마치 그
녀가 없는 듯 투명인간으로 대함으로써 그녀의 가족은 그녀의 존재를
흔적 없이 지우는 폭력을 행사한다. 그것이 남기는 것은 지독한 자기모
멸감과 소외감이다.

웃음은 활력 넘치는 사람들 속에 장치되어 있다가
폭발물처럼 불시에 터진다
웃음은 무섭다
자신만만하고 거리낌없는
남자다운 웃음은 배워두면 좋지만
아무리 따라해도 쉽게 안되는 것
열성인자를 물려받고 태어난 웃음은 어딘가 일그러져
영락없이 잡종인 게 들통난다
계층재생산,이란 말을 쓰지 않아도
얼굴에 그려져 있는 어색한 웃음은 보나마나
가난한 아버지와 불행한 어머니의 교배로 만들어진 것
자신의 표정을 능가하는 어떤 표정도 만들 수 없기 때문에
웃다가 제풀에 지쳤을 때 문득 느껴지는 허기처럼
모두가 골고루 나눠갖지 않은 웃음은 배가 고프다
못나고 부끄러운 아버지들을 뚝뚝 떼어
이 사람 저 사람의 낯짝에 공평하게 붙여주면 안될까
술만 먹으면 취해서 울던 뻐드렁니
가난한 아버지의 더러운 입냄새와 땀냄새와

꼭 어린애 같은 부끄러움을 코에 귀에 달아주면

누구나 행복할까

대책없이 거리에서 크게 웃는 사람들이 있다

어깨동무를 하고 넥타이를 매고

우르르 몰려다니는 웃음들이 있다

그런 웃음은 너무 폭력적이다, 함께 밥도 먹고 싶지 않다

계통이 훌륭한 웃음일수록,

말없이 고개숙이고 달그락달그락 숟가락질만 해야 하는

깨진 알전구의 저녁식사에 대한 이해가 없다

그러므로 아무리 참고 견디려 해도

웃음엔 민주주의가 없다

— 최금진, 「웃는 사람들」10) 전문

 최금진의 시는 아무런 잘못이 없어 보이는 웃는 사람들이 단지 그 웃음만으로도 타인에게 폭력을 행사할 수 있음을 잘 보여준다. 자신이 윤리적이고 남에게 해를 끼치지 않는다고 생각하는 대다수의 사람들도 아무것도 하지 않으면서도 다른 누군가에게 상처를 주고 피해를 입힐 수 있다는 사실을 그는 환기하고자 한다. 꼭 누군가에게 물리적, 언어적 폭력을 휘두르는 것만 폭력적인 것은 아니다. 때로는 자신의 존재 자체가 다른 이들에게 폭력이 될 수도 있다. '지금, 여기'를 사는 어느 누구도 그런 점에서 자유롭지는 못하다. 누군들 자신은 결백하다고 자신 있게 주장할 수 있겠는가. '자신만만하고 거리낌 없는 웃음'을 아무나 웃을 수 있는 것은 아니다. "열성인자를 물려받고 태어난 웃음은" 아무리 호탕하게 웃어 보려 해도 어딘지 일그러지고 위축되어서 티가 난다. 웃음에도 순종과 잡종이 있다는 사실이 서글프지만 그게 분명한 현실이다. 모두가 골고루 나눠 갖지 않은 것은 웃음조차도 배가 고픈

---

10) 최금진, 「웃는 사람들」, 『새들의 역사』, 창비, 2007.

법이다.

대책 없이 거리에서 크게 웃는 사람들을 탓할 수야 없겠지만, 그들이 아무런 잘못을 하지 않았어도 누군가는 그 모습을 보면서 상처받고 움츠러들 수도 있다. 웃음조차 폭력이 될 수 있는 것이 오늘날 우리 사회의 자화상이 아니겠냐고 최금진은 묻는다. "웃음엔 민주주의가 없다". 웃음으로 나뉘는 세상은 충분히 폭력적이다. 그 폭력을 벗어날 가능성이 과연 우리에게 있는 것일까?

6. 폭력의 이중성, 그 악마적 아름다움

다시 〈수〉에 관한 이야기로 돌아가 보자. 영화 속 구양원을 향한 장태수의 복수는 어딘지 집착적이다. 물론 오랫동안 그리워했던 쌍둥이 동생을 만난 바로 그 순간, 동생을 죽음으로 몰아넣은 인물이 구양원이므로 그를 향한 복수심은 당연한 것이기는 하다. 하지만, 자신의 모든 것을 다 던져버리면서까지 그를 향한 복수에 집착하는 장태수의 모습은, 특히 마지막 장면의 지리멸렬하면서도 지독한 액션신은, 관객의 공감을 자아내는 데 실패하고 만다. 겉으로 드러나는 구도는 이렇다. 구양원의 가공할 폭력에 맞서 장태수가 자신의 모든 것을 걸고 구양원을 단죄한다. 폭력에 폭력으로 철저히 맞선 것이다. 하지만 그 이면을 들여다보면 장태수의 집착은 사실상 죄의식에서 연유한다. 그는 어릴 적 본의 아니게 자신의 잘못을 동생에게 뒤집어씌웠고 그로 인해 동생과 떨어져 살아야 했다. 사실상 구양원의 손아귀에서 동생이 길러지게 한 원인 제공은 장태수 자신이 한 셈이다. 그가 그토록 동생을 찾아야겠다고 집착한 것도 단지 피가 끌려서라기보다는 자신의 원죄를 속죄하기 위해서였다. 너무 많이 늦었지만 지금이라도 동생을 찾아 자신의 죄의식을 보상받고 싶었을 것이다.

그런데 바로 그런 욕망이 구양원에 의해 좌절된다. 장태수를 막무가

내의 폭력 속으로 몰아넣은 것은 동생에게 속죄할 기회를 영영 앗아가
버린 구양원에 대한 복수심이었던 셈이다. 구양원을 죽이는 일은 이제
그 자신의 죄의식을 죽이는 행위가 된다. 폭력이 폭력을 낳는 악순환이
라는 구도 뒤에는 이렇듯 속죄의식이라는 욕망이 자리 잡고 있었다. 차
라리 그 점을 좀 더 부각시켰더라면 장태수의 광기가 관객들의 공감을
더 얻지 않았을까? 동생의 원수를 처단하는 영웅으로서가 아니라 비겁
하고 못난 형으로서의 장태수라는 캐릭터를 만들어내는 데 성공했다면
〈수〉의 마지막 액션 신에도 좀 더 정서적 색채가 입혀질 수 있었을 것
이다. 장태수의 욕망과 비겁함을 보면서 자기 안의 비슷한 모습을 볼
수도 있었을 것이고, 폭력의 이중적 속성에 대해서도 거리를 두고 바라
볼 수 있었을지 모른다.

　납득되지 않는 폭력 미학도 분명 아름다움을 느끼게 하지만, 아름답
기 때문에 치명적으로 위험한 것 또한 사실이다. 폭력 미학은 우리의
감각을 마비시킨다. 처음 개봉되었을 때 〈쏘우〉는 분명 신선한 공포를
선사했지만, 속편이 연달아 제작될수록 신선함은 사라지고 고문 포르
노는 점점 그 강도를 더해갈 뿐이다. 그것은 이미 우리를 괴롭히기 위
한 것일 뿐 다른 미학적 목적은 사라지고 만다. 점차 고통과 공포를 느
끼는 우리의 뇌와 감각은 마비되고 아무리 끔찍해도 처음 이상의 충격
을 받지는 않는다. 상식적인 말이지만, 폭력은 폭력을 낳는다. 아니, 점
점 더 과도한 폭력을 낳게 마련이다. 패권주의의 파시즘이 테러를 유발
하는 일은 정치현실에서만 일어나는 것은 아니다. 시에서도 폭력이 난
무하게 된 것은 그만큼 시가 그리거나 대응하는 현실이 폭력적이라는
사실의 반증이기도 하다. 어찌 보면 그것은 가장 즉각적이면서도 솔직
한 반응이기도 하다. 아름답고 따뜻하게 미화된 허구의 세계야말로 현
실의 폭력성을 은폐하는 역할을 하는 것 또한 사실이다. 이대로라면 문
학 역시 폭력의 악순환에서 벗어날 길은 좀처럼 없어 보인다.

　이쯤에서 허무주의 역시 주의주의의 쌍생아라는 테리 이글턴의 충고
를 한번쯤 귀담아들을 필요도 있어 보인다. 적어도 디오니소스의 두 얼

굴을 정확히 인식하고 있을 필요는 있다. 자유만이 최고의 신봉 가치인 양 말하는 것은 또 하나의 파시즘이 될 수도 있다. 초현실주의와 다다이즘 등 역사적 아방가르드의 공과를 이미 목격하지 않았는가. 적어도 우리가 어디로 가고 있는지, 내가 무엇을 하고 있는지, 내 언어의 또 다른 이면은 어떤 것인지 꿰뚫어볼 수 있는 혜안이 우리에게는 필요해 보인다. 알고 가는 길과 모르고 가는 길의 차이는 크지 않겠는가. 어쩌면 다른 길은 바로 그 작은 차이에서부터 열리는 것이 아니겠는가. 國

이경수
문학평론가. 본지 편집동인. 1968년생. 1999년 《문화일보》 신춘문예로 등단. 중앙대 교수. 평론집으로 『불온한 상상의 축제』, 『바벨의 후예들 폐허를 걷다』 등이 있음. 제2회 '김달진문학상의 젊은 평론가상' 수상.
philosoo@hanmail.net

짐승의 시간, 불안한 놀이
: 최근 영화에 나타난 폭력의 문제

박유희

1. 폭력의 확산을 바라보며

구타, 살인, 강간, 모욕, 파괴, 전쟁, 압제, 홀로코스트, 테러리즘….
이 모든 것은 폭력의 다른 이름이다. 국어사전에 의하면 폭력이란 '남
을 거칠고 사납게 제압할 때 쓰는, 주먹이나 발 또는 몽둥이 따위의 수
단이나 힘'을 말하고 넓은 뜻으로는 '무기로 억누르는 힘'을 이르기도
하며, 경우에 따라서는 '공격', 반사회적 행위' 등과 동의어로 사용되기
도 한다. 또한 백과사전에서는 폭력이 '신체적인 공격행위 등, 불법한
방법으로 행사되는 물리적 강제력'을 지칭하며, 그 아래 연관된 표제어
로 언어폭력, 폭력주의, 폭력혁명 등이 나열되어 있다. 이러한 일련의
어휘를 접할 때 우리의 뇌에서는 전방위적全方位的 연상 작용이 일어나며
자신의 불쾌한 체험과 더불어 21세기의 각종 사건들을 환기하게 된다.
소소하지만 영혼에 깊이 꽂히는 칼끝이 될 수도 있는 일상의 폭력, 사
랑과 증오, 분노와 질투, 불안과 공포 등 보편적인 감정에 도사린 다양
한 얼굴의 폭력, 그리고 날로 잔혹함을 더해가는 엽기적인 연쇄살인행
각을 비롯하여 9.11 테러, 이라크 전쟁, 여전히 세계 곳곳에서 자행되
고 있는 말살에 이르기까지….

돌이켜 보면 인간의 삶과 문명은 폭력으로부터 시작되었다고 해도 과언이 아니다. 〈창세기〉에 나타난 카인의 살인, 신이 정한 금기와 그 위반으로 인한 처벌, 초유의 고통 속에서 이루어지는 인간의 탄생은 모두 원형적 폭력에 해당한다. 그리고 유사 이래 끔찍한 전쟁은 계속되어 왔다. 이에 대해 많은 이들은 인간의 본질적인 요소로서 폭력을 바라본다. '공격성'을 일종의 생 에너지 발현 형태로 바라본 프로이드나, 동물 본능 체계의 일부로 파악한 로렌스의 학설은 인간 본성의 차원에서 '폭력'을 해명하는 대표적인 경우라 하겠다. 한편 이와 같이 폭력성을 본능적이고 생득적인 것으로 보지 않더라도 인간 존재를 형성하는 존재론적 토대로 바라보는 것은 일반적이다. 이러한 논의의 연장선상에서 로제 다둔Roger Dadoun 같은 이는 인간이란 근본적으로 폭력에 의해서 정의되고 폭력으로 구조화된 존재라 하여 '호모 비오랑스'라고 정의하기도 한다.[1] 이렇게 볼 때 폭력의 문제가 지금 새삼스러운 것은 아니다.

그런데 문제는 이러한 폭력이 지난 세기말부터 보다 확산되고 증식하는 듯해 보인다는 점이다. 그 증식은 실제 일어난 사건의 양이나 폭력성의 정도에 있는 게 아니다. 그 폭력의 이미지를 공개하고 다시 그 이미지를 복제하고 변조하는 흐름에 있다. 영화와 게임을 비롯한 각종 영상물에 드러나는 폭력성은 사실에서 비롯하는 것이되 끊임없이 복제되고 자가발전을 통해 새로운 이미지로 변용되며 확산된다.

정치적 명분으로 무고한 사람을 공개적으로 살해하고 그 영상을 전 세계에 유포하는 테러 단체가 있는가 하면, 한편에서는 실제 살인 장면을 찍어 불법 유통시키는 집단이 있고, 다른 한편에서는 이를 흉내 낸 가짜 스너프fake snuff를 만들어 영리를 취한다. 이는 단지 현실이 가혹하기 때문인가? 영상을 통한 폭력의 확산과 증식은 가혹해지는 현실에 책임이 없는가?

이 글의 문제제기는 2007년과 2008년에 개봉한 일련의 신작 영화,

---

1) 로제 다둔 지음, 최윤주 옮김, 『폭력: '폭력적 인간'에 대하여』(동문선 현대신서 197), 동문선, 2006, 10쪽.

코엔 형제의 〈노인을 위한 나라는 없다〉, 데이빗 핀처의 〈조디악〉, 쿠엔틴 타란티노의 〈데쓰프루프〉, J. J. 에이브람스 기획의 〈클로버필드〉, 저예산 대박영화의 대명사가 된 〈쏘우〉 연작, 그리고 문제적인 한국 스릴러 〈세븐데이즈〉와 〈추격자〉가 준 충격과 단상에서 시작되었다. 최소한의 위안마저 포기하고 건조한 거리만 남은 코엔 형제의 영화를 보며, 폭력의 근원을 인간 내부로 더욱 깊이 끌고 들어가는 데이빗 핀처의 영화를 보며, 자기반영적 형식의 진화 안에서 끊임없이 놀고 있는 타란티노를 보며, 그리고 한국영화 최후의 도덕적 보루인 모성母性을 끊어내는 〈세븐 데이즈〉와 〈추격자〉를 보며, 참담함과 허무를 느낀 것은 필자의 과민함 때문일지도 모른다. 그러나 일련의 영화들에서 드러나는 어렴풋한 공통점, '폭력에 대한 대안 없이 폭력의 시대를 살아가는 방식들'이 21세기 영화의 하나의 징후를 드러내는 것임에는 틀림이 없는 듯하다.

2. 실제와 착종된 게임의 스릴−〈클로버필드〉

〈클로버필드〉(2008)는 재난의 현장성을 극대화한 영화다. 어느 날 갑자기 뉴욕 맨해튼에 정체불명의 괴물이 나타나 도시를 파괴하기 시작한다. 이 밑도 끝도 없는 파괴 앞에서 영화 속 인물들은 속수무책이다. 이 영화는 주인공들이 대피하지 않고 현장에 있을 수밖에 없는 최소한의 상황을 설정하고 끔찍한 현장감을 관객에게 전달하는 데 집중한다. 이는 셀프 카메라의 형식, 즉 현장에 있는 주인공들이 자신들의 모습을 찍는 형식으로 전달된다. 영화 속 인물들이 시종일관 뛰고 소리치고 도망치는 만큼 영화의 화면은 관객이 멀미를 느낄 정도로 끊임없이 흔들린다. 이는 관객이 실제 현장에 있는 듯한 환각을 극대화한다. 자유의 여신상이 바로 눈앞에 떨어지고 전체 모습을 알 수 없는 괴물이 부분적으로 포착될 때 관객은 악몽을 직접 겪는 듯한 놀람과 공포 속에 놓이게 된다. 이런 점에서 이 영화는 저렴한 비용(7,000원)으로 즐기는 서바이벌 게임내지 놀이공원에 가지 않고 즐기는 롤러코스터에 가깝다.

실제 삶에서의 안전을 보장받으면서 짜릿한 모험을 즐기고픈 욕망은 인간이 오랫동안 품어온 것이다. 영화의 '동일시' 효과는 이러한 욕망에 대해 지금까지 어느 매체보다도 만족스럽게 화답해 왔다. 그리고 디지털 기술의 발달은 이러한 영화의 동일시 효과를 극대화하고 있다. 〈반지의 제왕〉에서와 같이 머릿속 상상으로만 가능했던 이야기를 직접 눈앞에 펼쳐 보여주는 것은 기본이고, 대부분의 블록버스터에서는 일인칭 시점에 속도를 결합하여 관객이 직접 체험하는 듯한 환각을 불러일으키곤 하며, 〈베어울프〉에서처럼 아예 3D 입체 영상으로 체험의 환각을 강화하기도 한다. 이러한 맥락에서 볼 때 〈클로버필드〉는 디지털 시대 환각의 체험을 강화하고 있는 또 하나의 할리우드 영화라고 할 수 있다.

그런데 문제는 이 영화가 지닌 이중성이다. 이 영화에서는 '이것은 실제가 아니다'라는 것을 전제로 하면서도 시종일관 '실제'를 환기시키는 전략을 취하고 있다. '뉴욕 맨해튼에 갑자기 굉음이 들리고 건물이 무너진다'는 설정에서부터 관객은 9.11을 환기하지 않을 수 없다. 파괴의 주범이 정체불명일 때, 그것이 외계에서 온 것이 아니라 내부에서 나타난 것일 때 그러한 환기는 강화된다. 이러한 상태에서 관객이 영화에 몰입하여 현장에 있는 듯한 환각을 체험하기 시작하면 관객이 느끼는 스릴은 복잡한 감정과 착종된다. 그 복잡한 감정은 〈에일리언〉이나 〈매트릭스〉와 같이 외계에서 온 괴물이나 기계를 적으로 설정하고 있는 SF영화에서는 맛볼 수 없는 스릴의 지평을 연다. 그것은 허구와 현실의 경계를 허물 수 있을 만큼 허물어가는 아슬아슬함 속에서 느낄 수 있는 스릴이다. 그래서 이 영화는 긴장과 두통, 노는 기분과 공포를 함께 맛보게 한다. 이러한 스릴은 관객의 호응을 얻었고 〈클로버필드〉는 새로운 영화로 평가받기도 했다. 하지만 실제와 허구의 착종과 그것이 빚어내는 복잡한 감정은 영화의 본질과 행보에 대해 묵직한 문제를 남긴다.

20001년 9월 11일 두 대의 비행기가 뉴욕의 세계무역센터를 관통했고 쌍둥이 빌딩은 '무너진다는 것'이 무엇인지 보여주듯 그 자리에서 정말 허무하게 너무도 허무하게 내려앉았다. 순식간에 미국의 심장부는 폐허가 되고 수천 명의 사람들이 목숨을 잃었다. 이 거대한 폭력, 그리고 세계적으로 유포된 압도적 폭력의 이미지 앞에서 이미 영화와 현실의 구별은 모호해졌다. '허구'라는 안전벨트 안에 묶어 두었다고 생각한 무서운 광경이 바로 현실이 되었기 때문이다. 이 사건이 준 절망, 이 사건의 이미지가 준 충격, 그리고 그것이 미국에서 일어났다는 사실이 유발하는 세계의 다중적 정서는 쉽게 말하기 힘들다. 다만 무차별적인 폭력 앞에 무고한 사람들이 죽어갔다는 사실에 대해 세계인이 애도를 표했고 추모의 행렬이 이어졌다.

그런데 9.11이 있은 지 6년 남짓 된 지금, 할리우드는 그 공포와 불안, 그리고 절망까지 영화에 끌어들였다. 그것은 현실의 반영일 수도 있고 9.11 이후 공포와 불안에 사로잡힌 대중에게 탈출구를 제시하는 것일 수도 있으며 그것을 통한 일종의 위무 방식일 수도 있다. 혹은 '환상 놀이의 메카' 할리우드가 폭력에 대한 미국의 공포를 반영하면서 분열중의 징후를 드러내는 것일 수도 있다. 아무튼 〈클로버필드〉는 최근의 할리우드 영화가 폭력을 다루는 방식을 첨단에서 보여준다. 즉 놀이로서의 '영화와 폭력'과 더불어 불안과 공포에 대한 대응으로서의 '영화와 폭력'을 보여주는 것이다. 또한 〈클로버필드〉는 9.11 이후의 공포와 절망까지 '불안한 쾌락'으로 팔아먹음으로써 블랙홀과 같은 영화의 욕망과 자본의 생리를 드러낸다. 현실에서는 아직도 추모의 꽃이 매일 새로 쌓이는데 영화에서는 이미 그것이 쾌락의 요소가 된 것이다. 어떻게 이런 일이 가능한 것일까? 이것은 자본의 생리에 영화적 욕망이 잠식당한 것일까? 아니면 영화는 이미 그 욕망 안에 자본의 생리를 내장하고 있는 것일까? 그렇다면 영화의 궁극적 도덕성은 어떻게 확보될 수 있는 것일까? 〈클로버필드〉가 이 모든 의문을 유발하지만 이에 대한 해답을 줄 수는 없을 것이다. 그런데 '폭력' 문제를 집중적으로 조명해 온 명감독들이 최근 들어 줄줄이 신작을 내놓고 있다. 과연 이것이 우연일까?

3. 압도적인 폭력, 메마른 시선―〈노인을 위한 나라는 없다〉

코엔 형제의 전작 〈파고〉(1996)에서 가장 충격적인 장면은 악당 게어(피터 스토메어)가 공범 칼(스티브 부세미)까지 살해하여 고기분쇄기에 가는 장면이다. 시체가 분쇄기에 거꾸로 갈려서 양말 신은 발만 보이는 이 장면은 끔찍하면서도 우스꽝스럽다. 어느 동물이 양말을 신는가? 양말을 챙겨 신는 문명의 주인이 다른 짐승들처럼 고기분쇄기에 갈리다니…. 이 장면이 유발하는 아이러니한 정서는 코엔 영화의 본령에 해당한다. 그리고 이는 폭력에 대한 태도에서도 아이러니한 결과를 빚어낸다. 바로 폭력을 혐오하면서도 폭력을 즐기게 만드는 것이다. 코엔 영화에서는 언제나 이런 면이 있어 왔다. 인간의 어리석음, 인생의 아이러니를 폭로하면서 폭력을 조롱하는 동시에 전시한다. 고도의 폭력은 웃음을 수반하는 지적인 거리 속에 제시되어, 아이러니한 감각을 지닌 관객이 그것을 더욱 흥미롭게 즐길 수 있었다.

그런데 〈노인을 위한 나라〉(이후 〈노위사〉로 축약)에서는 달라졌다. 웃음의 코드가 사라지고 거리 감각만이 남았다. 그래서 압도적인 폭력으로 가득한 비정하고 냉혹한 세계를 메마른 눈으로 바라보게 된다. 이 영화는 안톤 시거(하비에르 바르뎀)가 경찰서에서 경찰을 살해하는 현장을 냉정한 부감으로 보여주는 데 이어 황량한 사막을 보여주는 것으로 시작된다. 이 두 장면은 영화의 분위기를 압축한다. 안톤 시거의 산소통 살인 방식은 압도적으로 냉혹해서 관객으로 하여금 온몸의 수분이 순식간에 증발하는 듯한 기분을 느끼게 한다. 그리고 이어지는 물기 없는 사막, 그곳에서 살아남기 위해 맹독을 품은 생물들, 그럼에도 불구하고 우연히 지나가는 자동차 바퀴에 순식간에 깔려 죽어버리는 전갈처럼 이 영화는 최소한의 연민도 최소한의 낙관도 허용하지 않는다. 인물들은 나름대로 최선의 선택을 하려고 하지만 그것으로 인해 달라지는 것은 없다. 이것이 이 영화가 보여주는 폭력의 원리이자 삶의 무자비함이다.

카우보이 모스(조쉬 브롤린)는 사냥 중에 메마른 피로 얼룩진 시신들이 널린 현장을 발견한다. 그곳에는 한 명의 생존자가 있는데 그는 물을 달라고 애걸한다. 하지만 모스는 200만 달러가 든 가방만 챙겨서 돌아온다. 그날 밤 모스는 잠을 이루지 못하다가 물을 들고 다시 현장에 간다. 그는 그곳에서 악당들과 마주치고 그들에게 쫓기게 된다. 이에 대해 모스는 작은 인정 때문에 위험에 빠졌다고 할 수도 있을 것이다. 그런데 만약 그가 물을 들고 가지 않았다면 추격당하지 않았을까? 이 영화에서는 작은 인정이나 세부 국면에서의 선택이 결과에 전혀 중요하지 않다. 이미 돈가방 안에는 추격 장치가 들어있었기 때문에 그가 추격당하는 것은 시간문제이다. 설사 추격 장치가 없었다 하더라도 마찬가지이다. 모스가 추격 장치를 제거한 다음에도 킬러들이 그를 귀신같이 찾아내는 것은 이를 증명한다.

이 영화에서 서사를 움직이는 가장 큰 동력은 안톤 시거의 원칙이다. 안톤 시거는 철저한 원칙주의자인데 문제는 그 원칙이 자의적이라는 점이다. 예컨대 안톤 시거가 어떤 상점에 들어갔을 때 주인이 그에게 고향과 날씨를 묻는다. 이에 왠지 비위가 상한 안톤 시거는 동전을 내놓고 주인에게 앞뒷면 중에 선택하라고 종용한다. 앞이 나오면 살려주고 뒤가 나오면 죽이겠다는 것이다. 이때 주인은 동전에 목숨을 걸고 싶지 않지만 그가 할 수 있는 것은 앞면이나 뒷면을 선택하는 것뿐이다. 그것은 합의한 원칙이 아님에도 불구하고 안톤 시거가 제시한 이상 절대적인 원칙이 되어 버린다. 선택하지 않으면 그냥 죽는 것이다.

마지막에 안톤 시거가 모스의 아내 칼라진을 찾아가는데 이는 안톤 시거의 원칙을 보다 분명하게 보여준다. 안톤 시거가 칼라진을 찾아가는 것은 모스에게 돈가방을 순순히 넘기지 않으면 칼라진까지 죽이겠다고 말한 바 있기 때문이다. 안톤 시거는 자신이 말한 원칙을 관철시키기 위해 모스를 죽이고 나서 굳이 칼라진까지 죽이려 한다. 그 자리에서 칼라진은 동전의 선택을 거부하고 안톤 시거에게 결정하라고 말한다. 이때 안톤 시거는 '동전도 내 마음과 같을 것'이라고 대답한다. 안톤 시거가 칼라진에게 선택하라고 한 것은 그의 입장에서는 관용을 베푼 것이다. 안톤 시거가 선택한다면 앞면이 나오든 뒷면이 나오든 칼라진은 죽는 것이다. 이 영화에서는 이러한 폭력이 원칙의 이름으로, 약속의 이름으로, 관용의 이름으로 자행되고 이에 따라 인물들의 행동과 생사가 좌우된다.

만약 이 지점에서 영화가 끝났다면 '무원칙의 원칙'이라는 최소한의 원칙은 남았을 것이다. 그리고 이는 마초이즘에 대한 풍자로 받아들여질 수도 있었을 것이다. 그런데 이 영화는 여기서 멈추지 않는다. 칼라진을 죽이고 나오던 안톤 시거가 돌연한 교통사고를 당하는 것이다. 그는 모스의 총에 맞아 다리를 저는 상태에서 팔까지 부러진다. 그는 지나가던 소년의 셔츠를 사서 팔을 처매고 소년들에게 자신을 봤다는 말을 하지 말라고 하고는 비참한 모습으로 사라진다. 그런데 셔츠 값을 받은 소년과 옆에 있었던 친구 사이에 다툼이 일어난다. 셔츠를 벗어준 소년은 돈은 셔츠 값이기 때문에 자신이 가져야 한다고 말하고 친구는 그 돈에는 입 다무는 대가도 포함되어 있기 때문에 돈을 나누어야 한다고 말한다. 이는 모스가 멕시코 국경에서 피투성이로 걸어가다가 만난 소년들에게서 500달러에 점퍼를 사고 나서 목이 마르니 맥주까지 달라고 하자 소년들이 돈을 더 요구했던 장면과 상통한다. 소년들이라고 해서, 나이가 어리다고 해서 세상의 무자비한 생리와 다르게 움직이는 것은 아니다. 그래서 절룩이며 사라지는 안톤 시거의 뒷모습은 더욱 처참해 보인다. 비정한 젊은이들이 자라고 있는 비정한 세상에서 비정한 그도 상처 입으며 늙어가고 있는 것이다. 이 장면은 분배에 불만을 품은 소년이 그를 신고한들 과연 그가 자신의 원칙을 내세워 그 소년을 죽이러 올 수 있을까하는 의문을 자아낸다.

이를 통해 이 영화는 이렇게 말한다. 서슬이 퍼런 폭력도 세월 앞에서는 어쩔 수 없다. 하지만 그렇다고 폭력이 근절되는 것은 아니다. 언제나 폭력의 새싹은 자라고 있으니까. 어차피 세상은 비정한 것이고 우리의 정의로운 선택이 세상을 바꿀 수 있는 것도 아니다. 그래서 세상에는 영웅도 없고 해피엔딩도 없다. 방안에 범인이 있음을 알면서도 그 앞에서 서성이다 돌아와 은퇴하는 보안관 벨(토미 리 존스)의 선택은 이 영화의 이러한 입장을 잘 보여준다. 이는 〈노워나〉가 여러 가지 면에서 친연성을 가지는 코엔 형제의 전작 〈파고〉와 결정적으로 달라진 지점이다. 〈파고〉에서 임신한 몸으로 범인을 잡은 경찰관 마지(프란시스 맥도맨드)는 마지막에 남편과 침대에 누워 스스로 잘 살고 있는 것이라고 자위한다. 그러나 〈노워나〉에는 그러한 자위조차 없다. 벨이 죽은 아버지에 대한 꿈을 이야기하는 것으로 영화는 끝나는 것이다.

〈파고〉의 마지처럼 살아왔을 벨은 이제 늙었다. 그는 이제 만용을 부릴 에너지도 없고 만용을 부리기에는 세상을 너무 잘 안다. 세상을 움직이는 것은 냉혹한 무질서이고 그것은 결코 변하지 않는 것을…. 그래서 그가 바라는 것은 그저 편안한 죽음일 뿐이다. 그렇다고 해서 노인보다 젊은이가 더 희망적인 것은 아니다. 모스, 칼슨(우디 해럴슨), 안톤 시거가 증명했듯이, 젊다는 것, 다시 말해 원칙과 에너지를 지니고 사건의 중심에 있다는 것이 더 안전한 것도 아니기 때문이다. 어차피 세상의 죄악은 근절될 수 없고 죽음의 계기에는 원칙이 없는 것이 가차 없는 현실이다. 세상은 비정하고 무질서한 사막이며 인간은 모두 쉴 곳 없는 노인인 것이다. 그런 점에서 〈노인을 위한 나라는 없다〉라는 제목은 이 영화를 관통하는 허무를 잘 드러내고 있다.

'하드보일드 영화의 묘비명'이라 불렸던 로만 폴란스키 감독의 〈차이나타운〉(1974)은 가장 절망적인 결말을 보여주는 영화 중 하나였다. 이 영화는 미국의 1930년대로 돌아가 정경유착과 지배층의 부도덕성을 고발한다. 추악한 이기심으로 똘똘 뭉친 노회한 악마 노아 크로스(존 휴스

턴)가 원하던 대로 사건이 종결되면서 이 영화는 미국 사회에 대해 깊은 절망을 드러낸다. 기티스(잭 니콜슨)가 노아 크로스에게 도대체 무엇을 위해서 이런 짓을 하느냐고 묻자, "미래를 위해서For the future"라고 대답하는 장면은 이 영화에 담긴 미국 사회에 대한 시선을 잘 드러낸다. 그리고 이러한 시선은 마지막에 노아 크로스가 딸이자 손녀인 캐서린을 '아가'라고 부르며 품에 끌어안는 장면을 통해 소름 끼치는 혐오와 공포로 관객에게 전달된다. 이때 이를 보고 저지하려는 기티스를 동료들이 만류하며 "여기는 차이나타운이야"라고 말할 때 혐오와 공포는 묵직한 암담함으로 남는다. 〈노워나〉는 이러한 〈차이나타운〉에 버금가는 절망의 정서를 남긴다. '변하지 않을 무자비한 세상'을 너무나 건조하게 제시하다가 벨의 꿈 이야기 중에 무연히 영화를 끝내버림으로써 오히려 종영 이후에 관객으로 하여금 오래도록 황량한 느낌을 곱씹게 만드는 것이다.

4. 게임과 시각의 절대 매혹, 그 욕망과 공모 — 〈쏘우〉, 〈호스텔〉, 〈데쓰프루프〉

폭력이 난무하는 절망의 시대에 사람들은 무엇을 하며 시간을 보낼까? 외부세계는 위험하고 노동량은 줄었는데 사람들은 그 두려움의 시간을 어떻게 보낼까? 현대인에게 킬링타임용으로 가장 각광 받는 것은 게임과 영화이다. 2004년에 1편이 개봉하여 제작비의 55배를 벌어들임으로써 저예산 대박영화의 신화가 된 〈쏘우〉는 바로 게임의 설정과 영화의 극단적 욕망을 합쳐 놓아서 성공한 영화이다. 즉 이 영화는 극한 상황을 설정해 놓고 정해진 시간 안에 탈출해야 하는 게임, 추리 욕망을 자극하는 퍼즐식 구성과 반전, 하드고어 코드를 지닌 영상으로 이루어진다. 온전한 그림을 잘게 잘라서 흩어놓고 온전한 모양을 다시 맞추려는 직소퍼즐은 인간의 오랜 욕망을 반영한다. 인간은 정확히 아귀가 맞는 퍼즐을 통해 우발성과 부조리로 가득한 현실에서의 탈출을 꿈꾸는 것이다. 그래서 퍼즐식 구성을 지닌 추리물은 근대 이후 가장 인기 있는 대중 독물讀物이 되어 왔다. 이러한 퍼즐식 구성이 관객의 추리 욕망을 자극하는 가운데 일정한 시간 안에 탈출해야 하는 급박한 설정은 관객의 심박수를 높인다. 여기에 하드고어 영상이 적절하게 결합될 때 가끔 기분 전환을 위해 별미로 먹는 아주 매운 음식처럼 짜릿한 고통의 쾌감을 유발한다. 게다가 "누군 병으로 죽어 가는데 미친 것들은 그 축복을 모른다"며 "당신 삶에 목적을 주려 한다"는 '직소킬러'의 일갈은 이 영화에 간담이 서늘한 도덕적 명분까지 부여한다. 이러한 요소들의 적절한 배합이 이 영화의 대중성을 담보했다.

그런데 시리즈로 이어지면서 그 양상이 달라진다. 2편부터는 시리즈를 이어나가기 위해서 타이머가 달린 고문 장비만을 새롭게 고안해 내려는 경향이 점점 더 두드러지고 있는 것이다. 〈쏘우〉는 현재까지 4편이 제작되었다. 이 영화는 게임처럼 공간 설정만 달리하면 쉽게 제작될 수 있기 때문에 시리즈가 계속되고 있는 면이 있다. 하지만 그것만으로 이 영화가 계속 제작되는 이유를 설명할 수는 없다. 아무리 만들기 쉬워도 수지타산이 맞지 않을 것 같으면 결코 만들지 않는 것이 영화판이다. 할로윈 주간에 개봉되는 〈쏘우〉 시리즈는 1편만은 못하지만 계속 관객을 확보하고 있으며 한국에도 마니아층이 형성되어 있다. 이제 추리 코드는 진부해지고 하드고어 코드만 강화되며, 반복되는 게임이 되어버린 이 영화가 계속 소비되는 이유는 무엇일까? 톱으로 발목을 자르고, 기계 투구로 머리를 으깨고, 내장을 꺼내놓는 것이 본령이 되어도 살아남는 이유는 무엇일까?

2007년에 개봉했던 한국영화 중에 〈궁녀〉라는 영화가 있었다. 이 영화에는 공포, 추리, 사극영화 등 여러 코드가 혼성되어 있는데 그 코드들이 그다지 잘 어우러지지는 못했다. 그래서 이 영화는 무언가 많이 보여주는 것 같기는 한데 보고나면 선명한 게 거의 없었다. 그런데 정말 뚜렷이 각인되는 장면이 하나 있다. 그것은 바로 벙어리 수방 궁녀

(임정은)가 사랑하는 남자의 이름을 자신의 허벅지에 금실로 수놓는 장면이다. 이 장면은 너무 강렬한 데다 지속시간이 길어서 관객들은 비명을 지르고 눈을 가렸다. 중간 중간 손가락을 벌려 훔쳐보고 다시 몸서리를 치면서 말이다. 이러한 장면을 굳이 길게 끼워 넣는 것에는 분명히 감독의 강력한 자의식이 작용하고 있다. 또한 그러한 장면을 혐오하면서도 훔쳐보게 되는 관객은 시각적 공습攻襲과 절대 매혹을 향한 꿈틀대는 욕망을 통제하지 못하고 있는 것이다.

이러한 예는 얼마든지 있다. 영화 〈대부〉에서 소니(제임스 칸)가 톨게이트에서 벌집이 되도록 난사를 당하여 죽는 장면은 가장 강렬한 장면 중 하나이다. 라스베가스의 대부 모 그린(알렉스 로코)이 안마를 받던 중 안경에 총을 맞았을 때 뚫어진 렌즈 사이로 쏟아지는 선혈도 강렬한 인상을 남긴다. 박찬욱의 〈복수는 나의 것〉에서 동진(송강호)이 류(신하균)의 아킬레스건을 자르고 〈올드보이〉에서 오대수(최민식)가 자신의 혀를 자르는 장면도 마찬가지이다. 감독들은 굳이 보여주지 않아도 되는 장면을 보여준다고 할 수도 있을 것이다. 그렇다면 이렇게 질문해 보자. 그 장면이 없었어도 그 영화가 그렇게 강렬했을까? 무언가 밋밋하지는 않았을까?

영화는 본질적으로 현재성과 직접성에의 욕망을 내장하고 있으며 절단과 편집은 영화의 운명이다. 잘린 머리를 떠다니게 하고 육체를 파편화 시키는 프레임의 난도질과, 잘린 화편들의 바느질은 영화의 존재론적 기반인 것이다. 이러한 영화가 '시간을 죽이기 위해'보다 강한 몰입을 원하는 대중의 폭력적 욕망과 만날 때 그 본원적 폭력성은 강화된다. 이러한 욕망을 극단까지 몰고 가고 있는 것이 〈쏘우〉나 〈호스텔〉 연작이다. 이 영화들의 1편은 공통적으로 사회를 고발하는 주제를 강하게 드러낸다. 적어도 표면적으로는 말이다. 〈쏘우〉가 "살아있다는 게 다들 불만인가 본데, 당신은 아니겠지. 더 이상은…"이라며, 삶을 우습게 여기는 현대인을 섬뜩하게 야단치는 포즈를 취하고 있다면, 〈호스텔〉은 돈이면 무엇이든지 할 수 있는 자본주의의 행태를 적나라하게 고발하고 있다. 그러나 그 이면에서는 투쟁의 에너지를 삶의 현장으로 끌어내지 못하고 상상계에서만 배설하며 자족하고 싶어 하는 유약함과 공모하고 있다. 또한 이로 인해 파생되는 폭력은 애초의 방향감각을 잃고 눈덩이처럼 굴러가게 된다. 그래서 회를 거듭할수록 이 영화들의 폭력은 현실과의 연관을 잃고 '전편에서는 그렇게 죽였는데 이번에는 이렇게 죽이니 새롭다'는 식의 자기반영적 전개만을 거듭하게 된다. 이는 끝이 없는 자본주의적 탐욕의 증식과 닮아 있다. 쿠엔틴 타란티노는 이러한 흐름을 대표하는 감독이다.

타란티노의 필모그래피는 〈쏘우〉나 〈호스텔〉 연작이 진행되는 양상을 띠고 있다. 〈펄프 픽션〉(1994)이나 〈저수지의 개들〉(1996)에서 보여주었던 사회와 폭력에 대한 신랄한 조롱은 점점 더 폭력과 폭력의 관계에서만 성립된다. (타란티노가 〈호스텔〉을 제작한 것은 우연이 아니다.) 그리고 그것은 '재미'를 위해 '재미'의 원리로 이루어진다. 재미있으니까 목을 댕강 잘라보고, 재미있으니까 피를 분수처럼 분출시켜보고, 재미있으니까 눈알을 뽑아서 밟아 뭉갠다. 이는 기존 영화에 대한 패러디로 이전에 이루어진 폭력적 재미를 회화화함으로써 그것을 딛고 더 폭력적인 재미를 창출하려는 것이다. 그야말로 폭력 이미지끼리의 게임인 셈이다. 이미지가 더 이상 무언가의 카피가 아니라면, 이미지가 더 이상 그것과 독립된 대상을 지칭하지 않는다면, 그래서 이미지가 자족적일 정도로 독자적인 실존, 최종적인 리얼리티를 갖는다면, 그 이미지는 가장 끔찍한 사건도 전혀 해가 되지 않도록 만드는 기괴한 비물질적 경박성을 갖는다.[2]

그런데 흥미로운 것은 타란티노 영화에서 이러한 형식 내적 원리가 강화되어 폭력이 놀이가 될수록 표면적 주제로서의 도덕성도 강화되고 있다는 점이다. 〈킬빌〉에서 '부당한 보복'에 대한 '진정한 복수'라는 명분으로 행해졌던 현란한 폭력은 〈데쓰프루프〉에 오면 마초에 대한 노

---

2) 벨라 발라즈 지음, 이형식 옮김, 『영화의 이론』, 동문선, 2003 참조.

골적 응징으로 강화된다. 〈데쓰프루프〉의 이야기는 단순하다. 스턴트 맨 마이크(커트 러셀)는 운전석에서만 절대 안전이 보장되는 스턴트용 자동차(데쓰프루프)를 타고 미녀들을 살해하고 다닌다. 그러다가 마이크보다 한 수 위인 스턴트우먼 조이 일당에게 걸려 죽도록 얻어맞는다.

이 영화의 대부분은 마이크가 목표로 삼은 미녀들의 욕설과 춤, 그리고 자동차 액션과 처참한 살인의 현장을 보여주는 것으로 이루어진다. 표면적으로는 마치 마초이즘에 대한 비판인 것처럼 보이지만 정작 이 영화 자체가 마초이즘의 구현이다. 미녀들을 향한 관음적 시선, 미녀들이 남성적 폭력을 행하는 것에 대한 갈채, 선악이 분명한 이분법적 구도, 위계의 전복을 가장한 자의적 위계, 그리고 방향 없는 속도 등은 이 영화의 마초이즘을 이루는 요소들이다. 그러한 마초이즘이 이 영화가 지닌 폭력의 논리이다.

이제 타란티노 영화는 분명한 도덕성을 갑옷 삼아 어린 폭군의 놀이와 같은 폭력에 점점 더 경도되고 있는 듯하다. 하지만 이러한 경향은 그가 만든 영화 속의 '데쓰프루프'처럼 위태로워 보인다. 만일 〈쏘우〉의 직소킬러가 정말 나타난다면 타란티노 감독부터 잡아 고문의자에 앉힐 것처럼 보이니 말이다.

5. 고발의 이름으로 모성을 끊어내다 - 〈추격자〉

나홍진 감독의 〈추격자〉는 기존 한국 스릴러의 중요한 고리를 끊어낸 영화이다. 첫째, 범죄 동기에 대한 집착을 끊어냈고, 둘째, 살아야 할 '엄마'를 죽였다. 그리고 이는 스릴러의 전통이 약한 한국영화에 진화를 가져왔다고 평가받고 있다. 형식 내적 원리에 의하면 그것은 맞는 말일 것이다. 하지만 그 안에서 드러나는 폭력의 문제는 우리의 마음을 무겁게 한다.

이 영화는 아가씨들을 집으로 불러 잔인하게 살해하는 연쇄살인마

지영민(하정우)을 보도방 포주 엄중호(김윤석)가 쫓는 이야기이다. 그런데 흥미롭게도 이 영화에서는 초반에 이미 범인 지영민이 체포되어 버린다. 게다가 지영민은 자신의 범행을 순순히 자백하기까지 한다. 아가씨들이 실종된 것이 지영민이 그들을 팔았기 때문이라고 생각한 엄중호가 "어디에다 팔았냐?"라고 묻자 지영민은 "안 팔았는데, 죽였는데"라고 스스럼없이 대답하는 것이다. 하지만 그의 자백은 그의 지나친 태연함 때문에 오히려 진실로 받아들여지지 않는다. 그래서 이 영화의 서스펜스는 인물들이 지영민의 정체를 알아가는 과정과 지영민이 감금해 놓은 미진(서영희)의 탈출 과정에서 구축된다. 지영민은 죄책감 없는 사이코패스인데다 매우 영리하여 경찰을 가지고 논다. 그리고 부패한 정치와 이에 영합하는 전시성 행정이 수사를 방해한다. 기어이 지영민은 무혐의로 풀려나고 같은 시점에 미진은 탈출에 성공하면서 서스펜스는 절정으로 치닫는다.

피투성이 속옷 바람으로 탈출한 미진은 맨발로 뛰어 골목 앞 개미 슈퍼마켓으로 들어가 경찰에 신고한다. 경찰을 기다리는 사이에 지영민은 집앞 골목에 도착한다. 마침 담배가 떨어진 것을 깨달은 그는 개미 슈퍼로 들어간다. 그는 거기에서 미진의 탈출 사실을 알게 되고 미진을 처형한다. 이 장면은 이 영화의 폭력성에 대해 이야기하는 데 매우 중요하다. 지영민은 너무나 큰 공포에 자는 척하는 미진에게 "지랄한다"라고 비웃으면서 망치로 머리를 내려치는 것이다. 여기에서 상기해야 할 것은 다른 희생자들과 달리 미진은 7살짜리 딸이 있는 엄마라는 사실이다. 그 딸은 엄중호를 따라서 엄마를 찾아다니다가 다쳐서 병원에 입원해 있는 상태로 나온다. 그런데 그 엄마를 죽이는 것이다. 이러한 충격적인 결단을 어떻게 바라보아야 할까?

이 과단성에 대해서는 논란이 많았는데, 이에 대해 나홍진 감독은 "미진이는 처음부터 죽여야겠다고 생각했다. 밝은 대낮에 평화로워 보이는 주택가 한복판에서 살해당하는 여자의 이미지가 이 영화의 출발점이었다"라고 밝힌 바 있다. 또한 '지영민'이라는 무자비한 캐릭터에 대해서는 "그 새끼들은 원래 그런 놈들이다"라고 일축한다. 그리고 "모든 살인은 결국 신의 발밑에서 이루어진다"며 이 이야기의 출발점은 "유영철 사건과 김선일 사건에 받은 충격"이었다고 고백한다. 이는 영화의 잔혹한 결말은 현실의 무자비함을 반영한 것이라는 이야기일 것이다.

이 영화는 분명히 이러한 감독의 의도가 효과적으로 전달되었다. 이 영화는 관객으로 하여금 익숙한 목욕탕 공간에서 살해 현장을 떠올리게 하고, 주차장이나 뒷골목의 어두운 계단에서 순간적으로 처형장의 계단을 보게 만든다. 목욕탕 하수구에 걸린 머리카락을 볼 때에는 엉긴 피가 오버랩 되고, 어항을 지나갈 때 미진의 머리를 환기한다. 이와 같이 이 영화가 유발해 낸 끔찍한 폭력에의 공포는 이 세계에 대한 절망과 통한다. 정치인은 국민의 안전에는 관심이 없고 자신의 권세를 지키기에 바쁘다. 사법권은 이러한 권력자의 비위를 맞추고 정치적 이득을 취하기에 급급하다. 상부의 횡포와 부패에 지친 경찰들은 매너리즘에 빠져 있다. 미진이 개미 슈퍼에서 경찰을 불러도 지쳐 잠든 그들은 전화를 받지 못했고 결국 미진은 희생되는 것이다. 세상 어디에도 믿을만한 사람도 없고 믿을 만한 공간도 없다. 이 영화의 이러한 절망은 병원에 남은 미진의 딸 은지의 모습에서 다시 한 번 드러난다. 이제 은지를 보호할 사람은 엄중호밖에 없다. 아니 그래도 엄중호가 있다고 말해야 할 것이다. 그런데 엄중호가 누구인가? 그는 여자를 파는 보도방 포주이다. 게다가 그는 육체적으로나 정신적으로나 피투성이다. 7살짜리 딸을 보호할 사람이 이 사람뿐이라는 것은 어쩌면 절망의 골을 한층 더 깊게 만든다.

이제 한 치의 용서도 탈출구도 없는 폭력을 통해 이 세상에 대한 극심한 절망을 끌어낸 이 영화의 태도에 대해 물을 차례이다. 미진이를 그렇게 죽여야 했을까? 그것도 모자라 미진이의 머리를 어항에 집어넣어놓고 그 어항을 엄중호로 하여금 깨게까지 해야 했을까? 과연 그렇게까지 할 필요가 있었을까?

쿠엔틴 타란티노의 〈킬빌〉과 같은 영화에서는 사지가 절단되는 폭력이 나옴에도 불구하고 〈추격자〉에서 미진이 처형되는 것을 볼 때와 같은 충격이나 절망감을 주지는 않는다. 〈킬빌〉은 만화적인 영상을 통해 영화 안에서 일어나고 있는 폭력이 실제가 아님을 계속 환기시키기 때문이다. 그것은 관객으로 하여금 영화의 공간을 현실과 유리된 놀이의 공간으로 인지하게 만들며 폭력의 유희성을 마음껏 즐기게 한다. 〈쏘우〉나 〈호스텔〉에서 잔인한 사건이 일어나는 시간이 불분명하고 그 공간이 '의도적으로 설정된 목욕탕'과 '슬로바키아의 한 마을'로 한정되어 있는 것도 영화의 시공간을 현실과 유리시키려는 전략에 해당한다. 〈노위사〉는 다소 달라졌지만 코엔 형제의 전작들의 경우에도 영화의 공간이 '영화적'이기는 마찬가지이다.

그런데 〈추격자〉의 경우에는 끊임없이 현실을 환기시킨다. 실제 유영철 사건을 상기시키는 '마포구 망원동'이라는 공간부터 그렇고 영화가 보여주는 세부 공간들, 즉 계단, 뒷골목, 목욕탕, 주차장, 길거리 등도 우리에게 너무나 익숙한, 우리가 현재 살아가는 삶의 공간을 그대로 보여준다. 관객이 이 영화를 보고나서 익숙한 주변 공간이 모두 무섭게 느껴지는 것은 이러한 재현성 때문이다. 그래서 〈추격자〉에서 7살짜리 있는 엄마를 죽일 때 그 폭력성이 다른 영화와는 비교할 수 없는 압도적인 실감實感으로 다가오며 너무나 무섭고 잔인하게 느껴지는 것이다. 그렇기 때문에 재현성이 강한 영화에서는 서사 전개에서 개연성의 고리를 보다 정교하게 할 필요가 있다.

그런데 〈추격자〉에서는 범행 동기를 끊어내고 모성을 끊어내기 위해, 그리고 세상의 무자비함과 잔혹성을 고발하기 위해 작위성을 드러낸다. 그것은 '과단성'이라는 '과잉'에서 비롯되는 것이다. 미진이를 죽이기 위해 경찰은 유난히 피곤했고 개미슈퍼 아주머니는 드물게 어리석었으며 지영민은 하필이면 담배가 떨어졌다. 이는 미진이를 죽여야 한다는 애초의 설정에 집착하여 우발성을 동원한 과단성의 표지들이다. 지영민은 밖에 형사가 지키고 있는 상황에서 언제 미진이의 목을 자르고 철창을 뚫고 도망갈 수 있었을까? 이것도 또한 잔혹성을 전시하기 위한 과잉의 표지이다.

〈추격자〉는 한국사회의 무서운 폭력과 사회 문제를 고발하는 데 성공했다. 그러나 그것을 고발하는 방식이 가진 과단성은 또 하나의 폭력이 될 수 있다. 이러한 폭력은 감독이 자기가 하고자 하는 것에 집착할 때 현실과의 연관이나 텍스트 내적 논리에 대한 긴장을 잃을 때 발생한다. 그래서 〈추격자〉는 끊어내는 데에는 성공했지만 한국 영화의 과잉을 넘어서지는 못했다. 어쩌면 끊어야 한다는 강박은 연민을 가지려는 관습보다 더 위험할지도 모른다.

6. 조심하라, 우리 마음속의 연쇄살인마!─〈조디악〉

올리버 스톤의 〈내추럴 본 킬러〉(1994)에서는 인간 본성으로서의 폭력을 고찰하며 폭력과 미디어의 관계를 고발한다. 그런데 이 과정에서 미디어를 통해 드러나는 미키와 멜로리의 폭력과 사랑은 카리스마가 넘친다. 이와 같이 영화는 폭력을 비판하면서 폭력을 전시할 수 있다. 영화는 어떻게 하면 이러한 혐의로부터 자유로울 수 있을까? 어떻게 하면 영화가 폭력을 전시하지 않으면서 폭력을 비판할 수 있을까? 오랫동안 인간 내면의 폭력성 문제에 천착해 온 데이빗 핀처 감독의 〈조디악〉은 이에 대한 하나의 가능성을 제시한다.

〈조디악〉은 1970년대를 전후하여 미국을 떠들썩하게 하던 연쇄살인 '조디악 사건'을 소재로 한다. 데이빗 핀처는 1995년작 〈세븐〉에서도 이 사건을 모티브로 한 바 있다. 왜 그는 다시 '조디악 사건'에 돌아간 것일까? 영화 〈조디악〉이 〈세븐〉과 달라진 지점은 무엇일까? 이러한 의문은 〈조디악〉에 나타나는 폭력의 문제를 논의하는 데 도움이 된다.

기본적으로 〈세븐〉과 〈조디악〉은 같은 주제를 이야기하고 있다. 그것은 '인간 내부의 죄악들 혹은 죄악의 씨앗들'에 대한 것이고 '인간은 누구나 광기와 폭력성을 지닌다'는 것이다. 〈세븐〉에서는 탐식Gluttony, 탐욕Greed, 나태Sloth, 음란Lust, 교만Pride, 시기Envy, 분노Wrath라는 '7대 죄악'에 의거하여 살인을 저지르는 존 도우라는 살인마가 나오는데, 인간이라면 누구나 이 죄악에서 벗어날 수 없기 때문이다. 그리고 이것은 데이빗 밀스 형사(브래드 피트)의 '분노'를 통해 결정적으로 드러난다. 아름답고 현숙한 아내가 있는 젊은 형사 데이빗 밀스는 패기 넘치고 자신만만하다. 그는 아내 트레이시(기네스 펠트로)를 매우 사랑하지만 그의 패기는 종종 무심함의 원인이 된다. 자신감은 남의 말에 귀 기울이지 않고 자신이 가진 것을 당연한 것으로 생각하는 태도로 이어지곤 하기 때문이다. 그의 이러한 태도는 이른바 '욱하는 성격'과 결합하여 타인에 대한 충동적인 분노로 나타난다. 데이빗 밀스 내면에 도사린 이와 같은 죄악의 씨앗을 간파한 연쇄살인마 존 도우(케빈 스페이시)는 그것을 끌어내어 기어이 데이빗 밀스로 하여금 살인을 저지르게 만든다. 이를 통해 존 도우와 데이빗 밀스는 똑같이 살인 죄인이 되고 살인범과 형사의 경계는 무너진다.

합법적 폭력과 비합법적 폭력, 문명의 폭력과 야생적 폭력의 경계에 대한 문제제기는 폭력을 다루는 영화에서 자주 드러나는 주제이다. 이 영화들에서는 그 경계를 무너뜨림으로써 기성 체제나 질서의 폭력성을 고발하곤 한다. 그런데 데이빗 핀처 영화에서는 그것을 인간 내면의 문제로 끌고 간다. 〈세븐〉이 마지막에 극적 반전을 통해 '광기와 잔학의 보편성'을 충격적으로 제시한다면, 〈조디악〉은 살인, 중독, 집착이 어쩌면 공통된 근원을 가진 것일지도 모른다는 것을 치밀하게 탐구한다.

이 영화는 '조디악 사건'에 매달렸던 형사 데이빗 토스키(마크 러팔로), 빌 암스트롱(안소니 에드워즈), 조디악이 편지를 보냈던 크로니클지 기자 폴 에이브리(로버트 다우니 주니어), 그리고 크로니클지의 삽화가였다가 나중에 조디악에 대한 책을 저술하는 로버트 그레이스미스(제이크 질렌할) 등을 보여준다. 이 영화의 중심에는 물론 조디악의 살인 사건이 있지만 이 영화는 그 사건을 보여주는 것보다 조디악 사건을 쫓는 인물들을 보여주는 데 보다 치중한다.

　"자신은 살인 동기가 없기 때문에 경찰은 자신을 잡지 못할 것"이라고 공언하는 데에서부터 드러나듯이 조디악은 사이코패스 연쇄살인마이다. 그는 인간은 가장 위험한 동물이고 인간 사냥은 가장 위험하면서도 흥미로운 게임이라며 사냥하듯이 살인을 저지른다. 그에게 살인은 삶의 허무를 견디기 위한 강박적인 취미이자 게임과 같다. 그런데 이 영화는 이러한 살인마를 쫓는 인물들의 기벽^{奇癖}을 보여줌으로써 대상만 다를 뿐이지 그들 내부에도 집착이나 강박이 도사리고 있음을 드러낸다.

　토스키 형사는 근무 중에 언제나 동물 크래커를 먹으며 그게 없으면 불안해한다. 폴 에이브리는 아침 10시부터 술을 먹는 알코올중독자인데 나중에 술을 못 먹게 되자 닌텐도에 열중한다. 주인공 로버트 그레이스미스는 술 담배도 안 하고 생전 욕도 할 줄 모르는 '완전 보이스카우트'이다. 그런데 그러한 그가 조디악 사건에 열중하게 되자 눈에 보이는 게 없다. 그는 조디악의 협박 전화에 시달리면서도 조디악에 대한 조사를 멈추지 못한다. 조디악 사건에 대한 그의 몰입은 점점 더 심해지고 광기에 가까운 집착으로 발전한다. 로버트와 아내의 대화는 이를 잘 보여준다. 아내는 왜 조디악을 쫓느냐고 묻는다. 그러자 그는 범인이 누군지 알아내어, 범인의 눈앞에서 그 눈을 들여다보고 싶다고 말한다. 이에 아내가 묻는다. "그게 가족의 안전보다 더 중요해? 왜 당신이 해야 해?"이에 대해 그는 "아무도 안 하니까"라고 대답한다. 하지만 아내는 "불충분해"라고 말하고는 그의 곁을 떠난다.

　불충분하다는 그레이스미스 아내의 지적은 적확하다. 아무도 안 하니까 내가 한다는 봉사정신 내지 사명감은 표면적인 명분에 불과하다. 진짜 이유는 그것을 하지 않으면 스스로 견디지 못한다는 것이다. 그는 나중에는 직장까지 그만두고 거의 신들린 듯이 조디악에 몰두한다. 아내가 애들을 데리고 집을 떠났다는 메모를 보고도 그 메모지 뒷면에 적힌 조디악 사건 관련자를 먼저 찾아간다. 가족이 다 떠나도 가족을 찾는 것보다 조디악 사건이 먼저인 것이다. 이성적이고 사려 깊은 빌 암스트롱 형사가 도저히 견디지 못하고 토스키 형사 곁을 떠나면서 "아이들이 커가는 것을 보고 싶다"고 말하는 것은 조디악을 쫓는 사람들의 행동이, 그것이 합법적임에도 불구하고, 얼마나 일탈적이고 파괴적인 것이었는가를 보여준다.

하지만 이 영화는 이에 대해 〈세븐〉과는 다른 길을 하나 제시한다. 로버트 그레이스미스는 결국 조디악에 대한 책을 완성하는 것이다. 광기와 집착이 없었다면 이루어질 수 없는 일이었다. 그렇다고 해서 이 영화가 이러한 결과를 영웅시하는 것은 아니다. 다만 하나의 가능성으로 담담하게 제시하고 있을 뿐이다. 그런 점에서 〈조디악〉에서는 인간의 폭력성에 대한 접근이 데이빗 핀처의 전작들에서보다 다원화되었다. 여기에서 다원화는 심화의 동의어이기도 하다. 그리고 그것은 사려 깊음에서 나오는 것이다. 다양성을 살피며 그 근원을 찾아가거나 근원은 같되 양상이 달라지는 차원에 대해 숙고하지 않고 '인간은 다 똑같다. 인간은 모두 폭력적이다'라고 단순화하는 것은 또 하나의 무서운 폭력을 내장하기 때문이다.

7. 에필로그

〈조디악〉에는 라디오 방송에서 시민들에게 조디악에 대한 의견을 묻는 것이 나온다. 이에 한 시민은 이렇게 말한다. "나는 조디악은 안 무섭다. 이상한 옷 입고 방탕하게 구는 히피가 더 무섭다."

폭탄 한 방에 하루에도 수천 명이 죽어가는 세상에서 어쩌면 조디악 사건이나 유영철 사건은 별 게 아닌지도 모른다. 기존 질서를 옹호하는 사람들에게는 세상에 없어도 별로 표 나지 않는 몇 사람 죽이는 범죄보다 국가 체제를 위협하고 젊은이들의 영혼을 물들이는 운동이나 조류가 더 두려운지도 모른다.

이 글을 쓰면서 본 모든 영화들은 폭력으로 가득했다. 이 글과 관련 없는 영화들도 마찬가지였다. 영웅이 나오고 권선징악의 주제를 드러 내는 영화들에서의 폭력이 어떤 점에서는 더욱 심각했다. 그러한 폭력 은 영웅적인 색채로 치장되어 혐오감이 끼어들 여지조차 없었다. 그야 말로 그 영화들은 폭력으로 폭력을 속이고 있었다.

그런 점에서 세상에 희망이 없다는 것을 건조한 거리를 통해 드러내 는 〈노인을 위한 나라는 없다〉나 인간의 잔학한 본성에 천착하는 〈조 디악〉이나 적어도 장르 안에서만 폭력을 조롱하는 타란티노 유의 영 화, 심지어 재현성이 너무 강하여 영상으로 표현된 폭력에 비해 그 실 감이 더한 〈추격자〉 같은 영화도 영화 안에서 문제적일 뿐이지 이 시 대 위험 축에는 끼지도 못하는 것일 수 있다.

이 영화들을 가지고 폭력을 논하는 것이 '견문발검見蚊拔劍'으로 느껴질 정도로 이 세상의 폭력은 너무 거대하다. 또한 그 폭력은 이러한 논의 를 무상한 것으로 느끼게 할 정도로 집요하기까지 하다. 🎬

박유희
영화평론가. 1968년생. 2004년 《동아일보》 신춘문예 영화평론 당선. 고려대 연구교수. 평론집으로 『디지 털 시대의 서사와 매체』, 『아이러니와 딜레마』(2005) 등이 있음. cine2004@naver.com

특집 2:

2000년대의 문화지형과 키덜트

키덜트 세대의 문학

윤이형

0. 고민에 고민을 거듭했지만 역시 문화평론가나 사회학자가 아닌 입장에서 이런 주제로 글을 쓰기란 쉽지 않다. 변명이 될 수 있을지는 모르겠지만, 엉성한 논리를 펴느니 차라리 두서없는 단상들을 늘어놓는 편이 낫겠다는 생각이 든다. 용서를 구한다.

1. '키덜트'라는 말에서 먼저 느껴지는 건 학생주임 선생님의 시선이다. 쯧쯧쯧, 혀를 차는 소리가 들리는 것 같기도 하다. 넌 대체 뉘집 자식이냐? 그렇게 아래위로 훑어보는 못마땅한 시선. 하지만 원인불명의 죄책감을 느끼며 혹시 나도 키덜트가 아닐까, 하고 자기검열에 들어가기에 이 단어는 너무 모호하다. 소비 패턴의 하나를 나타내는 신조어였을 때 '키덜트'의 의미는 비교적 명쾌했다. 하지만 이 단어의 의미가 사회적으로 확장되어 '어른으로서 응당 져야 할 사회적 책임을 잊거나 거기에서 도피하여 영원히 아이에만 머무르려 하는, 생물학적으로만 어른인 사람'이라는 뜻까지 포괄한다는 점에서 혼란스러워지기 시작한다. 취향과 태도의 문제가 불명확하게 뒤섞인다. 그러니까 이 말은 정확히 누굴 가리키는 것인가. 아이 같은 취향을 지닌 사람인가, 정신적으로 성숙하지 않은 사람인가. 혹은 그 둘이 동일하다는 뜻인가.

2. 단언하건대 취향과 태도는 별개이며, 그 둘 사이에는 아무런 일반화
도 통하지 않는다. 개인의 취향으로 그 사람의 정신적 성숙도를 판단하
는 일은 혈액형으로 사람을 분류하는 일보다도 신빙성이 없다. 취향의
문제에 한해 생각할 때, 부지런히 소비하고 재미있게 놀 줄 알아야 살
아남을 수 있는 지금의 자본주의 사회에서 '키덜트'라는 단어의 그물에
걸리지 않고 빠져나갈 수 있는 사람이 글쎄, 과연 있기나 할지 의문이
다. 나를 포함해 내 주위의 사람들 가운데 흔히 말하는 '어린애 취향'을
손톱만큼씩이라도 지니지 않은 인간은 아무도 없으니까. 나이 서른을
훌쩍 넘긴 지 오래지만 내 친구들은 모두들 한 가지씩 그런 일면들을
지니고 있다. 헬로 키티 캐릭터를 너무도 좋아해 열심히 사 모으거나,
사무실 책상 위에 〈신세기 에반게리온〉 피겨들 혹은 노호혼 인형들을
잔뜩 늘어놓거나, 테디베어 박물관에 정기적으로 다녀오거나, 아이돌
가수의 팬클럽 회원으로 팬미팅에 참석하거나, 온라인게임에 몰두하거
나, 레이스와 프릴이 잔뜩 달린 옷을 입거나, 가끔 프라모델을 조립하
거나, 톨스토이의 작품은 읽지 않지만 〈스즈미야 하루히의 우울〉 같은
라이트노벨은 밤새워 읽거나. 그들 중에는 결혼한 사람도 하지 않은 사
람도 있고, 안정된 전문직 종사자도 백수도 있다. 나는 그들을 보며 때
로는 철이 덜 들었다고, 때로는 나보다 어른스럽다고 느끼지만 그 판단
은 그들의 취향과는 아무런 관계가 없다. 물론 하필이면 왜 그런 취향
이냐고 물을 수는 있겠지만, 애석하게도 그 일 역시 그다지 의미가 없
다. 당신은 당신이 좋아하고 즐겨 사는 것들을 왜 좋아하게 되었고 즐
겨 사는가? 다른 것들이 아니고 하필이면 왜 그것들인가?

3. 그렇다면 다음과 같은 일들을 사회적·정신적 미성숙의 지표로 볼
수 있을까. 결혼하지 않는 것, 부모님이 해주는 밥이 더 맛있기 때문에
독립하지 않는 것, 취직하지 않고 백수로 지내는 것, 한마디로 대다수
의 사람들이 그 나이 때 하는 일들을 하지 않는 것. 나는 '한 사람의 정
신적 성숙 여부를 과연 타인이 객관적으로 판단할 수 있을까'부터가 의

문스럽다. 물론 우리는 모두 이따금씩 이런 말을 한다. '쟤는 철이 덜 들었어.' '저녀석은 인간이 덜 됐어.' 하지만 이런 문장들에는 거의 언제나 '나보다'라는 수식어가 생략되어 있다. 내가 (어른으로서, 몰지각한 인간이 되지 않기 위해, 남에게 폐를 끼치지 않기 위해) 감당하고 있는 것들을 저녀석은 감당하지 않는다, 그런데도 멀쩡히 잘 살고 있다, 는 의미의 말을 하면서 우리는 자신의 관점을 일반적 혹은 객관적인 시선으로 간주한다. 그러나 그 이면에 담긴 감정이 억울함이든 분노이든, 혐오나 경멸이든, 시기나 질투, 부러움이든, 단순한 신기함이든 간에, 타인의 내면적 성숙에 관한 판단은 지극히 개인적이고 주관적일 수밖에 없지 않을까. 하루살이에게는 하루살이의 속도가 있고 거북이에게는 거북이의 속도가 있듯, 모든 인간은 자신만의 속도로 성장하고 성숙한다. 그 속도는 오직 자신만이 알거나, 혹은 자신조차 알 수 없는 어떤 것이다. 모든 사회학적 논의들을 무효화하는 이야기 같지만, 역시 나는 일종의 개인적인 신념으로서 회의론을 선택할 수밖에 없다. 우리는 타인의 내면을 알 수 없다. 다만 짐작할 수 있을 뿐이다.

4. '키덜트'와 문학, 특히 소설을 연관짓는다면 어떤 이야기들이 나올 수 있을까. 우리는 무의식적으로 결혼이나 취직 같은 사회적 제도와 관습에의 순응을 '성숙'과 연관짓는 경향이 있는 듯하다. 소설 캐릭터에 한해 생각해본다면, 대기업 중역인 50대 남자이거나 결혼한 지 10년쯤 된 맏며느리 애엄마, 대학 졸업과 동시에 안정적인 직장에 취직한 주인공이 나오는 소설이 '키덜트'와 연관되는 경우는 거의 없을 것 같다. 몸은 어른이지만 정신적으로 미성숙한 사람이 '키덜트'라면, 한국소설 속에 나오는 그 숱한 어린애 같은 아버지들은 왜 '키덜트'라고 부르지 않는 것일까.

물론 한 인간이 자신의 자유의지를 다소간 포기하고 사회의 제도와 관습을 수용할 때 수반되는 고됨과 귀찮음은 삶에 새로운 국면을 열어준다. 나는 개인적으로 나와 비슷한 또래지만 한 번도 직장생활을 해본적 없는 자유인 혹은 예술가 타입의 사람보다는 출근 스트레스와 인간관계의 어려움을 아는 사람들에게 마음을 열기가 쉽다. 마냥 철없어 보이던 천방지축 스타일의 후배가 결혼하고 아이를 낳은 다음 그녀의 말이나 행동에 미세하게 생긴 변화들을 감지하고 경이로움에 젖은 적도 있다. 그러나 사회 제도나 관습에 적응하면서 생기는 크고 작은 어려움들이 반드시 사람을 '성숙하게' 만드는 것인지 묻는다면, 나는 이번에도 아니라고 대답할 수밖에 없을 것 같다.

5. '타자와 소통하고 관계를 맺을 줄 아는가, 혹은 자신만의 세계에 몰두하는가'는 '키덜트'를 논의할 때 핵심이 되는 질문 중 하나일 것이다. 골방에 틀어박혀 취미(그것도 채팅이나, 인형 수집이나, 온라인게임 같은 취미!)에 몰두하는 백수에 은둔형 외톨이인 소설 속 주인공들이 미성숙하다고 비난받는다면, 그건 그들이 '타자의 세계'를 모른다는 이유일 가능성이 높지 않을까. 아이의 세계에는 자신 이외에 인정해야 하는 타자가 존재하지 않는다. 그들에게 모든 인간관계는 자신—타인이 아니라 자신—복제된 자신 사이의 관계이다. '키덜트'라 불리는 사람들은 타인에 의해 쉽게 영향받지 않으며, 십 년이고 이십 년이고 자신이 규정해놓은 세계에 머무른다. 그들은 자신의 영토를 수호하려 한다. 그래서 그들의 경계를 넘어서려는 타인들은 때때로 이해 불능과 곤란을 겪는다.

반대로 제도나 관습에 맞춰 사는 사람들은 최소한 남에게 걱정이나 폐를 끼치지는 않는다. 그들은 대체로 돈을 벌어 자기 앞가림을 하기 때문에 남에게 손 벌리는 일이 드물고, 타인과 자주 접촉하기 때문에 사람들 사이에서 지켜야 하는 예의와 규범에 익숙하다. 그들의 세계는 배려해야 하는 타자들로 가득하다.

그러나 나는 타인을 배려할 줄 알고 남에게 폐를 끼치지 않으며 예의바르고 사회성도 충분히 갖췄지만 여전히 정신적으로 미성숙하다고 생각되는 사람들을 여럿 알고 있다. 이것 또한 주관적이고 개인적인 가치 판단이지만, 그들에겐 공통점이 하나 있다. 그들은 타인을 안다. 그러나 자신이 누구인지는 알지 못한다.

6. 이영도의 판타지 소설 〈피를 마시는 새〉에는 엘시 에더리라는 인물
이 나온다. 그는 제국의 대장군이며, 깊은 통찰력과 천재적인 리더십으
로 1만 명의 부하들을 통솔하는 유능한 군인이다. 백성들은 완벽한 영
웅에 가까운 그를 사랑하며 존경심을 갖고 따른다. 제국에서 그의 말
한 마디면 마음대로 되지 않을 것은 거의 없다. 대장군인 만큼 그에게
는 일종의 면책 특권이 있는데, 반역을 제외하고 그는 1만 명의 병사들
을 동원해 무슨 일이든 할 수 있다. 그에게는 약혼녀가 있다. 그녀는
제국법을 어겨 일종의 형벌로 살이 얼어붙는 시체 보관소에서 오들오
들 떨며 시체 닦는 일을 하고 있는 부냐 헨로라는 여자다. 그는 자신의
약혼녀가 걱정되어 마음이 불편하긴 하지만, 제국의 눈밖에 난 그녀를
빼내오기 위해(그가 그녀를 꺼내준다고 해도 그것은 명백히 합법적인 행위이다)
아무런 행동도 취하지 않는다. 고작해야 황제가 언젠가 사면령을 내려
수많은 사면자들 가운데 그녀도 포함될 수 있게, 이리저리 머리를 굴리
고 굴려 정치적 우회로를 모색할 뿐이다. '바르지 않은 일은 하지 말아
야 한다'는 강박관념 때문에 자신의 초인적인 능력을 국가와 사회에만
쏟아붓지만 정작 자신에게는 조금도 사용하지 못하는 그는 '제국이 그
녀를 좋아하게 만들겠다'고 수동적으로 생각한다. 때마침 어느모로 보
나 그와 어울릴 것 같아 보이는 귀공녀 스타일인 정우 규리하라는 여
자가 등장하고, 둘은 꽤 가까운 관계로 진전된다. 엘시는 무엇이든 할
수 있는 상황에 있지만 아무것도 하지 않는다. 부냐와 파혼하지도 않
고, 정우에게 사랑을 고백하지도 않는다.

　나는 이 소설을 꽤 좋아하지만, 뛰어난 완성도와는 별개로 엘시 에더
리 때문에 종종 분노가 치밀어 책장을 덮어야 했다. 외면적으로는 누가
보아도 올바르게 자라난 어른인 그가 한없이 유치하고 미성숙하게 느
껴졌다. 그는 끝까지 자신이 누구이며 진정으로 원하는 것이 무엇인지
알지 못한다. 내가 '키덜트'라고 부르고 싶은 소설 속 주인공이 있다면

엘시 에더리 같은 인물이다.

7. 타인에 대한 의식, 그러나 자신에 대한 무지. 안정적인 제도에 순응한 다 큰 어른들이 뒤늦게 방황하고 일탈하는 건 어쩌면 그것 때문이 아닐까. 사회에 적응하고 타인들과 관계를 맺는 것이 성숙의 한 방법이라면, 자신이 누구이며 어떤 것들을 좋아하고 싫어하는지, 어떤 것들에 동의하고 동의할 수 없는지 알아내는 것은 그것 못지않게 중요한, 어쩌면 그것에 선행해야 하는 방법이라고 나는 믿는다. 그런 점에서 단순히 '남들이 그 나이 때 하는 것을 하지 않는' 수많은 소설 속 주인공들이 '키덜트=미성숙한 인간'으로 분류되는 데에는 아무래도 동의하기 힘들다. 많은 경우 그들은 자신감이 없고 미래가 불투명하며 무력하게 보이지만, 그들이 사회적 책임을 유예하고 있는 건 어쩌면 자신이 누구인지 알아내고 싶은 내적 욕망, 혹은 그 욕망이 성취되지 않았는데도 너무 쉽게 사회의 타자들과 외적 관계를 맺음으로써 생길 불운한 가능성들을 내다보는 신중함 때문이 아닐까. 역시 모든 경우에 그렇다고 할 수는 없겠지만, 그들에겐 최소한 남들보다 많은 시간이 있다.

8. '키덜트문학'이라는 말은 '키덜트' 못지않게 모호하다. 대체 이 말이 어떤 종류의 문학을 가리키는 것일지 생각해본다. 아이들이 주인공인 소설? 노스탤지어를 자극하는 소설? 해요체로 씌어지고 어린 소녀가 화자인 시? 가볍고 말랑말랑한 문체로 이루어진 소설? 어른을 위한 동화? 텍스트보다 삽화가 많은 그림책? 사랑에 관한 아포리즘의 나열로 된 시? 인터넷에 연재된 소설? 라이트노벨? 로맨스 소설? 〈해리 포터〉처럼 마법이 등장하는 소설? 아, 뭔가 아니라는 생각이 든다. 이런 식의 분류법에는 아무래도 편견과 위험이 뒤따르지 않겠는가.

하지만 어렴풋이 감이 잡히긴 한다. '키덜트'가 소설이나 시와 관련될 때 그 개념은 어느 정도 언어와 관계가 있다는 생각이 든다. 그러니까 어른의 관점에서 보면 유아적인 문체, 밀도 없이 부유하는 문장들, 그 속에 담긴 단순하고 다소 유치한 생각, 이런 것들이 떠오른다. 구체적으로 어떤 작품인지 밝힐 수는 없지만 나도 가끔 그런 것을 읽는다. 계속 읽다가는 캐러멜 마키아토를 열 잔 거푸 마신 것처럼 입안이 달아서 토하고 싶어지는 문장들로 이루어진 이야기를. 하지만 그럼에도 그런 종류의 이야기를 집어들 때 이유는 언제나 같다. 그런 것이 필요해서다.

어떤 사람들의 관점에서 그런 종류의 이야기는 '문학'에 속하지 않을지도 모른다. 도대체가 문학이 될 수 없는 내용, 문학의 언어일 수 없는 언어. 맞다, 그럴지도 모른다. 그건 문학보다는 초콜릿이나 캐러멜에 가까운 무언가일 수도 있다. 하지만 젊은 세대(그리고 더 이상 젊지 않은 어떤 사람들)는 꾸준히 그런 것을 읽는다. 거기에는 그들의 마음을 건드리는 무언가가 있고, 그것이 이해하기 쉽게 씌어져 있기 때문이다.

9. '키덜트' 논의와 연결지을 수 있을지 모르겠지만, '요즘 젊은 세대에게는 자신만의 언어가 없다'는 말을 최근 들어 종종 듣는다. 문학에서뿐만이 아니라 사회 전반에 걸쳐서다. 그들은 경제적 기반도 없고, 앞날도 불투명하며, 세대의식도 없고, 주체적인 의지도 없으며, 기성세대가 만들어놓은 자본주의 사회의 상품들을 소비하기만 하고 도무지 생산할 줄 모른다, 그들은 자기 목소리가 없다, 는 게 그런 논의의 요지다.

그러나 그들이 그들만의 언어를 갖지 못했다고 어떻게 단언할 수 있을까. 그들이 언어를 갖지 못한 것처럼 보이는 건, 당신과 내가 알아들을 수 없는 언어로 그들이 말하고 있기 때문은 혹시 아닐까. 그들의 언어가 당신과 내가 읽기 좋은 형태로 기록되어 있지 않기 때문은 아닐까. 나는 우려와 걱정을 한몸에 받고 있는 '요즘 젊은 세대들' 사이를 흘러다니는 수많은 이야기, 이야기의 흐름을 매일 새롭게 감지한다. 명확히 보고 듣고 이해할 수는 없지만, 그들 사이에 끝없는 서사가 흐르고 있다는 사실만은 분명히 느낄 수 있다. 그것이 '당신과 나의' 서사가 아닐 따름이다.

문학으로 범위를 좁혀보면, 그들은 단지 당신과 내 세대가 만들어놓은 문학과 태생적으로 맞지 않거나, 거기에서 충분한 흥미를 느끼지 못하거나, 등단이라는 지극히 국지적인 제도와 문학이라는 형식 속에 굳이 자신들의 이야기를 구겨 넣거나, 그것이 가진 권위를 굳이 인정하거나 존중할 필요 혹은 욕망을 느끼지 못하기 때문에 (당신과 내가 보기에는 좋은) 문학을 읽거나 쓰거나 그것에 대해 공공연히 이야기하지 않는 건 아닐까.

나는 그들 사이의 소통과 서사를 조금 다른 곳들에서 느낀다. 그들이 쉴 새 없이 주고받는 문자메시지와 답메시지를 보내기 전에 잠시 시간을 두고 주저하는 그들의 표정 속에서, 포스트잇에 써서 라면집 벽에 붙여놓은 수많은 메모들 속에서, 인터넷 쇼핑몰의 예리한 상품평들 속에서, 각양각색의 블로그에서, 게임 사이트의 리뷰난에서, 온라인 게이머들의 도저히 창의적이라고 하지 않을 수는 없는 촌철살인 작명 감각에서, '지켜주지 못해서 미안해'를 '지못미'로 가볍게 축약하는 그들의 언어 감각에서, 라이트노벨 동호회에서, 미국 드라마에 손수 만들어 붙인 한글 자막들 속에서, 뉴스에 달리는 한줄댓글들 속에서, '내 문서─받은 파일' 폴더에 저장되는 메신저 로그 속에서, 인터넷에 떠도는 수많은 팬픽과 패러디 소설과 자작 만화와 '짤방'과 '엄짤'들 속에서. 어떤 사람들에게는 무의미한 소비의 장소, 현실도피의 골방, 혹은 통합되지 않는 취향들이 끝없이 나열되는 공간으로만 보이는 바로 그 장소들에서. 그 장소를 떠다니는 이야기들이 형태를 갖추고 종이 위로 옮겨질 때, 어쩌면 그건 여기서 논의되는 '키덜트문학'과 비슷한 무언가가 될지도 모른다는 생각이 든다. 당신과 내가 알아들을 수 없고 이해할 수 없다고 해서 과연 그것을 유치하고 바람직하지 않은 것, 아무 의미 없는 것으로만 치부할 수 있을까.

당신과 내가 '키덜트'라는 이름을 붙이기로 암묵적으로 동의한 사람들은 어쩌면 '당신과 나의 문학'이 아닌 장소에서 의미를 나누고 소통하며, 자신들만의 서사를 통해 자신들만의 속도로 성숙해가고 있을지도 모른다. 누가 알겠는가, 그들의 관점에서는 당신과 내가 훨씬 이상한 이름을 지니고 있으며, 당신과 나의 소통 방식과 서사와 속도가 도저히 이해할 수 없는 것일지. 문학이 사회의 반영이며 그 도구가 언어라면, 그들의 장소들과 소통과 속도 또한 문학적 관점에서 수용하지는 못하더라도 최소한 배척하지는 말아야 하지 않을까. 團

윤이형
소설가. 1976년생. 2005년 《중앙신인문학상》으로 등단. 소설집으로 『셋을 위한 왈츠』가 있음. janejones
@naver.com

더 절실한 내적 기율

여태천

특별한 세계

  몇 년 전의 일이다. 자의반타의반으로 일본 네오 팝의 대표작가인 나라 요시토모奈良美智의 전시회를 보러 간 적이 있다. 태평로에 있는 로댕 갤러리였다. 순진하면서도 반항적인 악동 캐릭터로 그 당시 젊은이들에게 꽤 큰 관심을 끌었던 작가였다. 저항과 자유를 노래하는 펑크의 정신을 지니면서도 어린 시절의 추억을 담고 있는 그의 작품은 대중문화를 성공적으로 포용한 대표적 사례로 평가받았다. 눈초리가 살짝 올라간 '착한 새끼고양이'와 졸고 있는 '외로운 강아지'를 떠올리면 지금도 귀엽다는 느낌이 든다. 특히, 심술궂은 표정의 '소녀'는 꽤씸해 보이지만 사랑하지 않을 수 없는 독특한 매력을 지니고 있었다. 내가 기억하기로는 이 전시회를 찾은 손님은 청소년만이 아니었다. 30대는 물론이고 50을 넘긴 중장년의 관객들이 나라 요시토모의 작품 앞에 서서 즐거워하는 모습이 조금은 신기하기도 했고 조금은 어색하기도 했다. 취향의 차이일까, 잠시 고개를 갸우뚱했다. 전시회를 찾은 관객들에게 그의 작품은 한때 소중했던, 그러나 지금은 잊혀진 옛 물건들을 서랍 속에서 꺼내 다시 보는 듯한 착각을 불러일으켰을 것이다. 아무튼 전시장의 분위기는 평범하지 않았다. 뭐랄까. 관람객은 물론 작품들도 조금씩 말랑말랑해지고 있다는 느낌이 들었다.

　누구나 어린 시절이 있고, 그에 따른 추억이나 사건이 있게 마련이다. 추억은 사람의 감정을 움직이게 한다. 어려웠던 시절, 애환이 묻어 있는 물건들을 다시 보고 싶은 마음은 그다지 특별한 감정은 아니다. 그것은 즐겁고 행복하게 살고 싶은 인간이 지닌 기본적인 욕구다. 때로 잊혀진 유년의 문화가 이 추억을 되새김질 하는 힘이 된다. 갈수록 생존경쟁이 치열해지는 답답한 도시생활에서 벗어나고 싶은 사람들이 종종 어린아이들의 환상세계를 통해 대리 만족을 얻기도 한다. 그러므로 누구에게는 어른이 된다는 것이 정말로 두려운 일이다. 댄 카일러^{Dan} ^{Kiley}는 『피터팬 신드롬』(1983)에서 신체적으로는 어른이 되었지만 그에 따른 책임과 역할을 거부하고 어린아이의 심리상태에 머무르고자 하는 심리적 퇴행상태에 빠진 어른들을 영원히 늙지 않는 동화 속의 주인공에 비유하였다. 그들은 추억으로 갖고 있는 어린 시절의 세계를 성인이 된 뒤에도 여전히 유지하려고 한다. 이제는 현실에 없는 어린 시절의 세계를 대변하는 것들을 통해 만족을 얻는 셈이다. 따지고 보면 어른이 되는 것에 대한 두려움과 각박한 현실에서 벗어나고 싶은 욕구, 그리고 어린아이로 남아 있고자 하는 마음은 같은 욕망에서 나온 서로 다른 모습이다.

　경쟁사회에 적용하지 못한 채 자신만의 세계에 빠진 이들이 탈출구를 찾다가 발견한 것이 어린아이보다 더 어린아이다운 형상들이다. 영민한 젊은 작가들은 이런 사회적 감성을 발 빠르게 발견하고 이를 작품화했다. 소위 말하는 이 키덜트 문화의 대표적 사례가 전세계적으로 열풍을 일으킨 소설 『해리포터』다. 특히 영화화된 〈해리포터〉는 아이들뿐 아니라 어른들로 하여금 제 발로 극장을 찾아오게 만들었다. 키덜트 문화는 인간이라면 누구나 공통적으로 가지고 있지만 나이가 들어가면서 잊고 살아가게 마련인 동심을 미묘하게 건드린다. 이를 통해 아이와 어른의 경계를 허물어 어른들에게 잊혀진 소중한 기억을 되살리게 해주는 것이다. 누구나 복잡한 일상생활에서 일탈을 꿈꾸며, 누구나 다시 한번 어린 시절로 되돌아가고 싶어 한다. 그곳은 정말 매력적인 곳이기 때문이다.

돈 워리 비 해피

아무리 생각해도 이 세상엔 참 놀라운 인간들이 많다. 나에겐 나라 요시토모도 그 중 한 사람이다. 그들은 내가 그렇게 입 밖으로 내놓지 못했던 말들을 너무나 가볍게 잘 한다. 그것도 매력적으로 말이다. 그들은 최첨단의 문화를 즐기는 딜레탕트들이다. 짐작이지만, 그들은 내가 상상하지 못하는 정말 아름답고 근사한 세계를 알고 있는 것 같다. 기분 나쁘지만 내 감각은 미처 그들의 저 치밀한 느낌을 따라가지 못한다. 그들은 세계를 느끼고 나는 세계를 이해하려고 하기 때문일지도 모른다. 그들이 저렇게 유려하고, 때로 가볍게 이 세계를 전유할 때, 나는 참으로 더디고 힘겹게 이 세계를 이해하고 있다. 세계를 이해하려는 나의 노력이 별 소득이 없으리라는 것을 모르지 않지만, 오히려 나에겐 이 무식한 방법이 더 편하다. 아마 그들도 그들의 방식이 더 편할 것이다. 운명이라고 하기엔 너무 가혹하니, 아무래도 취향의 차이라고 해야 마음이 덜 속상할 것 같다.

신기한 것은 그들에겐 정신적인 국적이 없다는 점이다. 혹, 그들은 자신들을 디지털 국민이라고 말할지도 모른다. 텔레비전보다 늦게 태어났지만 인터넷보다는 먼저 태어난 그들에게 미디어는 삶 그 자체다. 그들을 키운 팔 할이 바로 미디어다. 그들은 그곳에서 꿈과 희망을 키웠고, 모든 문화의 자양을 흡수했다. 무엇보다 그곳은 그토록 근엄한 아버지로부터 안전한 피난처였다. 우울한 시대가 낳은 특별한 존재인 그들은 오히려 이 퇴행을 즐긴다. 치열한 경쟁에서 오는 공포감과 어른으로부터 탈주하고 싶은 욕망이 그들로 하여금 그곳에 자신만의 방을 만들게 했고, 새로운 세계를 만들도록 부추겼다. 모르긴 몰라도 그곳엔 동심의 세계가 주는 안락감이 있을 것이다. 그들은 진지하고 무거운 것 대신 가볍고 재미있는 것을 추구하며, 유년시절의 기억에 안주하려고 한다.

최소한 내가 보기에 그들은 집단적·역사적 주체로 살기를 원치 않는다. 그들에게 새로운 문화는 윤리, 정치, 역사 등과 같은 억압의 문자로부터 벗어날 수 있는 탈출구자 마음 편한 놀이터다. 그들은 진지하게 생각하기보다 가볍게 즐길 수 있는 세계를 원한다. 도덕적 부채감이나 역사적 의무 따위에는 관심이 없다. 늘 절제와 규율로부터 감시를 당한 그들은 이렇게 말한다. "인생 뭐 있어." "그냥 쿨하게 살지 뭐." "돈 워리 비 해피." 얼마나 매력적인가. 내가 한 번도 실행하지 못한, 결코 맛보지 못할 저 세계를 그들은 어쩜 저렇게 자연스럽게 즐길 수 있을까. 어른의 세계로부터 벗어났다는 승리감이 주는 쾌감은 상상 이상이다. 에고의 무거운 책임감에서 벗어나고 싶은 현대인들의 심리는 어린아이 같은 어른들을 대량생산했다. 여기저기 어린아이 같은 어른들이 이 무거운 세계를 가볍게 걷고 있다. 사뿐사뿐, 그들은 지금 그들이 만든 행복의 나라로 걸어간다.

어른이 되어서도 어린 시절의 감성과 분위기 속에서 살아가는 그들. 그들은 지나간 자신의 과거를 자주 떠올린다. 하지만 지나간 생각을 소중하게 여기지는 않는다. 그들은 대체로 특정한 대상을 선호한다. 동심이 깃든 대상을 가까이하면서 재미와 유쾌함을 추구한다. 그들은 과거를 회상하되 대상에 대한 자신의 특별한 감각만을 기억한다. 그들은 어린 시절 갖고 놀던 인형을 구입하고, 일부러 시간을 내 애니메이션 영화를 보고, 만화를 보고, 새로 산 자동차 내부를 온통 유년시절의 캐릭터로 꾸민다. 이러한 일련의 행동은 체면과 권위와는 상관없이 재미만을 추구하는 최근의 유행과 일맥상통하는 면이 있다. 현실은 여전히 불안하고 미래는 언제나 불투명하다. 대신 그들에게 특별한 과거는 명확하고 아름다워 보인다. 지난 시간의 매력을 차곡차곡 쌓아서 근사한 자신만의 기념앨범을 가지고 다니는 그들에게 추억은 즐겁다.

신감각파들

요즘은 뭐든지 재미있어야 한다. 어른이 되기를 거부하고, 자기절제와 수련과는 담을 쌓고, 재미에만 열을 올리고 있는 그들의 감성을 이해하는 일은 쉽지 않다. 다만, 그들이 자신들의 문화성향에 대해 굉장히 진지하다는 사실에 주목할 필요는 있다. 대부분의 그들은 그들의 성향자체를 특별한 어떤 것이라고 생각하기보다는 생활의 일부로 여긴다.

문학도 예외는 아니어서 언제부턴가 "그 소설 재미있더라" "그 시 재미있던데"라는 말을 사용하기 시작했다. 독자들 역시 재미있는 것을 좋아한다. 그들에게 가장 문학적인 것은 가장 재미있는 것이다. 그 '재미'를 싫어하는 사람은 많지 않다. 굳이 감동은 아니더라도 왜 재미가 있어야만 하는 것일까? 우리가 익히 알고 있는 것을 다시 확인하는 순간 우리는 묘한 느낌을 갖게 된다. 이것이 바로 재미의 차원이다. 재미란 이 세계의 표면을 가볍게 맛보는 감정이다. 대체로 감각과 흥분의 밀도가 이 재미를 보증한다. 이데올로기가 사라진 지금, 여기에서 재미는 그 자체로 하나의 이데올로기가 되었다. 그러나 우리가 알고 있는 것이 그 전부가 아니라는 것을 알게 되는 순간 우리의 신체와 의식은 변화를 겪게 된다. 그것은 재미의 차원을 넘어선다. 오래 생각하게 하는 것은 재미없는 것이다.

미래에 대해 거의 무관심으로 일관하는 그들은 이 세계를 그들만의 것으로 재구성한다. 지금 이 순간의 느낌을 철저하게 즐기고 중요시한다. 몇몇 젊은 시인들의 감수성과 이 감각이 정확하게 맞아 떨어졌다. 그들의 감각과 감성은 현실과 관계없이 그 자체로 존재한다. 오직, 그들만의 느낌과 감각만이 있을 뿐이다. '지금 내가 뭘 원하고 있는가'가 그들 문학의 제1원칙이다. 그들은 '나는 감각한다. 그러므로 존재한다'

라는 결코 바꿀 수 없는 명제를 지니고 있다. 그 감각의 느낌을 기록하는 일은 소중하고 의미 있는 일이다. 누군가는 하지 못했던 말을, 할 수 없었던 말을 그들이 했으니, 그들이 전혀 쓸모없는 짓을 한 건 아니다. 그들은 문학을 통해 보여줄 수 있는 어떤 엄숙함을 부정하고 감각의 질감으로 이 세계를 조감한 것이다. 이 새로운 세계를 우리 앞에 보여준 시인들에게 우선 감사하자. 그들의 밤은 내가 지새운 것보다 훨씬 더 길고 힘들었을지 모르니 말이다.

그런데 그들의 시를 읽어보면 꼭 그런 것만은 아니라는 생각이 들 때가 있다. 이게 문학의 본령일까라는 두려운 느낌이 순간순간 든다. 이러다가 정말 모두가 거기에 열을 올린다면, 그 다음은 어떻게 되는 것일까. 지금의 분위기로는 머잖아 곧 그날이 올 것만 같다. 아무래도 난 전사戰士 타입은 아니다. 반면에 그들은 위풍당당하게 앞서 걷기를 마다하지 않는다. 그들은 늘 새로운 것을 찾는다. 그런 까닭에 나날의 노동을 통한 경험의 축적이나 예측할 수 없는 자연에 적응해온 생활의 지혜는 그들의 문학에서는 유효기간이 지난 덕목들이 되어버렸다. 휘발하는 감각이 지배하는 문학에서 진지함과 사려 깊음은 고루하고 낡은 것으로 통용된다. 그들은 향유할 줄은 알지만 그것을 보존하고 지킬 줄 모른다. 그런데 진실은 이 가볍고 경쾌한 아름다움의 끝에 있는 경우가 많다.

언제부턴가 낡은 것은 사회적으로 큰 의미를 부여받지 못하기 시작했다. 우리가 어린 시절을 기억하지 않을지는 몰라도, 그 시간 자체가 존재하지 않았던 어른은 없다. 시간은 항상 낡은 것을 만들고, 새 것으로 하여금 그 자리를 잇게 한다. 경험은 지혜와 철학을 만들었지만 때로 예상하지 못한 고집과 악습이 그 뒤에 남겨지기도 한다. 그들은 시간이 주는 최고의 선물인 지혜에는 관심이 없다. 대신 시간의 불량품인 고집과 악습만을 불평한다. 그들은 이미 과거의 시간이 베푸는 가장 큰 미덕인 경험의 지혜를 저버렸다. 과연 그들의 내일엔 오늘의 생각과 마음이 그대로 전해질까. 그들은 그것조차 두렵지 않은 것일까. 아니라면 그 모든 것이 그 두려움을 잊기 위한 제스처일까.

어른다움

어느 선배 시인이 했던 말이 생각난다. 등단한 지 20년이 다 되어 가는데, 아직도 문단의 말석에 앉아 있다는 것이다. 처음엔 그가 문단에서 여전히 막내라는 사실을 쉽게 납득하기가 어려웠다. 그런데 이유는 간단하다. 실제로 내 눈에도 그는 아직 혈기왕성해 보이며, 누구보다 활발하게 창작활동을 하고 있다. 뿐만 아니라 여러 문학행사의 궂은일을 마다하지 않는다. 더욱이 문단의 원로들은 아직까지도 그 자리를 지키고 있으며, 그들의 세계와 거리를 두려는 신인들은 좀체 문단에 얼굴을 내밀지 않는다. 그러니 그가 문단의 말석을 벗어나기란 어려운 일이다. 머잖아 나도 등단한 지 10년이 된다. 그런데 아직도 신인 같은 기분이다. 시집을 겨우 한 권 냈을 뿐이니 신인의 티를 채 벗지도 못했지만 기라성 같은 선배들을 보고 있으면 결코 나에게는 저와 같은 선배의 위엄 같은 것이 찾아올 것 같지는 않다. 아직은 그 호명이 낯설다. 부끄럽게도 나는 저 어른들의 생각을 미처 따라가지 못할 때가 많다는 것을 아주 조금 알고 있을 뿐이다.

과거에 비해 아이들은 빨리 어른이 되고, 젊은 사람들은 더 느리게 어른이 되는 것 같다. 사실은 아이들은 하루라도 빨리 어른의 세계에 진입하고 싶어 하지만 어른으로서 책임져야할 것들로부터는 되도록이면 벗어나고 싶어 한다. 그들에게 어른이란 거부와 불만의 대상이다. 그들의 문학에서 '어른다움'은 더 이상 찾아보기 힘들다. 그들은 '어른다움'이라는 말에 큰 의미를 부여하지 않는다. 그들은 이렇게 말한다. "여보세요. 폼은 그만 잡고 한번 우리랑 같이 놀아보는 게 어때요." 그들의 문학은 어른이라는 위신을 내려놓고 어린 시절의 순수함으로 돌아가자고 말하는 것처럼 보인다. 그러나 그들의 진짜 속셈은 어른들을 둘러싸고 있는 체면이나 권위를 깡그리 뭉개는 데 있다.

그들의 감각과 그들의 느낌을 존중했을 때, 이제 남은 것은 아이들뿐이며 어른은 어디에도 없다. 엽기적인 내용을 절제 없이 다루는 그들의 문학은 세상과 삶에 대한 반성과 자기구원의 노력을 엄숙주의라고 비난하면서 그들의 영역을 문화적 차원으로 점점 넓히고 있다. 그들은 타락한 현실 속으로 단 한줌의 반성도 없이 유유히 걸어 들어간다. 무분별한 외래문화의 수용과 잡탕식의 문화가 어느 정도 영향을 미치기는 했겠지만, 그것이 이유의 전부는 아니다.

그동안 이성의 힘이 감성을 지나치게 억눌렀던 것은 사실이다. 그런데 정말 어른들은 장점이 없는 것일까? 어른이 없어도 되는 걸까? 멀지 않은 미래에 어른은 없고 모두 다 젊은이만 있는 세상이 올지도 모른다는 생각을 가끔 한다. 그때에는 누가 저 오랜 경험의 세계를 우리에게 알려줄 것인가. 이미 우리의 문화는 '어른다움'의 세계를 버렸다. 깊은 사유와 성찰은 이제 미덕이 아니다. 그러나 우리의 삶이 소중한 것이라면, 우리가 정말로 그 삶을 내동댕이치지 않을 것이라면 우리는 '어른다움'의 뜻을 진지하게 고민해보아야 할 것이다. 신중하고 사려 깊고 진지한 것이 왜 나쁜가.

누군가에게 어른이 되는 것이 두려운 일이라고 하더라도 이제 또 다른 누군가는 어른이 되어야 하고, 어른다워야 한다. 삶의 지혜와 품위 있는 자세, 그리고 책임감 있는 행동은 깊이 있는 사유와 스스로 절제할 줄 아는 힘에서 나온다. 마지막까지 뭔가를 지켜내고자 하는 마음이 필요하다. '어른다움'이라는 말에는 이와 같은 중요한 항목이 포함되어 있다. 혹, 권위를 인정하자는 식으로 오해될 수도 있겠다. 그러나 내가 말하고 싶은 것은 어떤 진리를 인정함으로써 얻을 수 있는 힘의 중요성을 말하는 것이 아니라 그 진리를 지켜내려는 무모하기까지 한 자기 규율이 필요하다는 사실이다. 이 세계의 진리를 파악하고 전달하겠다는 의지보다는 그것을 진지하게 다루는 태도가 더 중요하다. 그것마저 버린다면 굳이 문학이 아니어도 괜찮지 않을까. 본질이 사라졌을 때,

새로운 세계가 창조된다. 새로운 세계에 대한 그들의 믿음은 분명히 반길 일이다. 하지만, 믿음의 방식은 여전히 불길하고 불안하다.

간혹, 아무도 상대방의 말을 듣지 않는 이상한 풍경이 보인다. 그들 모두는 다른 언어를 사용하고 있다. 정확하게 말하자면 다른 사람의 언어에 대해 관심이 없는 것이다. 그들은 너무나 개인적이다. 그들은 그 개인이 관계 속에서 얼마나 중요한가를 잊고 있다. 그들이 생각하는 다른 세계와 다른 감각이 과연 미래의 우리 문학의 주체를 염두에 둔 적이 있는지 의심스러울 때가 있다. 감각을 믿고 다른 세계를 전망하기 위해서는 최소한 충분히 멀리 바라보아야 한다. 가벼운 감각을 과대평가하지 않으려는 절제의 힘과 자기 반성적 태도, 그리고 진정성을 지니고 있어야 한다. 나는 아직도 냉철한 반성은 진리에 이르는 길로 우리를 안내한다고 믿고 있다. 세계에 대해 우리는 얼마만큼 본질적인가라는 반성이 전혀 필요 없는 시대는 결코 없다. 🔲

여태천
시인. 1971년생. 2000년 《문학사상》 신인상에서 시로 등단. 동덕여대 교수. 시집 『국외자들』(2006), 평론집 『김수영의 시와 언어』, 『미적 근대와 언어의 형식』이 있음. skyyt@dreamwiz.com

여 태 천 __ **149**

순수의 얼굴에서 폭력의 시대를 읽다

: 키덜트 문화의 문화정치학

권경우

1

얼마 전 종영한 MBC 드라마〈뉴 하트〉에서 외과의사 레지던트 '은성'은 자신이 직접 바느질을 함으로써 '테디 베어'를 직접 만든다. '테디 베어'는 외과의사로서 은성이 수술 연습을 하는 도구적 기능을 하고 있지만, 더 중요한 점은 '테디 베어'가 은성을 나타내는 기호로 작동하고 있다는 사실이다. 그 중에서도 은성이 테디 베어와 대화를 하는 장면은 그의 캐릭터 이미지가 어떤 것인가를 잘 보여준다. 이 드라마에서 은성은 '진짜 의사'가 아니라 의사가 되기 위한 과정에 있다. 그런 점에서 그는 세대의 관점에서 보자면 아직 어린이거나 청소년이다. 그래서인지 그는 '진짜 의사들'의 방식을 거부하거나 따르지 않는다. 의사들은 자신의 명예와 권력, 출세를 위해 다양한 음모와 술수를 꾸미지만, 은성은 그것들과의 타협을 거부한다. 그 과정에서 진짜 의사의 모습을 보고 배우는 다른 '어린' 동료들과도 마찰을 일으킨다. 그는 의사의 기본에 충실하고자 한다. 의사가 해야 하는 일이 무엇이고, 자신이 왜 의사가 되고 싶어 하는가에 대한 근본적인 물음을 놓지 않는다. 그래서 그는 '순수한 동심'으로 표현되는 인물이다. 여기서 '은성'은 어른의 세계와 대비되는 어린이의 세계를 대변하고 있다. 어른의 세계는 음모와 술수, 경쟁, 효율, 권력, 욕망 등이 점철되어 있는 치사하고 더러운 세계이다. 그 속에서 은성이라는 인물이 억압받고 상처를 입는 것은 어쩌면 당연한 결과일지도 모른다. 다른 한편으로 은성의 '테디 베어'는 자신만의 세계를 보존하려는 의지의 산물이다. 그는 외부의 폭력에 쉽게 노출되어 있고 언제든지 오염될 수 있는 상황에 처해 있지만, 그는 '테디 베어'라는 자신만의 세계를 통해 다시 정화되는 과정을 겪는다. 그 과정에서 드러나는 사실은 자신만의 순수한 세계를 더욱 열심히 간직하려는 욕망은 결국 외부 세계의 억압과 공포를 견디려는 처절한 몸부림이라는 점이다.

은성의 모습은 최근 대중문화 전반에서 중요한 현상으로 떠오르고 있는 '키덜트 문화'의 단면을 보여주는 것이다. '키덜트Kidult'는 '아이Kid'와 '어른adult'의 합성어로서, '키덜트 문화'는 21세기 문화현상의 핵심으로 평가받고 있다. 그들은 대부분 20대 혹은 30대의 성인이지만 아직도 어린아이의 분위기와 감성을 간직하고 있다. 어쩌면 '어른이 되고 싶지 않은 어른'이거나 '더 이상 늙고 싶지 않은 어른'이라고 표현할 수 있겠다. 이러한 키덜트 문화의 등장 배경에 대해서는 다양한 분석이 행해지고 있다. 대표적인 것으로는 테크놀러지를 앞세운 디지털 문화가 지배하는 가운데 아날로그 문화의 경험을 잊지 않으려는 어른들이 늘었다는 분석과, 현대사회의 극심한 스트레스를 벗어나려는 이들의 귀향 본능이 작동한 것이라는 말도 있다. 그럼에도 키덜트 문화의 현상에서 가장 중요한 부분은 아마도 '키덜트 문화'의 시장이 급격하게 팽창하고 있다는 사실일 것이다. 물론 산업이나 마케팅 측면에서만 관심을 끄는 것은 아니며, 드라마를 비롯한 대중문화 전반에서 다양한 형태로 나타나고 있다는 사실에 관심을 기울여야 할 것이다. 무엇보다도 '키덜트 문화' 현상에서 눈여겨 볼 점은 그 현상 속에 한국사회의 현실이 투영되어 있다는 사실이다.

'키덜트족'이 확산되고 있는 중요한 계기가 자본주의 사회를 살아가는 현대인들이 처한 현실과 관련되어 있다는 지적은 적절해 보인다. 극심한 경쟁과 심한 스트레스에 시달리는 이들이 현실로부터 벗어나고자 하는 욕망을 외부세계와는 조금은 다른 키덜트의 세계에 빠지는 것이다. 키덜트의 세계에서 만끽할 수 있는 감성은 외부 현실 세계에서는 절대 인정받을 수 없는 비효율적이고 나약한 것들이 대부분이기 때문이다. 현대사회는 상호 경쟁을 중시하고, 모든 일에 있어서 성과와 효율성을 잣대로 평가한다. 그 과정에서 경쟁을 거부하거나 경쟁 과정에서 심한 스트레스를 받는 이들은 성과 위주의 사회에서 결과와 전혀 상관없는 행위를 통해 새로운 형태의 삶을 보여주는 것이다. 이런 부분이 순수성을 지키려는 노력으로 볼 수도 있지만 동시에 현실을 탈출하려는 욕망으로도 읽힐 수 있다.

2

'키덜트 문화'는 불과 얼마 전까지만 하더라도 소수의 문화로 인식되었지만, 최근 흐름을 보게 되면 그 문화를 향유하는 계층이나 시장 규모로 볼 때 결코 간과할 수 없는 문화현상이 되었음을 알 수 있다. 특히 로봇, 자동차, 비행기 등의 '프라모델'이나 인형 수집을 취미로 갖고 있는 성인들의 모습은 급격한 성장세를 이루고 있는 것으로 나타났다. 그들의 공통점은 어린 시절의 감성과 분위기를 그리워하고 동시에 실제 현실에서도 그것을 취하기 위해 노력한다. 실제로 미국을 비롯한 주요 국가에서는 경제력 있는 20~30대 키덜트족들이 완구, 팬시, 게임, 애니메이션 등에 아낌없이 돈을 쓰고 있는 것으로 알려져 있다. 이를 배경으로 국내의 해외구매대행 쇼핑몰에서는 키덜트족을 대상으로 하는 마케팅을 펼치기도 하는데, 밸런타인데이 등 기념일에는 주문이 폭주해서 물건 수령을 위해 한참 기다려야 하는 일도 있다고 한다.

키덜트족의 특징을 잘 보여주는 '인형 수집'의 경우에 관련 행사를 살펴보더라도 그 열풍을 알 수 있다. 2007년 12월 22일부터 2008년 1월 1일까지 코엑스에서 열린 〈제2회 세계인형대축제〉가 열렸는데, 이번 축제에는 피규어figure, 테디베어, 구체관절인형球體關節人形 등 10여 종 1만여 점의 인형 작품이 전시되었다.[1] 성인 마니아층이 수만 명에 이를 정도로 인형 제작과 수집은 새로운 문화코드로 인정받고 있다는 점에서, 인형이 어린아이들의 전유물이라는 인식을 불식시키기에 충분했다. 이제 인형을 만드는 사람은 예술가의 대우를 받을 뿐만 아니라 높은 부가가치 산업으로 인정받고 있으며, 국내의 한 대학에는 '인형캐릭터창작과'도 생겨났다.

어린이의 세계는 작은 모형과 축소의 세계이자 가상의 세계이다. 로봇을 조립하고 인형을 수집하는 것 등은 모두 어린이의 세계에서 비롯된 것이라 할 수 있다. 이러한 키덜트 문화의 핵심적인 특징 가운데에는 '추억'이 자리잡고 있다. 피터팬 신드롬이나 동안 열풍 또한 키덜트 문화의 현상인데, 그 내면에서도 추억과 향수, 즉 과거로의 회귀 등을 엿볼 수 있다. 예를 들면, 최근 한국사회에서 눈에 띄는 현상 가운데 '소년·소녀'에 대한 열광이 있다. 물론 1990년대에도 〈핑클〉과 〈SES〉, 〈H.O.T.〉, 〈젝스키스〉 등 10대들에 대한 열광적인 호응이 있었지만, 과거에는 10대 청소년들이 주요 팬층을 형성함으로써 팬덤 현상을 불

---

1) 이 중 구체관절인형은 동그랗게 만든 관절(ball joint)과 특수 고무줄로 각 부분을 연결한 것으로 인체가 취할 수 있는 모든 동작을 묘사할 수 있다는 게 특징이다. 인형의 얼굴과 머리 모양, 신체 각 부위, 의상 등은 작가가 섬세하게 표현해 예술품으로 완성한다.

피겨는 영화, 애니메이션, 만화, 유명인 등의 캐릭터를 섬세하게 표현한 작품이다. 가장 유명한 액션 영웅 캐릭터인 슈퍼맨, 배트맨부터 서태지, 배용준 피겨까지 다양하게 출시되고 있다. 군사, 소방, 경찰 등의 테마를 다룬 피겨들은 실제 사용되는 장비까지 정밀하게 묘사하기 때문에 이를 수집하고 즐기는 남성 마니아들이 많다.

대중적인 인지도가 가장 높은 테디베어(Teddy Bear)는 미국의 26대 대통령인 테어도어 루스벨트의 애칭인 '테디'의 이름을 붙인 데서 유래했다. 처음엔 최고급 수제 곰인형으로 출발해 지금까지 많은 작가들과 동호인들이 만들고 있다.

패션돌은 성인 여성들이 가장 좋아하는 인형 종류다. 아름답고 세련된 여성의 삶을 표현한 인형들을 일컫는데 미국의 '바비' 브랜드 같은 경우는 전세계적으로 유명해져 '바비인형'이라는 단어가 보통 명사화가 됐을 정도다.

한국의 전통인형은 닥종이 인형이 대표적. 닥종이인형은 전통 한지인 닥종이를 한장 한장 붙이고 말리는 과정을 2~3개월 반복해 만드는 예술품이다.

러 일으킨 반면 최근에는 20대 혹은 30대의 '언니 / 오빠'들이 주요 팬클럽을 주도하고 있다는 점에서 근본적인 차이점이 있다. 이는 90년대 현상과 확실하게 대비되는 것으로서, 한국사회에서 새로운 형태의 세대 문화가 형성되고 있음을 보여주는 증거이다.

그 중에서도 2007년 하반기 한국 대중문화를 지배한 〈원더걸스〉의 '텔미 열풍'은 그러한 문화를 압축적으로 보여주는 결정판이었다. 중 3학년생부터 대학 1학년생까지 5명의 '소녀들'로 구성된 〈원더걸스〉는 남녀노소 할 것 없이 전 국민의 사랑을 받았다는 점에서 조용필과는 또 다른 형태의 '국민가수'였다. 〈원더걸스〉의 노래 '텔 미'는 프로듀서 박진영의 감각이 돋보이는 최고의 히트곡으로 디스코 춤과 복장 등 1980년대의 복고적 향수와 10대 소녀들을 하나의 기획으로 상품화시킨 것이다. 1990년대 중반 이후 온통 10대 중심의 가요계를 일순간 30~40대들의 무대로 만들어버린 것은, 적어도 동시대를 살아가는 사람들이 원하는 것이 무엇인지를 정확히 알고 있었다는 사실을 방증하는 것이다.

그해 10월 어느 대학 축제에 초대가수로 등장한 〈원더걸스〉의 공연 모습에 대학생들은 열광과 흥분의 도가니를 연출했다. 정확히 말하자면 대학생의 상당수는 대부분 남자 대학생들이었다. 그들은 소녀 가수들을 향한 마음을 종이에 적어오기도 하고, 공연 내내 노래를 따라부르는 모습은, 방송이나 콘서트장에서 흔히 보던 10대 소녀팬들의 모습 그대로였다. 관객의 반응만으로 보자면 '군부대 위문 공연'으로 착각할 지경이었다. 대한민국 남자들은 그들의 어떤 모습에 반한 것일까? 이 '소녀들'에 대한 이상 열풍을 어떤 이는 '롤리타 콤플렉스'로 해석하면서 '어린 여자'에 초점을 두기도 하지만, 그러한 해석은 조금 무리가 있다. 왜냐하면 그들 말고도 '어린 여자들'은 많기 때문이다.

〈원더걸스〉에 대한 기성 세대의 열광은 다양한 요인이 담겨 있다. 1980년대 디스코 리듬으로 누구나 따라하기 쉽고, '텔 미'의 뮤직비디오에는 '원더우먼' 복장이 등장한다. 이는 복고풍의 외모와 몸짓을 통해 기성 세대의 향수를 자극하고 동참하게 만드는 코드임에는 분명하다.

또한 누구나 따라부르기 쉬운 후렴구는 사람들로 하여금 흥얼거리게 만드는 중독성이 있다. 이들의 노래는 더 이상 메시지를 전달하지 않는다. '텔미 텔미 테테테테테 텔미'로 반복되는 후렴구는 의미가 아니라 언어의 발화 그 자체로 다가옴으로써, 누구나 즉각적인 반응을 하게 만든다. 곱씹는 음악이 아니라 노래와 춤에 맞춰 듣는 사람들의 신체가 함께 반응하도록 만드는 것이다. 또 다른 요인은 30~40대 남성들이 10대 소녀들에게 열광하고 있다는 점인데, 이는 근래 꽃미남들에게 환장하는 이모팬들의 등장과 유사한 맥락을 갖는 것이다. 이모팬과 짝을 이룬다는 점에서 '삼촌팬'의 등장이라 할 수 있다. 과거에는 맘에 들더라도 드러내놓고 표현하지 못했지만 이제 과감하게 자신의 감정을 표현한다. 그렇다고 해서 소녀들에 대한 성적 기대나 감정을 갖는 것은 아닌 것 같다. 다만 '삼촌팬들'은 20대 청춘의 절정을 갓 지났으며 아직 인생의 황혼기에 접어들기에는 이른 세대들이다. 그들은 아직 청춘을 그리워하고 있으며, 젊은이들에 대한 질투가 강하게 자리잡고 있다. 질투는 어느 정도 비교가 가능할 때 생기는 법이다.

인간은 세월이 흐르면 나이를 먹는다. 피부의 탄력은 줄고, 흰 머리는 늘고, 주름은 늘어만 간다. 그것이 자연의 섭리이자 이치이다. 하지만 현대인들은 그것을 거부하려고 한다. 그들은 청춘을 계속 유지하고 싶은 것이다. 그러한 욕망은 자신의 신체를 거스르고 싶은 충동으로 나아간다. 다양한 미용 산업과 성형 수술 열풍은 21세기를 살아가는 인간 욕망의 결과물이다. 그래서 사람들은 자신이 유지할 수 없는, 그래서 충족할 수 없는 젊음과 청춘의 욕망을 대리만족의 형태로 충족하고자 한다. 점점 나이가 들어가는 '언니들', 정확히 말하자면 대한민국의 수많은 누님과 이모님, 고모님들이 자신보다 더 좋은 피부를 뽐내는 어린 꽃미남들에게 필이 꽂히는 것은 어쩌면 당연한 일이다. 이제 그러한 욕망은 남성들, 즉 '아저씨들'에게도 그대로 전염되고 있는 것이다. 그렇지만 그런 모습이 우리 시대의 초상이라는 생각이 들면서도 한편으로는 서글픔과 안타까운 마음이 드는 것은 어쩔 수 없는 일이다. 자신이 속한 세대에서 만족과 공감을 얻는 것이 아니라, 어쩌면 일방적일 수도 있는 '한참 어린 세대'를 향한 짝사랑은 자신의 결핍된 욕망을 채우려는 '대한민국 아저씨들'이 '키덜트'로 바뀌고 있는 현상이라 할 수 있겠다.

3

우리는 어느 정도 나이가 되면 듣는 말이 있다. "넌 언제 철들래?" 이 말은 어떤 때는 '정신 차리고 똑바로 살아라'라는 뜻이었고, 어떤 때는 '나이에 걸맞은, 즉 '나잇값'을 하라'는 의미였다. 이 말 속에는 충분히 나이를 먹었으면서 나잇값을 하지 못한다는 비난이 담겨 있다. 그래서 아직 철이 들지 않았다는 것은 사람 구실을 하지 못하는 듯한 죄책감을 자극하는 말이 되기도 했다. 흔히 '키덜트' 혹은 '어덜트 보이adult boy'는 미성숙한 어른으로 묘사된다. 어른으로서 갖추어야 할 예절이나 상식, 혹은 그에 따른 행동이 뒤따르지 않는다는 기준으로 아직 성인이 되지 못했다는 판단을 내리는 것이다. 하지만 그 판단과 비난의 기준은 그 표현을 사용하는 '보편적인 어른'의 시각임을 알 수 있다. 이처럼 우리가 살아가는 사회는 '보편성'과 '어른'의 시선이 지배하고 있다. 어른은 성숙하다는, 혹은 성숙해야 한다는 전제가 깔려 있다. 그리고 그 과정에서 무시당하고 짓밟히는 것은 '어린아이'의 모습과 '특이성들'이다. '성숙한 어른'과 '미성숙한 어린아이'라는 이분법이 작동하고 있으며, 우리가 '키덜트 문화'에 대해 갖고 있는 편견 역시 그러한 이분법이 고스란히 남아 있는 것이다.

그렇다면 어른이 성숙하다는 기준은 무엇인가? 그것은 철저하게 어른들이 만들어놓은 장치이며 이데올로기이다. 어린이는 원래부터 미성숙한 어린아이가 아니었던 것이다. 어른들은 자신들이 정한 규칙과 규범, 예절 등을 토대로 '어린이'를 창조한 것이다. 가정과 학교 등 교육을 통해 새로운 사회적 존재로서 '어린이'를 만들어낸 것이다. 현대사회에서 청소년이나 노인 등 각각의 세대에 적용되는 다양한 기준과 가치, 역할 모델 등도 모두 비슷한 과정을 거친 것이다. 다음의 예에서 우리는 그러한 훈육과정을 엿볼 수 있다. 프로이트는 자신이 분석한 최고의 편집증paranoia 환자인 고등법원장 다니엘 파울 쉬레버(1842~1911)의 사례에서, 사회적 저명인사였던 고등법원장 쉬레버와 그의 아버지 고틀룝 모리츠 쉬레버의 관계에 주목하고 있다. 아버지 쉬레버는 의사로서 가장과 학교 교육 등에서 다양한 사회적 활동을 했는데, 다음은 그들의 관계를 짐작할 수 있는 부분이다.

"중요한 규칙이 있는데, 아이가 얌전하게 굴면 청을 들어주고, 떼를 쓰고 방자하게 굴면 거절한다. 젖을 달라고 울더라도 주지 않는다. 조야한 행동이 없어질 때까지 환경의 압력을 받아야 한다. …… 방금 언급한 습관에 대해 아이는 기다릴 줄 아는 태도를 키우게 되고 더 중요한 것, 곧 자기부정의 기교를 준비하게 되는 것이다. 금지된 욕망은 철두철미하게 진압해야 한다. 욕망의 거부만으로는 미흡하다. 아이가 이 거절을 순순히 수락하는가를 관찰하고, 필요하면 근엄한 언사와 꾸지람으로 공고히 습관화시킨다. …… 이 방법만이 아이에게 예속과 자기의지의 통제를 길들이는 지름길이다."[2]

위의 인용문에서 나타나는 아버지와 아들의 관계는 근대 이후 보편적인 사회화 과정과 흡사하다. 어린아이는 어른이 되기 위해 다양한 훈육과정을 거치게 되는데, 그 과정에서 어린아이의 욕망은 철저하게 거부당하고 통제당한다. 그 결과 사회 규범을 받아들이고 행동 습관을 새로운 형태로 바꾸게 되는 것이다. 결국 자기 절제와 지배적 규범의 예속이야말로 어린아이가 갖추어야 할 중요한 예절이 된다.
  지금처럼 어린이를 어른과 구별하여 격리한 것은 근대서양사회, 즉

---

2) 모턴 샤츠만 지음, 오세철 · 심정임 옮김, 『어린 혼의 죽음』, 현상과인식, 1999, 56~57쪽에서 재인용.

17세기부터 18세기에 걸쳐 일어난 일이다. 17세기까지만 하더라도 어린이와 어른은 거의 구별되지 않았다. 루소에 이르러 비로소 어른과 어린이를 다른 존재로 파악한 것이다. 점차 어린이는 바로 어른이 되는 것이 아니라 이제 '사춘기'를 거쳐야만 했다. 점차 어린이가 어른이 되는 길은 멀게 느껴졌다. 어린이의 정체성을 부여받음으로써 생겨나는 차별화 과정과 더불어 새로운 심리적 과정을 거쳐야 하는 존재가 된 것이다. 어른과 어린이의 구별은 점차 다른 존재에서 차별적인 존재로 인식되고 있었다. 서양의 근대문학에 속하는 영국문학에서도 18세기 말에 이르러서야 어린이를 중요한 소재로 다루기 시작했다. 윌리엄 워즈워스나 윌리엄 블레이크와 같은 낭만주의 시인들이 처음으로 어린이를 중요한 테마로 취급한 것을 볼 수 있다.

그런 점에서 본다면, 미국의 나바호 인디언의 생각은 서구적인 근대와 지극히 대조적인 모습이라 할 수 있다. 그들은 어린이를 독립된 존재로 생각해서 부족의 모든 행사에 어린이를 참여시키고, 어린이의 말은 어른의 말과 똑같이 존중한다. 어른이 어린이를 '대변'하는 일이 없다. 즉 어린이는 보호받아야 한다거나 책임질 수 없는 능력의 소유자라고 여기지 않는다.[3] 이러한 생각은 어린이를 독립된 주체로 바라봄으로써 어른과 어린이의 구분을 통한 위계나 억압 기제가 작동하지 않도록 한다. 키덜트 문화에 대한 사회적 편견이 작동하는 단계 역시 어른과 어린아이의 구분 속에서 나타나는 것인 만큼, 그 둘 사이에 어떤 위계도 작동하지 않을 경우 키덜트족을 바라보는 시선 또한 달라질 수밖에 없는 것이다.

---

3) 가와하라 카즈에 지음, 양미화 옮김, 『어린이관의 근대』, 소명출판, 2007, 11쪽.

4

한국 사회는 점점 폭력과 위악으로 점철되고 있다. 뉴스를 통해 전달되는 사건은 상상의 재현물인 범죄영화보다도 더 극적이고 잔인하다. 토막 살인과 유괴, 폭행, 강간 등이 강도가 심해지고 있을 뿐만 아니라, 범죄의 대상은 남녀노소를 가리지 않는다. 최근 경기도 지역에서 여자 어린이들이 시체로 발견된 사건 이후, 사회적으로 '어린이 보호특별법'을 만들려고 하는 움직임이 있었다. 하지만 그러한 모습은 결국 사태를 일시적으로 봉합할 뿐이지 근본적인 해결책은 되지 못한다. 그것은 CCTV를 설치하면 범죄가 줄어들 것이라는 논리나 사형제도가 폐지되면 강력범죄가 줄어들 것이라는 일종의 '희망사항'일 뿐이다. 많은 사회와 문화에서 그러한 대책이 그다지 큰 효력을 발휘하지 못한다는 것을 잘 보여주었다.

이처럼 폭력이 난무하는 한국사회에서 최근 '키덜트 문화'가 급격하게 확산되는 이유는 무엇일까? 그것은 어쩌면 폭력적인 현실을 외면하고 싶은 욕망의 역설적 표현이 아닐까? 혹은 동심의 순수성이 주는 모습은 극도로 포악한 모습과 양면의 얼굴은 아닐까? 이처럼 잔인한 현실을 버티는 힘은 그보다 더 강한 마음을 갖는 것이다. 현실보다 더 강력한 '포스'를 보여주는 것이야말로 현실을 버티고 이길 수 있는 비결이다. 하지만 모든 사람들이 그럴 수 있는 것은 아니다. 강한 것이 싫거나 잔인한 현실을 견디기 힘든 이들은 전혀 다른 방식으로 자신의 두려움을 극복한다. '키덜트 문화'의 핵심은 바로 여기에 있다. 도저히 극복할 수 없는 현실 세계를 도피하거나 대안 세계를 찾는 방식으로 나타난 것이 바로 '키덜트 문화'인 것이다.

어린이 문화 혹은 어린아이의 세계가 순수하다는 생각은 '동심=순수'라는 등식을 낳게 되었다. 하지만 어린이는 순수한 것이 아니라 욕망을 다스리는 훈육을 받지 않았을 뿐이다. 실제로 어린아이들이 그들만의 문화와 세계를 형성하는 과정을 보면 그다지 순수한 것만은 아니다. 그들 나름대로 권력과 명예를 위한 치열한 싸움을 전개한다. 다만 손익과 계산에 있어서 어른들의 세계와 비교될 뿐이다. 그럼에도 동심을 향한 현대인의 욕망은 더럽고 추악한 어른의 세계를 벗어나려는 노력을 그대로 담아내고 있다. 다음 인용문은 동심과 현대인의 관계를 적절하게 보여주는 것이다.

"'성공'을 향한 벡터(Vektor)에서 뒤처지면, 세속에 더러워지지 않은 순수함과 이상주의, 무아에 대한 동경은 '성공'에 대한 압력이 강하면 강할수록 커지게 된다. 이런 세상에 살아가는 어른들은 동경을 펴올리고, 세속의 더러움을 씻어내는 장소를 사회생활에서 격리된 어린이 마음, '동심'에서 구하였다. 사람들은 자신들이 기본적으로 지향하는―또는 지향해야 하는―근대산업사회의 가치체계에서 벗어나기보다는 오히려, 그 대치점에 있는 가치에 어린이를 놓고 거기에서 하나의 '구원'을 발견하려고 하였다. (……)

'부가가치'로서 '동심'에도 같은 작용이 있다. 우리들은 우성 가치에 대립하는 '동심' 안에서, 사회생활을 어긋나게 하는 원인인 착함과 순수함, 그리고 약함과 무력함까지도 긍정하게 만드는 '스스로 보상'을 발견한다. 그 때문에 '동심'이 주는 '구원'에는 사회생활 중에 발생하는 실의와 패배에 대한 위로와 정당화가 포함된다."[4]

현대인에게 동심의 세계는 피난과 은둔의 장소이다. 그 곳에서 현대인은 힘겨운 일상을 견딜 수 있는 힘을 얻고, 또 하루를 살아가는 것이다. 결국 현대사회가 점차 '위험사회'로 바뀌고 있는 상황에서 때묻지 않은 순수의 세계로서 어린이와 동심의 세계는 현대인이 자신의 몸과 마음을 뉘일 수 있는 장소로 선택하고 있는 셈이다. 그런 점에서 키덜트족은 현대사회의 희생자이며 소수자이다. 그들은 약육강식의 정글을 회피하고 싶은 마음을 지닌 자본주의 사회의 약자들이다. 현대인에게

---

4) 위의 책, 194~196쪽.

동심의 세계는 곧 종교적 구원의 세계인 것이다. 그것은 인형과 프라모델 등의 다양한 형태로 나타나고 있다.

키덜트 문화의 특징은 자신만의 세계를 구축하고 간직한다는 데 있다. 그들은 평범한 어른의 시선으로 봤을 때에는 엉뚱하거나 이해할 수 없는 측면을 지닌다. 아직 어른이 되지 못한 미성숙한 존재인 것 같기도 하고 어른의 세계에 적응하지 못하는 부적응자처럼 보이기도 한다. 키덜트의 생각이나 행동은 기존의 관습이나 규범을 따르지 않는다. 그들은 보편적인 규칙에서 벗어나 자신이 정해 놓은 특수한 규칙 내에서 움직이고 행동한다. 그렇다고 해서 키덜트 문화가 기성 세대 혹은 보편적인 규범을 내세우는 사회와 극단적인 불화나 갈등을 겪는 것은 아니다. 동시에 키덜트 문화는 성숙한 어른의 세계와 미성숙한 어린아이의 세계라는 구분에서 나타난 것이 아니다. 그것은 성숙과 미성숙이라는 이분법을 넘어 우리 문화를 대변하고 있다. 지금 한국사회에서 키덜트 문화가 확산되고 있는 현상은 단순히 키치적인 욕망을 갖는 새로운 세대의 감수성에 따른 것이 아니다. 그보다는 자본주의의 빠른 속도에 적응하지 못하는 퇴행적인 모습일 수 있으며, 극단적인 경쟁과 효율성의 원리가 지배하는 한국사회의 다른 얼굴이다. 1990년대 이후 경제적이고 문화적 변동이 급격하게 이뤄진 한국사회는 시대의 속도를 따라가지 못하는 수많은 부적응자를 양산하고 있으며, 그 과정에서 키덜트족은 신체적으로는 동시대를 따르고 있지만 정신적으로는 다른 세계를 추구하는 분열적 삶을 보여주고 있는 것이다.

현대사회는 차이를 인정하지 않는 폭력을 자행한다. 실제로 실시간으로 전달되는 뉴스는 상상 이상의 폭력의 세계를 우리에게 보여준다. 우리의 감각은 폭력에 대해 점점 둔감해지면서도 동시에 자신도 모르게 폭력적인 인간으로 바뀌고 있다. 이러한 폭력의 세계와 키덜트족의 동심의 세계는 서로 닮아 있다. 현실이 극단적인 폭력으로 변하고 있다는 점에서 존재하지 않는, 혹은 발견할 수 없는 순수한 세계를 찾아나서는 것이다. 그것도 자신만의 공간이나 우리들만의 카페에서 말이다.

그런 점에서 키덜트족은 색다른 것을 추구하는 것이 아니라 새로운 삶에 대한 욕망, 동시대의 보편적이고 평범한 사람들이 추구하는 가치와 규범을 거부하려는 욕망을 뿜어내고 있다. 그들의 욕망을 제대로 파악하는 것이야말로 우리가 살아가는 현대자본주의의 문제점이 무엇인지를 명확히 하는 일이 될 것이다. ▨

권경우
문화평론가. 1970년생. 문화사회연구소 연구기획실장. 중앙대·상지대 강사. 저서 『신자유주의시대의 문화운동』이 있음. nomad70@hanmail.net

키덜트 가면 속의 두 얼굴, 체제 저항과 순응 사이에서

: 키덜트 소설에 대해

최강민

1. 피터팬과 키덜트문학의 유행

혹시, 피터팬을 아시나요? 제임스 매튜 베리가 1904년에 창조해낸 피터팬은 꿈과 환상의 나라인 네버랜드에서 늙지 않은 채 모험을 즐기는 영원한 장난꾸러기 소년이다. 네버랜드는 아무나 들어갈 수 있는 곳이 아니다. 어른이 되기를 거부한 존재만이 입장 가능하다. 더 이상 늙지 않는다는 것은 시간이 부패하여 멈춰 있음을 의미한다. 부분적으로 일상의 시간은 흘러가지만 전체로 보면 시간이 정지된 곳이 바로 네버랜드이다. 피터팬과 네버랜드는 영원한 생명을 유지하고 싶은 불사의 욕망과 순수한 동심의 세계를 계속 간직하고 싶은 욕망이 합작해 만든 판타지이다. 이러한 피터팬에 대한 과도한 찬사나 동일시를 표출하는 어른들은 피터팬증후군에 시달릴 가능성이 많다. 피터팬증후군Peter Pan syndrome은 신체적으로 어른이 되었지만 어른의 역할과 책임을 거부하고 어린이의 심리 상태에 머물고자 하는 심리적 퇴행 현상이다. 반면에 키덜트는 동심의 세계에서 마음의 안정과 휴식을 체험하면서도 현실의 어른 사회에 무리 없게 적응하여 살아간다. 키덜트라는 용어는 부정적인 의미를 삭제하고, 긍정적 이미지로 도배질하여 재탄생한 것이다. 키덜트kidult란 아이kid와 어른adult의 합성어로 조숙한 어른 같은 '아이'나 미숙한 아이 같은 '어른'을 함께 지칭한다.

이러한 키덜트의 성립 배경은 각박한 생활에서 벗어나 재미를 찾으려는 성인들의 일탈심리, 과거에 경험한 환상의 세계로 돌아가려는 향수주의, 아이들의 조기 성인화, 후기 자본주의의 기획된 소비문화, 더 젊어지려는 성인들의 회춘 욕망, 다양성을 존중하는 개인주의와 마니아 현상, 인터넷 문화의 활성화 등이다. 이러한 키덜트 문화는 향수에 기반한 복고지향형 키덜트와 완구나 패션 등 동심과 관련된 것을 소비하는 현재지향형 키덜트로 크게 나뉜다. 복고지향형 키덜트는 디지털 애니로 재탄생한 〈로보트 태권V〉(2007), 추억의 불량식품, 옛날 만화책 등을 소비한다. 현재지향형 키덜트는 팬시상품, 판타지 영화인 〈해리포터 시리즈〉와 〈반지의 제왕〉, 〈무한도전〉과 〈1박 2일〉 같은 TV 오락물, 코스프레 의상의 소비 등에서 확인할 수 있다. 2000년대에 키덜트 문화가 특히 주목받게 된 것은 물신적 후기 자본주의의 상품 전략과 긴밀하게 맞물려 있다. 키덜트 문화에서 애용되는 것은 추억이 어린 물건이나 순수한 동심을 자극하는 대상보다 키덜트 취향의 소비 상품이다. 모든 것을 상품화 한 신자유주의 체제의 자본주의사회에서 키덜트는 주요 소비 대상으로 새롭게 등극했던 것이다.

한국에서 1990년대는 1980년대에 대한 시대적 부채감 속에 아이 같은 어른이 등장하는 키덜트문학을 제대로 구현하기 힘든 상황이었다. 하지만 2000년대는 1980년대와의 시간적 거리 속에 유아적 감성과 욕망에 기반한 키덜트문학의 시대가 펼쳐진다. 작가들은 비주류인 키덜트적 감성을 통해 주류문화의 환부를 드러내는 서사 전략을 취한다. 키덜트문학은 키덜트적 세계관에 입각해 키덜트적 취향을 미학적으로 생산하거나 키덜트를 중심 소재로 채택한 것을 모두 포함한다. 키덜트문학은 키덜트라는 합성어에서 보듯 조숙과 미숙이라는 상호 모순된 시선이 불안하게 동거한다. 이러한 불안정성은 키덜트문학을 일정한 고정적 틀에 갇히는 것을 거부하도록 하는 근원적 에너지이다. 당대의 키덜트문학은 복고풍 성장문학, 비현실적인 만화적·환상적 문학, 웃음을 유발하는 개그성 문학, 키덜트 소재의 문학 형태로 등장한다. 복고풍 성장문학은 조숙한 상태의 영악한 소년과 소녀 키덜트가 등장해 냉소적으로 세상을 바라본다. 유아 취향인 만화적·환상적 문학은 현실과 개연성을 중시하는 기존 리얼리즘의 틀을 깨는 기발한 발상의 전환을 드러낸다. 개그성 문학은 진지함과 엄숙함으로 무장한 과거의 계몽주의문학이 아니라, 가벼움과 유희성을 강조하는 웃음으로 문학의 정전을 유쾌하게 전복한다. 키덜트 소재의 문학은 키덜트를 중심 소재로 다루었다는 점에서 넓은 범위에서 보면 키덜트문학의 범주에 넣을 수 있다. 키덜트문학은 현재 자신의 문학적 정체성을 정립하지는 못했다. 키덜트문학은 겨우 태동의 단계에 있을 뿐이다. 이러한 키덜트문학은 예전부터 성장소설, 동화, 환상문학이라는 이름으로 유통되어왔던 것이 사실이다. 이제 키덜트문학은 연령과 부정적 의미를 넘어 자신만의 매력을 지속적으로 홍보해나가는 것이 필요한 시점이다. 키덜트문학은 과연 2000년대 문학을 구원하는 현재형과 미래형이 될 수 있을까?

2. 반성장소설과 어른같은 '아이'

아이들은 부모의 따스한 사랑과 보호 속에 꿈과 환상의 세계에서 별 걱정 없이 무럭무럭 성장한다. 이것이 아이들이 일반적으로 체험하는 성장 과정이다. 문제는 이것이 원활하게 진행되지 못했을 경우이다. 이런 아이들 중 일부는 또래에 비해 일찍 어른들의 세계를 충격적으로 체험하며 조숙해진다. 이때의 체험은 깊은 트라우마로 자리하여 키덜트의 음울한 세계관을 형성한다. 조숙이 만들어낸 어른 같은 '아이'인 키덜트는 영악, 위악, 냉소라는 서글픈 변장의 마술을 선보인다. 이때 키덜트는 타락한 사회에서 타락한 방식으로 삶의 진정성을 찾는 문제적 개인인 셈이다. 블라디미르 나보코프의 『롤리타』(1955)에서 양아버지 험버트를 성적으로 유혹한 팜므파탈의 12살 소녀 롤리타, 최인호의 「술꾼」(1970)에서 술꾼 아버지를 찾는 구실로 술집을 전전하며 술꾼이 된 고아원 아이, 은희경의 『새의 선물』(1995)에서 전쟁통에 부모를 잃고 외할머니집에서 생활하며 삶의 성장을 거부한 영악한 12살 소녀 진희 등은 모두 조기 성인화된 키덜트들이다. 이처럼 조숙아들은 사회에 순응하기보다 저항하는 불량한 일탈자일 경우가 많다. 조숙아인 키덜트들이 보여주는 흡연, 음주, 원조교제, 폭력 등은 기성세대의 입장에서 보면 충격적일 수밖에 없다. 아이들이 순수하다는 고정관념을 조숙아라는 키덜트가 여지없이 뒤흔들기 때문이다. 작가들은 조숙아인 키덜트의 탈선을 통해 정상에서 일탈한 기존 세계를 날카롭게 비판한다. 아이들이 순수한 동심의 세계를 유지하지 못하고 타락할 수밖에 없는 상황은 부조리한 현실을 간접적으로 말해주는 것이다.

사람은 누구나 어린 시절을 겪는다. 비록 당시에 힘들고 어려웠다고 하더라도 성인이 되어 회상해보면 그 시절은 찬란한 행복으로 기억되는 경우가 많다. 인간은 일회성의 삶이기에 그 시절로 다시 되돌아갈 수는 없다. 아이 같은 '어른' 키덜트는 자유로움과 편안함이 많았던 어린 시절을 이상적 유토피아로 생각한다. 반면에 어른 같은 '아이' 키덜트는 어린 시절을 하루속히 벗어나야 할 절망과 감옥으로 인식한다. 양자가 보여주는 극과 극의 풍경은 키덜트의 이중성을 말해준다. 복고풍 성장소설은 서술자인 '현재의 나'가 서술의 대상인 '과거의 나'를 이야기하는 경우가 많다. 이때 서술자의 향수주의와 유아 취향은 예전보다 타락한 현재의 자신을 정화시키는 작업이자 삶의 진정성을 수호하기 위한 일종의 자위적 수단으로 애용된다. 성장소설이란 일종의 교양소설로 '입문―시련―성장―자아정체성의 확립'이라는 통과제의를 거친다. 미숙아는 다양한 사회적 체험을 통해 기존 지배질서를 내면화하고 어른의 세계로 편입하는 것이 기존 성장소설의 패턴이다. 하지만 어른 같은 '아이'인 키덜트가 주인공이 된 성장소설에서는 이러한 서사 전개방식이 더 이상 유효하지 않다. 어른 같은 '아이' 키덜트(조숙아)는 '입문

—시련—반성장—기존 지배질서와의 불화'라는 반성장의 서사를 노출한다. 존재의 성장통이 지배질서의 내면화 대신 저항 내지 부정으로 이어지는 것은 당대 사회의 타락성과 폭력성을 반증한다. 1950년대는 한국전쟁과 궁핍이, 1960년대는 4.19혁명과 5.16군사쿠데타가, 1970년대는 산업화와 유신독재정권이, 1980년대는 5.18광주민주항쟁과 군사독재정권이, 1990년대는 계몽주의담론과 공산권의 몰락·IMF구제금융 등이 '조숙'이라는 성장호르몬을 대량 살포했다. 2000년대에 키덜트를 생성시키는 성장호르몬은 약육강식의 신자유주의 체제와 빈부격차의 가난이다.

이재웅의 장편 『그런데, 소년은 눈물을 그쳤나요』(2005)는 가난으로 인해 세상에 대해 일찍 눈을 떠야 했던 12살 소년의 성장사를 그린 소설이다. 농촌의 소작농에서 도시 빈민층으로 편입한 준태네는 가난 때문에 엄마가 가출하고 아빠는 공사판 노동자로 일하다가 불과 35살의 나이에 요절한다. 14살의 이복누이는 돈을 벌겠다고 가출하고, 준태는 영양실조로 피부가 하얗게 벗겨지기도 한다. 준태는 자본주의의 화려한 풍요 속에 절대적 빈곤에 시달리며 늙은 소년인 키덜트로 변신했던 것이다. 준태의 습관적인 거짓말은 있어야 할 것이 없고, 없어야 할 것이 있는 적자생존의 세계에서 생존하기 위한 카멜레온의 위장술이다. 준태는 열 살 이후로 울어 본 적이 없다. 가난은 "눈물을 흘려도 세상은 변하지 않는다"는 사실을 깨닫게 해주었기 때문이다. 이 소설에서 어른의 세계는 괴물의 세계이다. 준태는 '인간'이 되기보다 차라리 '잔인한 괴물'이 되고 싶다는 위악의 포즈를 통해 기존 세계에 대해 신랄한 야유를 퍼붓는다.

"넌 늙긴 했지만 여전히 소년이야. 그것을 부정할 수는 없어. 네가 정말로 어른이 되고 싶다면 너는 사람들을 떠나보내는 데 익숙해져야 해. 떠나가는 것도."
"난 그것에 충분히 익숙해졌어요. 그래서 늙어버린 거예요."
"어쩌면 그럴지도 몰라. 하지만 넌 아직 어른이 될 수는 없어. 어른이 되려면 갖춰야 할 게 많아. 너는 목소리가 갈라질 거야. 수염이 날 거고. 네 사타구니나 겨드랑이에도 털이 날 거야. 네 몸에서 비린내가 날 거야. 너는 좀더 괴물이 되어야 해."

"난 충분히 괴물이에요. 아저씨도 아시잖아요. 그렇게 되지 않아도 난 충분히 괴물이에요. 잔인한 괴물이에요."(288쪽)

『그런데, 소년은 눈물을 그쳤나요』에서 준태만이 조숙아 키덜트인 것은 아니다. 돈 벌겠다고 가출한 이복누이(이혜숙)는 17살에 고급 룸살롱의 인간 접시였고, 19살에 스트립 걸이었고, 24살에 전문적인 매춘부가 되었다. 이 과정에서 이복누이는 자신의 나이보다 더 늙은 어른이 되어야 했다. 이복누이는 술집에서 일하기 위해 주민등록증을 변조하고 화장을 짙게 했다. 이처럼 이복누이도 생존하기 위해 준태처럼 거짓말을 자주 했던 것이다. 남동생 준태의 어른스러움과 거짓말은 과거 자신의 자화상이다. 이복누이만이 아니라 고아원 출신의 노숙자로 굶주림에 시달리는 13살의 김태호, 많은 빚을 진 자신의 집을 구원하기 위해 잘 나가는 창녀를 꿈꾸는 12살의 추녀인 완주도 조숙아 키덜트이다.

키덜트인 준태는 '부자 / 빈자, 가해자 / 피해자, 부르주아 / 프롤레타리아, 우는 인간 / 울지 않는 인간'으로 세계를 이분법적으로 분류한다. 이때 양자의 화해가능성은 전무하다. 준태에게 밝은 꿈은 부재하다. 준태의 유일한 꿈은 이복누이를 괴롭히는 문곽호를 죽일 수 있는 '칼막써' 같은 존재가 되는 것이다. 사회주의자 카를 맑스를 떠올리게 하는 '칼막써'는 이 소설에서 '어른, 부르주아, 가해자'로 상징되는 문곽호에게 두려움을 주는 유일한 존재이다. 소설의 결론 부분에서 준태가 태호에게 인라인스케이트를 주기 위해 도둑질을 하고, 누나를 위해 문곽호를 죽이겠다고 결심하는 장면은 절대적 빈곤과 불행이 초래한 막가파적 극단의 모습이다. 자신의 목숨과 미래도 기꺼이 포기하고 상대방을 죽이겠다는 준태의 섬뜩한 눈빛은 기득권층을 전방위적으로 압박하는 자살골이다. 준태의 살인이 설사 성공한다고 해도 그것이 삶의 행복을 가져올 수 없다는 점에서 이 소설의 비극성은 한층 더 부각된다. 작가 이재웅은 후기 자본주의가 지배하는 당대 사회의 비정상성을 반성장의 서사를 통해 정면으로 비판하고 있는 것이다.

이재웅의 소설에 비해 조영아의 장편 『여우야, 여우야 뭐하니』(2006)에 등장하는 키덜트는 좀 더 건강하다. 무허가 건물인 청운연립 옥탑방에 사는 상진네 가족은 건설 노동자인 아빠가 부상당해 실직하자 가세가 기울기 시작한다. 사춘기에 막 접어든 13살 소년 상진은 가난으로 인해 조숙해져 '아이 / 어른'의 경계선을 넘나든다. 특히 샛별문구 꼽추 여자에게 성희롱을 당한 후, 상진은 "어른들이란 믿을 수 없는 존재"라는 인식을 한다. 정신지체아인 17살의 형인 모호면(노상호)도 나이값을 제대로 못하는 철부지 아이에 불과하다. 상진이 조숙이라면, 상호는 미숙으로서의 키덜트인 셈이다. 모호면은 엄마가 깡패들에 의해 괴롭힘을 당할 때 '아이'에서 '어른' 쪽으로 잠시 이동하지만 여전히 키덜트의 범주를 벗어나지 못한 장애인이다. 상진네 가족은 집주인의 부도로 인해 무일푼이 되어 쫓겨나는 최악의 불상사를 겪는다. 상진네는 최하층의 빈민으로 추락한 것이다. 작가 조영아는 소설에서 한국 자본주의의 풍요를 상징하는 여의도 64빌딩(작가가 만들어낸 가공의 건물)이 붕괴하는 사건을 통해 기존 세계에 대한 강한 불신을 드러낸다. 상진은 비록 절망의 바닥으로 추락했지만 '은빛 여우'로 상징되는 희망을 결코 포기하지 않는다. 이러한 서사는 기존 지배질서를 거부하면서도 새로운 희망에 대한 가능성을 포기하지 않는 작가의 욕망을 대변한다. 아쉬운 것은 이 '은빛 여우'의 정체성이 추상적 관념성이라는 틀을 벗어나지 못했다는 점이다. 13살 소년의 한계이기도 하지만 작가 자신이 구체적으로 은빛 여우의 세계를 포착하지 못한 것에서 연유한다.

이재웅과 조영아의 소설이 반성장소설이었다면, 대부분의 성장소설은 적당히 방황하다가 지배질서를 내면화하는 순종형의 서사이다. 심윤경의 장편 『나의 아름다운 정원』(2002), 박범신의 장편 『더러운 책상』 2003), 박현욱의 『새는』(2003) 등이 대표적이다. 이들 성장소설은 반성장소설이 아니라, 다양한 시련을 통해 내적 성숙을 이룩하고 사회에 적응해가는 교양소설이다. 이런 점에서 키덜트문학의 차별화된 색깔은 조숙아 키덜트가 주인공인 반오이디푸스의 반성장소설에서 두드러지게 나타난다. 키덜트는 당대 사회의 주류에 의해 차별과 냉대를 여전히 당하는 타자인 비주류이다. 그래서 기본적으로 키덜트는 당대 사회에 대해 비판적이다. 아이와 어른 어디에도 소속되지 못한 이방인인 키덜트는 본질적으로 주류사회에 저항하는 불온한 게릴라의 속성을 간직하고 있다. 이러한 키덜트를 순종형의 인물로 중독시킨 것은 지배담론과 후기 자본주의의 조작술이 개입한 사이비 담론의 효과이다. 따라서 긍정적 의미를 지닌 키덜트문학이 생존하려면 후기 자본의 물신적 상업성 · 억압적 지배담론과 피 튀기는 전쟁을 해야 한다. 투쟁하지 않는 곳에서는 키덜트문학의 권리도 부재한다.

3. 만화적 · 환상적 상상력과 아이 같은 '어른'

아이들은 꿈과 현실을 제대로 구분하지 못한다. 어른들의 입장에서 비현실적인 서사인 동화나 만화책도, 어린이들에게는 충분히 실현가능한 실재로 비춰진다. 자크 라캉은 어린이들이 상상의, 환상의 이미지를 실재처럼 믿는 상태를 상상적 단계라 말한다. 상상적 단계에서 아이들은 별 무리 없이 환상의 세계로 이동하여 피터팬과 반갑게 만난다. 그러나 이러한 단계는 나이가 들면서 거세위협으로 불리우는 상징계의 질서가 개입하면서 균열하기 시작한다. 이성, 합리성, 논리성으로 대변되는 오이디푸스 콤플렉스가 작동하면서 상상계는 파괴되고, 환상적 낙원에서 쫓겨난 유아의 욕망은 결핍의 고통으로 남는다. 성인이 된 키덜트는 충족되지 못한 결핍을 유아 취향이나 추억을 통해 해결하고자 한다. 이때 꿈과 환상이 넘실거리는 동화나 만화책은 유년 시절로 되돌아가는 중요 통로이다. 어른용 동화인 생 텍쥐베리의 『어린 왕자』(1943)나 안도

현의 『연어』(1996), 요코야마 미쓰테루의 만화 『바벨 2세』(1970), 이가라시 유미코의 만화 『캔디 캔디』(1975~1979), 스즈에 미우치의 『유리가면』(1976) 등은 아이같은 어른 키덜트가 즐겨 찾는 대표적 문화상품이다.

2000년대의 대표적 작가인 박민규는 키덜트적 세계관으로 소설을 창작하는 대표적 작가 중의 한 사람이다. 박민규는 내용적 측면이나 서사적 기법 모두에서 키덜트적 아우라를 생산한다. 만화나 동화에서 등장하던 비현실적, 환상적 상상력은 박민규의 창작 에너지의 근원이다. 어린 시절에 자유롭게 작동하던 상상력은 대개 거대한 오이디푸스 콤플렉스라는 현실의 장벽에 부딪쳐 점차 오그라들기 시작한다. 있음직한 개연성이라는 리얼리즘이라는 족쇄는 아이들의 자유분방한 상상력을 옭아매는 효과를 발산한다. 그렇지만 고글안경과 파격적 패션을 선보이는 키덜트 작가 박민규는 개연성이라는 리얼리즘의 족쇄를 걷어차는 좌충우돌의 상상력을 보여준다. 예측불허의 황당무계함으로 특징지어지는 박민규의 만화적 · 환상적 상상력은 키덜트적 세계관을 기반으로 하여 발상의 전환을 유쾌하게 드러낸다. 이것을 가능하게 했던 것은 과거 B급 내지 3류로 취급되었던 하위문화적 요소의 적극적 활용이다. 대중문화의 아이콘은 박민규가 즐겨 먹는 주식이자 간식인 카스테라이다.

박민규는 장편 『지구영웅전설』(2003)에서 키덜트의 세계관을 활용해 미국이라는 제국주의에 의해 유린되는 세계의 질서를 가볍게 비틀어 풍자한다. 소설의 주인공인 '나'는 포르노잡지를 소지한 것이 담임 선생에게 발각되어 부모님을 불러오라는 말에 자살을 결심하고 옥상에서 뛰어내린다. 포르노 잡지의 발각과 처벌은 사회적 금기를 위반한 행위에 대한 거세위협의 실현을 의미한다. 이때 '나'를 구원한 것이 비현실적인 만화의 주인공 슈퍼맨이다. 이것은 당대 사회의 지배질서인 오이디푸스 콤플렉스를 내가 거부하고 만화적 · 환상적 세계인 키덜트의 세계로 이동했음을 의미한다. 그 결과 현실 세계에서 '나'는 더 이상 존재하지 않는 일종의 유령이 된다. 수상한 미국 시민권만 없었다면 완벽한 무적자라는 경찰의 말은 현실 세계에서 부재한 '나'의 존재를 확인시켜

주는 발언이다.

　　"아아, 이런…… 지금 이것은 당신을 위한 조사입니다, 바나나맨. 당신이 말
한 모든 것은 오로지 만화 속에만 존재할 뿐입니다. 이 수상한 시민권만 없었어
도, 당신은 완벽한 무적자(無籍者)란 말입니다. 아시겠어요? 자신을 위해서라도,
제발 협조를 해주셔야만 합니다. 하다못해 본명과 출생지만이라도 말씀해주세
요. 더이상은 바라지도 않습니다."(17쪽)

　　이 소설에서 작중주인공인 '내'가 바나나맨으로서 슈퍼맨, 배트맨, 원
더우먼, 아쿠아맨과 함께 슈퍼특공대의 일원이었다는 주장의 신빙성은
중요하지 않다. 나의 주장은 어른이 지배하는 현실 세계에서 결코 인정
될 수 없는 거짓말이기 때문이다. 1997년 한국에 송환되어 정신병원에
도 있었다는 '나'의 이력은 만화적·환상적 세계의 유효성을 인정하지
않는 당대의 현실을 말해주는 것이다. 그래서 현재 영어강사인 '나'는
"어쩌면 이 모든 기억들이 정말로 꿈일지도 모른다는 불안"에 시달린
다. 그러나 '나'는 슈퍼특공대에서 영웅들과 함께 일했다는 주장을 결코
굽히지 않는다. 이러한 '나'의 모습은 어른의 세계에 있으면서도 여전히
어린이의 세계를 지향하는 전형적인 '키덜트'의 상징적 자화상이다.
　　복고풍의 향수 속에 과거를 추억하거나 유년의 세계를 이상화하는
박민규의 서사 전략은 장편 『삼미 슈퍼스타즈의 마지막 팬클럽』(2003)
에서도 나타난다. 1982년 2월 5일 창단해서 1985년 6월 21일 마지막
경기를 하고 3년 6개월 만에 불쑥 사라진 삼미 슈퍼스타즈. 중학생이
었던 '나'와 친구 조성훈은 당시 삼미 슈퍼스타즈의 열성팬이었다. 그때
만년꼴찌팀인 삼미 슈퍼스타즈의 모습은 열등생이었던 또 다른 나 자
신이었다. 삼미슈퍼스타즈의 해체 속에 '나'는 삼미 슈퍼스타즈와의 동
일시를 멈추고, 고등학교 시절 학업에 매진해 일류대 경영학과에 입학
하고 일류 회사에 취직한다. '나'는 '삼미 슈퍼스타즈=평범한 삶' 대신
일등팀이었던 'OB베어스=결국 허리가 부러져 못 일어날 만큼 노력한

삶'을 모방 내지 복제했던 것이다. 1997년 IMF 사태 이후 '나'는 아내와 이혼하고 직장마저 실직하면서 연어처럼 다시 삼미 슈퍼스타즈라는 원점으로 되돌아온다. 이때 지는 것이 이기는 것이라는 것을 보여준 삼미 슈퍼스타즈는 승자독식주의와 적자생존의 현존 질서를 거부하는 위대한 이단아로 재평가 된다. 만년 꼴찌팀을 최고의 팀이라고 주장하는 박민규식 상상력은 일반 독자의 고정관념을 해체시키면서 카타르시스와 해방감을 제공한다. 독자들은 작가의 능청스러운 서사의 전개 속에 '삼미 슈퍼스타즈의 마지막 팬클럽' 회원에 가입하고 만다. 박민규는 단편 「카스테라」에서도 마음에 안 드는 것들을 모두 냉장고에 집어넣는 식의 터무니없는 상상력을 보여준 바 있다. 이처럼 키덜트의 세계관에 기반한 박민규의 만화적·환상적 상상력은 '터무니없음'을 '터무니 있음'으로 탈태환골시키는 괴력을 발휘한다. 특히 박민규는 미시적 유희성을 통해 거대서사를 투영시키는 서사 전략을 적극적으로 펼친다.

만화적·환상적 상상력은 박민규만이 보여준 것은 아니다. 금복의 파란만장한 일대기를 그린 천명관의 장편 『고래』(2004), 아이들을 중심 인물로 등장시켜 붉은 시체가 난무하는 하드고어의 세계를 환상적으로 보여준 편혜영의 창작집 『아오이가든』(2005), 다양한 비현실적 인간인 심토머symptomer가 등장하는 김언수의 장편 『캐비닛』(2006), 007영화를 패러디 한 오현종의 장편 『본드걸 미미양의 모험』(2007) 등도 만화적·환상적 상상력이 작용했다는 점에서 키덜트 문학이라고 볼 수 있다. 키덜트문학은 어른의 세계로 상징되는 억압을 거부하고 억압 없는 세계를 꿈꾼다. 문학평론가 김현은 다음과 같이 말한 바 있다. '문학은 억압하지 않는다. 문학은 억압하는 것을 보여줄 뿐이다. 문학은 꿈이다.' 이러한 김현의 명제는 키덜트문학의 자양분을 형성한다. 키덜트문학이 주류 문화에서 억압되었던 대중문화를 애용하는 것도 기존의 상징적 억압체제를 해체하기 위한 작업의 일환이다. 키덜트문학은 기존의 질서를 부정하는 다다이즘, 대중문화의 시각적 이미지를 적극 활용하는 팝아트, 계몽주의적 거대담론을 거부하는 포스트모더니즘에서 영향 받아

태어난 또 하나의 아방가르드 문학인 것이다.

4. 키덜트적 유희성과 개그성 문학

문화사학자 J. 호이징가는 인간을 놀이하는 인간인 호모 루덴스^{homo} ^{ludens}로 규정한다. 호이징가는 문화에서 유희가 파생된 것이 아니라, 유희에서 문화나 법 등의 사회 체계가 발달한 것이라고 주장한다. 이처럼 노는 인간의 특성은 사회적 역할과 책임에서 비교적 자유로운 어린이들에게서 흔히 발견되는 특성이다. 반면에 직장을 갖고 출퇴근하는 어른들은 도구를 사용해 노동하는 인간인 호모 파베르$^{homo\ faber}$의 성격이 강하다. 김정은과 이재정은 「현대 패션에 표현된 키덜트적 유희성에 관한 연구」에서 "키덜트적 유희성이란 어린아이의 심리상태로 돌아가 그들의 놀이적 익살을 통해 재미를 즐기는 것이다. 이러한 놀이는 성인들을 어린시절의 환상과 꿈의 세계로 돌려보내 현실의 중압감에서 벗어나 해방감을 주고 있다"고 말한다.

이처럼 키덜트문학은 아이들의 유희성을 차용해 억압 없는 세계를 지향한다. 억압의 견고한 지배체제를 타파하기 위해 주로 사용하는 것은 유희성에 기반한 개그성의 웃음이다. 1990년대에 성석제의 소설에서 활짝 개화한 웃음 문학은 2000년대 들어 키덜트문학으로 바톤을 넘긴다. 키덜트문학은 열등한 인물의 등장, 과장된 표현, 패러디, 아이러니, 능청스러운 입담으로 개그성의 웃음을 가볍게 생산한다. 개그성의 키덜트문학은 독자를 웃기기 위해서라면 무엇이든지 총동원할 수 있다는 낮은 자세를 취한다. 웃기지 않으면 개그성문학은 생존권을 더 이상 부여받지 못한다. 여기서 웃음은 유쾌한 기쁨이자 때로 견딜 수 없는 강박관념의 고통이 된다. 슬픔이 없는 것처럼 보이는 개그성문학의 언저리에 현대인의 짙은 우울과 고독이 그늘처럼 스며 있는 이유가 바로 여기에 있다. 자신의 머리를 손바닥으로 마구 치는 자학적인 마빡이처럼 고통이 때로 웃음이 되는 시대인 것이다. 웃음은 자본주의적 상품성의 속도를 증가시키지만 동시에 그것을 유쾌하게 뒤집는 복화술이기도 하다. 키덜트문학은 물신적 자본주의를 전복시키는 웃음의 폭탄이 되고자 한다. 웃음은 진지함으로 위장한 기존 지배질서의 위선과 기만, 그리고 낡음과 부패와 맞짱을 뜬다.

작가 김중혁은 복고 취향의 수집벽 속에 현재 유행하는 새로운 문화를 효과적으로 대비시킨다. 김중혁의 소설에 나타나는 마니아적 복고 취향은 물신적 자본주의를 거스르는 저항의 수단이다. 복고 취향은 유아적 취향과 연결되면서 김중혁에게 소설은 마음껏 놀아보는 놀이터로 다가온다. 김중혁의 단편 「유리 방패」(2006)는 취업을 준비하는 20대 후반의 젊은이에 대한 이야기이다. 27살의 '나'와 M은 30번의 면접을 함께 보았으나 모두 실패한다. '나'와 M의 낙방은 재미를 추구하는 새로운 형식의 면접 놀이를 시도한 탓이다. 마술쇼, 지하철 행상 재연, 엉킨 실타래 풀기 등 고정관념을 뛰어넘는 '나'와 M의 파격적 행동은 기존 지배질서이자 어른을 상징하는 면접관에 의해 거부된다. 재미를 추구하는 '나'와 M의 파격적 행동은 키덜트적 세계관에서 나온 것이다. 그렇지만 놀이하는 호모 루덴스인 '나'와 M은 호모 파베르를 요구하는 회사에서 불필요한 타자로 규정되어 축출된다. 이러한 풍경은 당대 사회에서 키덜트가 처한 주변부적 위치를 상징적으로 보여준다.

'나'와 M은 면접에서 떨어진 날, 지하철에서 엉켜진 실을 바닥에 깔면서 폭탄 설치하는 것이라고 장난을 한다. 이 모습이 인터넷에 올려지고, 인터넷 신문사에서 취재가 오면서 폭탄 설치 장난은 조각난 현대인의 마음을 실로 이어주는 예술적 퍼포먼스로 탈바꿈한다. 취재 나온 기자 앞에서 장난감 칼과 유리방패로 칼싸움을 하는 '나'와 M의 모습은 유치함 그 자체이다. 이 유치함이 주변 사람들에게 일종의 행위적 퍼포먼스로 인식된다. 주변의 색다른 관심은 어른들이 장난감 칼과 방패로 대로에서 장난하지 않는다는 고정관념의 해체에서 비롯한다. 장난이 예술로 바뀌는 환치의 마술은 양자를 가르는 기준이 고정적인 것이 아니라 유동적인 것임을 보여준다. 재미있게 노는 행위가 예술이라는 김중혁의 메시지는 '예술=문학=진지함'이라는 주류 문학에 대한 도발적 전복이다. 이 사건이 계기가 되어 '나'와 M은 전문면접관으로 일하면서 기발한 상상력을 보여주지만 점차 매너리즘에 봉착한다. 놀이가 직업적 노동이 되면서 재미가 없어진 것이다. '나'는 M에게 처음으로 돌아가자고 한다. 그것은 재미있게 노는 것을 추구했던 키덜트 정신의 복귀를 의미한다. 그러나 키덜트인 이 둘의 귀환이 성공적일지는 미지수이다. 동전의 앞뒷면처럼 항상 붙어다니는 '나'와 M도 열악한 현실에 치여 분리될 운명에 봉착할 수밖에 없기 때문이다.

김중혁이 고정관념의 해체와 유희성의 강조를 통해 웃음을 유발한다면, 박형서는 말도 안 되는 거짓말의 상황을 마치 진실인 것처럼 객관화하는 블랙유머black humour를 통해 웃음을 생성한다. 박형서는 어른과 같은 진지함이라는 외피를 걸치고 능청스럽게 유희적 웃음을 유발한다. 대표적인 것이 단편 「토끼를 기르기 전에 알아두어야 할 것들」과 「사랑손님과 어머니」의 음란성 연구」이다. 이 소설에서 박형서가 애용하는 서사 방식은 객관성을 담보하는 논문 형식의 미학적 차용이다. 이러한 서사 전략은 오이디푸스 형식이라는 기존 지배질서를 차용하여 키덜트적 유희에 도달하는 방식이다. 박형서는 오이디푸스를 활용하지만 그렇다고 해서 오이디푸스 상징계의 질서를 받아들이지 않는 이중성을 드러낸다. 박형서의 소설은 객관적 논리와 주관적 황당무계함이 교묘하게 결합되어 있다. 예를 들어 「토끼를 기르기 전에 알아두어야 할 것들」은 집에서 기르던 토끼가 죽자, 그 원인을 알아내기 위해 아내가 토끼처럼 행동하다가 죽어버렸다는 황당한 내용을 담고 있다.

박형서는 「사랑손님과 어머니」의 음란성 연구」에서도 객관적 논문을 작성하듯 소설을 쓴다. 서사의 순차적 전개 속에 객관성은 침몰하고 엉뚱한 주관적 상상력의 패러디 서사가 마치 진실인 것처럼 전개된다. 그러면서 주요섭의 「사랑손님과 어머니」는 사랑손님과 어머니의 은근한 애정과 전통적 인습 사이의 갈등이라는 본래의 주제는 소멸하고 전혀 다른 주제가 돌출한다. 주요섭의 「사랑손님과 어머니」에서 두 남녀의 순수한 애정을 은밀하게 교환하는 매개체였던 달걀은 박형서의 소설에서 음란한 섹스의 의미로 바뀐다. 아저씨의 성적 대상도 어머니가 아니라 옥희로 대체된다. 그러면서 애틋한 사랑에서 원조교제의 난잡한 사랑 행위로 탈바꿈한 소설은 기존 지배질서에 대해 불온한 이빨을 드러낸다. 여섯 살 옥희는 성에 대해 아무것도 모르는 순진한 존재가 아니라 그것을 알고 있는 조숙한 키덜트로 해석된다. 이제 "사랑손님이 자신의 달걀을 옥희에게" 준 표면적 사건은 "사랑손님이 옥희에게 정액을 발사함"이라는 심충적 의미로 변질된다. 사랑의 삼각 관계 속에 옥희는 어머니의 연적이 된다. 결국 질투에 빠진 어머니는 사랑방 손님을 내쫓음으로써 음란한 욕망을 배출하고, 사랑방 손님이라는 성적 대상을 잃어버린 옥희는 이별의 상처를 떠안아야 하는 가련한 비극의 주인공이 된다.

옥희의 집은 평범한 가정이 아니라 한 남성을 두고 아귀다툼을 하는 매음굴이다. 남을 가르치는 직업을 가진 옥희의 '아버지'와 '아저씨'는 산수나 국어를 가르치는 평범한 선생이 아니라 성교와 출산, 갱신과 영원을 지도하는 생명의 스승이며, 옥희는 여섯 살이 아니라 그저 젊은 처녀이고, '외할머니'는 주변인물이 아니라 구조에 결정적으로 기여하는 핵심인물이다. (164쪽)

이처럼 박형서는 주요섭의 「사랑방 손님과 어머니」에 대한 정전적 해석을 뒤집어놓는 서사를 통해 독자들에게 웃음을 유발한다. 이때 박형서가 유발시키는 웃음에는 현실 세계의 모순을 풍자하는 촌철살인적 풍자가 부재하다. 박형서는 정전적 서사의 의미망을 뒤집어 놓는데 열정을 쏟을 뿐 그 이상도 그 이하도 아니다. 작가의 기발한 서사에 독자들이 웃어주기만 하면 족할 뿐이다. 뒤끝이 없는 웃음. 이것은 박형서가 생산하는 웃음이 개그성 문학임을 의미한다. 박형서는 제대로 된 문학이라면 의미심장한 의미를 전달해야 한다는 주류 문학의 주기도문을 여지없이 해체한다. 이렇게 탈계몽주의를 표출하는 박형서의 키덜트소설은 문학의 기능 중 유희성에 철저하게 봉사한다.

김중혁과 박형서의 소설 외에도 사물을 삐딱하게 바라보는 시선으로 웃음을 유발하는 이기호의 창작집 『최순덕 성령충만기』(2004)와 『갈팡질팡하다가 내 이럴 줄 알았지』(2006), 능청스러운 충청도의 입담이 만들어내는 해학과 풍자를 보여주는 김종광의 창작집 『낙서문학사』(2006), 구수한 전라도의 입담과 환상이 버무려져 에피소드식 웃음이 터져나오는 손홍규의 장편 『귀신의 시대』(2006) 등은 개그성 웃음을 생산한다. 키덜트문학이 생산하는 웃음은 거대담론에서 벗어난 자유로운 웃음이다. 무엇인가 의미 있는 웃음을 만들려고 할 때 목적의식이 생겨나고, 웃음은 틀에 박힌 길로 빠질 가능성이 많다. 2000년대 키덜트문학이 지향하는 것은 바로 유희성에 기반한 개그성의 웃음이다. 키덜트에게 문학은 창조적 '노동'이 아니라 '유희'이다. 자유 그 자체를 꿈꾸는 키덜트의 유목민적 웃음은 각종 삶의 질곡에 묶여 있는 어른들의 세계를 뒤흔드는 다이너마이트 효과를 발산한다. 무엇인가 의미 있는 것을 생산해야 한다는 강박관념에서 벗어난 키덜트의 웃음은 정말 아무 생각이 없다. 이 아무 생각 없음이 역으로 어른들의 세계를 뒤흔드는 폭탄이 되는 역설. 키덜트문학이 당대의 억압적 지배체제와 불화할 가능성이 바로 여기에 있다. 그러나 만약 키덜트문학이 당면한 현실을 망각하고 도피하는 마약성 웃음으로 변질된다면 그 미래는 철저한 문학 상품화의 길이 될 것이다. 그때 개그성 웃음은 창공을 날다가 얼마 못가 추락한 이카로스의 날개 신세가 될 것이다. 당연히 그곳에 자유라는 공기는 부재하고, 자유라는 상품만이 존재할 것이다.

5. 후기 자본주의의 상품화와 키덜트문학의 가능성

문인들은 삶의 순수성에 기반한 진정성의 문학을 보통 추구하기에 키덜트문학과 친근하다. 문인들은 키덜트문학의 잠재적인 생산자인 셈이다. 키덜트적 세계관을 소설 속에서 충실히 보여준 것은 아니지만, 키덜트적 문제의식을 일부 보이거나 키덜트를 중심 소재로 채택한 작품들은 모두 키덜트문학에 포함시킬 수 있다. 김주희는 장편 『피터팬 죽이기』(2004)에서 꿈에 부푼 대학인의 삶을 종결하고 기성사회에 편입하는 것을 피터팬 죽이기로 명명한다. 대학생은 성인이지만 사회적 책임과 역할에서 다소 자유롭다는 점에서 키덜트에 가깝다. 하지만 대학을 졸업하고 사회생활을 시작하면서 유보되었던 책임과 역할을 수행해야 한다. 대학 졸업은 키덜트의 성향이 강했던 시절의 자동종료를 의미한다. 어른으로 거듭난다는 것이 행복이 아니라 불행일 수도 있다는 작가의 메시지는 키덜트적 세계관의 필요성을 제시한다. 33살 노처녀들의 정신적 방황을 그린 서유미의 장편 『쿨하게 한걸음』(2007)에서 주인공 연수의 친구인 키덜트족 선영은 자유분방한 삶을 청산하고 조건 좋은 안과의사와 안전하게 결혼하는 길을 선택한다. 선영은 꿈과 환상의 피터팬과 네버랜드를 떠나 현실을 냉정하게 받아들인 또 한명의 '웬디'인 셈이다. 성인을 상징적으로 의미하는 결혼과 함께 선영은 피터팬과 네버랜드를 망각했던 것이다.

키덜트에는 두 종족이 있다. 어른 같은 '아이' 키덜트와 아이 같은 '어른' 키덜트이다. 아이는 하루빨리 어른이 되려고 하고, 어른은 끊임없이 아이가 되고자 한다. 어른스러움의 특징이 '진지함, 엄숙, 질서, 이성적, 침묵, 자율성, 독립적, 현실, 실재'라면, 아이스러움의 특징은 '가벼움, 경쾌, 무질서, 감성적, 수다, 타율성, 의존적, 꿈, 환상'이다. 양 종족의 접점은 언뜻 보면 없어 보인다. 키덜트는 아이도 어른도 아니다. 어른이나 아이 중 하나의 연령대에 소속되어 있으면서도 양자의 특성을 배반하는 속성을 지닌 것이 키덜트이다. 그래서 어른 같은 '아이' 키덜트와 아이 같은 '어른' 키덜트는 동전의 양면과 같은 존재들이다. 양 종족은 상호 이질적 존재이자 서로 닮아 있는 형제인 것이다.

권터 그라스의 『양철북』(1959)에서 오스카 마체라트는 3살 때 추악한 어른들의 세계와 거리를 두기 위해 스스로 추락 사고를 당해 성장을 멈춘다. 그 결과 오스카의 키는 94cm에서 정지한다. 오스카는 태어나면서부터 성인의 지성을 지녔지만 작은 키 때문에 여전히 아이 취급을 받는 어른 같은 '아이'인 키덜트이다. 3살 생일선물로 받은 양철북과 오스카의 고함은 타락한 기존 세계에 대한 오스카의 비판과 거부를 상징한다. 1945년 나치가 붕괴하면서 오스카는 다시 성장하지만 불과 121cm의 난쟁이가 된다. 이때의 난쟁이는 아이 같은 '어른'으로서의 키덜트이다. 오스카는 어른 같은 '아이'인 키덜트와 아이 같은 어른 '키덜트'라는 얼굴을 모두 체험한 존재이다. 이재웅의 『그런데, 소년은 눈물을 그쳤나요』에서 이복누이도 10대 후반에 나이가 더 들어보려고 노력했지만 20대에 들어서는 또래보다 더 어려 보이는 행동을 반복한다. 어른 같은 '아이'라는 키덜트 가면은 나이가 들면서 아이 같은 '어른'이라는 키덜트 가면으로 대체되었던 것이다. 점점 더 어른 같아지는 아이들과 점점 더 아이 같아지는 어른들이 만나는 교차점은 양 종족의 변신이 발생하는 공동탈의실인 셈이다. 이 지점은 양자의 지배적이었던 의식과 무의식의 욕망이 자신의 위치에서 벗어나 전복되는 시공간이기도 하다.

2000년대에 피터팬증후군은 부정적으로 취급되지만, 사회에 잘 적응하는 키덜트는 긍정적으로 취급된다. 그렇다면 피터팬증후군과 키덜트는 전혀 별개의 존재인가? 이상의 「날개」(1936)에서 주인공인 '나'는 세상물정을 모르고, 돈도 제대로 쓸 줄 모르는 피터팬증후군을 앓고 있다. 혼자 독립해서 살지 못하고 아내에게 기생하여 사는 '나'의 삶은 아내의 외도를 방임하고 무능력한 자신을 인정하지 않는 도피의 연속이다. '나'는 외출을 통해 정체된 삶에서 벗어나 새로운 삶의 변화 가능성을 보여준다. "날개야, 다시 돋아라. 날자, 날자, 날자. 다시 한 번만 더 날자꾸나. 한 번만 더 날아 보자꾸나"라고 외치는 주인공의 몸부림은 지금과 다른 삶을 살고 싶은 욕망의 표현이다. 이 장면에서 피터팬증후군에 시달리던 주인공은 사회에 적응하는 아이 같은 '어른' 키덜트로 변신할 조짐을 보여준다. 김영하의 「삼국지라는 이름의 천국」에서도 컴퓨터 게임을 좋아했던 키덜트 자동차판매원은 판매 실적의 부진 속에 극심한 스트레스를 체험하면서 가상공간인 게임의 세계로 도피한다. 게임의 세계에 도피하는 것이 강해지면 강해질수록 사회에 적응하는 능력은 떨어지게 마련이다. 주인공은 키덜트에서 피터팬증후군으로 위치가 바뀔 가능성이 높아진다. 이것에서 보듯 피터팬증후군과 키덜트는 별도의 존재라기보다 상황에 따라 다른 형태로 등장한 '두 얼굴의 헐크'일 뿐이다. 사회에 큰 무리 없이 적응했던 키덜트도 상황이 악화되면 피터팬증후군의 존재로 변질할 수 있고, 그 역도 성립한다.

그렇다면 누가, 왜, 키덜트와 피터팬증후군을 별개의 존재로 규정했던 것일까? 진범은 바로 물신적 후기 자본주의이다. 후기 자본주의는 유아 취향을 보이는 18~35세의 연령의 성인에게 부정적 속성을 제거함으로써 새로운 소비계층으로 삼으려는 상품화 전략을 작동시켰던 것이다. 모든 것을 상품화하는 후기 자본주의는 아이도, 어른도 아닌 경계선에 있는 존재들마저 새로운 상품 시장으로 발견했고, 이것을 소비시장으로 키우기 위해 키덜트라는 개념이 고안 발명되었던 것이다. 여기에서 후기 자본이 만들어낸 키덜트의 개념을 해체하고 재구성할 필요성이 제기된다. 키덜트 마케팅은 어른들의 아동적인 것에 대한 선호와 아이들의 어른적인 것에 대한 선망을 함께 이용하는 양면적 시장 전략을 구사한다. 문화평론가 이동연은 키덜트문화가 "아동과 성인의 경계에 서 있으면서 이 양자의 소비 간극을 최대한 좁혀 유사한 소비 패턴을 생산하도록 만든다"고 주장한다. 이것은 키덜트가 후기 자본주의의 상품화 전략에 의해 규격화·균질화·소비화될 위험성을 경고한다. 후기 자본주의가 호출한 키덜트 문화는 박제화된 인형이 될 가능성이 높은 것이다. 이것은 키덜트문학이 2000년대의 새로운 문화적 대안이 아니라 물신적 소비상품이나 심리적 퇴행으로 전락할 수 있음을 의미한다.

이러한 위험성에서 벗어나기 위해 필요한 것은 후기 자본주의의 물신적 상품화에 대한 단호한 거부이다. 또한 아이도 어른도 아닌 잡종성의 노마드라는 특성을 활용한 대안적 문화 창출이다. 미야자키 하야오

감독의 애니메이션 〈하울의 움직이는 성〉(2004)에서 18살의 소피는 마녀의 마법에 걸려 졸지에 90살의 할머니로 변신하는 비극적인 일을 당한다. 어른도 아이도 아닌 소피는 현실과 환상, 어른과 아이, 마법과 과학의 경계선에 걸쳐 있다. 소피는 양쪽의 세계를 체험하면서 두 세계를 단절시키는 것이 아니라 화해롭게 연결하는 키덜트이다. 이처럼 키덜트는 경직된 이분법을 거부하고 제3의 가능성과 시각을 제시하여 문화적 다양성을 확충시키고 세대 간 갈등을 약화시킬 수 있다. 또 키덜트문학은 아동문학과 성인문학을 연결하는 중간고리의 역할을 할 수 있다. 2000년대는 대립과 갈등보다 양자를 조율하여 소통시키는 문학의 필요성이 좀 더 증대된 시기이다. 키덜트문학은 틀에 박힌 경계선을 자유롭게 넘나드는 경계선의 문학이다. 이러한 월경이 겨냥하는 최종 목적지는 유년적 순수성의 회복을 통해 '인종, 국경, 민족, 계급(계층), 성별, 지역, 연령'의 차별 없이 모두 함께 놀 수 있는 유토피아의 구현이다. 함께 마음껏 놀 수 있다는 것. 이것이 진정한 행복이 아닌가? 문제는 우리가 제대로 놀 줄도 모르는 이상한 괴물로 변신했다는 점이다. 그래서 키덜트는 아직 낯,설,기,만 하다.

6. 키덜트문학의 현재성과 미래성

아이의 감성적 순수함과 어른의 차가운 이성을 동시에 표출하는 키덜트문학은 기존 문학이 방치한 사각지대에서 태어난 새로운 문학이다. 비록 키덜트의 개념 성립과 유행은 후기 자본의 물신적 욕망에 상당 부분 기인하지만, 키덜트문학은 아이와 어른도 아닌 제3의 연령대에 있고 싶은 현대인의 욕망을 반영한다는 점에서 기존 리얼리티 문학의 진화형이다. 키덜트문학은 '아이 / 어른, 조숙 / 미숙, 진지함 / 가벼움, 현실 / 환상'이 불안하게 상호 견제하며 공존한다. 키덜트문학은 유치하기도 하면서 때로 진지하고, 허황된 이야기이면서 때로 리얼리티가 살아 있는 형용모순의 문학이다. 세상을 다 알아버렸다고 생각하는 조숙한 아이 키덜트는 우리가 살아가고 있는 현실의 환부를 직시한다. 반면에 미숙한 어른 키덜트는 현실보다 꿈과 환상이 존재하는 과거에서 삶의 휴식과 유토피아를 발견한다. 이것에서 보듯 키덜트문학에는 당면한 현실을 직시하는 리얼리즘, 기존 현실에서 벗어나 과거의 이상향으로 회귀하려는 낭만주의, 기존 주류 문학의 정전을 뒤집는 실험성의 모더니즘이 비빔밥처럼 병치되어 있다. 이밖에도 팝아트와 포스트모더니즘의 흔적도 있다. 이러한 키덜트문학의 잡종성은 다양한 목소리의 창조적 불협화음을 말해준다. 따라서 키덜트문학을 단일한 목소리로 규정하려고 하면 할수록 키덜트문학은 박제화되어 죽어갈 것이다. 그렇다고 키덜트문학을 후기 자본의 상품 전시장에 아무렇게나 방치해서도 곤란하다. 키덜트문학을 비판적으로 보는 사람들은 키덜트문학이 현실 세계의 모순을 은폐하거나 망각시키는 문화적 도구일지도 모른다는 강한 불신이 깔려 있다. 키덜트문학은 이러한 비판적 목소리에도 귀기울여야 한다.

아이들은 특정 목적의식도 없이 노는 것 그 자체를 즐긴다. 반오이디푸스 콤플렉스를 지향하는 키덜트문학은 기존의 문학이 보여주지 못하는 유희성의 극대화를 보여준다. 아무 생각도 없고, 깊이도 지향하지 않고, 군이 의미를 생산하려고 하지 않는 키덜트문학의 서사 전략은 기존 문학제도에 길들여진 사람에게 곤혹스러운 일이다. 키덜트문학은 이러한 곤혹스러움을 자양분 삼아 성장하는 창조적 놀이다. 아무 생각 없이 놀기, 그것이 키덜트문학의 현재성이자 미래성이다. 거세불안이라는 위협 앞에서 아무 생각 없이 놀 수 있다는 사실. 그것은 쉬운 일이 결코 아니다. 키덜트의 유희성은 그 자체로 생산적 대안을 제출할 수 없을지 몰라도 그 존재만으로 다른 것들을 자극하는 역할을 수행한다. 왜 모두가 총체적 전망을 만들어내는 데에 진지하게 봉사해야 할까? 그것을 일방적으로 요구하는 것은 획일적 파시즘에 불과하다. 가볍게 놀고 싶은 존재가 있다면 놀게 하고, 그것도 지겨워져 진지하게 세상을 총체적으로 성찰하고 싶다면 그렇게 하도록 놔둬라! 이것이 키덜트문학이 세상을 향해 던지는 강렬한 충격의 메시지이다. 아이와 어른, 리얼리즘과 모더니즘이라는 상반된 얼굴을 공유하는 키덜트문학은 양자이면서 양자를 뛰어넘는 제3의 문학이다. 어정쩡하게 양자와 타협하거나 한쪽으로 지나치게 치우칠 때 키덜트문학의 위기는 쓰나미처럼 닥쳐올 수 있다. 키덜트문학의 도전과 실험이 아방가르드문학의 불온한 전통을 계승할 수 있도록 독자들의 따스한 질책과 관심이 필요하다.

2000년대 한국문학에서 키덜트소설은 복고풍 성장소설, 만화적·환상적 소설, 개그성 소설, 키덜트 소재의 소설로 다양하게 등장한다. 당대의 작가들은 키덜트를 소비상품으로 전락시키는 후기 자본의 책동을 대중문화의 아이콘을 활용해 역이용하는 전유의 서사전략을 선보였다. 박민규, 이재웅, 조영아, 이기호, 김중혁, 박형서, 김종광, 편혜영 등의 한국작가들은 키덜트적 시각과 소재를 활용하여 전통적 문학관습에서 벗어나 새로운 상상력의 도발을 보여주었다. 이러한 키덜트소설의 신선함은 아이 같은 '어른'보다 어른 같은 '아이'가 등장하는 소설에서 더욱 효과적으로 드러난다. 지금까지 키덜트문학의 전복적 상상력과 도발은 키덜트적 유희성과 순수성의 극대화, 성찰적 거울 역할을 하는 복고풍의 향수주의, 고정관념을 뛰어넘는 발상의 전환에서 비롯한다. 때로는 아이의 욕망으로, 때로는 어른의 이성으로 사회를 형상화하는 키덜트라는 이중의 거울은 습관화되고, 일상화되고, 자명해져 버린 낡은 관습과 틀을 여지없이 무너뜨린다. 이러한 키덜트문학의 진보성은 2000년대 문학의 새로운 가능성일 수 있다. 문제는 현재 나온 키덜트소설이 자신의 불온한 문학적 정체성을 표방하기에는 아직 미흡하다는 사실이다. 키덜트소설은 좀 더 불량해져야 한다.

이 글을 마치면서 성인이 되었어도 만화와 전자게임을 여전히 좋아하는 나는 구상유취口尙乳臭의 젖비린내를 풍기는 키덜트인 것 같다. 아내는 이런 나를 걱정스럽게 바라본다. 세 아이의 아빠다운 사회적 역할과 행동을 기대하는 아내. 아내는 분명 어른 웬디이다. 우리 가족은 키덜트인 '나'와 어른인 '아내'가 부부가 되어 궁상맞게 살아가고 있다. 나는 그것을 질긴 인연이라고 부른다. 아내는 키덜트가 아닌 어른과 결혼했으면 지금보다 더 행복하지 않았을까? 궁핍한 문학평론가는 유구무언有口無言일 뿐이다. 卿

최강민
문학평론가. 본지 편집동인. 1966년생. 2002년 《조선일보》 신춘문예로 등단. 중앙대 강사. 주요 평론으로 「세기초 문학주의의 파탄과 비평의 위기」 등이 있음. c4134@chol.com

아이, 그 반(反)성숙의 주체성

고봉준

1. 퇴행, 또는 아이의 탄생

낭만주의는 '아이'의 목소리로 말할 때조차 조로早老의 문학이었다. 빛의 세기에서 낭만적 밤으로 들어서는 몽환적 삶의 주체성은 영원불멸하는 젊음에 대한 갈망을 의미했다. 그러나 갈망은 이미 늙음의 증거이다. 근대 초기, 문학은 '청춘'의 전유물들 가운데 하나였지만, 그 청춘의 감각과 육성肉聲은 지극히 늙은 것이었다. 한국의 근대시사詩史를 빼곡하게 채우고 있는 시인들 대부분은 10대 후반, 20대 초반에 낭만주의의 세례를 받고 등단했다. 김소월이 『창조』에 「그리워」를 발표하면서 등단했을 때 그의 나이는 19세였고, 조지훈이 『문장』에 「고풍의상」과 「승무」를 발표했을 때 그의 나이는 20살이었다. 물론, 이것은 신화의 조각에 불과하다. 그러나 등단작을 포함한 그들의 시세계를 지배하는 목소리의 연령은 시인의 생물학적 나이를 훨씬 초과한 것이었다. 이는 전통의 영향, 시대상, 사회화 과정의 차이 같은 조건의 결과이기도 하지만, 다른 한편으로 낭만주의의 영향 때문이기도 했다. 내면을 통해 세상을 보는 낭만주의 특유의 투시법, 그리고 자아와 세계 사이에 화해 불가능한 심연을 설정함으로써 세속적인 것과의 거리를 유지하려 했던 그들이었기에, 그들의 청춘의 감각은 결코 청춘의 언어로 표현되지 못했다.

해방이라는 사건은 등단 연령은 완만한 상승곡선을 가져왔다. 문학은 여전히 청춘의 특권이었지만, 이제 문학은 '청춘'이라는 이름만으로 통용되는 무엇이 아니었다. 전후의 현실은 시인들에게 한층 혹독한 것을 요구했다. 시인들의 등단 연령이 높아지면서 자연스럽게 시적 자아 또는 목소리의 연령도 높아졌다. 가족사의 불행이나 유년의 추억 같은 회고적인 시간 속으로 침잠할 때, 시는 종종 아이의 목소리로 발화된다. 그러나 사회 현실과의 마찰계수가 높아지고, 사회화 과정이 20~30대에 맞춰지면서 시적 목소리의 연령은 20~30대의 몫이 되었다. 전쟁 경험은 50년대 시인들에게 허무주의적 심연으로의 침잠을 강제했고, 개발독재는 60년대의 시인들에게 세계의 속물성을 감내할 것을 요청했다. 세계라는 조건의 변화는 시인들에게 '동시대성'에 대한 관심을 촉발시켰다. 모더니즘으로 상징되는 젊음의 미학은 이 동시대성에 응답이었다. 속물성이 일상이라는 이름으로 삶을 지배하면서부터 세속적 삶에 대한 비판과 성찰의 목소리가 도드라지기 시작했다. 그러나 그것은 조로早老의 목소리가 아니라 일상의 피로에 지친 '어른'의 음성이었다. 그들의 목소리는 충분히 늙어 있었지만, 그러나 세상과의 단절을 지향하는 노인의 목소리는 아니었다.

2000년대 한국시는 성장을 거부하는 몇몇 '아이'들을 탄생시켰다. 사회심리학자들이 '퇴행'이라는 낙인을 찍음직한 그곳에서 새로운 목소리들이 스멀거리며 흘러나온다. 지금, 계몽의 시대를 지배했던 '어른'의 목소리는 '아이'의 목소리로 급속하게 대체되고 있다. 시인들의 생물학적인 연령과는 무관하게. 2000년대 시는 '어른'의 세계를 거부한 아이들의 목소리로 만들어진 세계이다. 성장을 거부하는, 혹은 간절하게 어른이 되기를 원하지 않는 아이들, 그것은 미성숙이 아니라 반反성숙의 주체성이다. 세상은 어른을 원한다. 그러나 아이들에게는 어른의 세계를 수락할 의사가 없고, 시인들은 아이의 시간으로 회귀하려 한다. 이것은 '아이'를 생산력의 부재 또는 미성숙의 존재로 간주하여 보호의 대상으로 삼았던 근대 문학의 목소리가 아니다. 최근의 젊은 시에서 이 목소리들을 견인하는 것은 서브컬처Subculture이다. 90년대 시가 가요나 광고 같은 대중적 코드로 젊음의 목소리를 만들었다면 이즈음 '아이'들의 목소리를 둘러싸고 있는 문화적인 주조는 오타쿠계 문화와 마이너 문화처럼 대중성보다는 마니아적인 감각에 의해 지탱되고 있다. 물론, 만화, 애니메이션, 게임, PC, SF 등으로 대표되는 오타쿠계 문화는 대중문화도 아니고 주류문화를 파열시키는 소수문화도 아니다. 대중문화의 키덜트Kidult 현상과 흡사하면서도 대중성보다는 독특한 취향의 소유자들 사이의 교감에 가까운 이 문화적 세대감각이 2000년대의 시를 이전 세대의 문학과 분리시키고 있다. 헐리우드 영화 대신에 예술영화와 B급 상상력이, 대중가요 대신에 재즈, 블루스, 록이, 정전正典의 권위보다는 반反권위적인 컬트 예술이 새로운 세대의 예술적 취향을 규정한다. '진리'라는 딜레마에서 벗어난 오늘의 문학은 급속하게 '취향'의 문제로 흐르고 있는데, 이는 문화적 감각과 취향이 세계에 대한 한 세대의 운명적 위치를 증명한다는 것을 보여준다. 일본 오타쿠계 문화의 이면에 패전이라는 심리적 외상, 즉 전통적인 주체성의 상실이라는 잔혹한 사실이 감춰져 있다면, 2000년대 한국시의 서브컬처적인 문화 취향의 배후에도 세계를 변화시킬 수 없다는 비정한 현실의 벽이 도사리고 있다. 세계의 불가능성이라는 이 절망감이 역설적으로 시인들이 사회적 현실보다는 허구에 집착하도록 만든다. 2000년대의 시가 문화적 취미공동체의 박물지처럼 느껴지는 까닭은 시인들이 사회를 거부하기 때문이 아니라, 사회적인 가치규범이 제대로 작동하지 못하게 만듦으로써 새로운, 다른 가치규범들을 만들 필요성을 제안하기 때문이다. 알베르 까뮈는 한 강연에서 이렇게 말했다. "모든 세대는 저마다 이 세계를 개조해야 할 의무가 있다고 생각할 것입니다. 그러나 우리 세대는 세계를 개조할 수 없다는 것을 알고 있습니다. 하지만 그 세대의 과업은 더욱 중대할 것입니다. 그 과업은 바로 이 세계가 붕괴되는 것을 저지하는 것이기 때문입니다." 지금, 한국시는 이 음울하면서도 불가항력적인 예언을 실증하는 듯하다.

2. 출몰하거나, 혹은 사라지거나

김행숙 시에서 아이들은 유령처럼 '출몰'한다. 아이들은 대책 없이 울고, 웃고, 피곤에 찌든 어른들의 머리 위에서 뛰어다니고, 거리를 으으으 질주한다. 아이들은 모퉁이에서 불쑥 튀어나오는 자동차처럼 불가항력적으로 등장해 어른의 세계를 한바탕 혼란에 빠뜨린다. 그렇다고 아이들에게 딱히 전복에의 욕망이 있는 것은 아니다. 차라리 그들은 아무런 주장을 갖고 있지 않기에 전복적이다. "그러므로 나는 주장하지 않는다."(「에코」) 마찬가지로 그들은 순진무구하지 않고, 영악하지도 않으며, 세계를 자기 시선의 높이에 맞춰 개조하려 애쓰지도 않는다. 그것은 애초에 불가능하기 때문이다. 그러므로 다만, '아이'라는 존재 자체가 어른의 세계를 불편하게 만드는 것이다. 유령처럼. 아이들은, 노인과 마찬가지로, 주변인들이다. 하여, 권력과 혁명, 계몽은 그들의 것이 아니다. 그들은 미성숙한 영혼의 소유자로 간주되어 계몽과 교육의 대상으로, 세속의 욕망에서 한 발 비켜선 순수의 천사로 호출되기도 했다. 아이들은, 그러나 어른의 이 호출에 엉뚱한 방식으로 대답하면서 자신들의 처세술을 완성한다.

아이는 생산과 노동의 중심이 아니며, 소비와 도덕의 중심도 아니다. 그들은 중심이 아니라 주변에서 살아가지만, 바로 그 주변에서 새로운 목소리의 등장을 예고한다. 아이들은 어른의 세계에 한 발을 담그고 살지만, 동시에 바로 그곳에서 어른의 세계가 신봉하는 가치들을 위태롭게 만든다. 이 위태로움이야말로 아이들의 존재감을 표현하는 유일한 명사이리라. 사춘기 아이들의 분열적 상태, 무방향성, 어른의 세계에 대한 부정은 '무서운 아이들enfant terrible'이라는 신화의 기원이다. 아이들은 전통과 질서, 규칙과 도덕질서의 바깥에서 돌아다닌다. 그들은 어른이 되는 일에 골몰하지 않으며, 바로 그 때문에 어른의 세계를 위태롭게 만든다. 어른의 세계가 진정 견디기 어려운 것은 이것이다. 2000년대 소설의 인물들이 증명하듯이, 그들은 사랑과 연애를, 도덕과 희망을 믿지 않는다. 어른의 세계가 '사회'라는 현실적 중력장이라면, 아이들은 분열증적인 언어로 그 세계의 중력법칙을 가로질러 질주한다. 김행숙 시에서 아이들은 무서운 존재가 아니라 어디로 튈지 모를 예측불가능한 존재이며, 어디를 눌러도 삑삑거리는 시끄러운 존재("아이들은 소음 덩어리지. 어디를 눌러도 삑삑거려", 「천국의 아이들 1」)들이고, '못된 아이들'(「오늘밤은 106호에서 시작되었다」)이다.

> 오늘밤에도 소년들 소녀들 전화를 한다. 오늘밤에도 하늘은 푸르스름하고 해는 떠오르지 않는다. 소년들 소녀들 오늘밤에도 총총하다.
> 낮에 소년과 소녀는 같이 아이스크림을 먹지 않고, 아이스크림은 햇빛에 녹지 않고, 오늘밤은 아이스크림 같아서 달콤하다. 딸기 시럽같이 성수대교를 흘러가는 자동차들은 어디서
> 어디서 스르르 녹겠지. 12층 아파트 베란다에서 소년은 전화를 한다. 난 달리지 않을 거야. 달려가서 누군가를 만나고 덜컥, 아빠가 되고 싶지 않아.
> 난 오토바이족을 동경하지도 않고 여자애를 엉덩이에 붙이고 싶지도 않아. 나는 무섭게 세상을 쏘아보지 않지. 그런 눈빛은 이제 아주 지겨워. 몇 명의 소년 소녀 오늘밤에도 머리를 너풀거리며 추락하고,
> 그 몇 초에 대해 오늘밤에도 명상하는 소년들 소녀들 전화를 한다. 오늘밤에도 쉽게 깊어진다. 우리는 어디서도 만나지 않을 거야. 이렇게 말하면 항상 오늘밤이 아주 달콤해지지. 딸기 시럽같이
> 성수대교를 흘러가는 자동차들은 어디서, 어디서, 스르르 녹겠지
> —김행숙, 「오늘밤에도」 전문(『사춘기』)

장 콕도는 질서에 복종하지 않는 것이 아이들과 시인, 영웅의 역할이라고 말했다. 아이들은 정해진 미래의 목표를 향해 달려가지 않는다.

김행숙의 시에서, 이 불복종은 의지의 문제가 아니다. 시인 문혜진이 록^{rock}을 빌어 표현한 청춘의 열정("세상에 늙은 록커는 없어. 록커는 나이가 들어도 청년이지", 「꽃잔치 스탠드빠」) 같은 것이 김행숙의 시에는 없다. 아이들은 차라리 무섭게 세상을 쏘아보는 저항의 눈빛마저 지겨워한다. 아이들에게 세상은, 어른의 세계는, 이미 부정의 대상이 아니라 혐오하고 냉소해야 할 무엇으로 변해버렸다. 아이들은 나이든 남자의 세계를 혐오한다. 하여, 그들은 '아빠'가 되지 않기 위해서 성장('달리기')을 거부한다. 그렇지만 그것이 곧 어른의 세계에 대한 저항은 아니다. 그들은 '오토바이족'의 반항을 동경하지도 않는다. 소설가 김사과는 시선이 나이든 남자를 가장 싫어한다고 말하지 않았던가.

밤은 사춘기의 시간이다. 이성과 노동의 밝은 시간이 지나가면 이윽고 유령처럼 사춘기의 시간이 도래한다. 사춘기의 아이들은 밤에도 잠들지 않는다. 그들은 딸기 시럽이 흘러내리듯이, 아이스크림이 녹듯이 밤이 영원하지 않을 것임을 알고 있다. 사춘기의 시간은 영원하지 않고, 또 영원하지 않기에 위태롭다. 김행숙 시에서 사춘기의 아이들은 연애하지 않는다. 어른의 세계에 대한 반항이 그렇듯이, 사랑과 연애는 더 이상 사춘기 아이들의 관심사가 아니다. 환멸과 냉소로 채워진 아이들의 내면은 성수대교 위를 흘러가는 자동차의 질주와 묘한 불협화음을 연주한다. 달리는 자동차와 달리지 않으려는 아이들. 질주(성장)를 거부한 아이들이 밤하늘의 별처럼 아파트 베란다에 촘촘하게 박혀서 전화를 한다. '전화'는 소통의 한 방식이지만, 아이들에게 그것은 만남의 수단이 아니다. 각자가 하나씩의 별이 되어 총총히 살아가는 그들은 '만남'이라는 낡은 방식에 무관심하다. "우리는 어디서도 만나지 않을 거야." 세상은 사춘기의 아이들에게 만남 이전에 무심히 흘러가는 방법을 가르쳤고, 아이들은 어른의 세계와의 거리두기를 통해서 점차 어른이 되어 간다.

소년의 손에는 아이스크림이 들려 있고

아이스크림은 녹아내려 소년의 소매를 적시고 있다

우리는 거리에서 노래하고
거리에서 아이스크림과 맥주를 마시고
거리에서 사랑을 하고 잠을 자고
그리고 거리에서 죽는다
서로의 몸속을 보여줄 만큼
거리는 이제 아주 사적인 공간이므로
투명인간들이 활보하는 거리에서
소년은 눈물을 훔친다

책상에 앉은 채 소변을 보았던,
그러고는 곧 학교를 떠났던 그 소년처럼
길에서 우는 아이
얼음 조각처럼
녹아내리고 있는 아이
이 길 위에서 사라질 아이

　　　　　　　　　－이현승, 「우는 아이」 전문(『아이스크림과 늑대』)

　　출몰하는 아이의 저편에 사라지는 아이가 있다. 김행숙의 '아이'가 길
모퉁이에서 불쑥 튀어나와 어른의 세계를 혼란에 빠뜨리는 예측불허의
존재라면, 이현승의 '아이'는 소멸 직전에 겨우 존재하는 위태로운 형상
들 가운데 하나이다. 이현승 시에서 아이는 "사라지는 자"(「도망자」)이
다. 그의 시는 인간을 포함한 모든 사물을 녹아내림, 도망, 죽음이라는
소멸의 지평 위에서 사유한다. "모든 향기의 끝에는 죽음이 도사리고
있다."(「그 집 앞 능소화」) 늑대는 도망가고, 아이스크림은 녹아내리고, 인
간은 죽음 속에서 살아간다. 소멸이라는 사건 앞에서 늑대와 아이스크
림과 아이는 본질적으로 평등하다. 하여 「아이스크림과 늑대」의 화자

는 우리에게 '도망'을 이해하기 위해서 아이스크림을 보라고 권한다. 아이스크림? 대기 속에서 녹아내리는 아이스크림은 변검술사의 손놀림처럼 빠르게, 보이지 않게 자신의 형상을 지워나간다. 시인은 이 아이스크림의 변형에서 늑대의 탈주, 도주하고, 사라짐을 읽는다. 물론 이 유사성의 발견은 시학의 오래된 문법이라는 점에서 새로울 것이 없지만, 이현승 시는 여기에서 한 걸음 더 나아간다. 이 한 걸음이 세계에 대한 새로운 이해를 구성한다.

이현승의 시세계는 "아이스크림의 시간"(「피터팬과 몽상가들의 외출」)에 의해 규정되고, 이 시간 속에서 사물은 고정된 대상이 아니라 변화와 운동으로 포착된다. 말하자면 아이스크림의 시간은 측정 가능한 시계─시간이 아니라 포착 불가능한 변화의 시간인 셈이다. 하여, 이현승 시에서 모든 사물은 견고한 고체가 아니라 액체로, 기체로 변하기 직전의 순간을 통과하면서 위태롭게 존재한다. 「도망자」의 화자는 포착될 수 없으나 존재하는 자신을 "나는 유령처럼 활보하는 자 / 나는 햇빛, 나는 수증기, 나는 물방울"이라고 정의한다. 「캐츠 아이」의 화자는 스스로를 "나는 결승점을 통과하기 직전의 주자가 된다"라고 말한다. 사물을 변화와 잠재성의 시각에서 읽으면, 거리를 활보하고, 거리에서 우는, 녹아내리는 아이스크림을 들고 있는 아이가 투명인간처럼 길 위에서 사라질 운명임을 쉽게 예측할 수 있다. 그러나 이 경우 사물의 변화는 소멸이 아니라 잠재성의 표출이다. 그것은 차원의 이동이지 죽음이 아니다. 그러므로 사물을 소멸의 지평 위에서 사유한다는 주장은 다시 씌어져야 한다. 이현승의 시에서 사물은 잠재성의 관점에서 사유된다. 그것은 사물을 고정된 대상으로 취급하지 않는 것이고, 하나의 사물 안에 주름 잡혀 존재하는 낯선 얼굴들을 끄집어내는 것이며, 두 시간의 사이에서 포착하는 것이다. 그렇지 않다면 우리는 "그런데 깨진 유리병들은 / 어디에 저렇게 많은 금들을 감추고 있었을까"(「모래알은 반짝」)를 어떻게 이해할 수 있을까?

복도의 끝에
아이가 있다
복도의 이쪽에서 저쪽으로 가는 동안
아이는 큰다
머리가 고슬고슬하다

발자국이 울릴 때마다
아이는 줄넘기를 하고 자라고
비를 맞는다
창문에서는 햇빛과 어둠이 교대로
아이의 뺨을 때린다

복도의 이쪽에서 저쪽으로
가는 동안 아이는 키가 크고
희미해진다 하얗게 웃는다
머리카락이 발등을 덮고

창문들이 열렸다 닫혔다 한다
바람 소리를 내는 목구멍 속으로
검은 창이 하나 보인다
바람이 아이를 통과한다

　　　　　　　　　—하재연, 「복도의 아이」 전문(『라디오 데이즈』)

　　당연한 말이지만, 하재연의 '아이'는 자란다. 아이는 복도의 이쪽과
저쪽의 '사이(가는 동안)'에서 큰다. 그러나 아이의 '큼'은 '어른'을 향한
것이 아니기에 성장이라고 말할 수 없다. '성장'이란 어른이라는 종착지
를 향해 가는 과정이다. 이때 '성장'이라는 변화의 의미는 '어른'이라는
목표에 의해 회수된다. 반면 이 시에서 '가는 동안'이란 '상태'의 변화가

아니라 ‘변화’ 그 자체이다. 목적 없는 변화, 시인은 그것을 ‘이동’이라고 명명한다. “다른 쪽을 향해 조금씩 움직였다는 것”(「이동」) ‘이동’은 이동한 거리가 아니라 움직임이라는 사건 자체만을 술어로 갖기에 객관화될 수 없다. ‘조금씩’이라는 단어는 변화, 움직임, 이동을 표현할 수 있는 유일한 언어처럼 모른다. ‘조금씩’, 그것은 복도의 이쪽과 저쪽 사이에서 발생하는 사건이고, 아이의 성장처럼 지각되지도 않는 무엇이다. 하재연의 시편詩篇들은 이 지각되지 못하는 것들을 지각하려는 불가능을 향해 나아간다. 붙잡을 수 없는 것을 붙잡으려는 시의 열망, 이 모순과 불가능성이 하재연의 시를 이끌어간다.

　하재연의 시는 사물들과 사건들을 대기 속에 풀어놓는다. 그의 시에서 사물들은 인과와 연관성에서 벗어나, 응집이라는 편집증적 시각에서 자유로운 상태로 공기 속을 부유한다. 편집증이 어른의 시선이라면 ‘이동’은 반反어른의 시선이며, 인과와 연관이 세속의 법칙이라면 유동과 부유는 지각 불가능한 사건의 법칙에 속한다. 그렇다면 이 지각 불가능성을 ‘상상’이라고 말하는 것은 적절한가? 상상이라는 말보다는 ‘감각’이나 ‘느낌’이라고 바꿔보면 어떨까? 「오분간」의 화자가 “중요한 것은 내가 보고 있는 오 분간이다”라고 말할 때, 그것은 ‘구름의 형태’라는 사실성을 비껴가는 감각과 느낌의 선차성을 의미한다. 사물의 다른 면, 일상적 지각에 가려져 있는 경이로움, 그것은 비현실이 아니라 불가사의한 현실이다. 시란 이 감각과 느낌으로 그려진 지도이고, 세계를 순수와 지속의 왕국으로 고양시키는 사유의 극한이다. 시는 표상으로 고정될 수 있는 사물의 모방이 아니라 존재의 불안정성, 다시 말해 매 순간 부재로 전환되는 존재의 현전을 시간 안에서 드러내는 것이다. 말라르메는 이것을 “사물을 그리지 말고 사물이 만들어내는 효과를 그릴 것”이라고 정식화했다. 모든 사물은 감각 앞에서 지워져야 하고, 그 지워짐을 통해 사물은 울렸다 사라지는 음악처럼, 침묵의 이미지가 된다. 하재연의 시편들에서 산견散見되는 불명료함, 가령 “나는 확실한 그를 보고 있었던 것일까?”(「거품」)라는 모호한 물음, “이해받지 못하는 아름다움들"(「스파이더맨」), "열려 있거나 애매한 문"(「그대는 마네」), "당신은 내 아래층에 있거나 / 그 아래 아래층에 살거나 / 맨 아래층에 삽니다"(「열한 개의 창문」) 같은 불확정적인 진술들, "여기는 나일, 여기는 고베, 여기는 이름 모를"(「나는 자전거를 타고」) 같은 비고정적 언표들은, 그러므로 순수와 지속에 의해 포착된 세계의 얼굴들이다. 감각과 느낌은 사건의 세계이다. 그것들은 시간 속에서 발생하지만 일회적이어서 반복 불가능한 사건들로 구성된다. 마찬가지로 감각과 느낌은 특정한 공간에서 발생하지만, 그렇다고 해서 각각의 감각과 느낌 사이에 반드시 연관성이 존재하는 것은 아니다. 그것은 환유나 은유 같은 연쇄의 다발을 갖지 않는다.

3. 변성기, 봉인된 시간

아이의 시간이 지나면 '변성'의 시기가 찾아온다. 이 시기 아이는 오랫동안 간직했던 목소리를 잃어버리고 어른의 세계에 한 걸음 가까워진다. 소년들은 미성의 고음高音으로 노래하지 못하고, 소녀들은 동화童畵와 인형의 세계에서 멀어진다. 이 변성의 사건을 '상실'이라고 말하는 시에서 진정한 시간은 '아이'에게 존재하며, '성숙'이라고 말하는 시에서 진정한 시간은 '어른'에게 존재한다. 하여, 성숙의 시간은 이성과 혁명이라는 미래를 향해 나아가고, 상실의 시간은 감수성과 상상력의 날짜 없는 시간, 즉 원초적 시간을 긍정한다. 바뀌는 것은 목소리만이 아니다. 변성기는 어른의 세계로 들어가는 사회화의 시간이고, 아이의 목소리가 어른의 목소리에 근접하는 시기이며, 한 세계의 상실과 다른 세계의 획득이 겹쳐지는 점이지대이다.

목소리의 변화는 한 개인의 성장은 물론 세대교체, 즉 세대 간 문화적 단절의 상징이다. 2000년대 시에서 변성變聲은 한 개인의 성장과 시적 목소리의 변화에 대한 기호로 쓰인다. 최근의 한국시에서 두드러지는 시적 문법의 변화와 혁신은 목소리의 변화와 무관하지 않다. 오늘날 시인들은 어른의 음성으로 세상을 성찰하기보다는 어른의 세계를 균열시키는 아이의 목소리로 말하기를 선호한다. 그들은 독수리의 높은 시선보다는 세계를 구멍으로 만드는 두더지의 저항을 선호한다. 어른의 세계에 대한 거리 감각이 오늘의 젊은 시를 이끌어가고 있거니와, 여기에서는 어른의 문학이 오랫동안 간직해온 덕목을 발견할 수가 없다. 2000년대 시의 화자들은 어른이 되기를 거부하고, 자신이 어른의 세계에 가까워지고 있음에 대해 예민하게 반응한다. 이들은 성장을 거부하며 어른이 되는 최초의 세대인 셈이다.

그것은 다시는 미성으로 노래할 수 없다는 것. 유년의 아름다운 기억이 그 빛깔과 향기를 잃기 전에 먼저 소리를 잃는다는 것. 목 안에 득시글득시글했던 개미들이 부끄러워 과묵해져야 했던 어느 봄날의 빛 부스러기들이여.
깃털 구름을 매단 하늘은 가없는 날개를 펴고, 쪽빛 제비들이 그리는 부드러운 폐곡선, 대지는 봄의 몸을 하느라 아지랑이들을 올리고 있는데,

그 묵언의 계절을 어떻게 견뎠을까. 그때 누군가 다정하게 내 이름을 한 번만 불러주었다면, 다시는 미성으로 노래할 수 없어도 좋았을 것이다.
깃털 구름을 매단 하늘은 가없는 날개를 펴고, 하늘과 땅 사이엔 바람의 프리즘, 대지는 봄의 몸을 하느라 아지랑이들을 올리고 있는데,

아무도 없는 빈방을 기던 빛 부스러기들이여. 두 번 다시 미성의 노래는 없겠구나. 입을 열 때마다 개미를 토하며 사위는 헛된 노래의 불씨만이 길이겠구나.
　　　　　　　　　　　　　　　　　　　　　　—장이지, 「변성기」 전문(『안국동울음상점』)

장이지의 시는 피로, 우울, 권태의 일상에서 "지도에 없는 별"(「군함말리(軍艦茉莉)의 우주여행」), "잊혀진 별 명왕성"(「명왕성에서 온 이메일」)을 향해 워프warp를 감행한다. 장이지 시의 화자들은 '눈물'의 결핍 상태에

서 출생해서("안구건조증의 안구 속에서 나는 양수도 없이 태어난 아이", 「셔벗 랜드, 기억의 오작동」) '울음'의 고갈("나는 내 울음의 고갈에 대해 이야기할 것이다", 「안국동울음상점」) 상태를 살아간다. 이 심각한 결핍이 한 개인의 운명인지 세대적인 것인지를 단정 짓기는 어렵다. 그리고 자신을 '떨어진 씨방'에서 태어난 아이라고 소개하는 화자의 목소리 역시 아이의 그것이 아니다. 이 목소리의 주인에게 지금—이곳의 삶이란, 일상이란 시간의 상실, 즉 단절의 욕된 시간일 뿐이다. 하여, 「백하야선白河夜船」의 화자는 매일 밤 상실된 꿈을 실은 망각의 빈 배를 떠나보낸다. "오늘 밤 나는 / 내 유년의 꿈들을 떠나보낸 것이다."(「백하야선(白河夜船)」) '꿈'의 상실, 그것은 '눈물'의 상실이고, 기억의 상실이며, '목소리'의 상실이다. 피로, 우울, 권태는 이 꿈의 상실이 남긴 상흔이다.

유년이라는 시간의 문이 닫히는 순간 우리는 '목소리(미성)'를 잃는다. 유년과의 단절이 미성의 상실을 가져오는 것이 아니다. 정확히 말하면, 그 반대이다. 목소리의 상실은 삶의 시계바늘이 유년으로부터 멀어졌음을 가리키는 바로미터이다. 아이는 '미성'을 잃어버리고, 제 목 안에 들어앉은 개미들을 부끄러워하며, '묵언의 계절'에서 과묵함을 배우다 마침내 어른의 세계에 입문한다. 셔벗sherbet 랜드는, '셔벗 랜드, 흔적도 없이 사라져버릴'이라는 제목처럼, 언젠가 녹아버릴 위태로운 시간을 상징한다. 그러나 장이지의 시는 '어른의 세계'라는 시간의 숙명을 쉽게 받아들이지 않는다. "이립(而立). 아버지가 되지는 못하리라."(「셔벗 랜드, 흔적도 없이 사라져버릴」) 세속적인 시간의 불가항력은 밤과 꿈과 시詩 앞에서 폐곡선을 그린다. 장이지 시에서 그것들은 잃어버린 시간의 세계로 들어가는 유일한 입구이다. 그러나 장이지의 시는 이 시간의 상실에 눈물을 덧칠하지 않는다. 유년과의 단절, 그리고 목소리의 상실은 심각한 결핍감을 불러오지만, 그렇다고 시의 화자들이 그 상실 앞에서 눈물로 비통해하는 경우는 없다. 태어나면서 이미 눈물을 잃어버렸기 때문일까? 상실과 대면하는 화자들의 태도는 피로, 우울, 권태처럼 지극히 건조하거나, '별나라의 윙크'처럼 차라리 명랑하다. 「안국동울음상점」

의 화자는 비가 내린다면 맞아야 한다고 말한다. 그러면서도 장이지 시의 화자들은 유년의 시간, 그 잃어버린 목소리를 향한 워프를 중단하지 않는다. 목소리의 상실은 시간의 균열을 암시한다. 「TV 채널들 사이를 떠도는 노래」는 이 균열된 시간을 조각난 채널들의 연속적인 움직임에 비유한다. "채널과 채널 사이를 떠돌면서 / 나는 조각난 삶을 거듭 살아." 조각난 시간 속에서 유년의 목소리는 되돌아오지 않고, 대신 애국가와 대한민국이 온다. 유년으로의 회귀라는 불가능한 꿈은 '고통'을 낳고, 이전 시대의 시ᄈ는 그 고통에 대해 말하기를 주저하지 않았다. 그러나 장이지는 '고통'에 대해 말하기보다는 '고통' 속에서 살아야 하는 운명에 대해 쓴다. "나는 늘 고통 속에서 시를 써."(「TV 채널들 사이를 떠도는 노래」) 고통에 대해 말하는 것과 고통 속에서 쓰는 것의 다름, 여기에 우리 시대 서정의 운명과 성격이 놓여 있다.

물감 번지듯 구름이 이동하는 날, 우린 베이킹파우더를 나누어 먹었지 핫케익처럼 조금만 뜨거워졌으면, 고음이 사라진 선율, 끝내 장조로 돌아오지 않을 아카펠라

플란넬 천이, 그 애가 색이 모두 빠져나간 천치 같은 얼굴로 노래를 부르는 동안 우린 잠시 바다거북 몸을 떨며 쏟아낸 알처럼 잔잔해졌지

우리가 바란 건 누군가의 몽정에서 아름다움을 뽑내는 것, 기어이 서로의 뺨을 때리고 난 뒤 책상에 새겨두었던 이름마저 천천히 희미해졌던 시간들

세 개의 영혼으로 태어나 서로 다른 그림을 그리고 서로 다른 말을 쓰다가 어떤 날은 똑같이 칫솔질 끝에 피를 흘리고, 맑은 날엔 자스민 화분에 묻혀 꽃이 필 때 영혼도 하늘로 올라가기만을 바라며

기르던 개를 쏘아죽이고 떠나가는 얼굴로 그 애가 마지막 노래를 부르는 동

안 우린 서로의 언니가 되어 달아오른 왁찐 자국에 입을 맞추었지 작은 발을 떨며 조금씩 부풀어 올랐지

언제나 결말은 바다를 향해 되돌아가다 멈추어선 바다거북, 서서히 눈을 닫는 소리, 모래비가 사각의 건물 위로 쏟아지는 소리

장마가 시작될 것이고 속옷이 젖도록 걸어다닐 것이고 세 개의 영혼은 혼잣말을 하겠지, 팔목시계 스며든 빗방울, 흔들어도 흔들어도 정지해버린 시간.
　　　　　　　　　－박상수, 「변성기」 전문(웹진 『문장』, 2006년 9월호)

박상수의 시에서 사춘기 소년들은 저마다 누구도 이해하지 못하는 룩셈부르크 병을 앓는다. 세상에 존재하지 않는 병, 의학적으로 설명될 수 없는, 때문에 누구도 이해할 수 없는, 그러나 누구도 피해가지 못하는 룩셈부르크 병을 앓으며 아이들은 성장한다. 그러나 이 성장은 생의 시계를 작동시키지 못하는 불완전한 성장이다. 박상수의 시에서 사춘기 소년들의 생의 시계는 멈춰 있다. 기억의 힘은 삶의 시계에 오작동을 불러일으킨다. 박상수의 시에서 그것은 종종 오래된 시간이 지금과 겹쳐지는 한 순간으로 나타난다. 그의 시편들에서 사춘기는 지속의 경험으로 표현된다.

돌아본다는 것은 멈춘다는 것이다. 박상수의 시에서 시계는 반복해서 멈춘다. "냉장고 속에 넣어둔 시계"(「날 수 있어, 룩셈부르크를 찾아가」)는 얼어붙고, "흔들어도 흔들어도 정지해버린 시간"(「변성기」)은 빗방울 앞에서 대책 없이 멈춰버린다. 멈춰버린 시간 속에서 변성기의 소년들이 고음불가의 목소리로, 장조의 경쾌함을 잃어버린 아카펠라를 부른다. 모래비가 쏟아지는 시각의 건물 안에서 세 아이가 변성기의 의식을 행한다. 한 아이가 탈색된 플란넬 천의 얼굴색으로 노래를 부르고, 나머지 아이들이 바다거북 알처럼 모여서 노래를 듣는다. 이별의 의식儀式이다. 아름다움을 갈망했던 아이들의 시간이 스러지고, 목제 책상에 새겨두었던 상처의

이름마저 세월의 흐름 속에서 희미한 시간으로 변했다. 각기 다른 영혼으로 태어난 아이들은 영원한 일체감을 간직하길 소망했지만, 그들 앞에 닥쳐온 이별의 불행은 그것을 불가능한 꿈으로 만들어버렸다. 이별 이후, 사춘기의 소년들은 저마다 혼잣말을 중얼거리며 성장하지만, 영혼의 시계는, 빗방울이 스며든 시계는 더 이상 흘러가지 않는다.

4. 소년들의 마이너스 성장기

2000년대 시에서 소년/소녀들은 '성장'하지 않는다. 성장을 거부하면서 성장한 아이들은 성인이 되어서도 어른의 세계를 받아들이지 않는다. 우리 시대의 젊은 시인들은 이 거대한 부정을 우주적 고아 상태로 사유한다. 그들에게 성장은 삶의 과정이자 죽음의 과정이다. 그러나 이 거대한 부정이 '성장'의 바깥은 아니다. 그들은 부정적인 방식으로 '성장'에 묶여 있을 따름이다. '성장'에 관한 알리바이는 시인들의 운명적인 주제이다. 어른의 세계를 거부한 앙팡 테리블들은 '거리'를 떠돌면서 생존의 법칙을 터득한다. 오늘날 '거리'는 아이들의 안식처 가운데 하나로 자리 잡았다. 또 하나, 2000년대 시에서 '아이'와 '소년/소녀'들은 시적 자아가 아니다. 이들은 시인의 복화술사가 아니라 불가사의한 현실을 펼쳐 보이는 시적 대상이다. 그들은 시인의 목소리에 가장 접근할 때조차 복화술사의 운명을 자임하지 않는다. 이것은 '아이', '소년/소녀'의 등장이라는 공통성이 일반성으로 해석되어선 안 된다는 사실을 가리킨다.

김행숙, 이현승, 하재연의 시에서 '아이'는 세계의 다른 얼굴을 드러내는 매개이고, 장이지, 박상수의 시에서 사춘기 소년들이 유년이라는 아름다운 시간의 몰락을 지시하는 세대적 기호인 반면, 조연호와 이승원의 시에서 소년들은 성장통을 앓고 있는 평범한 아이들이다. 이런 까닭에 조연호와 이승원의 '소년'은 시적 자아의 형상에 근접해 있다. 조연호의 시에서, 소년은 모계로부터 시작된 짐승의 바람이 내면을 훑으며 지나가자, 자신의 유년일기에 '멸망의 서(書)'라는 제목을 붙인다. 소년은 자신이 '천박한 씨앗' 태생임을 고통스럽게 선언하고, 꿈에서 잃어버린 아이들의 귀소 본능마저 두려워한다. "가장 무서운 건 / 꿈에서 내가 잃어버린 미아들의 / 철저한 귀소 본능"(「근친의 집」) 조연호의 시에서 가장 어두운 것은 세상이 아니다.

몽구스를 위하여: 지루함에 찌들어 소년은 상처를 모른다. 몇 장 모아본 CD를 지겹게 듣다가 한 달에 한 번 시내로 나가 막일을 해 산 멋진 20세기 명반들을 아껴 들으며 소년은 잠이 들었다. 부화시킬 수 없는 단단한 껍질의 꿈을 끌어안고 슈퍼스타들과 만나는 지친 꿈속에서도 소년은 작업복을 입고 있었다.

찰리 브라운을 위하여: 그러고 싶지만 (초조한 안색), 담요가 없어서 찰리 브라운은 노래하러 가버렸다, 혹은 담요에게 노래를 가르쳐주러. 함께 연을 날리러 가자, 나는 그늘로 가득 찬 운동장이 되었고 너는 운동장 끝까지 걸으며 손톱을 잘게 깨물었다.

몽구스를 위하여: 밤에도 낮에도 연필은 짧아지지 않았다. 가난하고 신비하던 논과 밭, 겨울 내내 시골 교회 찬송 소리만 이곳에 징검다리를 놓곤 했다. 다 자란 아이에게 빈 공책이 할 수 있는 일은 몇 개 되지 않는다. 나는 신발을 잃고 열아홉 살의 얇은 몸들을 생각했다.

찰리 브라운을 위하여: 추운 날 누나들은 설탕을 먹고 햇빛 속에 누웠다. 녹는 바람처럼. 겨우 지나간 하루가 고마워 CM송에 맞춰 허벅지가 경박하게 흔들렸다. 꽃을 짓밟으며 씨앗을 뿌리는 정원사 때문에, 둥근 피리를 부는 악사의 자장가 때문에 나는 악(惡)으로 빚어진 음악을 사랑했었다. 장례 행렬 중간쯤을 걷던 두 아이는 죽은 자가 그리는 검은 방의 악보에 가슴이 두근거리고 있었다.
— 조연호, 「몽구스와 찰리 브라운을 위하여」 전문(『저녁의 기원』)

조연호의 시는 밤(어둠)을 배경으로 현실과 몽상의 경계를 수시로 넘나든다. 그의 시편들 곳곳에서 소년들은 상처를 껴안고, 상처와 함께 살아가며, 그러면서도 통음난무하지 않고 자신의 내면에서 균열된 시간을 길어 올린다. 고통과 고독은 '상처' 이전에 삶의 조건이다. 조연호에게 시는 고통과 고독에 대한 이야기가 아니라 그 속에서 살아야 하는 운명의 주술이다. 꿈의 상실, 그것은 상실이 아니라 조건이다. 김행숙, 이현승, 하재연의 '아이'들이 미결정의 경계를 넘나드는 존재라면, 조연호의 '아이'는 꿈의 상실로 운명이 결정되어 버린 상태의 경험, 즉 비극적 경험에 노출되어 살아가는 인물이다. 세계의 상실은 조연호의 시에서 어둠을 향해 돌아선 인간의 한계이며, 아이는 밤의 매혹 속에서 의지 없는 열정의 시간을 음악과 함께 보낸다. 삶에 대한, 억압에 대한 이 견딤과 방향 전환은 2000년대 시의 특징이면서 불문율이다. 하여, 상처에 대한 소년의 진술은 상처를 확인하면서 동시에 은폐한다. 소년은 상처에 대해 말하기보다 상처와 함께 살아가야 하는 운명에 대해 이야기한다. 이때 상처보다 더욱 우울한 것은 세계의 지루함이다. 소년에게 '음악'은 이 지루한 삶의 시간들을 견딜 수 있게 해주는 원초적인 소리의 세계이다. 하루치의 노동을 팔아서 구입한 명반들, 거기에서 흘러나오는 "악(惡)으로 빚어진 음악"을 들으며 소년은 "부화시킬 수 없는 단단한 껍질의 꿈"을 꾼다.

조연호의 시편들에서 '시(詩)'와 '음악'은 가장 원초적인 모습으로 조우한다. 통일성과 변주에 의해 직조되는 '시'의 기본적인 형태는 노래였다. 그러나 시와 음악의 상관성은 리듬이나 운율 같은 형식의 문제가 아니다. 차라리 그것들은 물질성을 초과하는 모종의 효과를 생산한다는 점에서 유사하다. 시(詩)는 보이는 세계(text)에게 시작되고, 또 종결되지만, 보이지 않는 세계에서 제 효과를 발산하며, 음악은 '소리'를 매개로 인간과 접속하지만, 그것의 효과는 우리의 가청권을 넘어선 곳에서 생산된다. 시가 언어화할 수 없는 것을 언어로 표현하려는 불가능에의 도전이라면, 음악은 질서를 부여할 수 없는 소리의 흐름에 질서를 부여함으로써 그것을 가청권 내로 불러들이는 심리적 화학작용이라고 할 수 있다. 조연호의 시에서 시와 음악은 둘이 아니며, 그것들은 세계에 대한 인간의 내적인 체험을 왜곡 없는, 동시에 일목요연한 질서가 불가능한, 상태로 표현한다는 점에서 흥미로운 일치점을 보여준다.

막이 오르고 길이를 기준으로 순번이 매겨졌다 삼십 번 교실 걸상에 앉아 접착제를 흡입했다 엉덩이가 큰 수학 교사의 배후에서 성급한 용두질을 감행했다 삼월부터 그들은 어린이가 아니었다 양동대학교가 육성한 청소년들 이십이번 미술 교생의 머리에 씹던 껌을 던졌다 십팔번 서울역꼬마 들치기배 포장마차에서 소주를 마시고 소년원으로 전학 갔다 광장에서 궐련을 물 때 노인은 노망난 망아지들을 지나쳤다 사십번 고아원소년 젖은 운동화를 훔쳐 신거나 또래들에게 팔았다 시십칠번 손위 계집아이들과 사과 궤짝만한 방에서 혼음을 즐겼다 축소판 어른 흉내 확장판 소꿉놀이 오십이번 오른팔은 징이 박힌 가죽팔찌 왼팔은 칼로 파고 성냥으로 지져 각화를 완성했다 삼십오번 수목보호구역 철망 너머에서 여학생을 스피드백처럼 두들겼다 그 음산한 침실은 남산카페라 불렸다 기관총은 없지만 뉴욕의 중국애들 부럽지 않았다 거울의 절제도 자비의 비누도 외면했다 호격 명사 청춘 듣기만 해도 심장이 빠르게 뛰었다 부교감신경 흥분제를 먹은 돼지들이었다

— 이승원, 「1985년」 전문(『어둠과 설탕』)

이승원의 시는 아비를 향한 탕아들의 도발과 복수극이 상연되는 무대이다. 세상과의 무자비한 이반離叛이 '청춘'이라는 이름으로 집약될 때, "세계를 향한 안티테제"로서의 시가 탄생한다. '학교'는 근대적 주체 생산의 공간, 초자아의 억압이 명령과 훈육의 방식으로 실행되는 공간이다. 훈육과 교육을 통해서 학교는 근대 사회가 요구하는 특정한 주체성을 생산한다. 학교는 교육의 공간이 아니라 계몽의 공간, 명령의 공간이며, 학교의 언어는 '교육'의 언어가 아니라 '명령'의 언어이다. 이런 까닭에 '학교'라는 제도적 장치가 '명령'을 위반하는 '나쁜 아이'의 출생

지이기도 하다는 것은 아이러니이다. 근대 사회에서 학교는 억압과 탈주가 반복되는 공간이다.

이 시의 화자는 주체생산의 공간인 '학교'를 위반과 일탈의 세계로 바꿔놓는다. 어쩌면 사춘기의 아이들을 성장시키는 것은 학교의 교육이 아니라 '위반'과 '일탈'이라는 청춘의 에너지가 아닐까. "부교감신경 흥분제"를 먹은 돼지들처럼, 아이들은 본드를 마시고, 용두질을 하고, 물건을 훔치고, 소년원으로 간다. 화자는 이 모든 난폭한 저항에서 "거울의 절제도 자비의 비누"마저 외면해버리는 '청춘'의 치기를 발견한다. 그러나 '학교'에 대한 아이들의 도발은 제도라는 폭력, 그 제도가 자행하는 훈육으로부터 이탈하려는 죽음의 탈주선일 것이다. 1985년, 시인은 추억이라는 액체성의 풍경을 끌어와 사춘기 소년들의 아비에 대한 도발을 시화詩化한다. 이 오래된 필름 속에서 아이들은 '학교' 공간에서 '명령'에 순응하기보다는 '위반'과 '일탈'의 에너지로 아비들의 세계를 난도질한다. 물론, 아비에 대한 청춘의 반辰동일시는, 부정적인 방식으로나마 '아비'에게 묶여 있다는 점에서 "전형적인 마이너스성장"(「다항식」)이다. 이 마이너스성장이야말로 사춘기 소년들이 세상을 향해 던질 수 있는 최상의 "카운터펀치"(「자기소개서」)이다.

5. 어른, 공포와 혐오의 대상

낭만주의는 자연과의 교감이 순진무구한 아이들의 영혼으로 돌아가는 것이라고 생각했다. 낭만주의에서 아이는 존재의 자연이라는 이념적 인물이었다. 낭만주의가 '아이'를 순수한 자아의 형상과 목소리의 주체였다면, 근대 계몽주의에서 '아이'는 계몽의 대상, 지식과 교양의 습득을 통해서 완전한 성인으로 성장해야 할 불완전한 성인에 불과했다. 계몽주의 이후 문학은 세계의 부조리함과 역사적 현실에 대해 발언의 수위를 높여왔지만, 그것은 언제나 '어른'의 목소리로 발화되어야만 했다.

아이는 미성숙한 영혼의 표상이었고, 보호의 대상이었기에, 순진무구한 시선의 객관성으로 호출되는 예외적인 경우가 아니라면, '아이'의 존재가 부각되는 사례는 없었다. 예외는 예외일 뿐, 근대문학에서 '아이'는 시민권자가 아니었다. 근대문학은 청춘의 가치를 예찬할 때조차도 어른의 문학이었다. 계몽과 비판의 힘은 어른-남성의 전유물이었다.

2000년대 시는, 그러나 이 '어른'의 가치들을 용납하지 않는다. 역사, 체계, 질서, 제도, 정치와 같은 어른의 가치로부터 벗어나려는 아이들의 탈주가 젊은 세대의 '시'를 관통하고 있다. 어른의 세계, 그 속물성과 억압으로부터 달아나려는, 또는 그 세계를 불편하게 휘젓고 다니려는 아이들. 비판과 전복을 주장하며 불복종을 선택하고, 이성과 계몽의 시선으로는 포착할 수 없는 곳에서 출몰하는 소년 / 소녀들. '어른=질서'의 세계를 혼란에 빠뜨리면서, 정작 자신을 새로운 비판이나 질서라고 강조하지 않는 '아이'라는 존재야말로 2000년대 시의 문제적인 주체이다. 그 탈주의 방향은 시인 각각에 따라 다르지만, 아비의 명령을 부정하면서도 스스로 아비가 되기를 거부하는, 이 마이너스 방향으로 성장하는 소년 / 소녀들에서 우리는 한 시대의 몰락과 출발을 본다. 이들에게 어른의 세계는 '공포'의 대상이면서, 동시에 '혐오'의 대상이다. 어른이 '공포'의 대상으로 지각될 때 아이들은 분열증적인 행동을 취하고, '혐오'의 대상일 때 아이들은 유년이라는 몽상의 세계로 침잠한다. 시적 자아와 새로운 주체성 사이를 횡단하는 2000년대의 아이들. 그들은 아비를 부정한 안티고네의 자매들이요, 혈통보다는 취향으로 결속된 네트워크형 인간들이다. 團

고봉준
문학평론가. 본지 편집동인. 1970년생. 2000년 ≪서울신문≫ 신춘문예로 등단. 경희대 연구교수. 평론집으로 『반대자의 윤리』 등이 있음. 제12회 '고석규 비평문학상' 수상. bj0611@hanmail.net

비평 대 비평

포스트 네이션 공동체와 문학에 대한 단상

: 최근 세계문학 / 한국문학 구도의 난경(難境)을 넘어서

김미정

0. 개명改名, 아젠다의 변화

이 글은 기존의 '세계문학 / 민족문학'[1) 구도의 논의가 '세계문학 / 한국문학'[2) 논의로 바뀐 사정과, 그 변화에 반영된 난맥상을 검토하고자한다. 최근 새롭게 논의되는 '세계문학 / 한국문학' 구도는 현재 우리 문학의 위상이 재조정되는 상황을 압축하고 있으면서, 이념이나 지향으로서의 상像과 지도地圖를 보여주는 것이 어려운 시대에 그럼에도 불구하

---

1) 비교적 최근의 논의로, 백낙청, 「지구화시대의 민족과 문학」(『내일을 여는 작가』, 1997년 1~2월); 최원식, 「문학의 귀환」(『창작과비평』, 1999년 여름); 한기욱, 「지구화시대의 세계문학」(『창작과비평』, 1999년 가을); 임홍배, 「괴테의 세계문학론과 서구적 근대의 모험」(『창작과비평』, 2000년 봄) 등, 『창작과비평』의 논자들이 지속적으로 개진해온 담론의 하나이다. 특정 담론의 성과와 그 역사성을 본격적으로 고찰하는 것은 이 글의 주제와 역량 밖이다, 하지만 2007년 겨울 기존의 논의가 '세계문학 / 한국문학'의 문제틀로 전환하는 '장면'은 현재 우리가 공유하는 문제의식을 단적으로 대변해 주고 있다고 판단되어 주목했다. 따라서 이 글은 『창작과비평』의 '세계문학 / 한국문학' 구도가, 우리의 문제의식과 얼마만큼 공명하고 있는지 그 논지를 검토하는 것에 비중을 둔다.
2) 최근 근대적 공동체 안팎을 사유하는 논의는 퍽 풍성했다. 국경(『문학수첩』, 2007년 여름), 민족과 외부(『작가와비평』, 2007년 상반기), 세계문학과 한국문학(『실천문학』, 2007년 겨울; 『창작과비평』, 2007년 겨울) 등을 떠올릴 수 있는데, 그 중에서도 '세계문학과 한국문학'의 구도는 문학 공동체 내·외부의 변화를 한 단계 더 확장한 것이어서 주목된다. 『창작과비평』의 경우는 뚜렷하게 기존 '세계문학 / 민족문학' 구도의 연장선상에서 출발한다. 『실천문학』의 경우는 상업주의 확대에 대한 우려와 함께 구체적인 변화상을 소개, 반영하고 있다.

고 최소한의 밑그림을 확보하려는 고민을 반영하기도 하다. 그러나 유감스럽게도, 이 새롭게 설정된 구도는 거대해진 시장 내에서 재편된 네이션 스테이트와 그 조건에 구속된 문학의 딜레마를 확인시켜 주는 역할 이상은 하지 못하는 것 같다.

네이션 공동체의 견고함으로부터 후퇴한 '한국문학'은 필연적으로 전세계적 소통의 문제와 직결되어 논해지곤 한다. '민족문학'이 안고 있던 폐쇄성과 내부결집성 등의 혐의를 떨치면서 등장한 명명이기에 민족, 지역, 국경 등을 넘는 '세계' 단위의 사고가 불가피하기 때문이다. 그런데 이 '소통'이 시장 내 유통 문제로 치환될 수밖에 없는 현실적 조건이 문제다. 그것은, 다시 필연적으로 문학의 국적을 의식하게 만든다. 이 상황은 충분히 곤혹스럽다. '민족'을 밀어낸 '한국문학'이라는 명칭은 결국, 자본주의 시장만이 확실해진 현실적actual 층위 이상을 보여주지 못하는 것 아닌가, 결국 '메이드 인 코리아 문학'이라는 귀결점을 보여줄 뿐은 아닌가와 같은 회의를 지우기 힘든 것이다.

한편 사람들은 종종 '세계문학'을 괴테적 의미에서 호명하고 설명하곤 한다. 이때의 이상, 이념으로서의 '세계문학Weltliteratur'은 또 어떤가. 왠지 작아지고 낡은 옷처럼 여겨지지 않는가. '이념'으로서의 '민족'이 포기된 자리에서의 '한국문학'이, 현재 우리가 실감하는 팩트, 현실적 수준의 현상을 확인시켜주는 명명인 것을 떠올려 본다면, '세계문학'이 여전히 '이념'으로서 요청되고 있다는 것은 확실히 어딘지 언밸런스하다. 이 조합 속에서 우리는, 문학의 물질적 실존 근거(시장)와 이상(이념)이 불화하는 장면을 엿보게 되고, 현재 우리의 딜레마를 짐작치 않을 수 없다.

이 글이 이 난감한 상황 앞에서 어떤 제안을 할 수 있는 혜안도 역량도 갖추지 못했음은 미리 언급해 둔다. 그러나 '지도地圖도 이념도 불가능한 시대, 네이션은 느슨해진 대신 시장만이 확실해짐을 확인하는 시대 속에서 문학은 어떻게 존재할 것인가'에 대해 편재한 당혹감을 낮은 수준에서나마 되짚어가는 것은 가능할 것이다. 그리고 '세계문학 / 한국문학' 구도가 과연 현재 우리의 당혹감을 넘어설 발판이 될 수 있는지,

나아가 도래할 문학을 상상(구상)하는데 유효한지 짚어 보는 것만으로
도 의의가 있으리라는 점을 위안으로 삼는다. 그럼 도대체 이념으로서
의 '민족문학'이 처한 곤경은 무엇이었던가. 아젠다가 변화하게 된 조건
들은 대체 무엇이었던가. 출발점은 이곳이다.

1. 느슨해진, 그러나 더욱 견고해진

식민지 경험이라는 역사적 사정으로 인해 층위가 복잡하기는 했지
만, 어느 쪽이었던 간에 '민족문학'은 '근대문학'과 불가분이었고, 오랫
동안 이념이자 역사적 요청이자 일종의 당위로 존재해 왔다. 동시에
'민족문학'은 그 자체로 자족적인 문학이 아니라, 민족 공동체 안팎과
교섭하면서 자신을 단속하고 정립하는 형태로 형성되었다. 이를테면,
그것은 세계문학을 외부로 갖고 있으면서, 한편 근대 세계체제를 대타
항으로 가지는 문학이기도 했다. 민족문학은 근대적 공동체의 아이덴
티티를 확인하고, 결속하고, 저항하는, 형식이자 이념이었던 것이다.
지난 2007년 '민족문학작가회의'가 '한국문학작가회의'로 명칭을 변경
했다. 우리는 거기에서 '민족'이라는 말이 현판을 내리는 장면만 본 것
이 아니었다. 그것은, '민족'을 포함하는 네이션 스테이트, 그리고 네이
션 스테이트를 모체로 하는 근대적 의미의 문학이 뭔가 다른 조건에
처하게 되었다는 소문을 떠올리게 하는 장면이기도 했다. 그 징후이기
라도 했듯, 수년 전부터 한국문학에는 근대 네이션 스테이트하에 부여
된 정체성을 자발적으로 지우면서 바깥으로 질주하거나, 혹은 외부의
힘에 떠밀려서 어쩔 수 없이 경계의 존재가 되어가는 장면들이 속속
등장했다. 미학적으로는, 근대 목적서사의 조건들이 가뿐하게 해소解消
되면서 소설에 반영되기도 했고, 자기 동일성의 미학에 근거해야 할 자
아들은 분열을 거듭하며 시적 교란을 행하기도 했다.3)
한편, 문학을 가능케 한 동시에 문학을 매개로 했던 공동체의 변화와

관련하자면, 좀더 시대를 거슬러 갈 수 있을 것 같다. 1980년대식 집단, 공동체가 와해된 자리에서 1990년대식 개인들이 문학사의 주체로 기입되기 시작했고 어느새 새로운 세기를 맞았나 싶더니, 이내 그들은 국경과 성^性과 이름 등과 같은 자명한 것(이라고 여겨졌던)들의 속박으로부터 탈출해가기 시작했다. 사후적으로 보자면, 네이션 스테이트 안팎의 변화는 문학사의 주체들의 변화, 공동체의 균열과도 직접 관련된다. 한국 현대문학사에서 상징적으로 제시된 바 있었던 명제, 이를테면 일찍이『창작과비평』창간사4)가 주창한 명제, 즉 문학과 독자를 묶어줄 수 있는 공동체에 대한 요청은, 거대 담론의 균열과 추락을 겪으며 그 비전 역시 희미해져 간다. 이미 상상된 공동체는 확고해졌고, 오히려 억압의 기제로까지 작동하게 된 것을 떠올려 볼 수도 있다. 그러니까 '민족'문학에서 '한국'문학으로 아젠다를 달리하게 된 상황은, 우선 이런 근대적 공동체의 조건이 변화한 것에서 출발한다. 국경을 넘고 시장을 가로지르는 일은 네이션을 초월하는 흔한 경험이 되어 버렸다.

네이션 스테이트 비판은, 현재형의 네이션 스테이트 자체를 비판하는 것이 아니라, 그 근거(토대)를 질문하는 것에서 출발했다. 이를테면, '어떻게 언어, 민족, 자본, 국경이 근대 네이션 공동체를 단속하며 자국 문학을 결속시켰는지', '근대적 국민국가가 어떻게 유기체적 전체로 작동할 수 있었는지', '우리는 어떻게 우리의 아이덴티티를 확인해 왔는지' 등의 질문들이 있었다. 수많은 근대의 '기원 이야기'들이 구술되면서 아이러니컬하게도 근대의 신화^{doxa}는 회의되어 갔다. 이 '기원 이야기'는, 자명함을 구축하는 과정에서 경합하다가 밀려나고 망각되고 은폐된 것의 역사성을 상기시켰다. 그리하여 우리는 '어떤 것이 신화가 되고 자명한 것으로 등극하는지' 혹은 '말해진 내용^{what}이 아니라 누가

---

3) 2005~2007년 사이 문학의 쟁점들을 떠올려본다면, 국경을 넘는 일과 재현의 문제, 미래파로 호명된 젊은 시인들의 시에 대한 논쟁이 그 사례가 될 수 있을 것 같다. 각각 소설과 시에서 형성된 이 쟁점들은 실제 논쟁의 내용과는 별개로, 결국 근대(네이션 스테이트) 문학을 둘러싼 조건의 변화와 그 미학적 징후를 가늠케 한다는 점에서는 분명 공통적이었다.
4) 백낙청,「새로운 창작과 비평의 자세」,『창작과비평』, 1966.

who 그것을 말했는지'의 근거를 탐색하게 되었다. 공동체를 정초하는 준 거들인 민족, 국가, 언어 등등, 일체의 목적서사는 재고의 대상이 되어 갔다. 그것이 자연적이고 운명적인 것이 될 수 있었던 조건들이 재질문 되기 시작했다. 이 질문이 공유되면서 이른바 '네이션 스테이트의 문학 =근대문학=문학'의 등식은 지워지기 시작한 것을 우리는 기억한다.

그러나 문제는 네이션 스테이트 비판과 네이션 공동체의 느슨해짐이 서로를 지지할수록, 그것이 또 다른 질서의 확장과 흡인력에 의해 전유 되는 일이다. 조금 다른 층위이기는 하지만, 네이션 스테이트 비판이 일본의 경우 오히려 전후책임론자들을 향하는 아이러니와 만나기도 했 고, 한편으로는 전지구적인 자본주의의 확장과 그 현상을 긍정하는 이 데올로기로 역이용, 왜곡되는 측면도 끊임없이 지적된 바 있다. 자본을 재생산하는 운동, 자본주의를 순환시키는 메커니즘은 더욱 강화되어가 고, 제국은 더욱 촘촘하고 견고하게 세계를 재코드화하고 있다. 네이션 공동체는 느슨해진 것이 분명하지만, 그러나 동시에 제국의 각 마디로 서 고착되어가며 옴짝달싹 못하는 딜레마에 노출되었다. 이런 상황 속 에서 한없이 자유로운 개인이 되었다고 작약雀躍한 우리는, 어느 순간 다시 전보다 더 강력한 시스템의 자장磁場하에 갇힌 것은 아닌가 하는 불안에 노출된다. 어떤 젊은 작가들이 간파하고 있듯5) 우리는 현재 민 족, 사회, 가족 등 근대의 목적 서사들 속 속박된 '관계'로부터 자유로 워질 가능성을 얻음은 분명하지만, 더 거대해진 시스템 속에서 각자 외 롭게 죽어가야 하는 개인으로 거듭난 것뿐인지도 모른다. 국경을 가로 지르는 네트워크 권력에 포획된 상태로 그 힘의 가치를 추구하고 좌절

---

5) 한유주와 김사과의 어떤 소설들(예컨대 한유주, 「베를린·북극·꿈」, 「그리고 음악」; 김사과, 『미나』)은, 네트워크 권력에 통제되는 삶을 민감하게 포착하고 반응하는 개인들에 관한 이야 기이다. 작가들 스스로의 세대를 거대한 시스템 하에서 옴짝달싹 못하는 모습으로 위치 짓는 감각 속에서 소설은 때때로 관념 속의 무기력과 냉소와 분노 등에 갇힐 때가 있지만, 그들의 소설이 '우리가 지금 어디에 위치하고 있는지'의 문제에 직핍하는 측면은 주목해야 할 것이 다. 또한 편혜영 소설이 보여주는 묵시록의 세계가 단순히 현실에서 부양한 상상 속의 세계 가 아니라, 분명 지금 이곳에서 벌어지는 일들의 한 부분의 극사실주의적 버전이라는 것도 상기할 필요가 있다.

하는 반복 속에 놓인 상태인지도 모른다.

개인들을 새로운 결속력으로 묶어버린 힘은 잠시 괄호쳐두더라도, '민족문학'이 '한국문학'으로 개명한 것에는 이처럼 네이션 스테이트의 위상이 달라지고 네이션 공동체가 느슨해지면서 잇따른 변화들이 압축되어 있다. 즉, 네이션 공동체의 제약을 떠나 아이덴티티를 고민해 본 바 거의 없는 한국문학은 이제 네이션 없이 스스로를 사유해야 하고, 제국이라는 새로운 네트워크 권력 내에서 관계를 고민해야 하는 시점에 이르렀다. 자본주의 제국 속에서 기존의 관계들은 재전유되고, 우리는 그 속에서 무기력하게 재코드화한다. 이를테면 국경, 민족, 사회 등등이 차례로 지워지는 과정에서 비로소 해방된 각자들은 '내가 누구인지'도 모른 채 홀로 외롭게 살다가 고독하게 죽어가는 존재로만 남게 될지도 모른다. 또한 나날이 견고해지는 제국의 시스템 속에서 흩어진 개인들은 좀비나 다름없는 세계시민의 자리에 등극될 뿐일지도 모른다. 뿔뿔이 흩어진 채 고독하고 무력하게 물리적 시간의 소멸에 따라 함께 소멸할 운명을 그대로 받아 들여야만 할지도 모른다.

지금, 네이션 스테이트라는 대타자 없이 각자의 아이덴티티를 확인해야 할 뿐 아니라, 다시 제국 내 하위 마디로서의 기능을 더 견고히 떠맡은 네이션 스테이트를 상기해 내야 하는 상황은 충분히 이중구속적이다. 네이션 스테이트와 불가분이었던 문학을 다시 사유하고 다시 셋팅해야 하는 문제도 피해갈 수 없다. 공동체와 문학을 둘러싼 변화는 지금 이렇게 겹겹의 과제와 함께 실감되고 있는 중이다.

2. 세계문학 / 한국문학 구도의 난경難境 1: '세계문학'을 맥락화하지 않는 (무)의식

근래 논의된 '세계문학 / 한국문학' 문제틀은, 분명 이런 상황에 대한 문학적, 문단적 고민의 반영이다. 즉 이 구도는, 네이션과 스테이트, 네이션 공동체가 느슨해진 국면을 수용하면서 '한국문학'을 그 바깥의 문학들 속에서 어떻게 위치지어야 하고 어떻게 사고해야 하는지 묻고 있다.

우선, '세계문학'의 일반적인 용례를 살펴보자면, '세계화globalization시대의 문학'에 대한 일종의 대항 담론으로 설정되고 있다는 점이 눈에 띈다. '자본주의의 전일적인 지배라는 새로운 국면의 세계화 시대'[6]에 대한 시대인식, '전지구적 자본주의, 상업주의와의 밀착'을 경계[7]해야 한다는 대목들은, 그만큼 세계문학의 조건 자체가 이미 '세계시장', '자본주의 논리' 속에서 구동되고 있음을 환기시켜주고, 동시에 스스로들의 '세계문학'이 신자유주의적 '세계화'와는 일절 관련 없는 것임을 분명히 하고 있다.

그 중에서도 특히 『창작과비평』 2007 겨울 특집의 '세계문학' 논의는 전반적으로, 괴테가 주창하고 맑스가 계승한 '세계문학'의 이념을 다시 호명하고 있다는 점에 주목된다. 그간 많은 논자들은 '세계문학'을 개념적으로, 1827년 괴테가 제안한 'Weltliteratur세계문학'에 착목하여 설명해 온 바 있다. 그가 고안한 '민족문학과 세계문학' 구도 속에서 '세계문학'은 '민족문학'의 폐쇄성을 극복하는 하나의 준거였던 것이다. 그런데 이때 유의해야 할 것은, 당연하게도 '이념'으로서 '세계문학'이 태동하고 요청될 때의 역사적 맥락이다. 『창작과비평』의 논자들을 중심으로 제안 되는 '세계문학'의 상, 전범으로서의 상은 그 기원을 유의해서 재구할 필요가 있다. 일반적으로 알려진 바이기도 하지만, 그 '세계문학'의 개요는 이렇다. '세계문학은 19세기 초반 유럽중심의 세계교역이 확대되는 자본주의의 일정한 발달단계를 반영하는 개념이다. 민족문학 자체가 세계문학과의 관계 속에서 이룩된다. 중심과 주변의 위계적 통합을 경계하는 동시에 전체 민족문학의 총합이다. 국지적 요구에 대한 성찰을 세계적 문제의식으로 확장할 수 있어야 한다.'

즉, 여기에서 간략하게나마 확인하는 '세계문학'이란 보편적 지위를

---

6) 임홍배·윤지관 대담, 「세계문학의 이념은 살아 있다」, 『창작과비평』, 2007년 겨울.
7) 오창은, 「세계문학의 '변화'와 한국문학의 '변신' 총론」, 『실천문학』, 2007년 겨울.

얻은 서구 소수 걸작들의 총합이 아니라, '근대적' 조건을 기반으로 한 다양한 민족문학 또는 지역문학의 소통에 주목하는 역사적 개념이라는 것이다. 그러나 대개의 논의들은 '세계문학'을 맥락화하지 않고 있다. 창비의 특집 좌담에서도 괴테 당대의 맥락은 별반 문제 삼지 않고, '세계문학'을 실체로 분리해내는 모습이 특징적이다. 즉, '세계문학'의 '이념'을 만들어 낸 '근대적' 조건들은 어딘지 결락되어 있다. '세계문학'이 '세계시장Weltmarket'의 구상과 접착된 지점이야말로 '근대적' 조건인 셈인데, 논의 속에서 그 부분은 종종 탈구되어 있다. 19세기 유럽의 역사적 조건, 근대 세계체제의 부상과 관련 있는 '세계문학'의 현재성에 대해서는 어딘지 설득력이 부족하다.

분명 '세계문학' 이념은 당시 태동하기 시작한 자본주의 이념이나 세계 시장 내 위계 관계와 상보적 관계이며, 궁극적으로 모든 민족이 각자의 상품을 교환하면서 각자의 부를 축적해야 한다고 하는 근대 네이션의 자기동일성, 자기구축 원리에 기초하고 있다. 리디아 리우는 "전 세계의 공민을 대표하는 위치로 스스로를 향상시키는 것이 바로 독일인의 운명"이라고 한 괴테의 말을 인용하면서 세계문학과 민족문학의 관계는, 경제적 상징교환이 이루어지는 근대적 세계시장을 토대로 주창된 것이며, 괴테가 이를 위해 무역과 상업의 이미지나 언어들을 빈번하게 사용했다는 사실을 강조[8]한 바 있다. '세계문학' 이념은 근대적 체제를 지지하는 원리들과 불가분이라는 것, 네이션 공동체와 세계시장의 공모를 매개로 작동한다는 점을 기억해야 함에도 불구하고, 이런 사실들은 괄호 속에 갇힌 채 도래할 실체로서 세계문학이 현재적으로 요청되고 있다는 것은 다분히 문제적이다.

'세계문학'을 맥락화하면서 자연스럽게 추측한 바이지만, 이것은 곧 '근대적 이념'에 대한 향수와 복권의 (무)의식과 관련된 것으로 볼 수 있다. 이념으로서의 세계문학이 요청되고 재등장하는 사정의 이면에는,

---

8) 리디아 리우 지음, 민정기 옮김, 『언어횡단적 실천』, 소명출판, 2005, 309~312쪽.

근대 네이션 공동체 / 근대 자본주의 체제의 지형 속에서만 유효한 '근대문학'의 이념과 그 복권의 의도가 더 강렬하게 놓여 있는 것처럼 보인다. 창비 특집 좌담에서 '근대적 양식', '근대 시민사회의 조건들', '근대적 교양소설' 등의 가치가 지속적으로 운위되고 있는 것도 이를 뒷받침한다. 여기에는 근래 '근대문학의 위기, 종언' 소문에 대한 부정과, 젊은 작가들의 작품 및 경향성에 대한 불편함의 뉘앙스도 함께 개재介在되어 있는 셈이다. 나아가, 좌담 중 '현실참여문학'·'리얼리즘'의 유효함(33쪽)이 역설되거나, 근대장편소설의 부흥과 관련해서 '진정한 역사소설' '정통적인 역사소설'(41쪽)이라는 가치들이 재호명되기도 하는데, 이것은 역으로 현재 문학적 현상을 반성케 하는 목소리로도 작동하게 된다. 이쯤 되면 '세계문학 / 한국문학'의 문제틀은, 네이션 공동체의 변동 이후에 대한 고투의 외양에서, '근대문학 일병 구하기'의 고투로 변신해 버리는 셈이다.

즉, '세계문학 / 한국문학' 구도 속에서 한국문학은 현실적actual 현상으로 다루어지지만, 세계문학은 여전히 이념형으로 다루어지고 있다. 더구나 이 언밸런스한 조합에서, 이념으로서의 '세계문학'의 기원은 거의 다뤄지지 않음으로써 그것이 무엇의 이념이었는지를 망각하게 한다. 개념을 맥락화하지 않는 (무)의식은 현재 우리가 겪는 실감을 퇴색시킨다. 근대 이후 혹은 탈근대로 이행하는 조짐들보다, 근대적 가치들의 유효함에 대한 신뢰가 중요하게 다루어진다. 우리가 현재 공유하는 문제의식들은 자연스럽게 협소해져 버리거나 부정되는 셈이다. 자연스레 우리의 아이덴티티를 묻고 확인하는 경로 역시, 근대적 가치들을 운위하는 논리와 상동적이어서 여전히 근대 초기 비서구의 공통된 운명을 환기시키기까지 한다. 이를테면, 세계문학과 한국문학의 관계가 보편과 특수의 관계로 환원될 때(이욱연, 정홍수의 글)가 그렇다. 상대를 정립함으로써 그와 짝을 이루는 나를 확인할 뿐인 인식의 도착성이 이곳 보편(세계문학) / 특수(한국문학) 구도에서도 드러나 있곤 한다. 그리하여 보편 / 특수 회로9)에 대해 충분히 고려하지 않을 때, '세계문학 / 한국문학' 논의는 '가장 한국적인 문학이 가장 세계적인 문학이다'라고 하는 전도된 역학관계의 상투형으로 귀결하기도 한다.

즉, 과거 '세계문학 / 민족문학' 구도에서 세계문학, 민족문학은 모두 이념형으로 고안되었고, 특히 한반도의 분단현실과 근대적 의미의 민족 국가 건설 및 문학 형성의 프로젝트를 반영하는 '민족문학' 쪽에 좀더 방점이 찍혔던 셈이지만, 현재 '세계문학 / 한국문학' 구도에서는 '한국문학'의 유동성을 전제로 이념형인 '세계문학'만 불변의 상수로서 강조되는 형국이다. 즉, 이념과 현실 사이에서 문학을 어떻게 위치지을지에 대한 우리의 곤혹스러움은 해결되지 않는다. 우리 앞에 제시되는 세계의 상은 우리의 실감과 달리 어딘지 삐걱거리고 낡은 느낌이기 때문이다.

3. 세계문학 / 한국문학 구도의 난경難境 2: '한국문학'은 '메이드 인 코리아 문학'인가?

두 번째, '민족문학'이라는 이념형 대신 현재적 현상 전반을 폭넓게 지칭하는 '한국문학'이 새로운 항으로 자리 잡게 된 것은 무엇을 의미하는가. 우리는 현재 자본주의, 시장의 문제를 비껴서 무엇도 이야기할 수 없는 시대 속에 있다. '세계문학 / 한국문학'을 구도를 논하는 이들 역시 문학의 실존적 조건을 의식적이건 무의식적이건 염두에 두지 않을 수 없다. 또한 '문학이 자본의 논리에 휩쓸리지 않으면서 세계 속에서 소통되고 존재할 수 있는가'는 '세계문학 / 한국문학'을 논할 때 근본

---

9) 특수성(particularity)을 주장하기 위해서는 보편자를 설정해야 한다. 단독(singularity)자들을 특수성으로 수렴시키는 보편 / 특수주의의 구도는 서로의 거울이미지이다. 즉, 이미 특수는 보편에 경도되어 있고, 보편은 특수와 공모되어 자신의 보편을 강화한다. 보편(universality)은 '같음'이라는 매개가 없는 다원성의 일자(一者)이며, 경험 이전의 문제이지만, 현재 '세계문학 / 한국문학' 구도가 기댄 '보편 / 특수'의 구도는, '보편'을 하나의 경험적 실체이자 척도로 상정하면서, 동시에 그에 저항하려 하는 식의 양가성 속에서 진자운동을 하고 있다. (사카이 나오키 지음, 후지이 다케시 옮김, 『번역과 주체』, 이산, 2005, 276쪽; G. 들뢰즈 지음, 김상환 옮김, 『차이와 반복』, 민음사, 2005, 25~31쪽.)

적인 고민이 될 수밖에 없다.

결국 우리는 세계문학 / 한국문학 구도 속에서 논자들이 끊임없이 거리를 두고 거스르고자 하는 시장의 논리가 정작 한국문학을 조건 지우고 있다는 사실을 더욱 철저히 확인하게 된다. 그리고 동시에, 느슨해진 것 같은 네이션 스테이트가 다시 비대해진 시장의 블랙홀 속으로 수렴되어 가는 상황 앞에서 속수무책임을 또 한번 고백해야 한다. 즉, 한국문학의 현상들, 우리가 실감하는 팩트들을 이야기하면 할수록 우리는 거기에서 제국과 시장의 논리를 확인하게 되고, 이념도 이상도 환상도 사라진 문학은 더욱 시장의 투명함 속에 고착된다. 실제 우리는 이제 문학시장, 출판시장이라는 말에 심리적 저항감을 거의 느끼지 못한다. '세계문학 / 한국문학' 구도의 글들이 종종 '○○시장'을 자명한 실체로 놓고 서술하고 있는 것도 이를 방증한다.

세계 속에서 한국문학이 얼마나 잘 소통될 것인가의 문제제기는, 곧 '세계 시장 속에서 한국문학이 얼마나 잘 유통될 것인가'의 문제로 노골화되곤 한다. 그리고 이 유통의 문제는 우리의 정서상 자연스레 노벨문학상 문제로 연결된다. 우선 창비 좌담을 예로 들어 보자. 논자들(윤지관, 임홍배)은 '세계문학'의 정형은 없다고 전제한다. 그러나 '인정받다'라는 술어들을 모호하게 사용하면서(15~17쪽), 그리고 '비서구권 문학의 활력'을 기대(17쪽)하면서, 의도치 않게도 세계시장(보편) 속 문학의 국적을 강조하는 데 기여한다.

물론, 노벨문학상에 대한 관심은 오늘날의 것만은 아니다. 이것은 근대 초기 아시아가 자국의 문학들을 세계문학적 견지에서 위치시켜야 하는 필요와 맞물린 것이기도 했다. 즉, 오늘날과는 층위를 달리하는 노벨문학상 담론이었지만, 궁극적으로 보편 / 특수 구도를 함축하는 사고라는 점에서 오늘날 제기될 때의 논리와 유사하다는 점은 기억해 둘 법하다. 아시아가 공히 서양과 비견될만한 민족 정전을 고안하는 작업 속에서 자국의 문학사를 성립시켰다는 것은 주지의 사실이다. 사회진화론의 관점 속에서 스스로의 외부로 서양을 상정했고 그 서양에게 인정을 받으며 세계문학에 편입될 수 있는 자격에 대해 골몰했던 것도 공통적이다. 타고르의 노벨문학상 수상은 동양권 후발주자들의 선전이고, 펄벅의 노벨문학상 수상은 동양권의 특수한 문화, 역사가 보편적인 층위에서 소개되고 수용되는 계기라고 여겨졌다. 근대 문학 초창기부터 매체들이 외국 작가들을 소개하고 그들에게 공공연히 경도된 일들은 빈번했지만, 특히 노벨문학상에 대한 인식이 새롭게 '세계문학'의 상像을 만들어냈다는 것10)도 의미심장하다. 1930년대 말 문학의 양대 매체였던 『문장』과 『인문평론』이 공통적으로 노벨문학상 작가 소개 코너를 통해 세계 문학과 조선 문학을 변별하기 시작한 것도 우연은 아니다. 마침 당대는 '민족'이 '국민'으로 변신해가는 논리가 작동하던 시기였다. '민족'으로서의 '네이션'은 신체제기, 내선일체기를 거치며 '국민'으로서의 '네이션'으로 중심축을 이동한 바 있다. 즉, '네이션 스테이트'가 강화되는 맥락과 '세계문학'이라는 타자가 부각되는 측면은 별개가 아니다. 그즈음 노벨문학상에 대한 관심과 세계문학에 대한 관심은, 이 글의 지면과는 별도로 섬세한 논의가 필요하겠지만, 분명 외부의 보편 속에서 자기를 확인하고 강화해야 할 필요에 의해 촉발되었다는 사실이다.

확실히 당시 조선문학이, 일본을 경유한 서구 제국주의 국가들의 문학과 소통하고자 하는 욕망의 발현으로서 노벨문학상에 관심을 두고 있었다면, 현재 우리가 노벨문학상에 관심을 가지는 것은 이것과 외피가 다를 뿐 그 속사정은 크게 다를 것 같지 않다. 우리는, 노벨상이 정치적, 외교적, 지정학적 역학 관계 속에서 결정되는 상징가치이자 타이틀이라는 것을 알고 있지만, 노벨상 수상을 마치 우리 민족(국가) 전체의 문화적 성취라고 믿곤 한다. 또한 무엇보다 상의 권위는 독자의 유

---

10) 1913년 영국의 식민지였던 인도의 시인 타고르가 동양 최초로 노벨문학상을 수상할 때, 조선의 각 매체와 문인들은 식민지 경험과 주변부(동양) 민족의 유사성에 친연성을 보이면서 타고르를 수용하는 경향을 보인다. 『청춘』 1917년 11월호에 최초의 타고르 시가 번역된 이래, 당대의 유수 문인들이 지속적으로 타고르를 번역하고 찬미했고, 1925년 이광수, 김억 등은 방일 중인 타고르를 조선에 초청하려 애쓴 일화도 있다. 한편, 펄벅의 『대지』가 노벨문학상을 수상한 해는 1931년인데, 그로부터 7년 뒤 1938년 『문장』 창간호에서 펄벅의 중국 경험을 강조하고 『대지』가 '동양을 서양에 소개'했다고 부각시키는 대목 역시 매우 시사적이다.

인, 시장의 활성화로 직결되곤 한다는 점에서, 노벨상 문제 역시 이미 세계 시장의 조건 속에서 연동되고 있음을 재확인하게 된다.

자연스럽게 이 대목에서 우리는 전세계적으로 쉽게 통용되는 보편 언어 혹은 번역이 중요하다는 사실을 깨닫게 되고,[11] 다시 네이션 공동체의 극복할 수 없는 운명을 떠올릴 수밖에 없다. 언어의 문제는 다시 네이션 공동체의 범주를 불가항력적으로 떠올리게 하는 것이다. 즉, 세계 속에서 우리 문학이 소통하는 일이 노벨문학상을 통해 그 경쟁력을 확인하는 것처럼 현실적 층위에서(46쪽) 전개될 때, 우리는 언어 문제, 그리고 각 지역 사이 역학관계를 다시금 결정적인 조건이자 한계로 인식할 수밖에 없다. 시장 내의 보편 언어와 국적이 경합하게 되고 그것이 종종 수치로 환산되는 장면은 매우 문제적이다.

이와 관련하여, 일본문학이나 중국문학에 비해 한국문학이 부진하다는 우려도 근래 폭넓게 확산되어 있다. 이것은 각국 출판시장에서의 수요, 판매량에 근거해서 나오곤 한다. 각국에 번역되고 판매되는 부수를 기준으로 문학의 소통을 가늠한다는 것이야말로, 실은 시장 내 각 지역들의 역학관계에 속박된 문학의 조건을 확인시켜 주는 결정적 사례다. 일례로, 중국문학의 개성과 세계 시장에서의 호황을 아이러니컬하게도 그 시간적 낙후성에서 발견하는 글[12]도 참조해보자. 이 글에서 세계문학은 시장 시스템 속 문학과 적어도 외연상 다르지 않다. 또한 개별 문학들은 "국민문학의 집단적 정체성을 바탕으로 국경을 넘고 있다."(66쪽) 따라서 지역문학(민족문학)의 정체성을 선조적 시간 속에서 파악(74쪽)하거나, 특정 블럭 문화권 내에서도 은연중 연대기적 선후를 따지거나, 진화론적 우열로 귀결하는 것은 예측하기 어렵지 않은 논리인 바였다. 이 경우 한국, 일본, 중국의 동아시아 블럭 혹은 아시아, 아프리카의 문화 블럭은 그 내부에서도 은연중 위계가 만들어지고 경합해야 하는 상황에

---

11) 아시아 최초의 노벨문학상을 수상한 작품인 『기탄잘리』 역시, 타고르 자신에 의해 처음부터 '영어'로 쓰여진 텍스트라는 사실은 잘 알려져 있지 않다.
12) 이욱연, 「세계와 만나는 중국소설」, 『창작과비평』, 2007년 겨울.

처할 수 있다. 이 글은 자주 등장하는 경제용어들(ex, 내수, 수출, 특수, 경쟁력)이 암시해주듯, 문학을 가늠하는 언어는 철저히 시장의 언어로 구성되어 있다. 그리하여 문학시장 내에서 '한국문학'이 '국민문학'으로 순환되는 장면들에서는(일례로 "국민문학으로서의 한국문학도 갱신하고 세계문학도 갱신하는 한국문학", 82쪽), 현 수준의 어떤 문학적 공동체와 연대의 기획조차 시장에서 자유롭지 않다는 점, 역학관계의 자리바꿈이 반복되는 것은 아닌가 하는 점에 확증을 더한다.[13)

이렇게, 근래 한국문학을 둘러싼 콘텍스트 그리고 문학의 소통 문제는, 시장 내 상품의 유통 문제로 수렴되고 국가간 경쟁과 유사한 형태를 띠곤 한다. 2007년 내내 장편소설 대망론이 오고갈 때, 장편소설을 통해 "잃었던 독자들을 되찾고 세계문학계에서도 한국문학의 위상을 한층 높일 것"[14)이라는 전망은 가장 폭넓은 공감을 얻을 수 있는 이유였다. 이것은 엄밀히 말해, 시장 내에서 유통될 수 있고 노벨문학상 수상에 근접할 수 있는 양식에 대한 요청을 함축한다. 그러나 선행되어야 했던 것은, (이미 당연한 것이었을지라도) 그간 장편이 부진한 이유에 대한 고찰이어야 했을 것이다. 즉, 장편소설이 시나 단편 양식 어떤 것보다도 시장 구속적이기 때문에 시장 내에서 맴돌 수밖에 없는 운명이라는 사실. 또한, 한 사회의 방향을 총체적으로 파악하고 전망을 제시할 수 있을 때 장편이 가능하다면, 지금 장편이 활성화되지 않아왔던 이유는 무엇인지, 장편의 조건은 무엇이어야 하는지, 현재 수준에서 고

---

13) 이런 문제와 관련해서 『창작과비평』 그룹을 중심으로 하는 동아시아 담론과, 계간 『ASIA』를 중심으로 하는 아시아 담론 등은 분명 적실성 있는, 중요한 기획이지만, 이 담론들이 주장하는 연대와 그것의 제한된 조건에 대해서도 함께 떠올려볼 필요가 있을 듯하다. 이를테면, 아시아 그룹은 조정환의 지적대로 포스코 청암재단이라고 하는 한국 대자본의 후원과 관련되어 있다. 이것은, 이미 자본주의가 우리의 초월적 조건이 되었고 문학 역시 다시 제국 내의 시장과 국가에 종속되어 버렸다는 점을 상징적으로 보여주는 대목이다(조정환, 「한국문학의 근대성과 탈근대성」, 『상허학보』, 2007. 2. 참조). 조정환의 글은 계간 『아시아』와 식민지 국민문학론의 동형 구조의 논리를 지적하고 있어서 중요한 시사점을 던져주기도 하지만, 동형 구조의 논리가 이데올로기적 측면에 대한 것인지, 사상적 측면에 대한 것인지에 대해서는 면밀한 논증이 좀 더 필요한 것도 사실이다.
14) 최재봉, 「장편소설과 그 적들」, 『창작과비평』, 2007년 여름.

민해야 할 것이 무엇인지 등에 대해 충분히 말하지 않았다는 것은, '세계문학'을 맥락화하지 않은 (무)의식을 연상시킨다. 단순히 '알고 있다'의 문제와 '성찰한다'의 문제는 엄연히 다르다는 것을 강조하고 싶은 것이다.

결국 노벨문학상에 대한 관심, 한국문학의 부진에 대한 우려, 장편소설 대망론 등 '세계문학 / 한국문학' 구도 내에서 연동되는 일련의 관심들은, (근대적 의미의) 시장, 자본주의 논리의 자명함을 확인시킬 뿐이며, 궁극적으로는 '메이드 인 코리아 문학'의 조건들을 더욱 확실하게 환기시켜 줄 뿐인 것 같다. 현재 어떤 이념도 이상도 소거된 채 전개되는 '한국문학'의 현장과 그 실감되는 현실actuality을 종합해 보면, 결국 '세계문학 / 한국문학'이라는 구도의 설정은 세계 시장 속에서 경쟁력 있는 상품으로서의 국민문학, 참담함을 무릅쓰고 말하자면 '메이드 인 코리아 문학'으로 버전을 달리하는 상황만을 보여줄 뿐인 것 같다.

즉, 서구문학의 정전 중심으로 편성되었던 세계문학 이미지를 극복하고 각 지역문학 사이의 차별 없는 교류와 소통을 지향하는 이념으로서의 '세계문학'을 표방하겠다는 의도조차, '세계문학 / 한국문학'의 구도 속에서는 전일적 자본의 지배와 시장에의 존재구속성만을 확인하고 그치는 것 같아 아쉽다. 또한, 이념의 외피를 벗은 '한국문학'이 세계시장 속에서의 활발한 유통을 강요받으면서 자신의 국적을 다시 의식하게 된 아이러니도 씁쓸하다. 첩첩산중이다.

4. 그렇다면 언어 문제는 어떻게 사유할 것인가

시장이 문학을 조건지우는 초월적 장이 되어 버린 상황에서 소통, 유통 어느 쪽에서건 언어문제 역시 피해갈 수 없는 또 다른 쟁점의 소지를 던진다. 우리가 알고 있는 문학이 특정한 역사적 조건 하에 정초된 것이라고 해도, 문학이 지적, 정서적, 감각적 교류의 한 형식이라는 점은 변하지 않을 것이다. 소통에 대한 기대도, 유통에 대한 기대도 여기에서 비롯된다. 따라서 이것은 인간이라면 누구나 누릴 수 있는 것이어야 하지만 이 교류는 너무도 빈번하게 저지당해 왔다. 그 근본에는 언어의 장벽이 놓여 있다. 네이션을 따라 편성되는 언어는 다시금 영토 문제를 환기시킬 수밖에 없다. 언어는, 다른 예술 장르에서와 달리 문학의 성립근거이자(공감의 공동체를 가능케 하는 소통의 매개) 동시에 장벽(공동체 내외부의 소통을 가로막는)이기도 하다. 따라서 공동체의 조건이 변한 상황 속에서 언어 문제는 필연적으로 번역 문제를 수반할 수밖에 없다. 현실적으로 우리 모두 보편언어 구사자가 되지 않는 이상 번역 문제는 핵심 난제다. 더구나 보편언어 문제에는, 상시적으로 역학구도에 의한 제국어, 다수어 필요론의 득세 위험도 있기 때문에, 번역만이 이 언어문제를 현실적 수준에서 상쇄시킬 수 있는 것이다. '세계문학 / 한국문학' 구도의 논의에서 번역 문제가 중요하게 대두되는 이유도 이것과 관련된다.

　현재 번역에 대해 통상적인 시각은, 해외에서 얼마나 '유통(소통)'될 것인가에서 출발하곤 한다. 각계에서 논의되는 바와 같이, 번역원의 역할과 그에 대한 정책적 지원 및 인식 제고는 현실적으로 중요한 의미를 지닌다. 그런데 이 경우 다시 세계 시장에서의 소통·유통 가능성과 수요가 목적이 되고 정책의 심급이 되면서, 번역의 의의가 주객전도될 우려가 있다. 민족어간 합리적 교환이 가능하다는 믿음은 번번이 자본의 룰과 제국 안의 역학 관계 속에서 배반당할 것이 분명하기 때문이다. 현재, 문학의 어떤 이상론理想論도 시장과 언어에 대한 존재구속성 앞에서 번번이 물러설 수밖에 없을 것이다. 게다가 소통(유통)이 목적이 될 때에는, 보편언어가 지역언어를 압도하고 그 효율성을 인정받게끔 되어 있다. 보편언어 속에 이미 일종의 척도가 부여되는 셈이다. 세계보편언어로서의 영어 공용어 문제가 대두될 때의 논리도 결국은 얼마나 많은 사람에게 잘 유통될 것인가라는 효용론의 관점에서 시작했음을 떠올려 본다면, 소통과 유통을 심급으로 삼는 번역에는 언제라도 제국적 보편언어주의로 전화할 수 있는 논리가 내재해 있음을 기억할 수 있을 것이다.

이때 우리는 번역 가능성 vs 번역 불가능성의 해묵은 구도를 떠올리곤 한다. 그리고 우리가 통상적으로 말하는 번역, 정책과 사업으로서의 번역은, 번역 가능성 쪽에 기대고 있는 편이다. 이것은 재현representation 가능성과도 같은 원리 하에 놓인다. 이질적인 것들 간의 이상적인 교류, 소통(번역 가능성, 재현 가능성)은, 원본의 언어를 최대한 보존하는 쪽으로 기대하게 될 때가 많다. 번역의 수준 높음이 원본의 가치를 보존하고 전달할 수 있으리라는 믿음이 전제될 때가 많다. 그러나 정확한 번역, 일대일 대응이 불가능하다는 점은 조금만 생각해 봐도 알 수 있는 일이다. 이 100% 소통이 불가능하다는 점은 번역의 불가능이자 재현의 불가능을 확인시키는 문제다. 그러나 실제 정책이나 사업 속에서 이런 점이 고려되거나, 나아가 이 불가능성 자체가 긍정적으로 사유되는 경우는 별로 없는 것 같다.

그런데, 소통, 본질에 대한 미망을 내려두고, 아예 다른 식의 번역의 상을 그려 보는 것은 무의미한 일인가. 당장 눈앞에 가시적으로 펼쳐진 현실적actual 지평 속에서가 아니라 언어의 내재성에 주목하면서, 하나의 잠재적virtual인 상像을 상상해 보는 것은 어떤가. 번역을 번역 가능성의 지평 위에서 언어 간 의미를 옮기는 행위로 국한시키지 않고, 그 행위 속에서 잠재적으로 실현될 하나의 미래를 가늠해 보는 장면 말이다. 시장과 유통의 강박에서 자유로운 또 다른 창조행위로서의 번역에 대해서 말이다.

벤야민은 번역이 "그 자체의 전개를 통해 원문은 의도Intentio를 의미의 재현으로서가 아니라 조화로서 드러나도록"[15] 한다고 했다. 번역을 통해 '순수언어die reine Sprache'가 그 모습을 드러내며 원본과 번역본 사이의 숨겨진 의미들을 개시開始한다고 했다. 벤야민이 말하는 '순수언어'는 메시아의 비유로 표현되고 있지만, '유일한 진리' 등의 수사와는 하등의 관계가 없다. 이 번역의 의미는 다음과 같은 놀라운 비유를 통해 전달

---

15) W. 벤야민 지음, 반성완 옮김, 「번역가의 과제」, 『발터 벤야민의 문예이론』, 민음사, 1999, 329쪽.

되고 있다. "단지 의미의 무한히 작은 점들만을 건드림으로써 언어적 움직임의 자유 속에서 충실성의 법칙에 따라 그 스스로의 고유한 길을 추적"[16]한다는 것. 말하자면 원본의 언어와 번역본의 언어는 어느 한 점에서 스쳐간다. 원본이 표면에서 드러내지 않는 어떤 지대에서 언어들은 만난다. 그곳에서 마주친 각각의 세계들은 각자의 궤적을 가지고, 다시 각자의 방향을 향한다. 이것은 가시적(현실적으로 actual)으로 왜곡과 불일치로 보일 수밖에 없다. 그러나 그곳에서 만들어진 제3의 텍스트들은 우리가 알고 있는 것과 전혀 다른 새로운 지대를 발견하고, 자기 세계를 만들어낸다.

벤야민을 독해하는 데리다의 경우도, '말하는 방식'과 '말해진 것' 사이의 모순을 번역의 아포리아라고 말한다. 바벨신화를 해석하며 데리다는 이렇게 말한다. "신은 번역을 명령하는 동시에 금지한다."[17] 즉, 신은 보편언어와 보편이성에 대한 희망을 파괴하지만, 동시에 보편언어에 내재한 제국주의적 요청 역시 방해한다. 번역은 단순히 전달 불가능성에서 그치지 않는다. 그것은 언어제국주의까지도 붕괴시키는 작업이다. 이때 우리는 각 언어들 사이에서 어떤 종속도 위계도 찾을 수 없다. 원본과 번역본 사이의 진위를 구별해야 했던 강박을 버리고도 충분히 훌륭한 제3의 텍스트와 조우할 수 있다. 무수한 언어마다 자기의 특이성을 확보하면서 공통적인 것을 발견하고, 거기에서 무수한 의미들을 찾아내는 것. 번역은 바로 이 이질적인 각각의 특이성들이 교류하고 소통하는 과정 그 자체일 수 있다.

그러니까 번역의 문제를 세계시장에서의 '유통'과 언어의 '효용성'에서 출발하는 것은 협소한 사고일 뿐 아니라, 그 잠재성마저 박탈하는 일이다. 오히려 유통을 분절하는 논리를 통해 언어는 시장과 네이션스테이트의 구속에서 자유로울 방법을 고안해야 할 것이다. 언어들이 마

---

16) 위의 책, 331쪽.
17) J. Derrida, "Des Tours de Babel", Psyche: inventions de l'autre, 1987, p. 207; 페터 지마 지음, 김혜진 옮김, 『데리다와 예일학파』, 문학동네, 2001, 114쪽 재인용.

주친 점과 그 선을 따라 생성되는 제3의 텍스트들을 발견하기. 자본의 흐름과 상품의 유통을 근저에서 교란하는 더 많은 언어들을 고안하기. 그럼으로써 척도로서의 언어, 척도로서의 번역, 척도로서의 시장에 대항하는 소수의 언어와 소수의 문학들을 상상하기. 말하자면, 시장 내에서의 유통을 위한 번역 행위 이전에, 그 잠재성을 현실화시키는 가능성에 우리는 고무되어야 한다.

5. '세계문학 / 한국문학' 구도를 넘어서

고종석의 단편 중에 「고요한 밤, 거룩한 밤」(『파라21』, 2004년 봄)이라는 소설이 있다. 국경 없는 의사회에서 일하는 주인공이, 크리스마스 전날 음식 배달을 왔다가 쓰러진 이주 노동자 환자를 돌보는 이야기이다. 등장인물의 국적은 프랑스, 한국, 네팔을 비롯, 주인공의 가계는 유럽인 특유의 복잡한 혈통을 갖고 있다. 다국적, 다인종, 다언어 등등의 이질적인 것들이 혼합되어 있는 상황 속에서 주인공은 어떻게 하면 제국의 언어를 통하지 않고 소통할 수 있을지에 대해 고심한다. 소설 속에는 캐럴송 '고요한 밤, 거룩한 밤'이 우리에게 전승되기까지의 각 언어의 흔적들을 떠올리는 장면이 있다. 여기에서 중요한 것은 바벨탑 이전, 언어의 타락 이전에 대한 향수와 믿음이 아니다. 그것은 보편언어로 환원될 수 없는 노래 가사들이, 그리고 본래 어느 언어의 것인지 알 수 없는 하나의 메시지가, 같은 시간 지상의 모두에게 수많은 언어와 수많은 의미로 변이되어 번역, 전달되고 있는 마지막 장면이다. 우리는 모두 그 소설에서 말하는 것처럼 이질적이고 산란散亂하는 것들 속에서 늘 어떤 공통적인 것을 점쳐보거나 상상하면서 소통하고 있는지도 모른다. 그것이 비록 각자 처한 위치에서 일정 정도의 한계와 왜곡을 수반할지라도, 차이와 마주침 속에서 발생하는 스파크는 경이롭다. 언어 혹은 시장으로 인해 지금 우리가 근본적인 한계 체험을 할수록, ○○

문학으로 구획되기 이전·근원의 어떤 이미지로 거슬러 가는 것도 하나의 의미 있는 방법이리라.

그런 의미에서라도 지금 우리는 구획된 ○○문학, 혹은 기존 네이션 공동체 문학의 문제틀이었던 '세계문학 / 민족문학' 구도 자체를 좀더 철저히 역사화하고 맥락화할 필요가 있다. 과거의 이념을 구출하거나 연장하기 위한 고투보다도, 현재 이미 우리를 에워싸고 있는 제국으로서의 시장과, 그 속에서 다시 견고해진 네이션 스테이트의 분할선들을 기억해야 한다. 분명 지금의 문학 및 우리 삶을 초월적으로 둘러싸고 있는 제반 조건들은 함께 동요하고 있다. 신자유주의, 포스트 포드주의, 비물질노동, 탈산업사회, 정보사회, 네트워크사회[18] 등으로 설명될 수 있듯, 자본의 지배전략이 변화하고 있음은 주지의 사실이다. 제국으로의 이행과 그 속의 마디들로 고착되어 가는 네이션 스테이트에 대한 사유는 불가피하다. 세계와 지역(민족, 국민)의 위상이 재조정되고 있는 상황을 외면해서는 안 된다. 현실 사회주의 붕괴, 포스트 모더니즘의 광풍, 네이션 스테이트 비판 논의를 거치며 일련의 자명했던 것들은 느슨해지고, 그것이 다시 또 다른 초월적인 것인 자본의 장력 속에서 재배치되어가는 과정에서 문학 역시 필연적으로 그 좌표와 형질이 변해간다는 것. 비극적(혹은 희극적) 협의인, '메이드 인 코리아 문학'의 조건들을 넘어 서기 위해서도, 우리는 문학을 가능케 한 조건들에 대해 더욱 철저히 맥락화, 역사화할 수 있어야 한다.

근대문학이 본래 시장(자본)과 국적으로부터 자유롭지 않았지만, 언제나 자신의 태생적 조건, 자신의 아버지를 늘 거역하고 반항함으로써 지속되어 왔던 것을 떠올려보자. 자신을 배태해낸 조건들인 시장, 국적을 결코 노골화하지 않음으로써, 오히려 그것에 거스름으로써 존재했던 것이 근대문학이었다. '세계문학 / 한국문학'의 문제틀이 현재의 고민 수준을 적절히 반영하고 있는 것은 분명하지만, 결과적으로 자신의 태생적

---

18) G. 들뢰즈 외 지음, 김상운·서창현 옮김, 『비물질노동과 다중』, 갈무리, 2005, 2~3부 참조.

조건을, 새로운 아버지를 인정하기로 작정한 모양처럼 보이는 것도 사실이다. 만일 정말 그러하다면 결국 언젠가 우리는 다시 제자리로 돌아와서 같은 문제 앞에 서게 될 것이다. 지금, '근대(적인 것)'라는 말을 지우고는 '문학'이 지속되고 성립될 수 없다는 조바심과 강박이 우리를 계속 어떤 낡은 장소에 머무르게 하는 것은 아닌가. 문학은, 옆 나라 어느 평론가의 말처럼 시대를 막론하고 당대와의 '전승보고서'가 되어야 하는 것은 아닐까. 자기 시대의 조건들을 자명하다고 여기지 않는 지점, 시대에 굴복하지도 달아나지도 않는 긴장 상태가 '문학' 자체를 가능케 하는 최소한의 구동력인지 모른다. 현재 문학은 당대적인 것들과 대결함으로써만 그 존재 의의를 주장할 수 있는 상황인지도 모른다.

그러므로 한동안 버전이 다른 묵시록이 계속 쓰여질지라도, 우리가 알고 있던 문학의 조건들, 구획들, 그리고 기존의 '세계문학 / 민족문학'의 문제틀은 더욱 철저히 맥락화·역사화될 필요가 있다. 설령 문학의 이름 앞에 폐허의 잔해가 더욱 쌓여간다 할지라도 역사의 천사는 과거와 미래 사이 지양될 수 없는 이 팽팽한 긴장을 통해서만 나아가게 되어 있다. 그는 잔해 위에 잔해가 쉼 없이 쌓이는 파국을 보고 있다. 그의 앞에는 몰락해 가는 역사의 잔해더미가 하늘까지 치솟고 있고, 폭풍이 그를 떠밀고 있다. 그 폐허에서 구제의 가능성을 엿볼 것. 그리하여 다음은 벤야민의 말이다. "우리가 진보라고 일컫는 것은 바로 이러한 폭풍을 두고 하는 말이다."19) 國

김미정
문학평론가. 본지 편집동인. 1975년생. 2004년 ≪문학동네≫ 평론 신인상 수상. 주요 평론으로 「'탈-'의 감각과 쓰기의 존재론─배수아론」 등이 있음. metanous@naver.com

19) W. 벤야민, 「역사철학테제」, 앞의 책, 348쪽.

역사의 심연, 문학의 윤리

허 병 식

거대서사들은 이제 믿을 수 없게 되어버렸다.

그래서 사람들은 거대서사들의 쇠퇴라는 거대서사를 믿고 싶어한다.

—장 프랑수아 리오타르

1. 팩션이 어떻다구?

이 글은 최근 한국문학에 나타나는 역사소설과 팩션에 관한 논의를 살펴보고 그것이 지닌 가능성과 한계를 점검하고자 하는 의도를 갖는다. 최근 한국소설에 등장하는 과거로서의 역사가 지닌 허구적인 성격을 이야기하는 논의 중에서 먼저 검토하고 넘어가야 할 것은 이른바 '팩션'에 대한 담론들이다. 우리가 팩션에 열광하고 있다고 진단한 박진에 따르면,[1] 아직은 모호하고 수상한 신조어인 팩션은 "머지 않아 이 용어를 사용하는 사람들과 직관과 통념 속에 뚜렷한 장르 개념으로 자리잡을 가능성이 크다"고 한다. 사실^{fact}과 허구^{fiction}의 혼성어인 팩션^{faction}

---

1) 박진, 「우리는 왜 팩션에 열광하는가?」, 『문학과사회』, 2005년 겨울.

은 그 의미상 모든 역사소설이나 실화소설을 포함하는 것이지만, 또한 그것은 우리 시대에 등장한 새로운 서사양식이라는 것이 박진의 설명이다. 그녀에 따르면, "팩션에서 역사와 허구는 단지 뒤엉켜 있거나 결합되어 있는 것이 아니라 완전히 다른 방식으로 관련을 맺는다. 역사는 허구화되고 허구는 역사화되는 방식으로, 역사와 허구는 서로 자리를 바꾼다." 이러한 설명이 몹시 혼란스럽다는 것은 누구나 느낄 수 있는 것이지만, 그 혼란은 여기서 그치지 않는다. 이어서 나오는 주장은 이렇다. "엄밀히 말해서 팩션은 일반적인 개념의 역사추리소설들과는 상당히 다른 서사 장르다." 여기서 팩션에 대응하는 장르는 역사소설 일반이 아니라, 역사추리소설이라는 특정한 양식이다. 그리하여, "한 번 더 엄밀하게 말하지만 서사 장르로서 팩션은 전통적인 추리물whodunit이 아니라 스릴러thriller에 속한다." 그리고 우리가 팩션에 열광하는 이유는 이러한 스릴러 장르의 대중성에 힘입은 바 크다는 것이다. 또한 팩션은 스릴러로만 그치는 것이 아니라, "스릴러에 역사물과 미스터리가 결합된 혼종 장르라고 말할 수 있"으며, 여기에 덧붙일 것은 "팩션이 지닌 멜로드라마적 요소"이다. 그리고 팩션의 제재는 미스터리한 성격을 지니고 있으며, 그 제재들이 진위 논쟁의 대상으로 쟁점화하는 것은 기독교적인 논점과 만나는 지점들이다.

한편으로 최근 팩션에 대한 또 다른 주장을 제출한 정여울의 논의[2]는 이러하다. 역사소설의 붐은 문학사에서 여러 번 반복된 현상이지만, 2000년대 팩션 열풍과 식민지 시기 역사소설의 유행이 서로 다른 점은, "2000년대의 팩션이 '문학의 위기'라는 다소 유령적인 담론을 등에 업고 있다는 점이다." 그리하여 식민지 시대의 역사소설이 당대성을 다루고 있었다면, 2000년대의 팩션은 당대성에 대해서 침묵하고 있다는 것이 정여울의 진단이다.[3] 그녀는 역사소설과 팩션의 장르적 구분에

---

2) 정여울, 「팩션적 글쓰기와 미디어 친화력」, 『문학과사회』, 2007년 가을.
3) 최근의 역사소설들이 당대성에 대해 침묵하고 있다는 정여울의 진단은 새로운 세대의 역사소설들이 "역사 속으로 뛰어들기보다는 오히려 생생한 현재성의 광장으로 역사를 끌어내는 쪽

집중하지 않고, 그리하여 '팩션'이라는 신종 장르가 지닌 성격에 대한 정의를 모색하지 않고, 식민지 시기의 역사소설과 현재의 역사소설(팩션?)이 지닌 지향의 차이에 대해서만 주목하고 있다. 그리하여 현재의 "팩션 열풍의 진원지는 역사 자체에 대한 관심이라기보다, 현재를 부정하는 시대인식"이 된다는 것이다. 이후의 논의에서, 정여울은 역사소설과 팩션 사이에 어떠한 구분도 하지 않고 그 두 용어를 번갈아 사용하고 있다. 그리고 이러한 팩션 열풍의 사례로 제시하고 있는 대표적인 작가는 김훈, 김탁환, 그리고 김별아이다.

여기서 우리는 한 가지 놀라운 사실에 직면하게 되는데, 박진과 정여울의 설명에 귀기울이다 보면, 우리는 김훈의 『칼의 노래』, 『현의 노래』, 혹은 『남한산성』 같은 작품이 '스릴러'이며, 거기에 '역사물과 미스터리가 결합된' 소설이고, 그것이 기독교적인 논점을 다루고 있는지도 모른다는 결론에 도달하게 되는 것이다. 물론 이러한 분석은 각기 다른 두 사람의 주장을 다소 악의적으로 결합시킨 결과일 뿐이지만, 그럼에도 이러한 분석이 다소 의미를 지닐 수 있다면, 그것은 우리 시대의 이른바 '팩션'에 대한 주장의 수준을 이해하는데 일말의 도움을 주리라는 점 때문일 것이다. 공정을 기하기 위해 두 사람의 다른 글들을 좀 더 읽어보는 것이 좋겠다.

박진은 「역사추리소설의 장르적 성격과 한국적 특수성」[4]이란 논문에서 역사추리라고 하는 새로운 장르의 출현이 근대적인 역사관이 붕괴한 것과 관련이 있다고 지적하면서, 그것이 20세기 후반에 역사학계에 새로 등장한 '언어로의 전환'이나 '신문화사' 등을 거치며 급격하게 진행되었다고 말한다. 그리하여 이들 새로운 역사학이 극명하게 드러낸 것은 역사란 서술된 형태로만 존재하게 되었고, 역사의 사료는 '전거'의 개념으로부터 '단서'의 개념으로 위상이 변화하게 되었다는 점이

___

에 가까워 보인다."라고 말한 서영채의 의견과 상반되는 것이다. 서영채, 「뒤늦은 애도, 한 고결함의 죽음에 관하여」, 『리진』 해설, 문학동네, 2007.
4) 박진, 「역사추리소설의 장르적 성격과 한국적 특수성」, 『현대소설연구』 32집, 2006.

라는 것이다. 그러니까 그것이 팩션이든, 역사추리소설이든, 근대적인 역사에 대한 에피스테메의 전환으로 인해 소설은 새로운 방식으로 역사와 만날 수밖에 없게 되었다는 것이다.

정여울은 김영하의 『검은 꽃』을 논하는 자리에서5) 다시 한 번 역사소설=팩션에 대한 주장을 펼쳐보이고 있다. 그녀는 가스통 르루의 『러일전쟁, 제물포의 영웅들』을 읽으면서, "〈사실〉은 오직 현장의 순간 속에만 존재하며 기록이나 서사는 그 조각난 현장성을 복원하고 재배치하는 작업일 수밖에 없다는 점에서, 모든 역사적 기록은 일종의 〈팩션(faction)〉일 수 있다. 또한 기억을 서사화하는 행위 자체에 기억에 대한 〈지배〉 혹은 〈관리〉의 욕망이 꿈틀거리고 있다"라고 말한다.

박진과 정여울의 서로 다른 팩션 이해에서 공통적으로 발견되는 것은 팩션이란 물건이 근대적인 역사관에 대한 비판으로 새로운 역사, 사실, 역사쓰기의 이해방식이 대두하였으며, 이것이 '기억의 윤리'에 대한 새로운 관점을 요구하고 있다는 점이다. 이러한 관점은 단지 문학연구자들에게만 지지를 얻고 있는 것은 아니다. 팩션이라는 신조어의 탄생이 사실은 진실이고, 허구는 거짓이라는 근대 사실주의 문법의 파괴를 의미한다고 지적하면서, 근대 사실주의 문법 파괴와 함께 탈근대 소통양식인 팩션이 탄생했다고 말하는 김기봉의 입장6) 또한 이러한 탈근대 역사학에 기반하고 있다.

이러한 탈근대 역사학을 대표하는 해체주의 역사학이란 역사가 과거라는 실재의 퍼즐을 맞추는 것으로 성립하는 것이 아니라, 역사가가 사료로써 주어진 물감을 갖고 상상력을 발휘해서 그리는 그림과 같은 것이라고 믿는 역사인식론이다. 요컨대 해체주의 이전의 역사인식론이 '과거로서의 역사the-history-as-past'에 입각했다면, 해체주의는 반대로 '역사로서의 과거the-past-as-history'를 주장하는 '인식론적 전환epistemological turn'을 모색한다. 이 같은 '인식론적 전환'을 통해 역사란 과거 실재의 모사가 아니

---

5) 정여울, 「팩션 언리미티드(Faction unlimited)―『검은 꽃』론」, 『작가세계』, 2006년 가을.
6) 김기봉, 「팩션으로서의 역사서술」, 『역사와경계』 67집, 2007.

라 담론적 구성물이라는 '언어적 전환linguistic turn'이 새로운 패러다임으로 등장했다.7)

　요컨대, 최근의 소설에 나타난 역사에 대한 새로운 인식을 '팩션'이라는 개념을 통해 설명하고자 하는 논의는 역사에 대한 탈근대, 해체론적 관점이 기반하고 있는 것이다. 장을 달리해서 좀 더 살펴보겠지만, 탈근대 역사인식의 대두에 대한 설명이야 그다지 새로운 것은 아니어서, 우리는 그러한 논의를 전개하는데 왜 팩션이라는 용어가 필요한지 아직 이해하기 어렵다. 박진은 공들여 팩션이란 용어를 정의하려 노력하면서, 그것이 모든 장르의 운명이 그런 것처럼 앞으로 많은 이들의 직관과 통념 속에 뚜렷한 장르개념으로 자리잡을 것임을 예언하였고, 그 정의에 부합하는 작품으로 국내외의 특정한 소설들을 언급하였지만, 왜 그 작품들만이 해체적인 역사인식의 소산이라 봐야 하는지, 김훈이나 김영하의 이른바 뉴웨이브 역사소설이 팩션인지 그렇지 않은지에 대해서는 답변하기 어려울 것이다. 정여울은 『남한산성』이나 『검은 꽃』이 팩션에 속한다고 과감하게 분류하고 논의를 전개하고 있으나, 정작 팩션이란 무엇인지 정의를 내려야 하는 과제에 대해서는 앞으로도 답변할 수 없을 것이다.

　새로운 역사인식을 드러내는 뉴웨이브 역사소설을 팩션이라 지칭하자고 제안하는 주장들의 곤란함은 여기서 그치지 않는다. 팩션faction이란 것이 알려진 것처럼 사실fact과 허구fiction의 합성어로 사실과 허구가 뒤섞이는 장면을 극적으로 드러내고자 하는 의도에서 나온 용어라면, 그러한 신조어에 맹목적으로 열광하기보다는 그것이야말로 사실과 허구에 대한 고정관념을 반영한 명명법이 아닌가 하는 의문을 떠올리는 편이 자연스럽다. 진정으로 사실fact이란 것이 어떻게 구성되는지에 대한 탈근대 역사이해에 대해 알고 난 후에도, 혹은 허구fiction에 대한 현대의 이해와 인식들을 조금이라도 알게 된 뒤에도 팩션이란 명명에 그렇게 열광

---

7) 김기봉, 「우리 시대 역사 이야기의 의미와 무의미」, 문학동네, 2007년 겨울.

하기는 어렵다. 가령 '진실된 이야기'를 발견하는 것, 즉 혼란스런 형태로 된 역사적 기록으로 우리에게 제시된 사건들의 내부, 혹은 배후에 있는 '진정한 이야기'를 발견한다는 일이 어떤 생각을 전제로 하고 있는지, 실제 사건들이 이야기가 지닌 형식상의 일관성을 드러내 보이도록 적절하게 표현될 수 있다는 환상에는 어떤 희망이 작용하고 있으며, 그것을 통해 어떤 욕망이 충족되고 있는지에 대해 숙고한 헤이든 화이트의 물음을 떠올린다면,[8] 팩션이란 신조어를 통해 현재의 탈근대적 역사이해를 대변하고자 하는 시도가 얼마나 가망 없는 일인지 이해할 수 있을 것이다. 어찌 됐든, 문제는 탈근대적 역사인식, 바로 그것인 듯하다.

2. 탈근대적 기억술

과거의 진정한 상은 빠르게 지나가 버린다. 우리는 그것을 인식하는 찰나에, 섬광처럼 스쳐 지나가는 상으로서만 과거를 포착할 수 있을 뿐이다. 그러므로 역사에 대한 기억은 언제나 기술記述을 요구한다. 벤야민이 파악하였던 것처럼, 과거를 역사로 만들고자 하는 자는 어떤 위험의 순간에 섬광처럼 스쳐 지나가는 어떤 기억을 붙잡아 그것을 자신의 것으로 만들지 않으면 안 된다. 과거의 사건들의 진정한 의미는 기록되고 서술됨으로써 비로소 경험을 구성할 수 있는 가치를 획득한다. 역사와 소설은 삶의 육체적이고 정서적인 경험의 영역을 탐사함으로써 현실의 참다운 모습을 알게 만드는 기억의 양식이다. 객관적 사실에 대한 기록이라고 믿어지는 역사쓰기와 허구적 구성에 의한 재현이라고 여겨지는 소설쓰기를 포함해서 역사에 대한 이야기는 근본적으로 과거의 기억에 대해 기술적이고 재현적인 성격을 지니고 있다. 그것은 과거를 지속적으로 현재화시키는 방식으로 기억에 관여한다.

---

8) 헤이든 화이트, 「리얼리티 제시에서의 서술성의 가치」, 석경징 외 편, 『현대 서수 이론의 흐름』, 솔, 1997, 182쪽 참조.

그러나 기억의 기술주체는 어떠한 위치에서, 무엇을 생산하는가. 그리고 기억을 형성하는 조건들, 구조들은 어떠한 것인가. 역사에 대한 인식에 나타나는 최근의 주목할 만한 변화는 역사서술의 재현적 성격에 대해 의문이 제기되고 있다는 점이다. 역사기록을 과거에 대한 객관적인 재현으로 파악하려는 시각은 이제 설득력을 갖기 어렵다. 역사를 이야기하는 서사의 형식과 기능, 그리고 그것에 내재한 권력의 효과에 대한 최근의 연구들은 역사기록이 더 이상 순수한 재현으로 그치지 않음을 주장하고 있다. 서술은 실제이든 상상이든, 특정한 사건을 재현하는 형식이라기보다는, 사건에 대해서 이야기하는 하나의 방식으로 간주된다. 역사서술은 현실을 재현하는 것이 아니라 그것을 의미화한다. 그것은 재현하고자 하는 현상들과 밀접한 관련을 맺으면서 그 현실에 관여하고 심지어는 새로이 현실을 구성한다.

그러므로 역사의 기억은 또한 기술技術이기도 하다. 역사쓰기든 소설쓰기든, 기억술로서의 역사에 대한 이야기란, 글쓰기의 대상인 과거와 쓰기의 시점인 현재 간에 특별한 관계를 만들어내는 것을 목표로 삼는다. 그것은 역사를 해석하고 그것에 의미를 부여함으로써 사건을 특별한 이야기로 만들어내는 기억의 기술이다. 역사를 이야기하는 기술주체는 경험되고 기억되는 과거에 질서를 부여하여 그것을 하나의 의미 있는 지식으로 생산해 낸다. 그러므로 특정한 역사를 기록하는 역사 서술에서 중요한 것은 어떠한 역사 해석이 역사기술의 지배적인 내러티브로 작동하느냐의 문제일 것이다. 역사 이야기에 나타나는 역사에 대한 서술이란 과거를 선택적으로 기억하고 재현하는 것이며, 이를 통해 해당 역사에 대한 특정한 관점을 창안하는 것이기 때문이다. 여기서 중요한 것은 역사에 대한 이야기를 수행하는 주체가 자신이 재현하고자 하는 대상과 어떤 관계를 맺고 있는가의 문제이다. 역사적 사실을 둘러싼 담론들은 그 사실을 서술하는 행위와 해석하는 행위에 의해서 비로소 의미를 지닐 수 있게 된다. 해석과 서술의 행위 그 자체가 사실을 구성한다고 할 수 있으며 그 구성하는 행위는 사실에 대한 재현을 넘어 의미를 창조하고 사건을 생성하는 것이다. 어떠한 위치에서 어떠한 방식으로 과거를 서사화할 것인가라는 기억의 정치학이 필요한 것은 그 때문이다.

대체로 이러한 맥락에서 제기되고 있는 것이 이른바 탈근대적 역사 이해의 내용일 것이다. 그것은 공식적 역사를 벗어나서 파편화되고 억압된 역사, 기억, 주체의 복원을 시도하고 있다는 점에서 숙고할 만한 의미를 지닌다. 한편으로, 이러한 탈근대 역사인식이 이성적 합리성에 대한 회의를 불러오고, 객관성과 보편성에 대한 저주를 생산하며 무제한적인 상대주의의 유희를 펼치고 있을 뿐이라는 우려 또한 도처에서 들려오고 있다.

프레드릭 제임슨은 포스트모던 문화가 향수로서, 그리고 유행으로 재활용될 수 있는 어떤 것으로서 역사라는 개념을 향유하면서 역사적 사유를 외면한다고 비판한다. 그는 자신의 저서 『정치적 무의식』에서 라깡의 '상징화를 절대적으로 거부하는' 것으로서의 실재^{the Real} 개념과 스피노자의 '부재원인^{absent cause}'에 바탕을 둔 알튀세르의 역사에 대한 반목적론적인 정식, 즉 '역사는 주체도 아니고 목적도 아니다'라는 정식을 잠정적으로 수정할 것을 제안하고 있다. 그 정식에서 옥석을 가리지 않고 사용되는 부정성이란, 오늘날 일련의 후기구조주의자들, 포스트 맑스주의자들의 논쟁적 주제들과 쉽게 동화할 수 있다는 점에서 잘못 이해될 여지가 있다는 것이다. 이들에게 대문자 역사는 나쁜 의미로 쓰이면서, '문맥' 혹은 '배경', 모종의 외부의 현실에 대한 지시, 다시 말해 숱하게 비방을 받아온 '지시대상' 자체에 대한 지시일 뿐인 것으로, 다시 말하자면 단지 여럿 중의 한 텍스트에 불과하고, 역사 교본이나 종종 '직선적 역사'라고 불리는 역사적 연쇄의 연대기적 제시에서 발견되는 어떤 것일 뿐으로 이해된다. 제임슨이 알튀세의 정식을 수정하자고 말하면서 제안하는 내용은 이런 것이다. "역사는 텍스트가 아니며, 지배적이건 혹은 그렇지 않건 간에 서사도 아니지만, 부재 원인으로서, 텍스트의 형식을 제외하고서는 우리에게 접근 불가능하며, 역사와 실재에 대한 접근은 반드시 선행하는 텍스트화, 정치적 무의식 속에서의 서사화를 거치게 되어 있다는 것이다."9)

그리하여 제임슨은, 어떻게 기반이며, '부재원인'인 역사가 그러한 주제화와 사물화에 저항하는 방식으로, 혹은 다른 약호들과 구분되지 않는 하나의 선택 가능한 약호로 변해버리는 현상에 저항하는 방식으로 파악될 것인가를 자문하는 것이 필요하다고 주장한다. 역사기술의 형식이 작용하는 원재료가 무엇이었건 간에 위대한 역사기술 형식의 정서는 항상 그 무기력한 재료의 발본적인 재구조화라고 볼 수 있으며, 지금의 예에 있어서는 그렇지 않으면 무기력할 연대기적이고 선적인 자료들을 필연성의 형식으로 강력하게 재조직화하는 일이다. 그리하여 역사는 필연성의 경험이 된다. 그리고 이 점만이 역사가 재현의 대상처럼, 또는 많은 지배약호들 중의 하나인 것처럼 주제화되고 사물화되는 것을 막을 수 있다. 이런 의미에서 필연성은 내용의 한 형태가 아니라, 오히려 사건의 엄혹한 형식이다. 그리하여 필연성은 전정한 서사적인 정치적 무의식의 확장된 의미에 있어 서사적 범주로 되며, 역사를 새로운 재현이나 '비전'으로서가 아니라 알튀세르가 스피노자를 따라 '부재원인'이라고 부르는 것의 형식적 효과로 제안하는 역사의 재텍스트화이며, 집단적 실천과 개인적 실천에 함께 엄혹한 한계를 지워주고, 그 '간지'가 앞의 실천들을 그 드러난 의도와는 딴판의 소름끼치도록 역설적인 전도체로 바꾸어버리는 것이다.10)

애초에 거대서사에 대한 불신을 선언하여 탈근대의 정신을 주창한 장 프랑수와 리오타르는 제임슨의 『정치적 무의식』에 대하여, 역사가 세계를 더욱 공명정대하게 만드는 데 필요한 윤리적 투쟁과 결부되어 있다고 말한 칸트에 대한 독해를 통해 탈근대 역사이해의 새로운 가능성을 제시한다. 그는 칸트의 역사이해에서 역사가 전체로서 사유되지

---

9) Fredric Jameson, *The Political Unconscious: Narrative as a Socially Symbolic Act*, muthuen, 1981, p. 35.
10) Ibid., Chap. 1 참조.

만 거대 서사로 제시되지 않는다는 점에 주목하여, 거대서사를 넘어서도 여전히 유효하게 존재하는 역사의 가능성을 발견한다. 그는 "칸트의 필연이라는 개념이, 총체화하는 변증법의 형식을 통해 역사를 대문자화하는 것을 배제하며, 따라서 제임슨이 역사화하는 것에서 기대하는 것으로 보이는 '풍부한 의미론semantic richness'을 배제한다"라고 썼다.[11]

리오타르는 우리시대를 지칭하기 위해 사용되는 포스트모더니티라는 용어는 거대서사가 분열되면서 발생하는 감정인 사건성Begebenheit과 밀접한 관련을 갖는다고 설명하면서, 역사적이고 정치적인 것들은 모범적인 예나 선험적인 도식으로 환원되지 않는 '사건'으로 스스로를 드러낼 때 비로소 자신을 주장할 수 있게 된다고 말한다. 그리하여 진보를 향한 발걸음은 그것이 우리의 감정에 목격되는 '단일한' 목적을 지닌 이념일 뿐 아니라, 이미 그 이념 자체가 '복수적인' 이념들의 형성과 자유로운 탐색 속에서 그 목적이 구성된 것이고, 이질적인 목적성의 무한성이 시작되는 것이 이 목적이라는 사실을 바탕으로 존재하는 것이다. 그러므로 역사에 대한 마르크스주의적 해석으로 돌아가서 총체성을 복원하는 것이 중요한 것이 아니라, 이 '사건'으로서의 역사의 기호에 초점을 맞추는 것이 필요하게 된다. 그에 따르면, 칸트는 이러한 이질성을 인식하였으나, 그것의 연결고리를 만들기 위해 주체라든가, 합리성이라는 개면에 의존할 수밖에 없었지만, 오늘날 '사건' 속에 숨겨진 분열의 증언은 그러한 주체와 합리성에 의존하려는 시도를 불가능하게 만든다. 그리하여 중요한 것은 각각의 이질성을 존중해 주면서 이질적 어구들phrases 간의 '이행transitions'을 강조하는 것이다.[12]

---

11) 사이먼 말파스 지음, 윤동구 옮김, 『장 프랑수아 리오타르 포스트모더니즘을 구하라』, 앨피, 2008, 138쪽.
12) Jean-François Lyotard, "The sign of history", Andrew enjamin ed., *The Lyotard Reader*, Blackwell; Oxford UK&Cambridge USA, 1989, pp. 407~410.

3. 문학에 대한 역사의 해로움과 안타까움

프레드릭 제임슨과 장 프랑수아 리오타르가 탈근대 특유의 역사인식을 둘러싸고 벌이는 논의들은 우리 소설이 경험하는 현재의 역사이해에 대해서도 무언가 의미 있는 관점을 제공하고 있는 것으로 보인다. 정치와 역사의 목적론을 믿을 수 없고 역사의 위대한 동인이나 주체의 효과도 믿을 수 없는 시대에 쓰여지는 역사이야기들이 주목하는 것이 이름 없는 채로 역사의 큰 이야기 속에 숨겨져 있던 인물들의 복원이라면, 우리 소설의 현재가 보여주는 것도 바로 그런 이름 없는 인물들에 대한 새로운 응시라 할 수 있을 것이다. 그 응시의 대표적인 기록들을 살펴보자.

1) 허망한 방랑 - 『심청, 연꽃의 길』

황석영은 최근 자신의 소설 『심청』(2003)을 개작하여 새로이 『심청, 연꽃의 길』[13]을 간행하였다. 고전소설의 주인공인 '심청'의 이야기를 전근대와 근대의 이행기 속에 옮겨와서 중국, 대만, 싱가포르, 오키나와, 일본 등 동아시아의 역사적 시공간 속에 위치시킨 이 장대한 서사는 이야기와 인물 모두를 동아시아의 근대성이라는 역사적 모멘트의 한 가운데 위치시키는 모험을 감행하고 있다. 심청이 경험하는 수난의 기록은 곧 동아시아의 초기 근대가 경험하였던 험난한 역사에 대한 알레고리로 작동하고 있다. 서사의 도입부에 심청으로 하여금, "명심해라. 네 이름은 지금부터 심청이가 아니니라"(『심청』, 10쪽)라는 선언을 언도함으로써 자아의 탐색담이자, 정체를 발견해가는 성장담이 될 것임을 명확하게 제시한 이야기는, 그러나 그 서사의 종결에 이르기까지 탐색에 값하는 어떠한 내면도 심청에게 부여하지 않고 있다. 심청이 경험하는 세계는 동아시아라는 세계의 전역에 이를 정도로 광범위하지

---

13) 황석영, 『심청, 연꽃의 길』, 문학동네, 2007. 이후 『심청』으로 표기하고 쪽수만 명기함.

만, 그 세계이해는 세계의 다양성에 대한 순수하게 공간적이며 정태적인 이해방식에 기반하고 있으며, 그녀가 경험하는 세계는 차이와 대조의 공간적 인접성과 다르지 않고, 그리하여 인물들의 삶이란 성공과 실패, 행복과 불행, 승리와 패배의 여러 대조적인 상황의 교체로 대체되고 있다. 이 정식은 바로 바흐친이 소설의 변종들에 대한 역사적인 분류를 시도하면서 말했던 방랑소설의 특성들을 떠올리게 만든다.

바흐친에 따르면 방랑소설에서 시간적 범주는 극단적으로 약화되어 있으며, 시간이 그 자체로 본질적 의미와 역사적 색채를 갖지 못한다. 그리하여 유년기에서 성숙기를 거쳐 노년기에 이르는 주인공의 나이가 갖는 '생물학적 시간'조차 완전히 부재하거나 단지 형식적으로만 언급될 뿐이고, 민족, 국가, 도시, 사회 집단, 직업과 같은 사회적 문화적 현상들의 총체성에 대한 이해도 부재한다. 그리하여 주인공을 둘러싼 상황이 아무리 급격하게 변할지라도, 정작 주인공인 그 자신은 전혀 변하지 않은 채로 남게 되어, 소설은 인간의 성장과 발전을 외면한다.[14] 이러한 설명이란 곧 『심청』이 보여준 주인공 심청의 삶에 대한 예시는 아닐 것인가. 심청의 이름이 수없이 바뀌고 그녀의 존재의 장소가 종횡으로 이동해도, 심청의 자기정체성에는 어떠한 변화의 조짐도 보이지 않는다. 심지어 "내가 심청이 아니라면 그럼 나는 누구야?"(『심청』, 11쪽)라고 말했던 자아에 대한 물음조차 하나의 공허한 물음으로 남겨질 뿐이다.

공적인 역사의 특정한 계기에 끊임없이 심청을 관련시키고자 하는 작가의 욕망은, 자유를 향한 진보의 이념, 인간을 향한 계몽의 이념의 주인공으로 심청을 위치시키고자 하는 욕망으로 이어지지는 않는다. 심청이 주어진 삶의 여건 속에서 어떠한 자유를 쟁취하고자 노력하는지, 매춘부들의 유복자들에 대한 그녀의 동정이 어떠한 계몽의 계기로 이어지는지가 서사에서 분명하지 않기 때문이다. 이는 근대적 해방의 기획이라는 거대서사에 대한 작가의 방법적인 불신에 기반한 것으로

---

14) 미하일 바흐친 지음, 김희숙·박종소 옮김, 『말의 미학』, 길, 2006, 288~289쪽.

보여지는데, 그것은 또한 심청의 자기 창조를 불가능하게 만드는 주요한 동력으로 작동하게 된다. 그리하여 아편전쟁이나 일본의 개국 같은 역사의 주요한 모멘트들은 심청의 자기 창조의 계기가 되기보다는 그녀의 욕망을 규율하는 권위를 지니게 된다. 그 욕망 속에서 주어진 조건에 충실하는 삶이 바로 심청이 택하게 된 삶의 양식이며, 그것이 아무리 장대한 서사를 이루고 있다고 해도, 한낱 하룻밤의 꿈과 다르지 않은 이야기로 전락할 위험에 처한다. 그리하여,

"예전 어느 강변 마을에 아름다운 여인 하나가 나타났더란다. 나는 부모형제가 없는 사람으로 재물도 영화도 원치 않으나 내가 가진 경전을 외우는 이에게 시집을 가련다구 그랬다지. 여러 사내들이 다투어 그네와 정분을 나누었으나 마지막에 마씨 댁 총각이 경전을 외워 장가를 들게 되었구나. 혼인을 하자마자 몸이 아프다며 방에 들어가 쉬던 여인이 죽더니 삽시간에 육신이 재처럼 흩어져 금색 뼛가루가 되고 말았다더라. 며칠 후에 한 선승이 지나다가 보고 그이는 관음의 화신이었다고 그러더란다. 정분의 허망함과 살림의 덧없음을 깨우치려고 잠깐 보이셨다는구나."(『심청』, 669쪽)

라는 심청의 마지막 유언 같은 문장은 그대로 그녀가 살아온 덧없는 삶의 비유, 바로 그것이 된다. 마지막으로 심청이 품에서 꺼내어 전해주는 물건이 고향 황주에 갔다가 절에서 찾아온 자신의 위패였고, 그 속에 '심청지신위沈靑之神位'라는 글씨가 희미하게 각인되어 있는 장면은 그네의 긴 방랑이 어떠한 정체성의 창조도 이루어내지 못한 시간들이었음을 증언하는 역설이 된다.

『심청』이 들려준 심청의 오랜 방랑에 대한 주목할 만한 기록은 주인공이 어떤 역할을 수행해야 하는지 이미 결정되어 있는 이야기, 리오타르가 전근대적 메타서사의 유형이라고 말한 바로 그런 이야기이다. 그것은 근대의 거대서사에 대한 불신을 드러냄으로써 고전소설의 활기 있으나 허망한 시간 속으로 빠르게 걸어 들어가 버린, 기억할 만한 인

물의 뒷모습을 우리에게 보여주고 있다.

2) 우울한 애도 – 신경숙, 『리진』

　신경숙의 『리진』[15]이 주목하고 있는 시기 또한 전근대와 근대가 교체되고 있던 한 시기이며, 이러한 역사적 격변의 와중에 한 왕조가 몰락하고 있던 풍경이다. 주인공인 리진은 이러한 역사적 시공간의 핵심에서 왕조의 소멸을 지켜볼 뿐만 아니라, 그것의 소멸을 불러온 근대의 핵심부로 이동하여, 근대적 도시와 문화를 직접 체험하는 역할을 떠맡게 된다. 그러니까, 이런 식이다.

　　"프랑스가 대혁명의 성과물인 미터법을 국제적으로 통용시키고, 독일이 가스를 폭발시켜 에너지를 동력으로 전달하는 내연기관이 등장하던 무렵, 세계를 향하 이제 문을 연 조선에선 간밤에 궁궐이 불타는 모습을 보고 온 어린 소녀가 불한사전을 껴안고 울고 있었다."(『리진』 1: 97쪽)

　동일한 장면을 인용하며 리진이 역사의 필연적인 증인이 되어 등장하고 있음을 지적한 소영현은 "엄밀하게 말하자면 경복궁에 불이 난 사건을 통해 어린 소녀가 본 것은 역사의 한 장면이 아니다. 한 여인의 분노일 뿐이다"라고 말했다.[16] 이러한 지적이 의미 있는 것은 그것이 이 소설이 보여주는 역사에 대한 이중적인 태도와 관련이 있기 때문이다. 작가는 서사의 주인공이며, 실존인물로 알려진 리진을 저 굴곡 많은 역사의 정점에 위치시키고, 그녀로 하여금 역사의 생생한 현장들을 지켜보도록 만듦으로써 역사이야기가 지닌 압도적인 힘에 의지하여 서사를 전개하고 있으면서도, 한편으로는 리진으로 하여금 그러한 역사를 향한 시선을 지니는 것이 아니라 내면을 향한 응시를 수행하도록 만듦으로써

---

15) 신경숙, 『리진』 1 · 2, 문학동네, 2007. 이후 『리진』으로 표기하고 쪽수만 명기함.
16) 소영현, 「경계를 넘는 히/스토리, 포스트모던 모놀로그」, 『문학과사회』, 2007년 겨울, 384쪽.

역사소설의 문법을 멀리 벗어하는 방향으로 달려가고 있다.

그러므로 『리진』의 해설에서 서영채가 이 서사의 정점에 왕비의 죽음 이라는 비극적 사건이 있다고 지적하고, 그녀를 향한 뒤늦은 애도의 기록으로 작품을 읽은 것은 어찌 보면 매우 정확한 통찰이라 할 것이다. 작품에 대한 공감이나 정밀한 독해가 아니라, 역사에 대한 탈근대적 인식의 윤리학에 대해 묻고자 하는 이 글이 주목하는 것도 바로 그 지점 이다. 그러니까, 애도의 뒤늦음이나 그 수행의 완결에 대해서가 아니라, 그것이 과연 올바른 방향을 지닌 애도였는가 하는 점에 대해서 말이다.

먼저 그 애도의 내용에 대해 살펴보자. 리오타르는 프로이트가 우리 에게 알려준 바대로, 애도의 작업이란 상실한 대상으로부터 리비도를 철회함으로써 사랑하는 대상의 상실로부터 회복하는 것, 그리고 리비 도를 그들로부터 철회시켜 우리에게 환원함으로써 주체에게 그것을 돌 려주는 것이라고 말하면서, 회복을 가능하게 만드는 많은 방식 중에 하 나인 이차적인 자기애에 대해 이야기한다. 그에 따르면, "두려운 것은 우리가 신을 애도하던 시기, 바로 근대 세계와 타자의 정복이라는 그 기획을 가능하도록 했던 그 시기에 행했던 애도가 단순히 맹목적으로 (또는 강박적으로) 반복되고 있다는 점이다."17) 리오타르가 지적한 것은 애도의 작업이 지닌 주체 중심적인 성격에 대한 비판인데, 우리가 『리 진』에서 보고자 하는 것 또한 이러한 주체의 자기애에 기반한 맹목적 이고 강박적인 애도의 반복이다. 서술자가 리진이라는 주체로 하여금 수행하도록 만드는 애도는 조선이라는 나라의 궁궐 속에 갇힌 왕비를 향해 있고, 리진이 프랑스로 떠나가서 수행하는 붙이지 못한 편지쓰기 는 모두 이 애도의 과정으로 이해할 수 있다. 리진은 "푸른 잉크에서 떨어진 중궁 마마…18)라는 조선어를 가만히 바라보았다. 몇 번째인지

---

17) Jean-François Lyotard, "Universal history and cultural differences", op. cit., p. 316.
18) 신경숙 소설에 나타나는 '말할 수 없음', '말 없는 말'의 미학적 무의식은 그녀의 문학의 중핵 을 이룬다. 이 말과 침묵 사이의 모순적인 결합이 어떠한 미학적 무의식, 혹은 정치적 무의식 을 지니고 있는가에 대해서는 보다 정밀하게 규명될 필요가 있다.

몰랐다. 하고 싶은 말은 쌓이는데 그 말들을 써보려 하면 캄캄한 어둠 속인 듯 뒷말이 막혀버렸다"(『리진』 2: 63~64쪽)라고 이야기하면서, "나는 개화된 세상에 나가보길 꿈꾸나 이 궁궐에서 한 발짝도 옮기지 못할 처지이니 네가 부럽구나"(『리진』 2: 65쪽)라고 말했던 왕비의 마지막 모습을 떠올린다. 아직까지 죽지 않은 대상인 왕비를 향한 애도의 작업으로 홀로 거실에서 조선춤을 추는 리진의 모습은 "애도 작업을 완수하는 것에 대한 거부를 아직 대상이 상실되지도 않았을 때조차 그에 대해 필요 이상으로 과도한 애도를 표하는 거짓 장면을 연출"[19]하고 있는 것은 아닌가 하는 의문이 들기도 한다.

그러나 정작 묻고자 하는 것은 그 애도의 방향에 대해서이다. 리진은 미적인 것에 대한 감성 못지않게 합리적인 이성과 사유의 능력을 지닌 존재이다. 그녀가 프랑스 현지에서 생활하면서, 프랑스로 대표되는 제국주의의 문화적 지배에 대해 분명한 거부감을 지니게 되는 장면들은 그녀로 하여금 자신과 남편인 콜랭과의 사이에 거리감을 갖도록 만들게 된다. 자신이 사람들의 구경거리로 전락한 것을 인식하고, "이 공화국에선 자유, 평등이 으뜸이라면서요? 다른 인종들을 차별하거나 구경하듯 바라보는 이상은 그게 으뜸일 수 있을까요?"(『리진』 2: 164쪽)라고 콜랭에게 반문하는 것이 그러한 대목들이다. 또한 콜랭이 조선서책을 수집하여 프랑스로 보내는 것을 못마땅히 여기던 리진이 프랑스에서 제국주의의 식민지 문화에 대한 강탈에 대한 거부감으로, 센강변을 나란히 걷다가 자신의 어깨를 감싸안는 콜랭의 팔을 밀어내고 "나는 누구일까?"(『리진』 2: 94쪽)라는 생각을 갖게 되는 장면은 그녀의 자기인식의 중요한 계기가 된다. 그러나 이러한 이성의 눈뜸의 순간에 왕비를 떠올리고, "중궁 마마는 늘 로즈 제독이 전리품으로 이곳으로 가져온 외규장각의 서책들을 무척 아쉬워했지요"(『리진』 2: 89쪽)라고 말하며 제국주의에 대한 사유의 순간에도 그것을 왕비에 대한 그리움으로 전

---

19) 슬라보예 지젝 지음, 한보희 옮김, 『전체주의가 어쨌다구?』, 새물결, 2008, 224~225쪽.

이시키는 감성은 합리적 사유의 영역으로부터 멀리 달아난다.

역사적 인물인 왕비에 대한 후대의 평가는 제각각일 터이다. 이 점을
의식하여 신경숙은 "내가 이루어내고 싶은 왕비의 내면에 영향을 받을까
봐 온갖 자료들을 다 보면서도 왕비에 대한 건 피했어요. 「……」나는
그냥 세상일이 자기 뜻과는 되지 않았던 한 인간의 숨소리, 살아야겠기
에 강인해진 그녀의 외롭고 고단한 내면을 전달해주고 싶었어요"[20]라고
말한 바 있다. 그러나 그러한 의도적인 부인이 조선의 사정을 지켜본 자
클린 수녀로 하여금 "두 분(왕비와 대원군, 인용자) 다 백성의 살길에는 관
심이 없고 그 자리에 누가 앉느냐만 집착합니다. 남쪽 고부에서 농민군
이 들고 일어났지요. 들불처럼 번졌어요"(『리진』 2: 189쪽)라고 당대의 역
사를 증언하는 것까지 막지는 못한다. 서술자는 이러한 외부의 시각에
대비하서, 왕비 스스로 변호를 할 수 있는 기회를 마련해주고 있다.

그래 밖에선 사람들이 무슨 소릴 하더냐? 나를 두고 뭐라들 하더냐? 불여우
라고들 하더냐? 전하로 하여금 아버지를 척지게 하고 내 안위만을 위해 청나라
를 불러들여 제 백성을 죽이게 하는 불여우라 하더냐? 제 백성을 귀히 여기는
바 없이 일본군의 칼에 제 나라의 농민들을 죽게 하는 불여우라 하질 않더냐?
(『리진』 2: 224쪽)

서술자는 계속해서 왕비의 긴 장탄식을 들려주고 "내 소망은 내가 살
아날 길이 곧 백성들이 살아날 길이기를 바랐다. 허망하고 부질없는 꿈
이었을까?"(『리진』 2: 230쪽)라는 자기 변명을 수행하도록 만든다. 어쩌면
이러한 왕비의 자기 변호를 리진으로 하여금 듣도록 만들기 위해서 그녀
의 귀국이 필요했던 것은 아닌가 하는 생각이 들 정도이다. '궁중이 연일
놀이판'임을 서사에서 증언한 서술자가 이러한 변호를 수행하고 있는 것
을 어떻게 이해해야 할까. 문득, 일찍이 조선의 예술과 광화문의 사라짐

---

20) 신경숙·신형철 대담, 「해결되지 않은 것들을 위하여」, 『문학동네』, 2007년 가을, 158쪽.

을 진정으로 애도하였으나 조선에 대한 제국주의의 지배에 대해 한 마디도 하지 않았던 야나기 무네요시라는 이름이 떠오르는 것은 왜일까. 제국주의의 지배에 대해 명민한 비판을 수행할 수 있는 리진은 왜 왕비에 대해서는 '깊은 슬픔'을 애도하기만 할 뿐, 그 바깥으로 한 걸음도 나가려 하지 않는 것일까. 다들 알고 있듯이, 그것은 왕비가 그녀의 상징적 어머니의 자리에 있는 존재이고, 감각의 기원에 위치한 존재이기 때문이다. "왕비와 나인이라는 격식도 무엇도 소용없던 때, 그저 서로 함께 있다는 것을 체온으로 확인하던 때"(『리진』 2: 221쪽)의 기억이 리진의 모든 존재의 기억을 압도하고 있기 때문일 것이다. 그러나 그 고전적인 애도, 신에 대한 애도의 자리를 물려받은 육친에 대한 애도의 맹목적이고 강박적인 반복은 그대로 수행되어도 좋은 것일까. '한 고결함의 죽음'을 향한, 혹은 그 죽음 자체에 의해 수행되는 뒤늦은 애도를, 당신은 견딜 수 있는가.

4. 감성의 지도, 문학의 윤리

역사의 편재성과 사회적인 것의 양심 깊은 영향으로부터 격리된 자유의 영역이 애초에 존재하리라고 상상하는 것은, 개인 주체가 순전히 개인적이고 단순하게 심리적인 것에 불과한 구제의 기도인 도피처로서 찾고자 하는 맹목의 지대에 대한 필연성의 장악을 강화시킬 뿐이다[21]라고 제임슨은 말했다. 그러므로 진정으로 필요한 것은 미학만이 아니라 정치학이기도 하다. 자크 랑시에르는 의미를 하찮은 행동들과 평범한 대상들의 '경험적' 세계에 할당하는 방식이며, 스토리를 말하는 새로운 방식인 허구의 배치가 필연성과 사실임직한 것에 따른 행동들의 인과적 연쇄가 아니라 기호들의 배치라고 말했다. 그러나 중요한 것은 그 기호들의 문학적 배치가 결코 언어의 외로운 자기—지시성이 아니라는 점이다. 그리

---

21) Fredric Jameson, op. cit., p. 20.

하여 문학의 미학적 주권은 허구의 지배가 아니라 허구의 기술적記述的,
서술적 배치들의 논리와 역사적, 사회적 세계의 현상들에 대한 해석과,
기술記述의 배치들 사이에서 불명료한 경향을 띠는 체제가 된다.22)

그렇다면 역사를 쓰는 것과 소설을 쓰는 것이 하나의 동일한 진리
체제에 속한다는 것을 아는 것만이 아니라, 거기서 그쳐서는 안 된다는
점을 인식하는 것이 더욱 중요해진다. 정치적이거나 문학적인 진술들
이 실재 속에서 효과를 지니게 되기 때문이고, 그 진술들은 "볼 수 있
는 것의 지도들, 볼 수 있는 것과 말로 표현할 수 있는 것 사이의 궤도
들, 존재의 양식들, 행동의 양식들 그리고 말함의 양식들 사이의 관계
들을"23) 그려내고, 그리하여 '감성의 지도'를 재형성하기 때문이다. 랑
시에르에 따르면, 인간은 단어들의 능력에 의해 제 자연적 목적지로부
터 자신의 방향이 바뀌게끔 하는 문학적 동물이기 때문에, 인간은 정치
적 동물이라 불러야 하는 것이다.

2000년대 이후의 한국소설들이 역사를 사유하는 방식의 핵심에 기억
의 정치가 놓여 있음은 살펴본 바와 같다. 그것은 실재와 허구의 고전
적인 경계를 넘어서, 실재가 사유되기 위해서는 허구화되어야 하며, 오
직 허구를 통해서만 실재가 생산되는 것임을 알려주었다. 그러나 그러
한 역사와 문학의 경계넘기는 또한 언제나 중요한 것은 볼 수 있는 것
의 지도와 말할 수 있는 것의 지도를 그려내는 행위 속에 놓여 있는
'정치적인 것'임을 끊임없이 되묻도록 만든다. 2000년대 한국소설이 참
조한 역사의 이야기가 유행에 따라 이루어지는 역사의 전유로 이해될
것인지, 새로운 기억의 정치를 통한 이야기의 창안으로 이해될 것인지
에 따라 오늘의 역사소설에 대한 평가는 달라질 것이다. 🔳

허병식
문학평론가. 1970년생. 2006년 ≪조선일보≫ 신춘문예 문학평론 당선. 동국대 · 상명대 강사. 주요 평론으로
「기원의 신화, 증언의 윤리학」 등이 있음. musil@dreamwiz.com

22) 자크 랑시에르 지음, 오윤성 옮김, 『감성의 분할』, b, 2008, 49~50쪽.
23) 위의 책, 54쪽.

문학을 보호해야 한다

: 장편소설 대망론에 대하여

조영일

1. 문예지의 종언

대낮에 집에서 빈둥거리노라면 항상 겪는 일이 두 가지 있다. 하나는 TV가 토해내는 보험광고를 보는 것이며, 다른 하나는 "좋은 땅을 소개해주겠다"는 전화를 받는 일이다. 대낮의 평화를 깨는 이 불청객들에 대한 가장 적절한 대처방법은 물론 TV를 끄고 전화를 받지 않는 것이다. 그러나 그렇게 하기 힘들다면, 영상을 다른 것으로 대체하거나(예컨대, 다운받아놓은 영화를 보거나) 혹 전화를 받더라도 상대방의 목소리에서 '어떤' 기운이 느껴지면 안면顔面을 몰수하고 바로 끊는 것이다. 그러나 화면에 대해 무신경하거나 마음이 약한 사람들에게는 이 방법이 그리 도움이 될 것 같지는 않다. 그렇다면 어떻게 해야 할까? 마음 편하게 적당히 피싱phishing을 당하면 된다.

참다못해 불청객들로 가득한 집을 나와 대형서점에 간다. 그리고 신간들을 둘러본다(필요한 책이면 몇 권 구입하기도 한다). 그리고 문예잡지 코너로 발을 옮긴다. 물론, 사지는 않는다. 언제부터인가 문예지를 사지 않게 되었다. 이는 비단 나만 그런 것은 아닐 것이다. 그럼 몇 가지 의문이 생기는 것은 자연스럽다. 첫째, 왜 문예지는 팔리지 않는 것일까? 이에 대한 답은 비교적 간단하다. 돈이 아깝기 때문이다. 이 무슨 말인가? 제작단가 대비 책값을 따진다면, 문예잡지만큼 값싼 책도 없다. 그러나 이런 단순비교는 단행본과 잡지 사이에 존재하는 결정적인 차이를 무시하는 것이다.

특정 잡지를 산다는 것은 단순히 읽을거리는 산다는 의미하고는 다르다. 그것은 읽을거리 이외에 그와 같은 읽을거리를 편집하는 당파성을 산다는 것을 뜻이기도 하다. 그렇다면, 오늘날 문예잡지가 거의 팔리지 않는 것은 어쩌면 그와 같은 당파성의 부재 때문은 아닐까? 문예지는 보통 특집(평론)+창작(시 / 소설)+서평(및 기타)이라는 구성을 취하고 있으며, 각각의 비율은 대충 30%+60%+10%이다. 그러나 필자의 경험으로 볼 때 문예지를 사더라도 정작 읽는 부분은 많이 잡아야 30~40%(주로 평론) 정도이다. 한마디로 창작분야는 전혀 읽지 않는다(공공연한 비밀이지만, 이는 대부분의 비평가들도 마찬가지다. (촌평이라고) 글 쓸 기회가 생기면 그때서야 찾아 읽는다. 비평가라면 문예지에 실린 작품 정도는 다 읽을 것이라는 착각은 마라).

왜냐하면, 그것들(시, 소설)은 1) 해당 잡지의 성격과는 아무런 관계가 없으며, 또 2) 지금 당장 읽어야 할 정도로 문제성이나 시의성을 갖고 있는 것 같지도 않으며 3) 어차피 나중에 단행본으로 엮어질 것이기 때문이다. 그렇다면, 우리는 다음과 같은 질문을 던져볼 수 있을 것이다. 왜 문예지는 아무도 읽지 않는 소설과 시를 싣고 있는가? 이에 대한 답은 여러 가지가 있겠다. 가장 일반적인 답변으로는 문예지가 대부분 소설이나 시를 내는 출판사에서 나오기 때문에, 좋든 싫든 자사 상품(작가와 작품)을 알리는 '매체로서의 역할'을 일정 정도 감당할 수밖에 없다는 것이다. 따라서 이를 근거삼아 상업논리에 의해 좌지우지되는 문학판을 비판할 수도 있다('주례사비평'에 대한 비판은 바로 이 주위에서 생겨난 것이다).

그러나 이런 '비판적 입장'은 어떤 의미에서 그가 비판하는 대상과 크게 다르지 않다. 다시 말해, 정작 중요한 한 가지에 눈을 감음으로써 언제든지 비판하는 대상과 화해할 준비가 되어 있다. 오늘날 비평가의 입장은 인격에 의해 결정된다기보다는 개성에 의해 결정되고 있는 것 같다. 인격과 달리 개성은 자신들이 놓인 비평적 위치와 어떤 충돌도 일으키지 않기 때문이다. 이는 비단 주류비평가들에게만 해당되는 이야기가 아니다. 왜냐하면 비평의 위치는 가시적으로는 비평의 현실적 조건(문단제도)에 의해 규정되지만, 보다 근본적으로는 문학 그 자체에 의해 규정되기 때문이다. 다시 말해, 많은 비주류비평가들도 나름대로 비평행위의 한계공간을 설정하는데, 그것은 기본적으로 〈문학제도 VS 문학〉이라는 형태에 불과하다. 즉 그들에게 문제가 되는 것은 문학에 대한 '공정한' 평가이지 '문학' 자체에 대한 평가가 아니라는 점에서 사실상 그들이 비판하는 대상과 같은 위치에 있다 하겠다.

비평에 대해 정의를 내릴 때, 우리는 수많은 단어들을 떠올릴 수 있을 것이다. 그러나 우리는 그중에서도 '공정성'이라는 단어를 제 1순위에 두기를 주저하지 않을 것이다. 왜냐하면 그것이 부재한다면, 비평은 개별독자들의 주관적 평가와 다를 바 없는 게 되기 때문이다. 그렇다면 그와 같은 공정성은 어떻게 확보될 수 있는 것일까? 여기서 우리는 '문학성'이라고 하는 동어반복적인 용어를 끌어들이지 말자. 대신에 공정성을 필요로 하는 곳이 도대체 어디인지를 묻기로 하자. 평가에 있어 공정성의 요구는 개별적 평가의 제거이자 어떤 합의를 의미한다. 다시 말해, 그것은 다수결에 대한 저항, 또는 수많은 아마추어에 대한 프로의 권위확보를 뜻한다. 따라서 '공정성'은 어떻게 보면 바로 이런 합의와 권위를 뒷받침하는 무엇에 다름 아니다. 그렇다면 우리는 언제 그런 합의나 권위를 필요로 하는 것일까? 그것은 당연 일반 독자의 판단과 비평가의 판단이 어긋날 때이다.

상업적으로 성공한 작품이 반드시 좋은 작품이 아니듯, 상업적으로 실패한 작품이라고 해서 반드시 좋은 작품은 아닌 법이다. 가장 행복한 경우는 물론 좋은 작품이 상업적으로도 성공하는 경우다. 그러나 이럴 경우 '비평'은 자신의 존재이유를 찾을 수 없을 것이다. 그리고 이때의 비평은 기껏해야 상업적 성공의 비결을 나열하는 데 그칠 것이

분명하다. 따라서 비평이 자신의 역량을 가장 잘 발휘할 수 있는 경우는 누가 뭐래도 좋은 작품이 상업적으로 실패할 때와 나쁜 작품이 상업적으로 성공한 경우다. 물론 이중에서도 후자보다는 전자의 경우라 하겠다. 왜냐하면 '나쁜 작품'의 경우 그것을 둘러싼 사회적 평가라면 모를까 그 자체는 비평의 대상으로서 적당하지 않기 때문이다. 그렇다고 했을 때, 비평의 공정성이 힘을 발휘하는 경우란 일반 독자와 좋은 작품이 행복하게 만나지 못할 때이다. 따라서 비평의 '공정성'이란 한마디로 일반 독자들과 양립함으로써만 자신의 존재이유를 확보한다고 말할 수 있겠다.

그런데 이때 등장하는 문제는 이런 것이다. 그렇다고 하더라도, 그와 같은 공정성은 어디까지나 일반 독자의 사후승인을 필요로 한다는 사실이다. 다시 말해, 비평이 자신과 대립하는 일반 독자를 설득하는데 궁극적으로 실패한다면, 그것의 공정성 역시 흔들릴 수밖에 없다는 것이다. 왜냐하면 '비평과 독자의 대립'과 '비평의 권위'는 결국 작품에 대한 이해와 관련이 있으며, 비평의 공정성은 그와 같은 이해의 '깊이'에서 길러지는 것이기 때문이다. 이는 다른 말로 한줌의 비평가들 사이에서 이루어지는 상호인정으로 '비평의 권위'가 확립될 수 없다는 의미이기도 하다. 그렇다면 오늘날 한국비평의 현주소는 어떠할까? 한국비평의 권위나 공정성은 도대체 어떻게 획득되고 있는 것일까? 이에 대해서는 길게 말하지 않겠다. 대신에 명백한 사실 하나만 지적하기로 한다. 한국에서 비평은 더 이상 읽히지 않는다. 문예지가 거의 읽히고 있지 않은 것처럼 말이다. 문예지든 비평집이든 순수하게 시장에서 팔려서 손익분기점을 맞출 수 있는 책은 거의 없다.

이런 주장에 대해 혹자는 『창작과비평』의 예를 들어 그런 문예잡지가 전혀 없는 것은 아니라고 말할지 모른다. 맞는 말이다. 그러나 문제는 『창작과비평』의 판매가 순수판매(또는 자유구매)에 기반하고 있다기보다는 정기구독(반강제구매)에 전적으로 의존하고 있다는 점이다. 정기구독이든 서점판매든 어차피 팔리는 것인데 뭐가 문제냐고 다그치는 사람이 있을지 모른다. 그래서 덧붙이자면, 작년의 경우 『창작과비평』은 아래와 같이 정기구독자를 모집했다.

　　1년 구독시 40,000원(정가) → 28,000원 (30% 할인)

　　2년 구독시 80,000원(정가) → 56,000원 + 마일리지 1,300원 (32% 할인)

　　3년 구독시 120,000원(정가) → 84,000원 + 마일리지 7,500원 + 1명 무료 구독권 (35% 할인)

　　5년 구독시 200,000원(정가) → 140,000원 + 마일리지 16,000원 + 3명 무료 구독권 (40% 할인)

3년 구독을 예로 들어 계산해 보자면, 정가는 120,000원이지만 할인금액(36,000)+마일리지(7,500)+1명 무료구독권(40,000원)과 같은 혜택을 제외한 실질구입금액은 36,500원 다시 말해 정가의 32%에 불과하다. 그리고 이는 올해도 형태는 약간 다르지만 비슷하게 이루어지고 있다.

　　1년 구독시 52,000원(정가) → 40,000원 + 창비 소설이나 시집 중 1권 증정.

　　2년 구독시 104,000원(정가) → 80,000원 +『문학과 예술의 사회사』(전4권, 정가 43,600원) 증정

　　3년 구독시 156,000원(정가) → 120,000원 +『장길산』(전12권, 정가 96,000원) 증정.

　　4년 구독시 260,000원(정가) → 200,000원 +『문학과 예술의 사회사』와『장길산』또는『백낙청 회화록』(140,000원) 1질 증정.

역시 3년 구독시를 기준으로 보면, 정가는 156,000원이지만 이에 따르는 혜택이 할인금액 30%(36,000원)+기증도서인 『장길산』(96,000원), 다시 말해 132,000원에 이르고 있다.[1] 이를 종합해 보면, 실질구입금

---

1) 물론, 여기에는 선착순 ○○명이라는 단서가 달려 있지만, 이는 정말 정해진 ○○까지만 혜택을 준다는 말이 아니라, 혜택을 못 받을지도 모르니 빨리 신청을 하라는 말이다. 소위 '선

액은 정가의 약 15%(24,000원)로 작년보다 더욱 심해졌다고 볼 수 있다.

　　필자가 잠깐 자질구레한 숫자놀음을 한 것은 물론 좋은 잡지를 싸게 그리고 푸짐하게 공급함으로써 한국문학의 발전에 공헌하고 있는 창비를 칭찬하기 위함이 아니다. 독자의 입장에서는 당연 이런 할인이나 해택이 싫지는 않을 것이다. 그러나 그러면서도 뭔가 정상이 아니라는 느낌만큼은 누구나 가질 것이다. 마치 정가보다 더 비싼 부록이 달린 잡지를 보거나, 30~40만 원짜리 휴대폰을 0원으로 구입할 때처럼 말이다. 또는 우유배달이나 인터넷을 신청을 신청할 때 우윳값이나 인터넷 이용료보다 더 비싼 사은품을 받거나, 불청객처럼 초인종을 눌러놓고 현금 먼저 받고 생각하라는 신문배급소 직원을 마주할 때처럼 말이다. 도대체 왜들 손해를 보면서까지 파는 것일까?

　　이런 물음은 어쩌면 우문愚問일지도 모른다. 한국에서 가장 하기 힘든 일이 있다면, 그것은 계속 배달되던 것을 끊는 것이다. 그중에서도 특히 신문구독은 몇 달 동안은 배달원과 숨바꼭질을 할 각오를 하지 않으면 안 된다. 여기서 필자는 한국 신문업계의 문제점을 지적할 생각은 없다. 그보다는 왜 그들은 손해를 감수하면서까지 영업할 수밖에 없는가에 대해서만 간단히 지적하고자 한다. 당연 거기에는 여러 가지 이유가 있다. 예를 들어, 구독의 특성상 한번 구독하면 끊기가 어려워 일정 기간만 지나면 초기투자비용을 충분히 회수할 수 있다는 것도 그 이유 중 하나일 것이다. 그러나 가장 큰 이유는 누가 뭐래도 신문을 읽는 독자가 줄어들고 있기 때문이 아닐까? 실제 신문의 수익구조를 살펴보면, 구독료보다는 광고료에 대한 의존율이 갈수록 높아지고 있다는 것을 알 수 있다(오늘날 신문사 수익의 80%는 광고가 차지하고 있다고 한다). 사실 이는 앞선 든 배보다 배꼽이 더 큰 잡지가 생존하는 원리이기도 하다. 그러므로 오늘날 우리는 부록이 탐이 나 잡지를 사며, 사은품 때문에

착순 효과'를 노리는 광고이다.

신문을 구독한다.

이쯤 되면, 우리는 『창작과비평』이 왜 손해를 봐가면서 정기독자 모집에 혈안이 되어 있는지 알 수 있다. 무엇보다도 정상가로 구독할 사람이 거의 없고 현재 구독하고 있는 독자들 역시 구독기간이 끝난 후 계속 구독한다는 전망이 없기 때문이다. 독서시장에서 찾는 사람이 거의 없고 또 (정상적인 방법으로) 정기구독자를 얻기가 쉽지 않다면, 시장원리에 의해 폐간되는 것이 마땅하다. 그러나 그럼에도 불구하고 여전히 상당수의 문예지들이 명맥을 이어가고 있을 뿐만 새롭게 만들어지고 있는데, 거기에는 나름대로 이유가 있다. 첫째는 '우수문예지'라는 이름으로 행해지는 국가의 지원이고, 둘째는 문예잡지와 그 문예잡지를 발행하는 출판사 간의 공생관계 때문이다. 첫 번째 문제는 나중으로 미루고 두 번째 문제부터 이야기하자면, 나름대로 정상적으로[2] 간행되는 문예잡지들은 하나같이 나름대로 탄탄한 재정을 갖춘 문학출판사가 뒤에 있다는 공통점이 있다.

한국에서 가장 하기 힘든 일 중 다른 하나는 문예잡지 없이 문학출판에 뛰어드는 일이다. 이는 오늘날의 출판 상황을 보면 잘 알 수 있다. 나름대로 이름이 있는 소설가조차도 문예잡지를 보유하고 있지 않은 군소출판사에서 책을 내는 것을 매우 큰 모험으로 여긴다. 팔은 안으로 굽기 때문에 당연하다면 당연하겠지만, 주요 문예잡지들은 자신들의 재정적 기반인 출판사의 책들에 우선적으로 지면을 배분하고, 그다음으로 서로 '교환언급'[3]을 해줄 수 있는 문예잡지를 보유한 출판사의 책들에 지면을 배정한다. 그러다 보면 작품의 출판과 배본 외에는 아무 것도 해줄 수 없는 출판사의 책은 우선순위에서 밀리게 되기 마련이다. 그러므로 이런 문예잡지의 행태를 문학상업화라며 비난을 퍼부을 수도 있을 것이다.

---

2) 바꿔 말해, 제대로 된 원고료를 지급하는 잡지. 일반 독자들에게는 숨기고 싶은 비밀이지만, 그런 대로 수긍할 만한 원고료가 지급되는 잡지는 정말 손에 꼽을 정도다.
3) 문예잡지에 실리는 대부분의 교환광고들이 그러하듯 말이다.

하지만 역으로 생각해 보면, 대부분의 문예잡지가 어려운 상황 속에서도 꾸준히 나오고 있는 것은 그와 같은 잡지-밖-효과가 적자를 상쇄시키고 남기 때문이다. 다시 말해, 문예잡지만을 놓고 볼 때는 적자지만, 그 잡지를 출판사의 일부로 보았을 때는 흑자라는 것이다. 이는 수많은 여성잡지들이 고가의 부록으로 외견상 적자형태로 판매되지만, 나름대로 튼튼한 수익구조를 가지고 있는 것과 유사하다. 따라서 이렇게 정리해 볼 수 있을 것이다. 문학시장에서 문예잡지의 독립적 역할은 이미 끝났으나, 그럼에도 불구하고 끈질기게 목숨을 부지하고 있는 것은 문학출판산업에서 맡고 있는 보조적인 역할 때문이라고 말이다. 아무도 읽지 않는 문예지의 창작란이 존재하는 것은 출판사의 입장에서 보면 그것이 소설가와 시인을 관리하는 중요한 도구이기 때문이며, 이는 사실 비평란의 존재이유와도 무관하지 않다. 해당 출판사에서 출간되는 작품(또는 그것을 쓴 작가)에 대한 담론생산이 필요하기 때문이다.

2. 창비에 낚이다

이제껏 한국근대문학사는 문예지의 역사이기도 했다. 그러나 그것은 어디까지나 문학운동의 일환으로서 문예지가 존재했을 때의 이야기이다. 오늘날처럼 문학산업에 예속된 문예지의 경우, 그 지면들에서 벌어지는 어떤 담론도 사심(의도)없이 이루어지고 있다고 보기 힘들다(물론, 그 안에 있는 사람들은 그것이 '사심-없음'을 뜻한다). 이제야 고백하지만, 필자는 이 글을 청탁에 의해 시작했다(물론, 지금까지는 그 청탁의도를 배반해 왔지만). 청탁내용은 이런 것이다. '최근의 장편대망론에 대한 메타비평'. 솔직히 말하자면, 필자는 이에 대해 딱히 할 말은 없다. 왜냐하면 '장편대망론' 자체를 의도된 문제설정이라고 생각하기 때문이다. 다 아는 것처럼, 장편대망론 자체는 『한겨레신문』의 기자인 최재봉에게서 나온 것이지만, 그것이 어느 정도 형태를 갖추어 문학판의 이슈로 부상한 것은 2007년 『창작과비평』 여름호의 「특집: 한국 장편소설의 미래를 열자」를 통해서이다.

조금만 주의를 기울이면 알 수 있지만, 이 특집이 겨냥하고 있는 것은 '장편대망론'이라기보다는 창비에서 주관하는 '제1회 창비장편소설상'에 대한 홍보이다. 물론, '특집'의 담론 자체가 '창비장편소설상'의 홍보에 적극적으로 동원되었다는 말은 아니다. 그러나 역으로 보면 그 특집에 참여한 9명의 문학가들의 발언이 하나 같이 처음 문제를 제기한 최재봉의 논의를 넘어서고 있지 못하다는 점에서,[4] 우리는 여기서 문제의 심각함과 절실함보다는 이벤트적 기획이라는 느낌을 받을 수밖에 없다. 그러므로 그것은 '장편소설에 대한 논의'라기보다는 '창비에서 제기한 논의'라고 하는 편이 옳을 것이다.

오늘날 '우수문예지'로 선정되어 국가의 지원을 받는 수많은 문예지 중에서 중요한 사회적·문학적 의제를 제출하는 잡지는 거의 없다고 해도 과언이 아니다.[5] 그나마 『창작과비평』이 여러모로 애를 쓰고 있는 것 같지만, 혹시나 하는 생각에 기대를 갖고 들여다보면 다른 것들과 별 차이 없음에 실망한 적이 적지 않다. 그래서 그때마다 다시는 『창작과비평』에 낚이지 않겠다는 다짐을 하곤 했다(물론, "그래도…" 하는 생각에 항상 스스로를 속여 왔다). 그래서 창비가 제기한 '장편대망론'은 일찌감치 머릿속에서 지워버렸다. 그러나 모든 일이 내 뜻대로만 이루어질 수는 없는 법이다. 비록 그것이 거짓문제라 할지라도, 제 3자의 요구가 있을 경우 어떻게 대처해야 하는 지까지는 미처 생각해 놓지 않는 바람에, 무턱대로 승낙한 후 후회할 수밖에 없었다. 그들은 이번에도 낚였고('안티'라는 반작용이란 항상 작용 뒤를 쫓아다닌다), 필자 역시 엉겹결에 그 미끼를 물고 만 셈이다.

---

4) 그 이유로는 ① 필진들의 문제의식이 너무 안이했거나, ② 문제 자체가 잘못 설정되었기 때문이다.

5) 여전히 구태의연하게 외국이론 소개나 문학애호에 대한 찬사를 의제로 삼는 잡지들도 있다. 옛날이라면, 그나마 봐줄 만했지만, 오늘날은 정말 아니다.

그러나 가짜문제와 씨름하는 것만큼이나 한번 승낙한 것을 취소한다
는 것 역시 괴로운 일이다. 그런데 거절하는 데 익숙하지 않는 사람은
대부분 자신을 설득하는 데는 능숙한 사람이다. 그러므로 승낙취소를
통보하기보다는 스스로를 설득하기로 마음먹었다. 방금 필자는 가짜문
제라는 표현을 사용했다. 그렇다면, 진짜문제란 무엇을 말하는 것일까?
만약 한국문학이 진짜 / 가짜를 구별할 수 있는 기준을 제시할 수 없을
정도로 쇠약하다면, '비평의 윤리'를 내세워 진짜 / 가짜를 나누는 것에
만족하기보다는, 차라리 가짜면 가짜인 그대로 받아들이면서 논제를
그렇게밖에 생산할 수 없는 문학현실을 파헤쳐야 하는 것은 아닐까 하
는 생각이 들었다. 그러자 정념적 수준의 판단으로부터 스스로를 어느
정도 자유롭게 할 수 있었고, 결론적으로는 "쿨하게 놂이자!"라는 말까
지 내뱉을 수 있게 되었다. 우리 중 어느 누구도 '세상사는 이치'에서
자유로울 수 없는 법이다.

3. 한국문학의 생존법: 그들은 왜 화기애애한가?

　'장편대망론'을 둘러싼 '특집'은 『문학동네』 편집위원인 서영채와 『창
작과비평』의 편집위원인 최원식의 대담으로 문을 열고 있다. 한국에서
가장 영향력이 있는 문예지 발간에 깊숙이 개입하고 있는 두 사람인지
라, 이들의 논의는 한국문학담론의 현주소(수준)를 여실히 보여준다 하
겠다. 기대를 해도 좋다는 말이다. 그러나 그런 기대가 오래 갈 지는
미지수이다. 왜냐하면, 두 사람의 입장 차이가 분명함에도 '불구하고'
푸근한 '상호이해'가 대담 전체를 지배하고 있기 때문이다. 물론 이 두
사람을 한데 묶어주는 공통점이 전혀 없는 것은 아니다. 예컨대, 다음
과 같은 부분만을 놓고 보면 서로 다른 입장을 가지고 있다고 생각하
기 어려울 정도다.

서영채: 근자에 들어서도 이른바 문학의 죽음이라든지 문학의 종언, 문학뿐 아니라 인문학 전체를 포괄하는 위기담론들이 계속 생산되고 있는데요. 그런 담론이 좀 호들갑스럽지 않은가 싶습니다. 언제 문학이 위기가 아니었던 적이 있나, 늘 위기였는데, 새삼 그렇게 이야기하는 게, 마치 헤겔이 낭만주의를 놓고 근대예술의 종언을 말했던 것과 비슷하지 않나 싶습니다. 낭만주의가 근대예술의 정점이라는 것은 분명하지만, 그 안에는 수많은 변종이 있고 변주가 가능한 것처럼, 문학의 죽음이라고 했을 때는 불편한 예술로서의 문학의 죽음, 편안한 위안으로서의 엔터테인먼트 상품들과 맞선다는 의미에서의 문학의 죽음, 문학이 더 이상 계몽적이고 계도적인 일을 할 수 없게 되었다 정도의 맥락으로는 받아들일 수 있겠습니다. 하지만 위기담론이 지나치게 과대포장되어서 현재 우리 시대의 문학에 대한 사려 없는 비판이 된다면 그건 바람직하지 않다고 봅니다.

최원식: 저도 공감이에요. 유행처럼 번진 문학위기론이 문제에 정면으로 대항하고 있는 것 같지가 않아요. 어떻게 보면 위기론을 즐긴다는 느낌이 많이 들었어요. 지금 계도성이라고 했는데 문학의 계도성, 잘 모르겠어요. 낮은 단계에서나 계도성이지 위대한 문학은 계도성 따위와는 거래를 안 하거든요. '진리는 그 자체로 강력한 전파력을 가진다'라는 말은 위대한 문학에 거의 적용될 것입니다. 한 국문학의 위기론, 그 논조 아래 깔려있는 것은 이제 민족문학 또는 민중문학은 끝났다가 아닐까요? 그걸 문학의 위기니 문학의 죽음이니 하는 거 같아요.[6]

'문학의 종언'을 둘러싸고 이루어진 그동안의 논의를 볼 때, 반드시 집고 넘어가야할 공공연한 비밀 중 하나는 (정도의 차이를 제외한다면) 부정적인 태도를 취한 비평가와 긍정적인 태도를 취한 비평가의 구분이 그들의 물적 기반에 의해 칼같이 나뉜다는 것이다. 백번 양보해서 후자의 경우는 어쩔지 모르지만, 전자의 경우는 하나같이 문학 출판사에서 발간하는 문예지에 깊숙이 관여하고 있는 비평가들이다. 그렇다

---

6) 최원식·서영채, 「대담: 창조적 장편의 시대를 대망한다」, 『창작과비평』(2007년 여름), 155쪽, 강조는 인용자.

면, '문학의 종언'에 대한 비판은 사실상 비평가 개개인의 비평적 판단이라기보다는 차라리 문학시스템 자체의 당파성과 밀접한 관련이 있다는 편이 옳을 것이다. 이는 우리가 지금 살펴보고 있는 대담의 주인공들도 마찬가지다. 그런데 확연한 차이를 보이는 두 사람의 문학관(이에 대해서는 바로 살펴볼 것이다)조차도 무마시킬 수 있는 당파성이란, 모르긴 몰라도 오늘날 한국 비평가가 가질 수 있는 유일한 당파성일지도 모른다는 생각이 든다.

먼저 서영채의 반응을 살펴보기로 하자. 위 발언만을 놓고 보면, 그가 문제삼고 있는 것은 '문학의 종언'이라는 테제 자체라기보다는 그것에 휘둘리고 있는 한국문학가들(특히 비평가들)의 '과도함(호들갑)'이라 할 수 있는데, 여기서 우리는 구태의연한 수사 이상을 발견하는 것은 무리이다. 그러나 완곡한 그의 표현 속에 숨어있는 이면을 들여다보면, 그의 거부감은 '호들갑스러운 상황' 이전부터 존재했다는 것을 알 수 있다.[7] 그렇다면, '문학의 종언'에 대한 그의 반응은 생리적인 반응 그 이상은 아닌 게 될 것이다. 물론 노련하게도 그는 자신의 '생리적 반응'을 혼란(사려없음=바람직하지 않음)에 대한 거부라는 제스처로 '사려있는 반응'으로 탈바꿈시키며 방관자로서의 고고함을 구가하지만, 오늘날의 한국문학이 정말 위기인지 아닌지에 대한 적실한 반성이 부재하는 상태에서 이루어지고 있는 '사려없음'에 대한 염려는 한국문학의 앞날을 고민하는 비평가로서는 가장 '바람직하지 않은' 태도일지도 모른다.

이에 반해 최원식의 반응은 한층 자각적이다. 그 역시 '문학의 위기론'을 유행일지도 모른다는 의구심을 드러내지만, 다른 한편으로 그것이 갖고 있는 함의를 정확히 지적하고 있다. 즉 그는 '문학의 종언'을 민족문학(민중문학)의 종언과 연결시키면서, 그 테제가 갖는 문제성을 전면적으로 받아들인다. 그는 어찌 보면 민족문학의 종언(민족문학작가회의에서 '민족문학'이 사라진 것처럼)은 당연한 것일지도 모른다는 입장에서

---

7) 서영채는 한국에서 '근대문학의 종언'에 대한 입장을 최초로 표명한 비평가이기도 하다(『문학동네』, 2004년 겨울 참조).

오늘날에는 오늘날에 맞는 문학이 필요하다는 데까지 '유연성'을 발휘한다. 그럼, 그의 입장은 결국 서영채의 입장과 만나는 것일까? 결코 그렇지 않다. 서영채의 경우 '근대문학'에서 벗어나 오늘날의 문학을 적극 긍정하려고 하지만, 최원식은 여전히 '근대문학'을 고수하는 가운데 오늘날의 문학이 가진 가능성을 타진하는 데 그치고 있다.

이런 의미에서 이 대담은 실패한 대담이라 할 수 있다. 왜냐하면 '장편소설'은 그 자체가 '근대문학'과 밀접한 관련이 있는 것인데도 불구하고, 두 대담자 중 한명은 그에 대한 개념 자체가 부재하기 때문이다. 별 성과 없는 원론에 이어서 행해지는 것은 현재 한국 장편소설의 중요한 성과로 이야기되는 세편의 작품에 대한 평가이다. 여기서 세 작품이란 김영하의 『빛의 제국』, 박민규의 『핑퐁』, 정이현의 『달콤한 나의 도시』이다. 그럼, 이들 작품에 평가는 어떻게 내려지고 있을까? 원론상의 차이는 개별사항에서 더 극단적으로 나타났으면 나타났지 완화될 수는 없는 법이다. 다시 말해, 두 사람 모두 이 작품들이 내용상으로나 형식상으로나 '새롭다'는 점에서 합의를 이루는 것 같지만, 그와 같은 새로움을 둘러싼 평가에서 두 사람은 완전히 갈린다(물론, 양쪽 모두 '완곡한' 표현의 명수들인지라 그렇지 않는 것처럼 생각되기도 하지만). 먼저 서영채의 경우를 살펴보자.

서영채: 그런데 『빛의 제국』도 그렇고 『핑퐁』도 그렇고 다루는 소재에 비해 분위기가 훨씬 더 가볍지요. 어둡고 칙칙하고 괴롭기보다는 산뜻한 쪽에 가깝고 어떤 데서는 명랑하기까지 합니다. 마조히즘의 활기가 느껴질 정도로. (…) 피학적인 유머까지도 발휘되곤 하는데, 거기 깔려있는 짙은 페이소스가 결국은 양극화로 고정되어가는 한국사회의 실상에 대한 반영이지 않을까 해요. 어떻게 다음 세계로 나아갈 것인가에 대한 대답은 고사하고 질문에 대한 탐색의 동력조차 쉽게 찾아낼 수 없다는 작가의 짙은 페이소스가 스며있는 것이죠. (…) 말하자면 그런 운명과 더불어, 그렇다고 괴로워하고 절망하며 환멸의 분위기 속에 갇혀 있을 수는 없고, 그래서 그런 힘들과 더불어서 유쾌하게 댄스를 한판 추는,

그런 소설이 『평풍』이라고 생각합니다. 제가 작가 입장이라고 해도 결론은 이 정도가 최선이지 않을까 싶어요. 확 세상을 완전히 갈아엎읍시다, 이게 불가능하다는 것을 너무나 잘 알고 있기 때문에, 세상을 언인스톨하는 공상과 더불어서 이런 정도로 변죽을 울리면서, 현실과 한판 춤을 춰주는 것이 현재의 장편서사의 현실이 아닐까 합니다. 그런 점에서 저는 두 작품 모두 굉장히 좋게 읽었습니다.[8]

서영채의 문학적 입장을 단적으로 보여주고 있는 이 부분은, 요약하자면 『빛의 제국』이든 『평풍』이든 모두 현재 상황에서 나올 수 있는 최고수준의 작품들이라는 것이다. 바꿔 말해, 오늘날의 현실이 바뀌지 않는 이상, 이보다 더 나은 작품을 생각할 수 없다는 말이기도 하다. 그는 순도 100%로 오늘날의 한국문학을 긍정하고 있는 것이다. 그럼 이와 같은 서영채의 '거대한 긍정'은 도대체 어디에서 오는 것일까? 놀라운 것은 이에 대해 서영채는 별다른 이야기를 하고 있지 않는다는 것이다. 이와 같은 그의 태도는 추측컨대 자족적인 그의 문학관에서 나오는 것 같다. 다른 누군가에게 설득을 당할 생각도, 또 다른 누군가를 설득할 생각도 없기 때문에(싸움이나 논쟁 같은 것은 비생산적일 뿐만 아니라 상스러운 것이기에), 그 대신에 상대방이나 현실을 있는 그대로 최대한 포용하는 태도를 취하는 것이다. 그러나 이는 결국 개인적 취향과 결합된 소박한 반영론과 역사결정론 이상을 말하고 있지 않다.

예컨대, 그는 근대적 장편소설의 핵심을 '출세하고자 하는 주인공들의 모습'으로 보고(그는 루카치의 근대소설 논의를 이렇게 이해한다), 그런 출세 자체가 양극화로 인해 불가능해진 현^現한국사회에서 그 같은 주인공을 찾는 것은 더 이상 불가능하다는 결론에 도달한다(그러므로 당연 루카치의 논의는 더 이상 유효한 이론일 수 없게 된다). 그리고 덧붙이기를, 그러나 그렇다고 해서 '이야기'가 사라지는 것은 아니기 때문에('근대문학'에서 '문학'으로의 비약: 역사적 시점의 방기) 소설이 종언을 고할 수는 없는데, 공

---

8) 최원식·서영채, 앞의 글, 앞의 책, 169~170쪽, 강조는 인용자.

상, 환멸, 페이소스, 유머를 생산하는 소설들의 풍성함이 그 증거라고 것이다. 그리고 말머리를 돌려(역사결정론의 도입), 오늘날 "세상을 갈아 엎으시다"와 같은 말을 하는 것은 시대착오적이라고 비판한다.

어떻게 보면 자못 그럴 듯하게 들릴지 모르지만, 가만히 살펴보면 통속적 이해 이상을 드러내고 있지 않다. 일단, 그가 설정하고 있는 '근대소설 VS 오늘날의 한국소설'이라는 대비부터가 그렇다. 전자가 신분상승이나 사회적 변동을 꿈꾸는 인물이 등장하는데 반해(그는 그 예로 『적과 흑』을 들고 있다), 후자는 그것이 불가능하다는 것을 너무나 잘 알고 있기 때문에 자기놀이에 몰두하는데(물론 『빛의 제국』, 『풍풍』을 염두에 두고 있다), 어찌 되었든 양쪽 모두 시대를 정확히 반영하고 있다는 점에서 '문학적 진정성'은 유사하다는 말이다(모든 것은 역사 / 환경 탓이다!). 그렇다면, 당연 여기서 '세상을 갈아엎읍시다'와 관련이 있는 것은 전자(말하자면 근대문학)일 것이다. 그러나 그가 근대소설의 이론적 논거로 염두에 두고 있는 루카치의 『소설의 이론』을 읽어보면 알 수 있는 것처럼, 루카치는 근대소설의 주요특징으로 '입신출세하려는 주인공'을 든적이 없다. 뿐만 아니라, 심지어는 서영채가 그 증거로 드는 『적과 흑』을 입에 올린 적조차 없다(『적과 흑』은커녕 스탕달이라는 이름마저 등장하지 않는다).9)

이는 그가 루카치를 제대로 이해하고 있지 못하다는 것을 보여준다기보다는, (문학의 종언을 비웃는 듯한) 한국소설에 대한 그의 낙관적 전망이 실은 비평적 판단 이전에 존재하는 생리적인 반응에 불과하며, 그런 생리적인 전망의 이면에는 근대소설(장편소설)에 대한 몰이해가 자리잡고 있다는 것을 보여주고 있다. '근대문학의 종언'에 대한 서영채의 비판은 매우 단순하다. 즉 '근대문학의 종언'을 '문학의 종언'으로 착각하여(누가 그런 착각을 하고 있는지 제발 이름을 대기 바란다!), 오늘날의 문학을 부정적으로만 보지 말라는 것이다. 그런데 (상대방에 대한 의도적

---

9) 루카치는 「1962년 서문」에서 이와 관련하여 『소설의 이론』(1916)이 가진 한계에 대해 언급하고 있다.

일반화를 묵인하더라도) 이런 당대의 문학에 대한 옹호가 나름대로 정당성을 확보하기 위해서는 지금과는 다른 과거(근대소설)에 대한 명철한 인식이 전제되어야 한다. 그런데 서영채의 경우처럼 생리적인(시대추수적인) 수준에서 이루어지는 이해에 만족한다면, 과거와의 대비로 성립된 오늘날의 '새로움'이란 모두 허상(착각)일 수도 있는 것이다.[10]

그럼 최원식의 경우는 어떨까? 그 역시 서영채와 유사하게 오늘날의 소설에 대해 상당한 호감을 드러낸다. 그러나 그것은 수세적인 입장에서 나온 것에 불과하다. 이는 그가 해당 작품들이 이룬 성과를 일정 정도 인정하면서도, 작품의 한계를 시대적 한계로서 변명하는 오늘날의 소설들을 비판할 때 극명하게 드러난다.

> 최원식: 그런 점에서 보면 최근 소설들에 사회성이 없는 게 아니에요. 분명히 이런 현상에 대해 분노하지만 노여움으로 떨어지는 경향, 지레 체념하는 환멸이 최근 소설에 강하게 존재합니다. (…) 지금 소설의 위기는 한국사회의 위기이기도 합니다. 위대한 문학 또는 위대한까지 가지 않더라도 진정한 문학 또는 진정한 소설이라면 이런 현실을 그냥 승인하는 것으로 끝나서는 곤란해요. 왜냐하면 현실과 불화하면서 현실을 넘어서는 새로운 영토를 꿈꾸는 게 문학이고 그중에서도 특히 장편소설이라고 생각하기 때문이에요.[11]

흥미로운 것은 앞에서 서영채와 함께 '문학의 종언', '문학의 위기'를 강하게 비판한 그가 여기서는 '한국문학의 위기'를 시인하고 있다는 점이다. 이는 어쩜 당연한 결과이기도 한데, 왜냐하면 '위기'에 대한 인식이 없다면 이와 같은 특집 자체가 불필요하기 때문이다. 그리고 만약 그렇다고 했을 때, 이런 특집은 결국 〈제1회 창비신인소설상〉을 우회

---

10) 노파심에 말하자면, 이는 서영채가 근대소설에 공부를 게을리 했다는 말이 아니다. 도리어 그는 충분히 공부를 했을 것이다. 문제는 그런 공부가 오늘날의 소설에 대한 생리적 긍정에 의해 통속화된 형태로 드러날 수밖에 없었다는 말이다.

11) 최원식·서영채, 앞의 글, 156~157쪽, 강조는 인용자.

적으로 홍보하기 위한 이벤트에 불과하다는 비판을 받는다고 해도 아마 할 말이 없을 것이다. 앞서도 말한 것처럼 그런 혐의가 전혀 없는 것은 아니지만, 모든 것을 그런 식으로 비판하는 것은 『창작과비평』의 입장에서 보았을 때 분명 억울한 면이 있을 것이다. 그렇게 보면, 최원식이 서영채와 함께 드러낸 '문학의 종언'에 대한 거부감은 '종언론' 자체에 대한 거부라기보다는, 내심 그에 공감하고 있었으나 해당담론의 헤게모니를 미처 장악하지 못한 이가 보이는 필요이상의 '공격적 입장(자기부정)'으로 볼 수도 있다.

'종언론'(위론)을 둘러싸고 생산되는 상투논리의 범람이 증명하고 있는 것 중 하나는 그것을 적극적으로 받아들이고 있는 비평가들과 그것을 소극적으로(또는 부정적으로) 받아들이고 있는 비평가들의 차이가 생각만큼 크지 않다는 것이다. 예컨대, 서영채와 같은 몇몇 소수를 제외하고 오늘날의 한국문학이 위기에 처했다는 것에 이의를 제기할 사람은 거의 없다. 그렇다면, 왜 많은 비평가들은 여전히 종언론에 대해 거부감을 갖고 있는 것일까? 그것은 그런 논의 자체가 한국문학의 발전에 아무런 도움도 되지 않는다고 생각하기 때문이다. 즉 '생산적'인 논의가 아니라는 것이다. 그러고 보면, 문제가 명확해지는 것 같다. '종언론'을 둘러싼 대립의 이면에는 실은 '문학생산'이라는 문제가 있었던 것이다. 그렇다면, 종언론을 입에 올리는 비평가들은 하나같이 한국문학이 위축되길 바라기라도 한단 말인가? 당연 그렇지 않다. 그럼, 무엇이 비평가들로 하여금 서로 대립하게 만드는 것일까? 이에 대해서는 앞에서도 잠깐 언급한 바가 있는데, 간단하게 표현하자면 그것은 생산수단의 소유 유무이다.

'종언론'에 대한 입장은 문학생산수단을 소유한 문예지(물론 출판사를 우회한)와 깊은 연관이 있는지 없는지에 의해 극명히 나뉜다. 예컨대, 생산수단을 소유한 비평가들은 하나같이 '종언론'을 비생산적이라는 이유로, 스캔들에 지나지 않는다는 이유로 거부한다. 생산수단을 소유한다는 것은 생산을 주도한다는 의미이기도 하기 때문에, 사실상 한국문학은 그들에 의해 운영되고 있다고 해도 과언이 아니다. 따라서 그들이 목에 힘을 주는 것을 이해할 수 없는 것은 아니다. 그러나 생산수단을 소유한다는 것은, 다른 한편으로 생산에 종속된다는 것을 뜻하기도 한다는 점을 잊어서는 안 된다. 예컨대, 비평가들은 자신들이 생산수단을 움직인다고 생각하지만, 실제로는 생산수단이 비평가들을 움직이고 있는지도 모른다는 말이다. 그럼 언제 이와 역전이 발생하는 것일까? 그것은 문학운동이 문학산업에 종속될 때이다.

여기서 어떤 이는 문학도 '상품'이라고 반박할지 모른다. 지당한 말씀이다. 그러나 그것은 문제를 상식수준으로 퇴보시켜 자기주장의 옳음만을 증명하는 너무나 안이한 태도이다(이런 태도는 '문학의 대중화'에 대한 옹호를 태연스럽게 뿜낸다). 왜냐하면 그것은 문학이라는 상품이 가진 능동성을 너무 쉽게 포기하는 것이기 때문이다. 문학이라는 상품은 다음 두 가지 형태로 소비된다. 첫째 독자를 발견함으로 소비되거나, 둘째 독자에 의해 발견됨으로 소비된다. 여기서 문학운동으로서의 문학은 전자이고 문학산업으로서의 문학은 후자라는 것쯤은 쉽게 알 수 있다. 물론, 서영채는 이런 구분 자체를 탐탁지 않게 여길 것이다.

서영채: 작가들의 개성이나 취향이 다 제각각이기 때문에, 어떤 사람은 발본적으로 '독자놈들' 신경쓰지 않는다, 내 길을 간다는 식으로 쓰는 사람도 있고, 또 어떤 사람들은 난 독자들과 어깨동무하고 같이 가겠어, 라는 자세로 쓰는 사람도 있듯이 다 나름의 몫이 있는 게 아닌가 합니다.[12]

여기서 주목해야 하는 것은 문학운동과 문학산업의 차이가 작가의 개성이나 취향의 차이와 나란히 놓이고 있다는 점이다. 그의 논리대로라면, 문학운동과 문학산업의 구분 역시 취향의 차이로 환원되고 말 것이다. 그러나 이것은 어디까지나 문학산업을 정당화하는 논리에 지나

---

12) 위의 글, 176쪽, 강조는 인용자.

지 않다. 왜냐하면 취향의 차이는 비평적 판단의 대상이 될 수 없기 때문에, 결국에는 그것의 결과(작가의 의도야 어떻든 독자를 얼마나 확보했는가)만이 판단의 대상이 되는 결과를 초래하게 된다. 그리고 산업 자체가 여전히 건재한 이상, 이와 같은 평준화에 대한 비판은 생산수단의 소유자들의 귀에 잘 들릴 리가 없다.

물론, 최원식은 서영채와는 다른 입장을 취하고 있다. 예컨대, 그는 '여전히' 문학운동으로서의 문학을 주장하고 있다.

최원식: 현실 독자 또는 자기 독자를 의식하느냐 여부보다 중요한 것은 우리시대의 거대한 잠재독자들을 독해하는 일입니다.13)

즉 그는 작가와 독자의 문제를 작가의 개성이나 취향이 아닌 작가의 의지에 귀속시키고 있는 셈이다. 이는 적어도 최원식에게는 문학운동과 문학산업이라는 구분이 존재한다는 의미이자, 오로지 전자만을 (진정한) 문학(다시 말해, 이 대담이 지향하는 창조적 장편)으로 본다는 의미이다. 그렇기 때문에 그는 서영채가 칭찬을 아끼지 않는 『빛의 제국』에 대해 다음과 같이 발언을 하는데 있어 조금도 머뭇거림이 없었는지도 모른다.

최원식: 그러니까 겉으로는 분단을 다뤘는데, 분단을 빙자해서 사실은 뻔한 존재론적인 물음을 농하는 작품이라는 생각입니다. 무슨 통일교향곡으로 결말을 끌어가라는 것이 아니라 통합의 가능성을 절망하면서도 균열을 넘어서는 고투가 부족합니다. (…) 작품 곳곳에 스멀거리는 환멸은 최근 소설을 먹어가고 있는 괴물입니다.14)

이제껏 살펴본 것처럼 서영채와 최원식 사이에는 건널 수 없는 차이

13) 위의 글, 176쪽.
14) 위의 글, 164~165쪽.

가 존재한다. 그런데 불구하고 이 두 사람 사이에는 어떤 트러블도 일어나고 있지 않다. 당파성이 생명이라고 할 비평가가 자신과는 전혀 다른 상대를 만나서도 화기애애할 수 있다는 것이 의미하는 것은 무엇일까? 문학적 당파성 따위는 사소한 것으로 만들 수 있는 무언가가 이 두 사람을 뒤덮고 있다는 것을 뜻하는 것은 아닐까? 의견의 차이를 통해 발전적이고 흥미로운 논의가 이루어질 수 있었던 부분(국면)조차 흐지부지 될 수밖에 없었던 것도 아마 그 때문일 것이다. 따라서 거창하게 시작된 대담이 다음과 같이 마무리되는 것은 어쩜 당연한 수순인지도 모른다.

> **서영채**: 제가 좋은 것만 보고 싶어하는 사람이라서 그런지 모르겠지만, 좋은 가능성을 지니고 있는 작가들이 많습니다. 한국 장편소설의 희망적인 미래에 대해 이야기하는 것도 중요하지 않을까 합니다. 문학이 한계지점에 도달했다, 문학은 끝이다, 라고 얘기할 때야말로 문학이 발본적으로 아무런 후광도 없는 근원적인 지점에서부터 새로 출발할 수 있는 가능성들이 열려 있는 게 아닌가 생각합니다. (…) 작가들에게는 오히려 다양한 가능성과 새로운 상상의 지평이 열려 있는 것이고, 또 그런 지점을 평론가들은 잘 들여다보고 읽어줄 수 있어야 한다고 생각합니다. 평론가의 입장이란 곧 독자의 입장이기 때문에, 자연스럽게 그렇게 될 수 있으면 한국문학을 위해 좋은 일이 아닌가 합니다. (178쪽)

서영채는 한국장편소설의 희망에 대해 이야기한다. 그리고 그 근거로 첫째 자신이 '좋은 것만 보고 싶어 하는 사람'이라는 것, 둘째 종언이란 새로운 출발(다양한 가능성)을 의미하기 때문이라는 것을 들고 있다. 여기서 우리는 한국소설이 희망적인 미래를 갖고 있다는 주장의 안이함(영성함)을 비판할 수도 있다. 그러나 한 박자 늦출 필요가 있다. 왜냐하면 여기서 문제가 되는 것은 안이함 자체라기보다는 그것의 근원이기 때문이다. 비평의 안이함은 상투적 논리에서 가장 잘 드러난다. 그렇다면 상투적 논리란 구체적으로 무엇을 말하는 것일까? 그것은 자기동일화의 체계에서 벗어나지 못하고 있을 때 구사되는 것을 의미한다. 즉 발화자 자신의 시계視界 안에 갇힌 논리, 이를 우리는 '상투적 논리'라고 부른다. 그렇다고 했을 때, 그와 같은 남발은 결국 앞서 살펴본 생리적 믿음(감각)에서 나온 것이라고 추론가능하다. 다시 말해, 그는 이 대담에서 자신의 개성이나 취향을 재확인하는 데 머무르고 있는 것이다.

그렇다면, 우리는 위와 결론에 대해 다음과 같이 말할 수밖에 없다. "이따위 대담을 왜 하는가!" 물론, 이에 대한 책임을 서영채에게만 물을 수는 없다. 연장자이자 선배인 최원식이 의견의 차이를 좀 더 날카롭게 만들어, 후배 비평가가 주요쟁점들을 구렁이 담 넘어가듯이 회피할 수 없도록 했어야 했다. 그러나 결론적으로 그는 그렇게 하지 못했고(또는 안 했고), 그럼으로써 딱히 읽을 필요가 없는 대담이 되고 말았다. 그럼, 최원식은 왜 서영채의 나이브함에 저항하지 않은 것일까? 거기에는 나름대로 이유가 있다. 그것은 사실 한 선배비평가와 후배비평가 사이의 문제를 넘어선다는 점에서 문제적이다. 많은 사람들이 느끼고 있는 것처럼 『창작과비평』과 가장 사이가 좋은 문예지는 누가 뭐래도 『문학동네』이다. 그래서 그런지 현실적으로 다른 여느 문예지보다 둘 사이의 인적교류가 잦다. 비유컨대, 큰집 · 작은집과 같은 느낌까지 들며, 어떻게 보면 이번 대담 역시 그런 교류의 연장선상에 있다고 말할 수 있다.

그렇다면, 왜 『창작과비평』과 『문학동네』은 다른 여느 문예지가 아닌 상대방을 서로 선택한 것일까? 세계관이나 문학관이 유사하기 때문에? 전혀 그렇지 않다(앞서 우리는 최원식과 서영채의 입장 차가 얼마나 큰지를 미약하게나마 살펴보았다). 당파성을 문제 삼는다면, 『창작과비평』은 『문학동네』보다는 다른 잡지를 선택했어야 할 것이다. 그러나 그렇게 하지 않았다. 그럼, 무엇이 『창작과비평』과 『문학동네』를 그토록 사이좋게 만든 것일까? 이에 대한 답은 의외로 간단하다. 한마디로 그것은 생산자원의 공유와 관련이 있다. 현대한국문학에 조금만이라도 관심이 있는 사람이라는 모두가 느끼는 거지만, 90년대 이후 창비는 이렇다 할 신인작가(신인비평가)를 배출하지 못하고 있다. 그 이유는 아마 최근 창비가 보여주고 있는 문학산업적 태도가 아직 그 자신의 심급에 잔존해 있는 당파성과 충돌을 일으키고 있기 때문일 것이다. 다시 말해, 이는 기존의 문학적 당파성이 사실상 형해화되었음에도 불구하고, 아직 그것을 대체할 문학적 당파성을 정립하지 못했다는 의미이다.

그러나 다른 한편으로 이런 생각도 든다. 정리하지 못한 것인가? 안 한 것인가? 이에 대한 답변은 여기서 내릴 수 없다. 그러나 이런 질문은 가능할 것이다. 그것은 앞서의 물음을 반복하는 것이기도 한데, 『창작과비평』은 왜 『문학동네』와 끈끈한 연대를 유지하는 것일까? 필자는 일전에 '『창작과비평』의 『문학동네』화'라는 표현을 썼는데, 엄밀히 말해 그것은 정확한 표현이 아니었다. 『창작과비평』은 오히려 『문학동네』화되는 것을 거부하고 있다. 문제는 바로 그렇기 때문에 자신과는 정체성이 전혀 다른 『문학동네』를 대화상대로 선택했는지도 모른다는 것이다. 역으로 말해, 『창작과비평』은 이제 스스로 자신의 아이덴티티를 유지할 수 없게 된 것이다. 그러므로 자신과 전혀 다른 어떤 것을 통해 끊임없이 자기동일성을 확보하지 않으면 안 되게 되었다. 그럼, 왜 자신과 다른 것인가? 자신과 닮은 것은 항상 자기동일성을 위협하는 존재이기 때문이다. 이는 문학동네 측도 마찬가지다. 문학동네가 자신과 유사한 진영이 아닌 창비를 주된 교류 상대로 삼은 이유도 말이다.

이처럼 서로 다른 체제의 '행복한 공존'은 상호인정을 통해 각자의 영역을 확보하는 문제와 관련이 있다. 구체적으로 말해, 『문학동네』는 『창작과비평』의 역사적 위치를 인정해주는 대신에 '문학에 올인하는'(백낙청의 표현) 자신의 위치에 대한 인정을 받았으며, 『창작과비평』은 『문학동네』를 새로운 문학의 중추로 평가함으로 위태위태한 자신들의 위치를 굳건히 다지는 데 성공하고 있다. 바로 이런 과정을 거쳐 작은집 『문학동네』와 큰집 『창작과비평』은 한국문단을 장악하는데 성공한 것이다. 즉 백낙청의 표현을 빌리자면, 새로운 문단체제의 성립이다. 『문학동네』는 자신들이 발굴한 문학자원(문학성·상업성은 뛰어나지만, 사회성이 부족한)을 『창작과비평』에 공급함으로써 자원부족으로 허덕이던 『창작과비평』의 문학산업에 활력을 주었고, 이 과정에서 '창비'라는 레테르를 달게 된 문학자원은 다시 『문학동네』로 돌아간 후 문학성 · 상업성뿐만 아니라 나름대로 사회성까지 확보한 상품(작품)으로 둔갑하여(세탁되어) 시장에 진출하게 된 것이다.

이전과 달리 오늘날 한 출판사에서 꾸준히 책을 내는 작가들은 거의 없다. 그들은 대부분 여러 출판사(물론 메이저 문예지를 내는 출판사)를 옮겨 다닌다. 아니 옮겨 다니길 간절히 원한다. 왜냐하면 한 출판사에서만 책을 내면 오로지 그 출판사의 문예지로부터만 지원사격을 받지만, 여러 출판사에서 내면 적어도 그 수만큼의 지원사격을 받을 수 있기 때문이다. 사실 오늘날 한국작가들은 이것을 자신의 상품가치를 높이는 거의 유일한 방법으로 생각하고 있는 것 같다. 여자와 그릇은 밖으로 내돌리면 안 된다는 말이 있지만, 적어도 그들은 내돌림을 당하지 않고서는 살아남을 수 없다고 믿고 있는 것이다. 그들은 하나같이 많은 출판사에게 공유됨으로서 여러 진영의 사랑을 받길 원한다. 이렇게 여러 문예지의 키스를 받은 작가들에 대한 출판사(문예지)의 입장은 설사 이번 작품은 자기 쪽 출판사에서 내지 않았을지라도, 일전에 자신들에게 상품을 제공했고, 또 앞으로도 제공할 것이 분명하기 때문에, 잠재적인 자원(상품)에 침을 뱉을 생각은 없는 법이다.

4. 한국문예지의 히스테리

흔히 70~80년대 한국문단은 창비와 문지로 양분되었다고들 말한다. 그러나 현재는 창비와 문동(문학동네)으로 양분되어 있다고 해도 과언이 아니다. 이 무슨 말인가? 문지는 아직 건재하지 않는가? 물론이다. 그러나 다른 한편으로 오늘날의 문학담론장에서 문지의 입지는 다분히 축소된 느낌이 드는 것도 사실이다. 『문학과사회』에서 어떤 특집을 기획하든 그에 대해 (긍정적으로든 부정적으로든) 반응을 보이는 사람이

거의 없다는 것이 그 증거다. 왜 이렇게 되어버린 것일까? 거기에는 두 가지 이유가 있다. 첫째는 일찍이 『문학과지성』이 했던 역할을 『문학동네』가 보다 공격으로 수행을 하고 있기 때문이며, 둘째는 바로 그런 『문학동네』가 성향이 비슷한 『문학과사회』가 아닌 『창작과비평』과 적극적으로 교류를 하고 있기 때문이다. 비슷한 연륜을 문지가 창비를 시종일관 서로를 무시함으로써(이는 창비도 마찬가지였다) 양문예지 체제를 구축해온데 반해, 상대적으로 늦게 출발한 문동은 스스로 작은집 역할을 자처함으로 상호교환과 상호인정이라는 새로운 체제를 만들어낸 것이다. 그 결과 문지는 새로운 판짜기(문계개편)에 적절히 대응하지 못하고 졸지에 꿔다놓은 보릿자루 신세가 된 것이다. 그래서 문지의 이런 고립감(소외감)에 대한 불만은 가끔 히스테릭한 반응으로 등장하는데, 그것은 주로 '창비 비판'이란 형태를 띠고 있다. 물론, 이때의 비판은 초점이 잘 맞지 않는 비판이 대부분이지만 말이다.[15]

이는 곧 적극적으로 담론을 생산할 힘을 상실한 『문학과사회』가 '부정적인 형태'가 아니고서는 스스로를 규정할 수 없게 되었다는 것을 의미한다. 이는 『문학과사회』 2007년 가을호 권두원의 『창작과비평』을 겨냥한 언급만 봐도 알 수 있다.

한국문학을 살리기 위해 '장편소설'이 활성화되어야 한다는 목소리가 높다. 한국문학의 침체를 독자와의 소통의 문제로 보고, 독자들이 선호하는 장편중심으로 창작의 무게중심이 옮겨가야 한다는 말은 일면 그럴듯하게 들린다. 출판자본과 저널리즘의 이해관계가 접근하는 지점에서, 이런 목소리들이 발언되고 있다는 의구심에도 불구하고 말이다. 그런데 장편소설의 활성화를 가로막는 요인으로, 단편 중심주의, 특히 문예지의 단편 중심주의를 지목하는 일부의 주장에는 비판적 대화가 필요하다.[16]

---

15) 조영일, 「비평의 노년: 가라타니 고진과 백낙청」(『오늘의 문예비평』, 2007년 여름), 제9절 「흔들리는 문단체제」 참조.
16) 「『문학과사회』 가을호를 엮으며」(『문학과사회』, 2007년 가을), 18쪽.

이는 분명 『창작과비평』이 행한 '장편소설 대망론'을 겨냥한 것이다. '장편소설 대망론'은 그 자체로 여러 가지 문제가 있기 때문에, 이를 비판하는 자체가 흠이 되지는 않는다. 그런데 여기서 주목할 점은 '문제의 내용'보다는 '문제의 의도'에 초점을 맞추고 있는 『문학과사회』의 태도이다. 비록 '~에도 불구하고 말이다'라는 완곡한 어법을 사용하고 있지만, 실질적으로는 장편소설론 자체를 '출판자본과 저널리즘의 야합'(구체적으로 말하면, 창비+한겨레신문)으로 폄훼하고 있다. 그리고 장편소설의 활성화를 가로막는 것은 단편소설이나 단편을 주로 게재하는 문예지가 아닌 다른 무엇이라고 덧붙인다. 그럼 여기서 '다른 무엇'이 가리키는 것은 무엇일까? 『문학과사회』는 그것을 작가의 능력부족이라고 우회적으로 말한다. 그러면서 중요한 것은 소설의 길이나 형태가 아니라 '새로운 상상력의 촉발'이라고 끝을 맺는다.

『문학과사회』가 이런 주장을 하는 근거는 다음과 같다. 1) 단편소설은 시장논리와 대중취향으로부터 자유롭다. 2) 한국문학의 중요한 갱신은 대부분 단편소설에서 나왔다. 이를 이어보면 이렇다. "한국문학의 핵심은 단편소설에 있는데, 그것은 문예지들이 시장논리나 대중취향에 대항하여 제공한 지면 때문이다." 그러나 이런 논리대로라면 그들이 '저널리즘'이라는 딱지를 붙여 경멸해마지 않는(정말 그런지와는 별개의 문제다) 신문들이야말로 한국문학의 일등공신일지 모른다. 수많은 신문들이 '문학의 자유'(?)를 위해 〈신춘문예〉의 모집대상을 '단편소설'로만 제한하고 있으니 말이다. 더구나 그들은 신문에 한번 게재되는 것 외에 그 어떤 배타적 권한을 요구하지 않으면서도 꽤 많은 상금을 지불한다. 그리고 단편 위주로 구성된 여러 공적지원금 제도 역시 나무랄 데 없는 제도라 하지 않을 수 없다. 그러나 역으로 보면 이런 제도들이야말로 우리로 하여금 '단편소설의 자유'라는 것이 허구일지도 모른다는 의구심을 갖게 한다.

낭만주의를 미처 통과하지 못한 문학주의자들에게 시장논리나 대중취향은 항상 부정해야 할 '악'으로 제시되곤 한다. 그러나 이는 그것을 부정하는 자들만큼은 그로부터 자유롭다는 착각에서 나온 것에 불과하다. 다시 말해, 자신들이 하면 연애이고 다른 사람이 하면 불륜인 셈이다. 그런 착각에 확실히 못을 박자면, 근대예술은 상품 그 이상도 그 이하도 아니며, 어디까지나 팔리기(읽히기) 위해서 제작된다는 사실이다(이를 피카소는 다음과 같이 정식화한 바 있다. "예술은 무한한 화폐의 흐름이다"). 취미가 아닌 생계수단으로서 문학을 선택한 이상(즉 프로의 길로 접어든 이상) 그들이 소비자를 의식하는 것은 당연하다는 수준을 넘어서 의무이다. 여기서 혹자는 그럼 시장에 영합하는 문학을 해야 하냐고 되물을지 모른다. 이런 수준 낮은 물음에 대해 필자는 앞에서 했던 말을 약간 변형하여 되풀이 하련다. 시장이나 대중의 호응을 얻은 작품이 전부 대중문학이 아닌 것처럼(상당수의 고전들은 당대의 큰 인기를 누렸다), 대중의 호응을 받지 못한 작품이 언제나 좋은 작품이었던 것은 아니다. 그리고 이는 단편소설이라고 해서 예외는 아니다. 그들의 말을 빌리자면, '길이'의 문제가 아닌 것이다.

그리고 한국문학사에서 쓸 만한 작품이 대부분 단편소설인 것은, 그동안의 한국문학이 시장 영합적인 장편소설에 대항하여 '자유로운 공간'을 확보하려고 한 노력의 결과물이라기보다는, 장편소설을 쓸 만한 체력과 시야를 갖지 못했기 때문이다. 이는 장편소설론이 단순히 길이의 문제가 아니라는 뜻이며, 바로 그러기 때문에 중요한 것은 장르적 차이와는 무관하게 존재하는 '새로운'(문학계에서 제발 이런 상투어가 사라졌으면 한다) 상상력과 같은 것이 아니라 '장편소설의' 상상력인 것이다. 결론적으로 말해, 우리는 『문학과사회』의 권두언에서 창비에 대한 신경질적 반응과 '문예지 비판'에 대한 두서없는 반박 그 이상을 발견할 수 없다.

5. 왜 장편소설인가?: 한 문학기자의 고민

최근의 장편소설 논의는 『한겨레신문』의 최재봉 기자로부터 시작되었다고 해도 과언이 아니다. 물론 '장편소설' 논의는 한국문학사에서 여러 번 등장한, 그다지 새롭다고 할 수 없는 논의이다. 그러므로 최재봉의 문제제기를 '낡은 논제'의 반복으로 보고 심각하게 생각하지 않는 이들이 대부분인 것 같다. 그리고 그의 문제제기에 공감하는 사람들조차도 문제의 중요성을 제대로 평가하고 있지 못하는 것 같다(이는 문단의 반응을 살펴보면 알 수 있다). 따라서 우리는 원점으로 돌아가 최재봉이 하필이면 '장편소설'을, 왜 그리고 어떻게 문제삼고 있는지를 좀 더 자세히 살펴보고자 한다.

문제의 글 「한국 소설, 장편으로 진화하라!」가 실린 것은 『한겨레신문』 2007년 1월 1일자다. '1월 1일'은 누가 뭐래도 문학인들에게는 가장 뜻 깊은 날이 아닐까 싶다. 왜냐하면 이 날 상당수의 주요 신문들이 '신춘문예' 심사결과를 발표하고 당선작을 지면에 싣기 때문이다. 그렇다면 문제의 글이 실린 날이 '1월 1일'이라는 것은 매년 되풀이되는 행사인 '신춘문예'와 관련이 있다는 것은 자명하다(실제 최재봉은 그에 관한 언급으로 글을 시작하고 있다). 어떻게? '신춘문예'라는 제도에 대한 불만을 통해서이다. 그렇다면, 왜 그는 문학인들의 축제인 '신춘문예'를 못 마땅히 여긴 것일까?(여기서 제발 유치하게 『한겨레신문』이 '신춘문예'를 모집하지 않기 때문에 그렇다는 식으로 태클을 걸지 말자.)

그것은 아마도 신춘문예 응모자가 '문학의 위기'라는 말이 무색할 정도로 해마다 늘고 있음에도 불구하고, 정작 제대로 된 한국문학이 생산되고 있지 않다는 판단 때문이었을 것이다. 그렇다면 이와 같은 응모자들의 열기는 모두 허수에 불과하다는 말일까? 최재봉은 적어도 그렇게까지 생각하지는 않는 것 같다(그러면 도대체 어디가 잘못된 것일까?). 대신에 그는 '문학 지망생들의 열기'와 '문학의 위기'라는 전혀 앞뒤가 맞지 않은 현상을 낳는 원인으로 '단편소설'을 지목한다. 즉 우리에게는 아직 문학에 대한 뜨거운 열기가 존재하지만, 단편 위주의 등단제도와 단편 위주의 문학상, 단편 위주로 편집되는 문예지, 단편 위주로 주어지는 공적지원으로 인해 그 열기가 단편이라는 형식에 갇혀 제 힘을 발휘하고 있지 못하다는 것이다. 따라서 그가 외치는 '장편소설로의 진화'를 단순히 장르상의 발전(세계를 종합적으로 조망하는 시야 획득)이나 독자의 기대(긴 이야기)에 대한 부응이라는 측면에서만 바라봐서는 곤란하다. 그에게 있어 '장편소설'은 엄밀히 말해 그 자체가 목적이 아니기 때문이다.

여기서 조금 이상하게 들리는 부분이 있을 수 있다. 독자들은 장편을 원하는데, 정작 문학제도는 작가들로 하여금 단편만을 쓰도록 한다니 말이다. 이에 대한 최재봉의 해석은 이렇다. 독자들은 장편을 선호하지만, 비평가들은 단편을 선호하기 때문이라는 것이다. 그럼 비평가들은 왜 단편을 선호하는 것일까? 이에 대해 최재봉은 자세한 설명을 하고 있지는 않다. 다만, "한국문학에서 평론가들의 지위와 영향력은 비정상적으로 높은 것 같다."고 비판하면서, 한국문학이 장편소설 위주로 체질을 바꾸면 그와 같은 '비정상적인 현상'이 어느 정도 해소될 것이라고 덧붙인다.

　그렇게 되면 평론가들의 개입 여지는 그만큼 줄어들며, 주례사비평 같은 건강하지 않은 문단권력의 문제점도 어느 정도 개선할 수 있을 것이다. 이 말을 소설의 운명을 온전히 시장논리에 맡기자는 뜻으로 받아들이지 않았으면 한다. 내 말은 한국소설의 지나친 단편 편향이 평론가들을 중심으로 한 왜곡된 문예지 및 문학상 문화와 무관하지 않다는 것, 따라서 평론가들의 과도한 개입을 줄이고 작가와 독자대중 사이의 직접 소통을 늘리는 쪽으로 판을 다시 짜야 한다는 뜻이다.[17]

한마디로 말해, 단편소설 위주의 창작풍토는 문학제도와 그것을 실질적인 운용하는 비평가에 의해 만들어진 '왜곡된 풍토'라는 말이다. 이는 한국문학 전반에 대한 통렬한 비판이기도 하는 터라, 『문학과사회』의 발끈함이 전혀 이해가 가지 않는 것은 아니다. 그러나 '단편' 중

---

17) 최재봉, 「장편소설과 그 적들」(『창작과비평』, 2007년 여름), 220쪽.

심의 문학제도는 그렇다고 하더라도, 비평가와 장편소설의 불화에 대해서는 약간의 설명이 필요할 것 같다. 최재봉은 장편소설은 친독자적인데 반해 단편소설은 친비평가적이라고 언급하는 수준에서 그치고 있지만, 이를 좀 더 부연하자면 다음과 같은 것이 될 것이다. 장편소설은 비평가들의 평가(통제)가 그다지 힘을 발휘할 수 없는 장르이기 때문에, 그렇지 않은 '단편'을 선호할 수밖에 없다는 것이다. 물론, 비평가들에게 마이크를 넘기면, 그들은 『문학과사회』의 반응처럼 장편소설은 시장이나 대중의 반응에 무방비인지라 문학성이 훼손될 염려가 있는 데 반해, 단편소설은 그렇지 않다고 동문서답을 할 지 모른다. 그러나 그런 동문서답의 뒤에는 혹시 '문예지를 경유하지 않고'(즉 비평가를 경유하지 않고) 바로 시장(독자)로 나아가는 것에 대한 괘씸한 감정이 있는 것은 아닐까?

그러므로 중요한 것은 어쩌면 단편소설이냐 장편소설이냐가 아닌지 모른다. 그보다는 문학제도 속에서 자유로운 문학은 어떻게 가능한가에 있을 것이다. 다시 말해, 최재봉은 '지원'을 가장한 제도적 간섭보다는 차라리 시장논리가 문학을 건강하게 만든다고 주장하고 싶은 것이다. 물론 그는 '시장논리'라는 말이 불러올 반발을 미리 예견하고 한 발을 빼는데, 정확히 말해 이 지점이 문학기자로서의 그의 한계라 할 수 있겠다. 비평가들로부터 과민반응을 일으키게 하는 낱말 중 1, 2위는 당연 '시장'과 거기서 소비자로서 등장하는 '대중'이다. 그럼 그들은 왜 그토록 그 단어들에 대한 민감한 반응을 보이는 것일까? 문학성이 훼손되기 때문에? 천만에 말씀이다. 그것은 비평가들에게 '시장'감각이 전혀 없기 때문이다. 이 표현은 여러 가지를 의미하는데(이에 대해서는 좀 더 많은 논의가 필요하다), 그중 하나는 소설가와 비평가를 결정적으로 구별하도록 만드는 지표로써 기능한다.

단도직입적으로 말하자면 이렇다. 소설가에게 소설을 쓴다는 것은 문학적 성취와는 별개로 그것을 통해 생계를 해결한다는 것을 의미한다. 즉 그들은 '프로'로서 소설을 쓰는 것이다. 쉽게 말하면, 소설을 팔아서 생활하지 않으면 안 된다. 따라서 그들에게 '시장감각'이란 그들의 존재 근거이기도 하다. 이에 비해 비평가들은 비평으로 먹고 산다는 생각은 꿈에라도 하지 않는다. 솔직히 말해, 비평가에게 비평은 부업이거나 본업을 위한 장식품(취미)에 불과하다. 인정하고 싶지 않겠지만, 그것이 진실이다. 그들은 평소에는 다른 직함(교수, 강사, 연구원, 편집위원)으로 살아가다가 청탁이 올 때만 잠시 비평가로 변신한다. 즉 한국의 비평가들은 대부분 가슴의 'C'자를 숨기고 살아가는 클라크인 셈이다. 그러나 그들은 이런 상황에 딱히 위화감을 느끼고 있는 것 같지는 않다. 그러기는 커녕 그것이야말로 비평가의 이상적인 본모습이며, 바로 그렇기 때문에 '시장'을 마음껏 조롱할 수 있는 권리를 갖고 있다고까지 생각한다. 소설가들은 적어도 일정 수준 이상의 원고료(최소한 장당 7,000원 정도)가 아니면 글을 쓰지 않지만(왜냐하면 먹고사는 문제가 달린 것이기 때문에), 비평가들은 말도 안 되는 원고료(장당 1,000~3,000원)를 받고도 원고를 쓴다(왜냐하면 어차피 비평으로 밥 먹을 생각은 하지 않기 때문에). 하긴 다른 직함을 달면, 도리어 게재료를 내고 (학술지에) 글을 싣기도 한다.

흔히 우리는 메이저문예지와 마이너문예지라는 말을 쓴다. 그런데 그것은 구체적으로 어떻게 구분되는 것일까? 여러 가지 기준을 제시할 수 있겠지만, 무엇보다 가장 쉬운 방법은 창작란(시나 소설)의 유무를 살펴보면 된다. 최근 등장한 신생문예지들은 대부분 비평전문지를 표방하고 있는데, 그것들이 모두 비평만을 '전문적'으로 다루기 위해 '의도적으로' 기획된 것이라고 보기는 힘들다. 어떻게 보면, 제대로 된 원고료를 지불할 수 없기 때문에 취해진 임시방편책에 불과하다. 어떤 소설가도 20~30만 원에 자신의 소설을 건네지는 않을 것이다. 그러나 비평가는 그 돈만 맡고도 글을 쓴다(심지어는 무료로 쓰는 경우도 있다). 이와 같은 글쓰기행위에 대한 인식의 차이는 '시장'에 대한 인식차이와 직결될 수밖에 없다. 다시 말해, 소설가들은 좋든 싫든 항상 독자(일반독자+전문독자)를 염두에 둘 수밖에 없지만, 비평가는 오로지 (전문독자인) 다른 비평가들만을 염두에 두면 되는 것이다. 따라서 소설가들이 독자의 평가를 두려워한다면,[18] 비평가들은 그저 힘 있는 다른 비평가(주로 주요 문예지 편집위원이나 문학상 심사위원을 겸한)를 두려워할 뿐이다.

여기서 우리는 한국비평의 열악함을 강조할 생각은 없다. 왜냐하면 대부분의 비평가들은 그것을 자연스러운 것으로 받아들일 뿐만 아니라, 심지어는 그것이야말로 비평의 '공정성'을 가능하게 하는 토대라고 주장하기 때문이다(시장으로부터 자유로운 유일한 문학장르인 '비평'!). 그러고 보면 우리는 비평가들에게 감사해야 한다. 왜냐하면 그들은 자기 자신이 아닌 한국문학을 위해 스스로를 희생하는 존재들이기 때문이다(비평은 심지어 국가의 문학지원에서도 상대적으로 소외되고 있다). 살신성인殺身成仁의 비평, 이것이야말로 한국비평의 본모습이라고 주장해도 되는 것일까? 설마…. 모든 행위(노동)는 반드시 그에 합당한 결과(대가)를 요구하기 마련이다. 따라서 표면적으로(또는 직접적으로) 그 결과가 드러나지 않는다고 해서, 그것을 사적 의도를 초월한 어떤 작용으로 간주할 수는 없는 노릇이다. 일찍이 니체가 '르상티망'이라는 단어로 말하고자 한 것도 아마 이것일지도 모른다.

한국에서 비평가로 살기 위해서는 반드시 '원고료에 대한 초월'이라는 조건을 받아들이지 않으면 안 된다. 그러나 이때의 초월은 '다른 무엇에 대한 강한 욕망'을 정당화하는 근거로 은밀히 도입되는 것에 불과하다. 즉 자신들이 다루는 문학작품에 대한 무리한 요구(시장, 대중을 경계하라!)와 문학생산수단의 장악(청탁권, 출판권, 문학상심사권의 보유)으로 표출된다. 물론 이 두 가지는 서로 충돌하며, 따라서 비평가들은 빈번히 자기모순적인 이야기를 내뱉기도 한다.

비평행위와 생계가 별개(생활)라는 점에서 한국문학 비평가들은 모두 아마추어라 할 수 있을 것이다. 그러나 그들의 글쓰기가 문예지(나 그것을 내는 출판사의 문학출판)를 통해 '경제적 효과'를 낳는다는 점에서는 프로이기도 하다. 이것이 의미하는 것은 비평가에게는 두 개의 얼굴이 있

---

18) 이는 소설가들이 비평가의 평가에 개의치 않는다는 말이 아니다. 그러나 일반 독자의 평가보다 비평가의 평가를 앞에 두는 소설가는 거의 없을 것이다.

으며, 바로 그렇기 때문에 비평은 작품과 시장(자본) 앞에서 분열될 수밖에 없다는 것이다. 소설가들은 오로지 작품을 통해 자기 자신을 드러내는데 반해, 비평가들은 비평 자체보다는 문학판 내에서의 '역할'을 통해 자신의 능력을 확인받는 것도 바로 그 때문이다. 혹자는 비평을 쓰는 것 이외의 활동 역시 나름대로 평가받아야 한다고 말한다. 맞는 말이다. 그러나 여기서 분명히 말하지만, 그와 같은 '비평 이외의 활동'은 원칙적으로는 비평가가 아닌 출판사의 편집자들이 맡아야하는 일인 것이다.

한국문학출판의 가장 큰 문제점 중 하나는 편집자들이 해야 할 일을 비평가들이 독점하고 있다는 점이다. 그 원인으로는 여러 가지가 있겠지만, 우선적으로 문제삼을 수 있는 것은 현출판사 편집자들이 그런 역할을 할 능력이 되는가 하는 의구심에 있을 것이다. 물론, 현실적으로 보면 그렇게 보일 수도 있다. 그러나 그것은 어디까지나 한국의 문학산업이 편집자를 이중으로 억압해온 결과에 지나지 않다. 공공연한 비밀이지만, 오늘날 가장 열악한 사업장 중의 한곳이 바로 출판업계이다. 아직도 우리 출판계에서는 편집자를 교정이나 잡일이나 하는 단순능력자 정도로 보는 곳이 대부분이기 때문에, 당연 보수도 적다. 그렇기 때문에, 능력 있는 인재들의 수급이 잘 이루어질리 없으며, 이는 다시 편집위원의 위상을 당연시하는 악순환을 만든다. 그렇다면 어느 정도 틀이 갖추어진 오늘날의 한국문학시스템(출판-대학-교육)은 어쩌면 오늘날의 한국경제가 그러한 것처럼 이와 같은 출판편집자에 대한 착취를 통해 이룩된 것인지도 모른다.

'한국문학' 출판에서 편집자가 편집권(또는 출판결정권)을 갖는 경우는 거의 없다(물론 대중소설이나 네임밸류가 확실한 작가는 예외다). 대부분 문예지 편집위원들이 그 역할을 대신하고 있다. 필자는 일전에 오늘날의 문예지에 여전히 잔존해 있는 편집체제를 비판한 적이 있는데,19) 그때 문제삼은 것은 당파성이 사라진 문예지에 여전히 잔존해 있는 동인체

---

19) 조영일, 「비평과 반복: 한국문학과 그 적들」, 『너머』, 2007년 여름.

제였다. 노파심에 말하지만, 이는 동인체제에 대한 비판이라기보다는 문학출판 산업에 전적으로 귀속된 문예지와 당파성에 기초한 동인체제는 전혀 어울리지 한 쌍이며, 어쩌면 그와 같은 '어울리지 않는 결합'이야말로 문학발전을 가로막는 최대의 장애물일지도 모른다는 의미였다.

최재봉은 단편 중심을 장편 중심으로 바꾸면, 평론가의 과도한 개입이 줄고 독자와의 직접 소통이 늘 것이라고 전망하는데, 한편으로 이는 너무 안이한 생각이다. 한국문학시스템은 그가 생각하는 것 이상으로 강고하다. 따라서 필자는 '장편으로 개편'이라는 막연한 제안보다는 좀 더 구체적인 제안을 하고 싶다. 그것은 문학편집과 문학비평의 분리이다. 비평권력의 원천이라 할 수 있는 잡지편집권을 회수하여 출판사의 전문편집자에게 주어야 한다는 말이다. 물론, 그러기 위해서는 당연 전문편집자 육성에 출판계의 과감한(정당한) 투자가 필요하다. 그리고 그것이 어느 정도 성과를 이룬다면, 한국문학판은 아마 훨씬 효율적으로 재편되게 될 것이다.

무엇보다도 문예지와 그 문예지가 주관하는 문학상으로 획일화된 문학출판의 경로가 확대될 것이고, 작가들은 '권위적인' 비평가들이 아닌 '협력적인' 편집자와 함께 일을 하게 될 뿐만 아니라, 신인 발굴 등에 더욱 적극적인 시스템이 구축될 것이다. 예컨대, 그동안 시간을 핑계로 대충대충 해온 투고 작품(또는 신인작품) 검토가 제대로 진행될 것이고,[20] 비평가들은 '비평 이외의 것'에 신경을 쓰지 않고 비평작업에 매진할 수 있을 것이다. 쓸데없는(쑥스러워서 자신의 비평집에서도 제외시키는) 광고성 카피를 쓰지 않게 되고, 무소불위 권력을 가진 문예지 편집위원들조차도 공평하게 전문편집자의 청탁대상 중 한 명이 되기 때문에, 이전처럼 문예지 색깔에 맞추어 대충 시시껄렁한 글을 쓸 수 없게 될 것이다. 즉 문학제도를 의식하는 비평이 아니라 독자를 의식하는 비평이 되는 길이 열릴 것이다.

---

20) 3명의 심사위원이 단편 400편에 대한 심사를 단 하루(대략 8시간) 만에 끝내는 신춘문예 심사가 정말 제대로 된 심사일 수 있을까? 문예지라고 해서 형편이 크게 다르지는 않을 것이다.

6. 국가에 투항하는 문학: '한국문학 르네상스'의 기원

지금까지 우리는 최재봉이 제기한 '장편소설 진화론'의 유래에 대해 살펴보고, 그것이 겨냥한 한국문학의 문제점에 대해 나름대로 대안을 생각해 보았다. 그러므로 이제는 '장편소설 진화론'의 의도보다는 그 내용에 초점을 맞추어 살펴보기로 하자. 장편소설의 부흥을 이야기하는 가장 현실적인 근거는 누가 뭐래도 시장이나 독자들이 그것을 원한다는 데 있다. 심지어는 해외사장으로의 진출을 위해서도 단편보다는 장편이 월등히 경쟁력이 있다고 한다. 최재봉은 이런 관점에서 일본작가들의 엄청난 작품생산량에 부러움을 드러낸다. 물론, 그는 그런 생산량이 다른 한편으로 '일본소설의 얄팍함'의 원인이라고 지적하고 있지만 말이다. 이에 대해서는 논란의 여지가 있지만(그의 일본문학에 대한 평가는 공정하다 할 수 없다)[21] 일단 보류하기로 한다면, 이제 어떻게 하면 장편소설을 육성시킬 수 있는지가 당연 핵심문제로 등장하지 않을 수 없다.

그래서 최재봉이 제시하는 '장편소설 육성방안'으로 살펴보면, 실망스럽게도 고작 단편에 치중된 공적 자금을 장편으로 돌리자는 것에 불과하다.

구차하게(?) 돈 얘기를 하고 있자니 적이 민망하다. 장편소설에 대한 지원이 필요하다는 말을 하기 위해 이토록 장황하게 현실을 까발린 것이다.[22]

그런데 역으로 되묻자면, 정말 이런 '구차한' 방법밖에 해결책이 없는 것일까? 어떤 이는 이를 상상력이 부족한 저널적 관점의 한계라고 이야기할 지도 모른다. 그러나 꼭 그렇지만도 않는 것 같다. 예컨대, 최재봉의 문제제기에 대한 문학계의 응답처럼 여겨지는 남진우(명지대 문창과 교수)의 칼럼 「장편소설의 시대를 열기 위하여」를 보면 그렇다. 그

---

21) 이에 대해서는 조영일, 「비평과 반복: 한국문학과 그 적들」 5·6절에서 다룬 바 있다.
22) 최재봉, 「장편소설과 그 적들」, 위의 책, 217쪽.

는 이 글에서 여러 가지 이야기를 하고 있는데, 요약하면 이렇다. 1) 한국문학은 단편이 강하고 장편이 약하다. 2) 이런 단편 편향은 한국문학의 정상적인 발전을 방해하는 장애물이다. 3) 세계시장에 나가기 위해서는 장편이 필요하다. 4) 작가들이 장편소설에 몰입할 수 있도록 제도를 통해 경제적인 지원을 아끼지 말아야 한다. 이를 통해 알 수 있는 것처럼 남진우는 최재봉과 문제의식을 나누고 있는데(물론, 어떻게 보면 핵심이라 할 수 있는 문학제도에 비판은 빠져 있다), 흥미로운 것은 그가 제시하는 해결책마저도 최재봉의 그것과 동일하다는 것이다.

작가들이 자연스럽게 장편에 몰입하고 거기서 문학적 경제적 성취감을 느낄 수 있는 여건을 조성하는 것이 중요하다. 이를 위해 제안하고 싶은 것은 각종 문학상이나 정부의 지원에서 장편소설에 대한 인센티브를 높일 수 있는 방안의 모색이다.[23]

그런데 이는 비단 최재봉(저널), 남진우(대학 / 비평 / 시 / 문예지)만의 견해는 아닌 것 같다. 예컨대, 소설가 김연수도 장편소설의 빈곤을 단편 위주의 제도에서 찾고 있으며, 장편소설이 발전하기 위해서는 이와 같은 제도에 대한 수술이 필수적이라고 주장한다.

장편소설을 쓰자면 적어도 2년 정도의 시간이 필요한 반면, 같은 수준의 아홉 편의 단편소설은 1년 정도면 쓸 수 있는 것 같다. 이렇게 되면 사실상 연재하지 않는 장편소설을 쓰는 작가의 기대수입은 단편소설을 쓸 경우에 비해서 4분의 1정도로 줄어든다. 여기에다가 다른 외적인 요인들, 예컨대 단편 위주의 문학상 제도와 문예지 수록 단편에 대한 정부의 지원과 다양한 단편 재수록 제도 등을 고려하자면 기대수입은 더욱 줄어든다. 이렇게 단편 위주로 형성된 한국문학의 제도가 바뀌지 않는 상황에서 한국작가들이 더 많은 장편소설을 쓰리라고 기대하기는

---

23) 남진우, 「장편소설의 시대를 열기 위하여」, 『한국일보』, 2007년 1월 10일자.

어려운 일이다.[24]

여기서 우리는 이런 물음을 품을 수밖에 없다. '장편소설의 발전'을 위한 해결책이라고 제시되는 것들이 왜 하나같이 나랏돈(공적자금)과 관련이 있는 것일까? 미리 말하자면 이런 해결책(답변)의 획일성은 몇 년 전이라면 상상도 할 수 없는 일이었다. 다시 말해, 오늘날 문학인들의 머릿속에는 한국문학의 형태(단편중심이든 장편중심이든)를 결정짓는 것은 시대적·정치적 상황이나 창작자의 의지(문학운동)보다는 '공적 지원금'이라는 생각이 뿌리 깊게 박혀 있다는 것을 의미한다. 그렇다면 겉으로 드러난 표현이야 어찌되었든 우리가 논의주제로 삼은 문제의 핵심은 '장편소설 육성'에 있다기보다는 '공공자금 운용'에 있다고 하는 편이 '구차하지만'(!) 솔직하다 하겠다. 다시 말해, 나랏돈이 문학인들의 뇌수와 신경을 짓누르고 있는 것이다.

그럼, 왜 어떻게 이런 상황에 처하게 된 것일까? 이와 관련하여 황석영은 다음과 같이 말하고 있다.

예전에는 그야말로 가난을 무릅쓰고 글을 써서 먹고사는 일이 당연한 '선비'의 책무라고 하던 것이 이제는 어리석은 일이 되어버렸다. 우리가 신인작가로 문단에 나왔을 적에는 전업작가가 되기 위해서는 처자식과 함께 극도의 가난을 견디며 대충 삼사년은 견디어야 했다. 그것도 운이 좋아야 평자들이나 독자들의 눈에 띄어 원고료와 인세 수입으로 중산층 생활을 간신히 유지할 수 있었다. (…) 요즈음은 좀 알려졌다 하면 대학 문예창작과에 교수 자리가 나서 들어가 주저앉아버리고 만다. 내가 신문에 인터뷰를 하면서 '기초예술'이란 말을 처음 쓰기 시작했고 연전에 민예총 회장 시절에 문예진흥원 원장 현기영 씨와 함께 국회로 총리실로 뛰어다니며 얻어낸 '지원정책'으로 단편소설이나 창작집에 대한 지원이 생겨난 것은 다행한 일이었다.[25]

---

24) 김연수, 「그 입술에 아무리 귀를 기울여봐도」, 『창작과비평』, 2007년 여름, 197쪽, 강조는 인용자.

이를 정리하면 이렇다. 1) 얼마 전까지만 해도 문학을 한다는 것은 가난을 감수한다는 의미였다. 2) 그런데 오늘날의 작가들은 이 같은 가난을 피하는 경향이 있다(많은 작가들이 이미 대학으로 도피한 지 오래다). 그리고 갑자기 화제가 바뀌면서(!) 3) 당시 문예진흥원 원장이던 현기영과 함께 국회와 총리실을 뛰어다닌 결과 단편소설과 창작집에 대한 공적지원 제도가 생겨났다. 우리가 인용한 부분만으로도 얼핏 알 수 있는 것처럼 황석영의 설명에는 일관성이 결여되어 있으며, 심하게 보면 단상모음에 가깝다는 느낌마저 준다. 물론, 이렇게 논의가 파편화된 데에는 나름대로 이유가 있을 것이다(설마 전략적인 것은 아닐 것이다). 그러나 우리는 여기서 그 이유를 찾기에 앞서 일단 그 파편들을 얼기설기 엮어보기로 하자.

1), 2)는 비단 '장편소설론'만 아니라 오늘날의 한국문학이 가진 문제점을 날카롭게 지적하고 있는 부분이라 하지 않을 수 없다. 많은 문학인들이 '문학시장'의 위축을 들며, 먹고 살기 힘들기 때문에 창작을 할 여력이 없다고 엄살을 부리는데, 황석영에 따르면 이전에는 더 먹고 살기 힘들었다는 것이다. 그리고 문학(특히 장편소설)은 바로 그런 '가난'을 감수함으로서만 가능하다고 말한다. 이는 먹고사는 데 안정을 찾은(다시 말해, 문예창작과 교수가 된) 문인들이 하나같이 제대로 된 생산물을 만들어내지 못하는 것을 보면 명백하다는 것이다. 여기까지는 우리가 충분히 수긍할 수 있는 주장이다. 문제는 그와 같은 견해를 가진 그가 문인들이 '가난'을 회피할 수 있도록(일시적으로나마) 공적 지원을 끌어오는 데 앞장섰다는 것이다. 이를 어떻게 이해해야 할까? 물론, 3)에 대해 그는 "역으로 이런 결과 때문에 단편소설 쓰기로만 역량이 몰리고 장편소설의 침체에 끼친 영향이 있을 거라고 말하는 분도 있다"고 덧붙이면서 '평가'를 의식하는 제스처를 보이기는 한다.

3)과 관련하여 우리가 이야기할 수 있는 것은 오늘날 한국문학의 머

---

25) 황석영, 「전업의 고통으로 감당하는 문학의 본령」, 『창작과비평』, 2007년 여름, 182~183쪽.

리를 짓누르고 있는 '공적자금'이 노무현 정권 시절 문예진흥원[26] 원장이었던 현기영과 당시 민예총[27] 회장이었던 황석영의 합작품이라는 것이다. 그럼 여기서 우리는 황석영이 왜 그런 지원책을 만드는데 앞장섰는지 묻지 않을 수 없다. '가난'의 고통이야말로 문학을 가능하게 하는 조건이라고 스스로 말하지 않았던가? 이 짧은 한 문단 안에서 존재하는 모순을 이해하기 위해서는 우린 '소설가로서의 황석영'이 아닌 '정치가로서의 황석영'을 설정하지 않으면 안 된다. 다 아는 것처럼, 노무현 정권 출범 후 그동안 국가권력과 긴장을 유지하고 있었던 민예총 인사들이 대거 관변 문화예술단체로 진출하게 되었다. 따라서 민예총 산하의 단체들은 그때까지 자신의 정체성과 밀접한 관련이 있던 '국가와의 긴장감'을 상실할 수밖에 없었다. 그러고 나니 이들 단체가 회원들을 규합할 수 있는 유일한 무기는 회원들의 복지밖에 없었지 않았을까? 그런데 정말 '한 단체의 장'으로서 황석영(과 현기영)이 (그것이 인기를 위해서였든 후배문학가를 정말 아꼈기 때문이든) 후배 문학인들에게 해줄 것이 금전적 지원밖에 없었던 것일까?

황석영은 이어서 우리문학의 위기는 소비자가 아닌 생산자에게 있으며, 일본문학은 죽었으며, 문학은 삶의 기본 요소이니까 살아가는 한 영원히 지속될 것이라고 말한 후, "중국이나 일본에 비해 현대 한국문학은 다채롭고 힘이 있으며 라틴아메리카문학처럼 서구문학에까지 오히려 많은 영감과 반성을 줄 수 있는 서사를 가지고 있다고 믿는다"[28]

---

26) 한국문화예술진흥원의 약칭. 1971년 박정희 대통령이 연두기자회견에서 밝힌 문예중흥의 계획에 따라 문예진흥 5개년계획이 마련되고, 1972년 '문화예술진흥법'이 국회에서 통과되어 그해 9월 대통령령으로 공포되었다. 이 법을 기초로 1972년 11월 설립위원회가 구성되었고, 정부보조금과 전국 사적지 등에서 모금한 돈으로 서울특별시 종로구 동숭동에 본관이 설립되었다. 2005년 '한국문화예술위원회'로 체제가 바뀐다.

27) 한국민족예술인총연합회의 약칭. 1987년 이후 사회 전반에 확산된 민주화운동을 배경으로 민족문학을 지향하는 문인들과 미술·영화·연극·음악 등에 종사하는 예술인들이 모여 결성했다. 1988년 11월 26일 고은·백낙청·김윤수·주재환·이장호·이강숙·이건용·임진택 등이 중심이 되어 발기인대회를 열고, '민족예술을 지향하는 예술인들의 상호연대 및 공동 실천을 통하여 민중의 삶에 기초한 민족문화예술을 건설함으로써 조국의 자주·민주·통일에 기여해나갈 것'을 주장했다. '민족문학작가회의'는 '민예총'의 산하단체다.

28) 황석영, 「전업의 고통으로 감당하는 문학의 본령」, 앞의 책, 185쪽.

는 말로 끝을 맺고 있다. 말이야 그럴 듯하지만, 이들 이야기에서 진정성이 별로 느껴지지 않는 것은, 정작 답변해야 할 무언가를 회피하고 있다는 인상 때문일 것이다. 그러나 다른 한편으로 이런 대충대충 때문에 그 스스로도 어느 정도 감지하고 있었던 '문학의 위기감'에서 갑자기 '한국문학의 르네상스'(과 노벨문학상 20명설)로 도약이 가능했던 것은 아닐까?29)

정리하자면, '장편소설론'에 대한 황석영의 입장은 크게 둘로 나뉜다. 한국문학의 위기에 대해 어느 정도 공감하며 그 책임을 '전업의 고통'(가난)을 회피하려고만 하는 소설가들에게 돌리는 '일반소설가로서의 입장'과 설득력 있는 근거제시 없이 한국문학의 미래를 밝게만 그리는 '국민작가로서의 입장'이 바로 그것이다. 그럼, 이 두 입장 사이에 생긴 간극이 의미하는 것은 무엇일까? 혹시 그것은 바로 자신이 그 위기의 책임자라는 것을 의미하는 것은 아닐까? 문학을 국가에 예속시킴으로서 '나랏돈'없이는 문학발전의 상상할 수 없게 만든 것 이 바로 그라면 말이다. 그렇다고 했을 때, 그가 최근 들어 자주 입에 올리는 '한국문학 르네상스'의 진의는 도마에 오르지 않을 수 없다. 왜냐하면 어쩌면 그 것은 자신이 깊숙이 개입한 현실의 결과물을 짐짓 모른 채 하기 위해 설치한 방화벽일지도 모르기 때문이다.

분명한 것은 오늘날 황석영의 희망적인(그리고 자족적인) 발언에 동의하는 이는 아마 거의 없을 것이라는 점이다. 이는 '장편소설의 침체' 원인을 '복사를 담당하는 문창과 조교들'에게서 찾는 시시껄렁한 유머30)를 태연하게 남발하는 소설가들을 봐도 알 수 있다. 한국문학이 더 이상 이렇게 가서는 안 된다는 데에는 많은 이들이 동의하는 것 같다. '장편소설'을 둘러싼 문제도 바로 이런 의기의식에서 나온 것이라고 해도 과언이 아니다. 그런데 더 큰 문제는 그에 대한 해결책이 바로 문제

---

29) 이와 관련해서는 조영일, 「입담 대 비평: 황석영과 가라타니 고진」(『ACT』, 2007년 창간호)을 참조하기 바람.
30) 이기호, 「전국의 조교들은 단결하라!」, 『창작과비평』, 2007년 여름 참조.

의 원인이기도 한 '공적자금'이라는 데 있다. '국가에 갇힌 문학', 오늘날의 한국문학이 서있는 위치를 단적으로 보여주는 표현이라 하겠다. 따라서 문제는 당연 '장편소설 진화론'에서 '국가와 문학'으로 바뀔 수밖에 없다.

7. 한국문학의 꿈

최근 『문학동네』에는 민족문학작가회의 사무총장이자 문학예술위원회에서 문학행정에 깊숙이 관여해온 김형수의 글이 메인형태로 실려있는데, 제목 하여 「착한 사람들이 모르는 문학행정의 상식들: 국가는 문학을 위해 무엇을 할 수 있는가」이다. 이 글에서 김형수가 다루고 있는 문제는 부제가 표현하고 있는 그대로다. 물음 자체만 놓고 보았을 때는 매우 시의적절하고 중요한 질문이라 생각하지 않을 수 없다. 그런데 문제는 본제 쪽이다. '착한 사람들이 모르는 문학행정의 상식들'이라는 타이틀이 암시하고 있는 한마디로, 문학행정에 대해 잘 모르는 사람들에게 문학행정의 상식들을 알려주겠다는 의미일 것이다. 그런데 그는 왜 계몽대상에게 '착한'이란 수식어를 붙였을까? 이 물음이 중요한 것은 이 글의 의도가 이 단어에 함축되어 있다고 해도 과언이 아니기 때문이다.

일단 그는 문학은 자유로워야 한다는 원론에서 시작한다. 그 어느 것으로부터도 말이다. 그러나 이내 문학을 시장에 무조건 맡길 수는 없다고 못 박는다. 그리고 시장에서의 자유는 겉보기에는 자유 같지는 본질은 그렇지 않다고 말한다. 왜냐하면 그가 생각하기에 문학'시장'은 '바람직한 재화'를 바라볼 눈을 갖고 있지 못하기 때문이다. 그러므로 기초예술(문학)을 시장에 맡기라는 말은 예술을 포기하는 말과 같다고 발끈한다. 사실 여기서 김형수가 발끈하는 이유는 이 글의 의도와 밀접하게 관련이 있다. 한마디로 말해, 그것은 문학의 자유를 주장한답시고 정작 중요한 문학의 본질(반시장 / 반자본적인 예술)은 도외시한 채 그저 국가의 지원만을 문제삼는 '착한'(무지한) 사람에 대한 항변인 셈이다.31)

언뜻 들으면 그럴 듯하기도 한다. 그러나 그와 같은 항변에는 설득력이 별로 없다. 왜냐하면 그의 주장을 뒷받침하고 있는 시장혐오(반자본주의)는 문학주의자들의 그것과 전혀 다르지 않으며, 앞에서 살펴본 것처럼 그런 입장에 구태의연함 이상을 기대하는 것은 무리이기 때문이다. 따라서 '착한'이란 형용사는 결국 국가의 지원을 정당화하기 위한 포석으로 기능하다 있다고 볼 수밖에 없다. 시장에 대한 상투적 적대감정에 기대어 국가의 개입을 통한 '분배의 정의'(42쪽)를 주장하는 것인데, 과연 '정의'는 이런 식으로밖에 이루어질 수 없는 것일까? 아니, 질문을 바꾸어 보자. 그런 식으로 하면 정말 '정의'가 이루어지기는 하는 것일까?

그런데 존 롤스는 분명히 말하고 있다. '분배적 정의'는 '정의'와 무관하다고 말이다. 게다가 가라타니 고진은 그것이 국가적 폭력(약탈)을 정당화하는 이념으로서 기능한다고까지 말한다. 이를 둘러싼 복잡한 논의는 다른 사람에게 양보하고 여기서는 명백한 사실 하나만을 지적하고자 하는데, 그것은 국가가 '분배적 정의'를 실현하기 위해서는 먼저 누군가로부터 그것을 (폭력적으로) 빼앗아오지 않으면 안 된다는 것이다. 알다시피 그동안 문학가들에게 나누어진 문학지원금의 일부는 '복권기금'에서 나온 것인데, 이 기금은 사실상 사회적 · 경제적 약자들로부터 갈취한 돈에 다름 아니다. 쉽게 말해, 국가는 우리사회의 약자들에게 빼앗은 돈으로 '분배적 정의'라는 이름하에 문학가들에게 지급해온 것이다. 문제는 이런 뻔히 보이는 모순적 구조를 거부한 문학인이 거의 없었다는 것이다. 과거 급진적 사상을 가졌다고 자부하는 이들은 물론이거니와, 최근 기존체계에 대해 강한 저항의식("아예 세계를 언인스톨하자!" "조카라 마이싱이다")을 보여준 이들조차도 나랏돈만큼은 '얌전히'

---

31) 얼마간의 차이는 있을 수 있으나 국가지원을 당연시 하는 대다수의 논리이기도 하다.

받았던 것이다.

여기서 나는 한국문학인들의 파렴치함을 비판할 생각은 없다. 대신에 왜 그들은 그런 파렴치한 행동을 아무렇지 않게 하고 있는지에 대해 묻고 싶다. 솔직히 말해, 어느 누구도 일 대 일로 사회적 약자의 돈을 빼앗거나 갈취하지는 못할 것이다. 아니 도리어 (약간 구태의연하긴 하지만) 그들의 생활모습에서 사회적 모순을 발견하고 동정심을 가질지도 모른다. 문제는 '그러함에도 불구하고' 그들은 복권기금을 받는 것에 대해 아무런 망설임도 없었다는 것이다. 어떻게 이런 일이 가능할까? 답은 간단하다. 탈취된 돈을 받음으로서 개개인이 가지게 될 지도 모르는 죄책감을 친절하게도 국가기구가 나서서 '공적으로' 처리해주고 있기 때문이다. 따라서 그들은 필연적으로 만날 수밖에 없는 사회적 문제들을 바로 눈앞에 놓고서도, 그 안으로 들어가는 대신에 그 문을 지키는 관료와 모든 일을 처리하고 있는 것이다. 이 얼마나 쿨한 시스템인가?

그럼에도 불구하고 김형수의 다음과 같은 답변으로 모든 논란을 해소할 수 있다고 생각한다.

문학예산이 빈곤층 구제보다 우선하는 것이냐고 묻는다면 항변하기 어렵지만 한 걸음 더 나아가서 생각해보면 빈곤층이 무엇으로부터 소외되지 않기 위해서 '구제' 또는 '긍휼' 같은 말을 들어야 한단 말인가?

문학은 세계를 해석하고 창조할 수 있는 '사회적 언어'를 제공한다. 한국에서 문학이 위축되면서 남긴 후유증이 있다면 그것은 '추상적 가치의 붕괴'일 것이다. 추상적 가치가 붕괴된다는 것은 낱낱의 개인들이 하나로 묶여서 감당해야 할 공동의 이상이 붕괴됨을 의미한다. 오늘날 누구나 부의 습득만이 삶의 목적인 듯이 말하지만, 부가 저절로 삶의 가치를 높여주는 것은 아니다. 부가 또 다른 부의 증식을 위해서만 사용되거나 소비를 통해 하급욕망을 해소하는 기회의 남용으로 작동하는 것이 아니라, 인간의 자아실현을 위한 토대가 되는 가치관을 확보했을 때에야 비로소 소비로부터의 소외가 삶의 소외로 이어지는 몰가치한 사회에서 벗어날 수 있을 것이다.

(…) 까닭에 국가는 자기 존속의 거점이 되는 사회집단의 건강성을 지키기 위하여 문학의 전개과정, 미학적 엘리트의 형성, 예술경향들의 분화와 문예현장의 지형도를 검토, 활성화하는데 적극적인 역할을 할 능력과 의무를 가질 수밖에 없다.[32]

첫 번째 단락이 무얼 말하기 위함인지에 대한 것은 차치하더라도, 문학이 국가의 지원을 받아야 하는 이유를 서술하고 있는 두 번째 단락은 도저히 참아줄 수 없는 상투어로 범벅이 되어 있다. 논리는 물론이거니와 제대로 된 문제설정조차도 부재하는 이 단락에서 발견할 수 있는 것이란 "문학은 사회적 언어를 제공하는 위한 위해 예술이지만, 시장과는 적대이어서 홀로 자립할 수 없기 때문에, 몰가치한 사회가 되지 않기 위해서는 국가의 적극적인 지원이 필수적"이라는 문학관료의 신앙고백뿐이다. 그러나 이는 비단 김형수만의 문제는 아닐 것이다. 직간접적으로 국가와 연계된 문학제도에 몸을 담은 상당수의 문인들과 그들의 행정 처리에 의해 '분배적 정의'를 통장을 통해 확인한 거의 대부분의 문학인들 역시 약간의 차이는 있을지 모르지만 국가에 대한 성찰을 방기하고 있다는 점에서 '친'국가적이라 할 수 있다. 그리고 이런 한국문학의 친국가적 성격은 '자본주의 비판' '신자유주의 비판' '제국주의 비판'과 아무런 모순 없이 공존하며 한국문학의 '건강성'(?)을 확인시켜주고 있는 것이다.

오늘날 한국문학의 가장 문제점은 무얼 이야기하든(심지어는 장편소설론조차도) 국가의 지원을 염두에 두지 않고서는 불가능하다는 것이다. 어느새 우리는 완전히 길들여진 것이다. 따라서 생계가 위협받고 있다고 엄살을 떨면서, 오늘날의 한국문학을 위해서는 국가의 지원이 필수적이라고 주장하는 사람들에게 국가가 해줄 수 있는 최대의 지원은 아마 그들 모두에게 공무원이라는 지위를 부여하는 것이다. 아예 문학공

---

32) 김형수, 「착한 사람들이 모르는 문학행정의 상식들―국가는 문학을 위해 무엇을 할 수 있는가」(『문학동네』, 2008년 봄), 42쪽.

무원을 1,000명 정도 뽑자(또는 인간문화재에 문학가도 포함시키자). 주먹구구식 일회성 지원책보다는 차라리 월급을 주고 생계를 보장해준다면, 좀 더 안정적으로 시장논리와 상관없는 '고상한 언어'가 생산되는 길이 열릴 것이다. 농담이 아니다! 이미 비평가들은 대부분 (준)공무원이거나 공무원이 되기 위해 노력하고 있으며, 상당수의 소설가들 역시 여러 대학에 자리를 잡고 견적도 안 나오는 소설을 쓰는 대신 대학이나 국가가 주는 월급으로 안정적이고 평화로운 생활을 누리고 있다.[33] 그러니까 솔직해지자는 것이다. 한국문학의 꿈이란 따지고 보면 공무원(관료)이 되는 것이라는 사실을, 그리고 이미 상당수는 그 꿈을 이루었다는 것을. 그렇다면, 우리가 여전히 그 꿈을 위해 노력하는 거위들을 위해 축복을 비는 것에 인색하지 말아야 할 것이다.

8. 문학을 하다 죽어버려라

필자는 원래 이 단락에서 박금산의 『바디페인팅』을 중심으로 '국가와 문학', '우울과 한국문학'에 대해 자세히 논할 생각이었다. 하지만 현재로도 이미 청탁분량을 훨씬 넘은 상태이기 때문에, 이에 대해서는 다음 지면을 기약하면서 슬슬 마무리하는 수순을 밟을까 한다.

'장편소설 대망론'을 제기한 후, 『창작과비평』은 그 다음호에 소설가 백가흠의 투고를 싣고 있다. 백가흠은 이 글에서 창비의 '장편소설' 특집과 그에 쏟아지는 문단과 언론의 관심에 대해 불편한 심기를 드러내며, 적어도 자신에게는 별 감흥을 주지 못했다고 말한다. 다시 말해, "저들은 뭐가 그리 심각할까" 하는 생각뿐이었다고 한다. 그렇다면, 그는 왜 그와 같은 시니컬한 입장을 취한(또는 취할 수밖에 없었던) 것일까? 백가흠은 그 이유로 첫째 장편소설의 미래를 열자고 해서 열어지는 것

---

33) 얼마 전 자유여행의 상징 윤대녕과 시대의 이단아 장정일이 모대학 교수임용에 함께 지원했고, 그 결과는 윤대녕이 뽑혔다고 한다. 또 한 명의 '생계가 안정된' 소설가의 탄생이다.

도 아니고, 둘째 우리나라에 좋은 장편이 없다는 것에 동의할 수 없기 때문이라고 말한다. 그러나 그는 그보다는 그런 논의들이 소설가들로 하여금 '전략적인 글쓰기'를 강요하는 것 같은 느낌이 들기 때문이라고 덧붙인다. 전략적인 글쓰기? 당연 우리는 여기서 그가 말하는 '전략적인 글쓰기'가 무엇인지 묻지 않을 수 없다.

다른 이들은 어떤 글쓰기를 하는지 모르겠지만 나는 그냥 한다. 나는 문학에, 소설에 무슨 목적이나 목표가 없다. 그것이 얼마나 다행스러운 일인가. 문학은 '그냥 하는 것'이라는 믿음이 내 소설의 미래이다. 그냥 쓰다 보면 미래가 열리겠지 생각한다.

작가에게는 미래는 문학하는 과정의 절실함에 있을 것이다. 그러나 현실은, 특히 장편소설은 작가에게 전략적인 글쓰기를 강요한다. 이상적인 비판은 현실적인 대안이 있을 때만이 정당하다는 게 내 지론이다. (…) 논의는 작가들이 장편소설을 부담없이 쓸 수 있는 풍토를 만드는 데 모아져야 한다고 생각한다. 판이 깔리지도 않았는데 먹을 것이 없다고 투덜대는 것 같은 인상을 지울 수가 없다.[34]

"문학은 '그냥 하는 것'이라는 믿음이 내 소설의 미래이다." 역시나 소설가다운(문학적인) 문장이라 하지 않을 수 없다. 그런데 어쩌나… 적어도 필자에게는 별로 감흥이 없는 문장이니 말이다. 말이 나왔으니 하는 거지만, 오늘날의 소설가 중 상당수는 소설쓰기에 대한 자의식이 없는 것 같다. '그냥 쓸 뿐'이라는 인상이 강하다. 하긴 '그냥 하는 것'이 자기 소설의 미래라고 생각한다면, 뭐라고 할 말도 없다. 단, 그것이 진짜라면 말이다. 그런데 그것은 '그냥 하는 말'에 불과하다. 이는 그 다음 문장을 보면 알 수 있다. 그는 문학이란 '그냥 하는 것'이라고 말한 지 1초도 안 돼서 '문학하는 과정의 절실함'에 대해 이야기하고, 이를 전략적인 글쓰기와 대립시키고 있다. 흥미로운 것은 그가 전략적인

---

34) 백가흠, 「장편소설 논의와 소설가의 미래」(『창작과비평』, 2007년 가을), 7쪽, 강조와 밑줄은 인용자.

글쓰기의 예로 장편소설을 들고 있다는 점인데, 이로써 그가 의도가 하는 바가 무엇인지 비교적 명확하다 하겠다. 쉽게 말해, 그것은 '단편소설에 대한 옹호'에 다름 아니다.

그러나 더 흥미로운 것은 그 다음이다. 그는 느닷없이 "판이 깔리지도 않았는데…" 운운한다. 판? 여기서 뜬금없이 등장한 '판'이란 도대체 무엇일까? 그것을 알기 위해서는 마찬가지로 다음 문단을 보면 된다.

> 작가적인 입장에서 현실적인 제안을 해보면 장편 전작료의 개념을 활성화해보자. 아님 연재지면을 늘리든지. 아마 관계된 혹자들은 고개를 절레절레 흔들 것이다. 출판사에서는 헛돈 쓴다고 생각할 게 분명하기 때문이다. 눈앞에 보이는 손해를 자선사업하듯 짊어질 출판사가 있겠는가. 출판사의 현실을 인정해야만 하고, 어쨌든 끼니는 때우며 글을 써야 하는 작가의 현실도 인정해야만 한다. 끝으로 작가들의 소설에 대한 열망과 절실함을 훼손하지 않는 범위 내에서 모든 것이 논의되었으면 하는 바람이다.[35]

아하, 결국 문제는 돈이었던 것이다. 장편소설이 활성화되려면 그에 맞도록 창작여건이 개선되어야 하는데, (앞서 김연수가 지적한 것처럼) 장편소설을 쓰는 것보다 단편소설을 쓰는 것이 더 많은 수입을 얻게 되는 구조 속에서는 장편소설이란 결국 '전략적인 글쓰기'에 지나지 않다는 말인 것이다. 맞는 이야기일지 모른다. 그러나 이제까지 자세히 살펴본 것처럼, 단편소설이 장편소설보다 더 많은 수입을 얻는 구조는 불과 몇 년 전에 만들어진 것(황석영과 현기영의 합작품)에 불과하며, 또 그것은 어디까지나 국가에 대한 예속을 전제로 하여 구축된 것이다.[36] 따라서 그가 옹호하는 '비'전략적인 글쓰기'(단편소설)이라는 것 자체부터

---

35) 위의 글, 7~8쪽.
36) 혹자는 이에 대해 국가가 돈을 주는 것은 사실이지만 내용을 간섭하는 것은 아니기 때문에 창작상의 자유가 훼손되는 것은 아니라고 말할지 모른다. 왜 아니겠는가? 고무신을 받아먹고 막걸리는 얻어먹어도 투표는 다른 사람에게 하면 되는데….

가 (그가 의식하든 말든) 이미 '전략적인 글쓰기'였던 셈이다. 수입(돈)이라는 '과정의 절실함'에 의해서 말이다.

백가흠은 '장편소설 대망론'에 대한 '현실적인' 제안이라며 '장편 전작료 개념의 활성화'와 '연재지면의 확대'를 이야기하고 있다. 그런데 재미있는 것은 그 제안들이 '현실적으로' 불가능하다는 것을 이미 잘 알고 있다는 것이다(출판사의 입장에서는 분명 수지가 맞지 않을 일이기 때문에). 그가 '의사'이율배반을 도입함으로 마무리를 짓는 것도 그 때문이다. "책을 팔아 직원 월급을 줘야 하는 출판사의 현실도 인정하고, 끼니를 때우며 글을 쓰는 작가의 현실로 인정해야 하는 것이다." 즉 사실상 그는 이 글에서 어떤 현실적인 대안도 제시하고 있지 않은 셈이다. 그런데 그는 기존 '장편소설 대망론'을 비판하며 '현실적인 대안'을 강조하고 있다는 점에서("이상적인 비판은 현실적인 대안이 있을 때만이 정당하다는 게 내 지론이다.") 그 스스로 자신의 '지론'을 배반하고 있는 것이다.

흠을 잡으려는 것은 아니지만, 그러고 보니 위 문장이 조금 이상하다는 생각이 든다. "이상적인 비판은 현실적인 대안이 있을 때만이 정당하다"는 표현이 말이다. 그러나 '비평의 겸손'으로 이 문장을 글쓴이에게 최대한 유리하도록 해석하기로 하자. 그러면, 아마 다음과 같이 될 것이다. (1) 〈단편소설에 대한 비판에 기반하고 있는 '장편소설 대망론'이 '이상적인 비판'이 되기 위해서는 현실적인 대안을 제시해야 하는데, 그렇지 못한 것 같다〉는 것이 우선적인 그의 판단일 것이다. 그리고 (2) 〈'장편소설 대망론'에 대한 나의 '이상적인 비판'은 나름대로 현실적인 대안을 제시하고 있기 때문에 정당하다〉고 말하고 싶었을 것이다. 그러나 방금 살펴본 것처럼 그는 어떤 '현실적인 대안'도 제시하고 있지 않다. 기껏해야 '대안 없음'을 확인하고 있을 뿐이다.

그렇다면, 정말 백가흠은 '현실적인 대안'이 없다고 생각하는 것일까? 결코 그렇지는 않다. 왜냐하면 그는 이미 '현실적인 대안' 위에 서있기 때문이다. 구체적으로 말해, 단편소설 중심의 한국문학시스템 위에서 "문학은 '그냥 하는 것'이라는 믿음"을 갖고 있다는 점에서, 그리고 그와 같은 현실적 기반에 대한 일말의 반성도 없이 태연하다는 점에서, 적어도 그는 '현실적인 대안'을 이미 갖고 있다고 봐야 옳을 것이다. 다시 말해, 그가 제시한 의사이율배반은 단순한 사실 확인 이상을 것을 암시하고 있다. 여기서 '사실 확인 이상의 것'이란 바로 '국가의 개입'을 가리킨다. 결론적으로는 보면 너무나 뻔한 것인데도 불구하고 약간 꼬여 있는 것은, 기껏해야 그가 김연수만큼 솔직하지 않다는 것을 보여주고 있을 뿐이다. 그러고 보면, 그는 투고를 '그냥' 쓰지 않고 나름대로 '전략적으로' 쓴 셈이다.

한편, 『문학과사회』의 '장편 대망론' 비판 후, 문학과지성사 김수영 주간은 "문학성이 담보되는 장편이 나오기 위해서는 작가가 생계에 대한 걱정없이 작품에 몰두할 수 있도록 작품이 아닌 작가별 생활비 지원 시스템으로 바뀌어야 한다"고 주장했다 한다.[37] 어느 쪽을 둘러보아도 '장편소설' 논의가 결국은 작가의 생계문제로 귀결되고 있음을 알 수 있다. 이런 귀결이 개개인의 견해라기보다는 한국문학 전체의 견해라고 할 때, 그것은 개인의 의지와는 무관한 시스템의 문제라 하지 않을 수 없다. 그렇다면 '장편소설 대망론'이란 심심할 때마다 등장하는 '인문학의 위기'와 다를 바 없다(지원금 좀 달라!). 그러나 만에 하나 거기에 진정성이 존재한다면, 무엇보다도 한국문학시스템에 대한 근본적인 점검부터 시작하지 않으면 안 된다. 그러나 이를 모른 척하고 지원금 배분에만 신경을 쓰는 '장편소설 대망론'이란 결국 주어진 룰 위해서 주고받는 상투어들의 향연이라 하지 않을 수 없다.

우리는 가끔 헷갈릴 때가 있다. 아픈 곳이 윗배인지 아랫배인지, 속이 비어(배가 고파서) 아픈 것인지 무언가를 잘못 먹어 아픈 것인지 말이다. 오늘날의 문학인들은 하나 같이 배가 고프다고 엄살을 떤다. 그런데 혹시 그것은 굶주림에서 오는 허기가 아니라 못 먹을 것을 먹어서 생긴 설사기미를 허기로 착각하고 있는 것은 아닐까? 사실 문학인들의

---

37) 『국민일보』, 2008년 3월 28일자.

굶주림은 어제 오늘의 일은 아니다. 이는 근대소설에서 가장 많이 다루어지고 있는 주제 중 하나가 '굶주림'(또는 가난)이었다는 것만 봐도 알 수 있다. 즉 '굶주림'은 근대소설을 추동시킨 강력한 동인이었던 셈이다. 그런데 오늘날의 소설에는 이런 의미에서의 '굶주림'은 존재하지 않는다. 그런데도 불구하고 작가들은 하는데 '배고픔'과 '가난'을 호소하는데, 도대체 왜 이런 사태가 발생한 것일까?

단도직입적으로 말해, 그것은 '가난' 때문이 아니다. 그보다는 '가난에 대한 혐오감' 때문이다. 이전 소설들에서 가난은 그것이 자발적인 것이든 비자발적인 것이든 어느 정도 긍정적인 의미를 갖고 있었다. 즉 그것은 '부(자본 / 국가)'에 대한 대항적(저항적) 의미를 갖고 있었다. 그런데 오늘날의 '가난'은 그야말로 '무능력'을 의미한다(실제 대다수의 문학인들은 스스로를 무능력자로 여긴다). 그런 의미에서 문학가들이 국가의 개입(지원금)에 그토록 매달리는 것은, 엄밀히 말해 그것이 생계에 큰 도움이 주고 그로 인해 더 나은 창작환경이 확보되기 때문이 아니다. 진실은 전혀 다르다. 사실 문학에 있어 국가의 역할은 물질적인 데 있다기보다는 상징적인 데 있다. 즉 문학가들은 국가를 통해 자신의 '문학행위'가 가진 가치를 확인받고 싶었던 것이다. 그렇다면, 이것이 의미하는 것은 무엇일까? 혹시, 이제 문학은 국가의 '상징적 인정' 없이는 자신의 가치를 주장할 수 없게 되었다는 것은 아닐까?

아무리 배가 고프다고 하더라도 먹지 말아야 할 것은 먹지 말아야 했다. 왜냐하면 국가가 아무리 많은 지원금을 주더라도 그로 인해 침체된 문학이 발전할 리는 만무하기 때문이다. 그것은 어디까지나 임시방편적 해결에 불과하다. 이런 명백한 사실까지 부정할 문학인은 아마 없을 것이다. 문제는 그럼에도 불구하고 모두가 일단은 받아쓸 수밖에 없다고 생각한다는 점이다. 이는 미국산 쇠고기가 수입되면, 저렴하기 때문에 사먹을 수밖에 없다는 생각하는 것과 같다. 따라서 처음부터 국가의 도움 따위는 생각하지 말았어야 했다. 어떤 이유로 붙이더라도 그것은 결국 국가에 대한 의존만을 강화시킬 것이기 때문이다. 그리고 그와 같은 의존은 이후 엄청난 후유증을 불러일으킬 것이다. 우리가 이제껏 살펴본 '장편소설의 대망론'에서 나온 대안의 '획일성'에서도 알 수 있는 것처럼, 그 후유증은 이미 우리가 생각하는 것보다 심각하다. 한국문학은 이제 광우병에 걸린 소처럼 스스로 서있을 힘마저 잃어버린 것 같다.

분명히 말하지만, 한국의 국민작가 황석영은 이에 대한 책임을 져야 한다. 후배문학인들에게서 '가난'을 빼앗고, 도리어 국가와 행복하게 타협하는 방법을 제도로서 정착시켰다는 의미에서, 그는 한국문학의 총체적인 보수화를 이끈 인물이라고 해도 과언이 아니다. 물론, 그렇다고 해서 그것을 아무 생각 없이 받아들인 젊은 작가들의 책임이 면제받는 것은 아니다. 선배작가들에게 굽실거리고 '새로운 상상력'이라는 비평적 상투어에 취해 비평가들의 눈치나 보는, 패기라고는 눈곱만큼도 없는 젊은 작가들이 새로운 한국문학을 만들어 갈리는 없을 것 같다. 물론, 그들은 한국문학시스템에 의해 약간의 돈과 일정 정도의 명예를 얻을지 모른다. 그런데, 단언컨대 그뿐일 것이다.

'새로운 문학'은 몇몇 새로운(그러나 별로 새롭지 않은) 문학적 시도나 인적 자원의 교체만으로 이루어지는 게 아니다. 그것은 문학시스템(생산/유통/소비)의 전체적인 재편 없이는 불가능한 것이다. 기존에 주어진 문학시스템 속에 안주하려는 작가들에게 '새로운 문학'이란 어불성설이다. 따라서 학교(문창과)에서 장편소설 쓰는 법을 배우지 않았기 때문에 쓰지 못하겠다거나(설사 농담이라 하더라도), 생계가 위협받기 때문에 문학을 제대로 하지 못하겠다고 외치는 입에 필요한 것은, 국가가 배급하는 일용한 양식이 아니라 시대의 현기증과 구토이다. 문학의 자유를 억압하는 모든 것을 토해내지 않으면 안 된다. 그리고 국가에 기대어 구차하게 목숨을 부지하느니, 차라리 죽는 게 낫다. 왜냐하면 그것이야말로 그들이 그토록 숭배하는(그러나 다른 한편으로 생계문제를 앞세워 외면하는) '문학정신'이기 때문이며, '새로운 문학'이라는 꽃은 바로 그런 전사들의 시체들 위해 피어날 것이기 때문이다.

이제 비평가들에 대한 한 마디 할까 한다. 필자는 '장편소설 대망론'

을 둘러싼 논의를 점검하면서 이유를 알 수 없는 강한 위화감을 느꼈다. 태도에 있어 약간의 차이는 있을지 모르지만, '장편소설 대망론'은 한국의 비평가라면 심심치 않게 입에 올리는 단골메뉴이다. 그럼, 왜 그들은 그토록 장편소설에 집착하는 것일까? 당연한 이야기겠지만, 그것은 오늘날 장편소설만이 당대(근대사회)를 총체적으로 형상화할 수 있는 장르이기 때문이다. 그럼, 비평은 어떨까? 비평은 과연 장편소설 정도의 시야로 당대의 문제들과 만나고 있는 것일까?

오늘날 소설이 읽히지 않는 것에 대해서는 많은 말들이 있지만, 정작 그런 말을 하는 비평이 읽히지 않는 것에 대해서는 별다른 말이 없는 것 같다. 비평은 언제부터인가 독자는 물론이거니와 비평가로부터조차 외면을 당하는 장르가 되었다. 그러나 여기서 필자가 주목하고자 하는 것은 비평이 읽히지 않는다는 사실이 아니다. 그보다는 읽히지 않는 것 자체를 당연시 하는 분위기다. 최소한의 독자마저도 없는 상황에서, '비평의 종언'은 더 이상 논의할 필요조차 없는 '단적인 사실'이다. 그런데 이상하게도 현실에는 여전히 비평가들이 존재하고 있을 뿐만 아니라, 비평도 작가론, 작품론, 그리고 작품해설이라는 형태로 씌어지고 있으며, 또 그것들이 묶여져 비평집(평론집)이라는 이름으로 출판되고 있다. 물론, 전혀 팔리지 않기 때문에 최소 부수만 찍어 증정본과 도서관 납품본으로 뿌리는 정도지만 말이다(서점에서 실제로 팔리는 것보다 증정본으로 나가는 게 훨씬 더 많다).

사정이 이러하다면, 창작자의 입장에서 '이미 죽은 비평'(그러나 자신이 죽은지 모르는 비평)이 감 내놓아라 대추 내놓아라 하는 것을 못 마땅히 여기는 것도 이해가 간다. 자신들은 기껏해야 '기획된 단편비평'[38]밖에 쓰지 못하는 주제에, 소설가들에게 제대로 된 장편소설을 생산해라고

---

38) 창작의 경우는 청탁이라 할지라도 '주제'가 미리 주어지지 않지만, 비평의 경우는 거의 대부분 '주제'나 '작가'내지 '작품'이 주어진다. 분량도 매우 엄격하여 평균 80매 내외다(배를 쓰더라도 원고료가 달라지지 않기 때문에, 경제 감각이 뛰어난 비평가들은 정확히 매수를 맞춘다). 다시 말해, 오늘날의 한국비평은 대부분 OEM비평이다. 문제는 그럼에도 불구하고 많은 비평가들이 그것을 자랑스럽게 여긴다는 점이다. '창비', '문지', '문동'이라는 상표를 말이다.

다그치는 것은 뭔가 앞뒤가 맞지 않는 이야기인 것은 분명하다. 창작과 비평 사이에 어떤 상호작용이 존재한다면, 장편소설의 빈곤이란 그것을 감당할 만한 비평의 부재를 뜻하기도 할 것이다. 다시 말해, 한국장편소설의 빈곤에는 한국비평의 책임도 크다. 한국소설이 단편소설에 머물 것이 아니라 보다 넓은 장편소설로 나아가야 한다면, 이는 비평이라고 해서 예외가 될 수 없다. 그런데 최근 이루어진 '장편소설 대망론'에서는 그와 같은 논의를 전혀 찾아볼 수 없었다. 기껏해야 지원제도의 문제점이나 역사적 제약, 그리고 창작자들의 능력부족을 들고 있을 뿐이다. '초월론적 주관'의 획득한 비평가들에게 '비평 자체에 대한 반성'은 불필요했던 것이다.

그렇다면 (단편)비평가들의 소란스러운 '장편소설 대망론'이란 결국 비평의 책임회피에 불과할지도 모른다. '장편비평 대망론'에서 느낀 필자의 위화감은 아마 이것과 관련이 있을 것이다. 소설가들은 어쨌거나 끊임없이 문학시스템 외부(시장)를 의식하고 있다. 그에 반해, 비평가는 오로지 문학시스템만을 의식함으로 스스로를 완전히 고립시키고 말았다. 그러므로 이 시대가 여전히 비평을 필요로 한다면, 이때의 비평은 분명 지금과 같은 안이한 방식의 비평은 아닐 것이다. 소설이 그러한 것처럼, 비평 역시 어떤 형태로든 시대적 요구에 응답을 하지 않으면 안 된다. 몇몇 작품이 깔아준 멍석 위에서 뒹굴 거리고 있을 게 아니라, 좀 더 눈을 크게 뜨고 자신과 세계를 바라봐야 한다.

그렇다면 '비평의 갱신'은 구체적으로 어떻게 가능할까? 무엇보다도 그것은 글쓰기 방식의 근본적인 전환을 통해서이다. 이와 관련하여 필자는 '장편비평'을 제의하고 싶다. 왜냐하면 장편비평은 문학시스템이 비평가를 호출하는 방식인 청탁원고(단편비평)와 달리 비평가로서의 자의식을 끊임없이 상기하지 않고서는 불가능한 작업이기 때문이다. 다시 말해, 비평의 체질을 개선하지 않고서는 불가능한 것이 바로 장편비평인 것이다. 최재봉은 '장편소설을 통한 한국문학의 재편'을 주장했는데, '장편비평'은 그보다 더 근본적으로 한국문학판을 바꿀 것이다. '문학보호'는 그런 갱신이 다 끝난 뒤에 해도 늦지 않는다. 물론 그때는 더 이상 '문학보호'와 같은 유치한 단어는 사라지겠지만 말이다. 보호해야 하는 것은 문학이 아니라 문학정신(비평정신)이기 때문이다. 그러므로 그와 같은 정신을 훼손하면서까지 문학을 보호하고자 한다면, 차라리 문학을 하다 죽어버려라. 🔳

조영일
문학평론가. 1973년생. 2007년 《문예중앙》으로 등단. 역서로 『언어와 비극』, 『근대문학의 종언』, 『역사와 반복』, 『세계공화국으로』 등이 있음. esthlos@hanmail.net

원고 모집 안내

❚ 비판과 매혹의 공존을 지향하는 반년간지 ≪작가와비평≫은 당대 문학에 대한 비판적 문제의식과 도전정신, 텍스트에 대한 뜨거운 애정이 담긴 원고를 찾고 있습니다. 특히 문학계의 문제점을 지적하고 대안을 제시하는 소장 평론가의 글을 기다립니다.

❚ ≪작가와비평≫은 기성 문인과 신인 모두의 글을 환영합니다. 그리고 원고 채택에서 학연, 지연 등을 단호히 배격합니다. 오직 글로써만 여러분들의 글을 평가할 것입니다. 문단 신인들의 많은 호응을 부탁드립니다.

❚ 원고는 가급적 이메일로 보내주시기 바랍니다. 수신 확인 이메일이 오지 않을 경우 ≪작가와비평≫ 공지게시판에 문의하시기 바랍니다. 보내신 원고의 채택 여부는 한 달 내에 이메일 답장이나 공지사항에 간략히 올리도록 하겠습니다. 채택된 원고에 한해 소정의 원고료를 지급합니다.

모집분야 문학평론(원고 70매 내외)
전자우편 writercritic@chol.com
우편주소 134-010 서울시 강동구 길동 349-6 정일빌딩 401호
유의사항 간단한 약력과 전화번호 필히 게재

정기구독 신청 안내

정기구독은
2년을 기준으로 48,000원입니다.

정기구독을 신청하시는 분께는
저희 글로벌콘텐츠출판그룹(세림출판, 경진문화, 차이나하우스, 컴원미디어, 글모아출판 등)에서 발행하는 전 도서를 25% 할인해드립니다.

정기구독 신청은
『작가와비평』홈페이지(use.chollian.net/~writercritic) 정기구독 신청란을 이용하시거나, 전화번호 02-488-3280으로 하시면 됩니다. 받으실 분의 이름과 연락처 구독기간을 메일이나 전화로 알려주시기 바랍니다. 입금할 금액과 입금계좌 등은 전화나 홈페이지를 통해 알 수 있습니다.

입금계좌: 799501-04-111142(국민은행, 예금주: 홍정표)
주 소: 서울특별시 강동구 길동 349-6 정일빌딩 401호
전 화: 02-488-3280
팩 스: 02-488-3281

작가와 비평

통권 제8호(2008년 하반기)

인쇄일 ‖ 2008년 10월 15일
발행일 ‖ 2008년 10월 31일

발행처 ‖ 글로벌콘텐츠
발행인 ‖ 홍 정 표
주소 ‖ 서울시 강동구 길동 349-6 정일빌딩 401호
전화 ‖ 02-488-3280
팩스 ‖ 02-488-3281
전자우편 ‖ wekorea@paran.com

편집 ‖ 양 정 섭
편집동인 ‖ 최강민 이경수 고봉준 정은경 김미정
전자우편 ‖ writercritic@chol.com
홈페이지 ‖ http://user.chollian.net/~writercritic

값 15,000원
ISSN 2005-3754 08

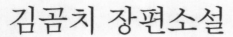